追到天边救母亲

程小萍◎著

長江出版傳媒 | 长江文艺出版社

图书在版编目（CIP）数据

追到天边救母亲 / 程小萍著. -- 武汉 : 长江文艺出版社，2022. 5
ISBN 978-7-5702-2601-6

Ⅰ. ①追… Ⅱ. ①程… Ⅲ. ①幻想小说一中国一当代
Ⅳ. ①I247. 5

中国版本图书馆 CIP 数据核字(2022)第 049576 号

追到天边救母亲
ZHUIDAO TIANBIAN JIU MUQIN

责任编辑：陈欣然　　责任校对：毛季慧
封面设计：颜森设计　　责任印制：邱　莉　王光兴

出版：长江出版传媒　长江文艺出版社
地址：武汉市雄楚大街 268 号　　邮编：430070
发行：长江文艺出版社
http://www.cjlap.com
印刷：武汉市首壹印务有限公司

开本：700 毫米×1020 毫米　1/16　　印张：19　　插页：1 页
版次：2022 年 5 月第 1 版　　2022 年 5 月第 1 次印刷
字数：271 千字

定价：58.00 元

触摸灵魂的“画廊”

陆　地

慢慢地，打开手中的书卷《追到天边救母亲》，千姿百态的生活画面扑面而来。小说以清新自然的笔触，描绘生活的图景，描写人物的命运，展现人物的内心世界，挖掘感人至深的人性美、人情美，使人触摸母亲的灵魂，解读纯洁的母爱，解读孝子感恩母亲的情怀。也许，这就是小说《追到天边救母亲》带给我的感动。

小说构思独特。主人公余琦出生于20世纪30年代，是一个书画爱好者，前生后世以画抒意，展现自己的人生际遇和灵魂之旅。她把小女儿董燕培养为职业画家。整部小说以余琦和董燕的画作为线索，借用新闻报道的倒金字塔结构布局，描述了主人公余琦死而复生、灵魂赓续的传奇故事。

尽管作品主人公死而复生的人生经历，超出人们目前的生活经验与认知。但将小说描写的故事，置于我们所处的时代解读，就会发现，作者预判式的虚构和描写，绝不是抽象地自说自话和无的放矢，而具有强烈的时代烙印。

在科技剧烈变革的今天，在人们对生命、对人体和灵魂有了新认识和新期待的今天，长期从事新闻工作的作者，依据科学家的大胆预测——未来医术进步后，不少得了绝症的人，开始向专业公司寻求冷冻人体，从而得以再度复活，人生得以重新来过——以“新闻预告”的视角，将人体冷冻复活融入艺术创作中。

美国“新新闻主义”代表人物盖伊·特立斯说过：“每个人都是一本小说。”小说主人公余琦从一个美貌可人的花季少女，成长为一个妻子、一个母亲。历尽艰辛的生活，她倍加珍惜父母之爱和家庭温暖。她生养了三个女儿和一个儿子。为人妻，为人母，无论生活如何艰难困苦，她都含辛茹苦地呵护每一个孩子成长。丈夫撒手人寰，她坚强地用柔弱的肩膀，默默支撑着家庭，应对生活的苦辣甜酸；严寒冬日，她将母爱一针一线地织进孩子的毛衣；对残疾的小女儿，她总是鼓励她坚强，最终，女儿成为小有名气的画家；遇到濒临饿死而有前嫌之人，余琦不计较过往，用家里有限的粮食，熬粥救人。她的言行，给孩子们的示范效应是：见死要救，遇弱要帮，这是做人的本分。一个拥有大爱的人，才拥有生命的真正价值。母亲的言传身教，净化着孩子们的心灵，激励他们满怀仁爱之心，在曲折的人生道路上前行。

岁月流逝，孩子们长大了，余琦却罹患肺癌，生命垂危。孩子们追到天边救母亲，请求科学家用人体冷冻技术，留住母亲。于是，在美国，余琦有了一个灵魂的歇息之地。

26 年“天上人间”。尽管时空阻隔，但孩子们与母亲的灵魂息息相通，孩子们对母亲的爱与日俱增。他们无时无刻不怀念母亲，无时无刻不盼望医学的奇迹出现。

进入 21 世纪，癌症正在被人类攻克，余琦所患的肺癌最先被攻破。26年的等待和守护，孩子们终于迎来冰消雪融，迎来母亲重返人间。母爱感天动地，孝心可歌可泣。重回生活的余琦喜抱重孙。四世同堂，儿孙绕膝，她露出了天下最动人的笑容。

这是一部充满人性温暖的小说。作者笔下的主人公平凡而普通，但她身上却散发着善良之光和人性的温暖。作品以艺术虚构的方式，将理想的生命世界具象化、现实化，表达了对于美好人性的呼唤。

这是一部切中时弊的小说。小说描写了余琦的第三代——董霞的女儿，董萌萌的故事。董萌萌是典型的“80 后”，是中国独生子女的代表。遭遇过离异的母亲董霞，像很多独生子女的父母一样，把她捧在手心里，放在心尖上，什么事都顺着女儿，处处以女儿为中心。由于母亲的爱太过浓密，一度让女儿错过了学习感恩的机会。天长日久，孩子感觉母亲对自己的所有付出是应该的，是天经地义的，她可以受之无愧，因此常常忽略母亲的感受。母亲董霞身患绝症，撑着病体赶到国外，想跟女儿说说知心话。萌萌却因为准备竞聘大学教授，没有时间好好陪伴妈妈。直到她发现妈妈身患绝症，才幡然醒悟，母爱，是世界上唯一永恒的存在……

小说时空跨度大。描写的故事从农业时代，跨越工业时代，来到智能化时代。作者以辽阔的视野，通过倒叙和分叙相结合的结构布局，将“家族群像”的人物设置，跌宕起伏的故事情节有序地融为一体。以飞扬的文采，细腻的描写，将读者引往过去，又回到现实。体现了作者将时空与故事内容视为一个有机整体表现的创作意图。

一部小说，只为读懂作品灵魂的人而作。判断一部小说的优劣，不需要它的客观真实，只需要它合乎情理的艺术真实。小说以独特的视角和多样化的表达，将“如果人生重新来过”这个人们共同关心的问题，暗含于作品始终，历史维度和哲学思考的植入，赋予了小说更高的艺术价值。

“如果人生能够重新来过，每个人都会成为圣人。”或许，如果人生能够重新来过，我们就有机会去弥补对父母的亏欠；我们会加倍珍惜自己的爱人；我们要好好培养自己的子女；我们会加倍专注于自己的爱好，做出惊人的成绩；或许，我们会更好地善待自己，好好享受生活……

小说中，主人公余琦的人生，得以重新来过。历经前生后世的灵魂之旅，她对人生、对社会、对家国有了新的不同于常人的感悟。她的感悟是：每一次睡去，都是一次死亡；每一次醒来，都迎来崭新的一天。既然人生重新来过，就不再纠结于过去的迷茫和伤痛。在崭新的生命中，她淡定地迎接世事的磨炼，以仁爱之心解读生命的真谛。她活在当下，守候灵魂的净土。静静地看春暖花开，任子孙绕膝，感受自然和生命的美好，在自然之中剔除繁杂。她尽管柔弱，但不畏困难，自强不息；她尽管平凡，但她具有非同凡响的人生体验：所以，她尽管普通，但令人感动。

当然，人生重新来过，只是一种假设。事实上，人生，难以重新来过。难以重新来过的人生，应该如何度过？这是一个千人千解的问题。余琦的经历说明，幸福全在于心，心中有爱，世界上的一枝花、一滴水，都可能成为幸福的源泉。

小说主题新颖。急剧变革的当今社会，漫延着拜金主义思潮。而在小说主人公余琦的言行举止之中，却处处闪现着无私奉献的美德。小说借由主人公余琦和董燕母女的画作，描绘世间百态，描写处于特定社会关系和社会环境中，普通生命的平凡存在，细细讲述芸芸众生互帮互爱的人性故事。通过打开不同人物的心灵之窗，作者牵引读者伴随人物的灵魂去旅行。通过书写生命传奇，揭示人性的善良，小说阐述了大爱的力量，彰显了珍惜生命、热爱生活、爱在人间的主题思想。

资深撰稿人威廉·E. 布隆代尔谈到讲述人性化的故事时，说：“所有被称为伟大的故事，都来自伟大的创意，几乎在所有伟大的故事创意中，都有一种人性的展现。”人性，是文学创作、新闻讲述、科学创造共同张扬的核心。《追到天边救母亲》通过文学与新闻的对话，文学与科学的对话，将人性的温情，作为作品的原点，进行深层次挖掘，从而形成与读者的共鸣点。主人公普通而平凡的生活正反映了人性的常态，折射出亲情、爱情、友情的美好。无论古今中外，美好的追求、无私的奉献、善良的品质、纯真的情感、高贵的道德和洁净的灵魂，总是能够触动人们心灵深处最柔软的琴弦，引发人内在的共鸣和震撼。这便是人性的力量，这是一种让任何人都难以释怀的温暖。这种力量和温暖，也正是当下社会所需要的。

2020 年 2 月 26 日

（作者系北京大学新闻与传播学院教授、
博士生导师、视听传播研究中心主任）

母亲和她的孩子们

董宏猷

在紧张的长篇小说创作之中，接到朋友的邀请，为其长篇小说新作写序言，是一件非常为难的事情。搞创作的人都知道，一旦创作思路突然中断，再继续下去，要花费很长的时间进行调整。因此，我一旦进入长篇写作，从来不接受这样的邀请。但是，发来短信的是程小萍，我们几乎有上十年没有见面了。我在武汉作家协会工作期间，程小萍是散文创作委员会的副主任，我们有过很多的合作，得到过她的很多帮助。退休后，我基本淡出过去的文学圈了。这是一种自知之明。更重要的是，我得抓紧时间，写自己想写的东西了。人生苦短。不到退休的时候，是无法理解这样的自知之明的。但是，程小萍的邀请，我得接受。这是一份情谊，是武汉人的义气。同时，我也想看看，程小萍大半辈子，心心念念的，究竟是什么。

小说稿终于寄来了，很重的一大包。十一大本打印稿。我看了整整一个星期。看完后，一整天，沉浸在历史的长河中，说不出话来。

总体上来说，这不是一部传统意义上的长篇小说，而是一部以科幻形式表现的小说，我认为，这正是《追到天边救母亲》的创新点所在。

从整体上看，文本可以分为三个部分：其一，是小说主人公余琦的故事，这是一个普通而伟大的母亲的故事；其二，是余琦的孩子们的故事，三个女儿，一个儿子，从他们出生开始，到上山下乡，一直到现在的故事；其三，小说贯穿着母亲余琦重病后被冷冻，又起死回生，重新复活的故事。第一部分，母亲的故事，平凡而令人感动。第二部分，子女的故事，小说的元素开始活跃。第三部分，则有了科幻小说的感觉。无论怎么说，程小萍的这部小说，仍然是一部典型的中国式的家族史。将近一个世纪，前后五六代人，一个大家族的悲欢离合，聚散兴衰，血也好，泪也好，锥心的疼痛也好，全都融汇在这部自然状态的文本之中了。

记得十五年前，2005 年 5 月，武汉市作家协会曾经为程小萍的长篇散文《此情悠悠到永远》，举办了首发式和研讨会。大家评价长篇散文《此情悠悠到永远》非常深刻地抒发了人世间的亲情、友情、爱情。特别是将母子情、母子爱写得催人泪下，引人共鸣，达到了一定的艺术境界，具有一定的社会意义和价值，并希望她能在此基础上，再构思，再创作，再提升。

我认为，当时《此情悠悠到永远》的问世，暗示和代表了一种国际潮流和趋势。该书具有再创作的价值。我认为，《此情悠悠到永远》再创作的时候，应该不仅仅从个人家庭的层面切入，不仅仅从一个母亲的角度来展开，不仅仅写一个母亲逝去以后，女儿一泻千里的悲痛情绪。而要从社会的角度，把涉及的问题展开来，讲述人性的故事，反映时代的变迁。这样会更加厚重一些。我希望再创作的书，不仅是献给她自己的母亲，而是要献给天下所有人的母亲。再创作不是简单的重复，而是更高层次的升华，让大家读了以后有更加强烈的共鸣。或许，这些，正是成为小萍创作《追到天边救母亲》这部小说的起因与动力。

因为忘不了自己的母亲，因为忘不了大家对这个题材再创作、再升华的期待。小萍在原来纪实作品的基础上，以长篇小说的形式，集合众多的母亲形象，虚构塑造了小说中的人物余琦。虽然小说仍然保留了一些纪实文学的特征，但作者将小说中人物的命运，融入时代的发展变化之中，增加了作品的厚重感。

小说的第一大部分，几乎就是一个女人跌宕起伏的人生故事。而最后，余琦起死回生，则是科幻式的，带有喜感的大团圆结局。这种大胆构思，在科技剧烈变革、人类承前启后、人体冷冻复活技术成为可能的当下，在人们对生命的走向、对人体和灵魂的来去有了新认识和新期待的今天，把热爱母亲、期待母亲再度复活，人生得以重新来过的美好愿景植于全新的艺术创作中，是值得肯定的。

小说的第二大部分，余琦的孩子们的故事，则是真正地反映了当代现实生活的。尤其是董欣和董霞下乡后的故事，她们的情爱悲欢，她们的人生历程，是那个时代的真实写照。董燕的遭遇，则更具有典型意义。她的丈夫魏浩，最早是一个农民，一个贫困的放鸭青年。因改革开放，当了干部，一直官至市委副书记，却腐化堕落，几乎毁了自己的一生。作者将这些故事，写得格外生动，格外小说化。

读完全部书稿，我很自然地想起了20世纪80年代的一部小说：四川农民作家周克芹所著的长篇小说《许茂和他的儿女们》。程小萍的这部小说，本来是想写母亲的一生的，没想到，文学创作自有本身的生命规律，你一旦下了笔，它便会按照文学的逻辑运行下去。结果，最生动的，最有价值的，却是几个子女的故事，也就是当代人自己的故事。所以，这部小说，便成为《母亲和她的子女们》的故事。

我相信，有了这么多的生活积累，有了这么多的创作实践，有了这么多刻骨铭心的记忆，有了这种坚持不懈的创作激情，小萍的长篇小说，一定会在浩如烟海的文学作品中，展现其独特的存在价值。

这是序言，更是实实在在的心里话。

2020 年 5 月 2 日于汉口

（作者系著名作家、原武汉市作协主席）

目　录

引　言

尽管人类一直在探索生死轮回之谜。然而，迄今为止，在人类所有困惑当中，生命起始的不可控制，依然是人类最大的困惑。

因为生死难解，因为生命脆弱，所以生命弥足珍贵。因为生命不能重来，所以人世间的真情，格外令人留恋，尤其是血浓于水的亲情，更是令人刻骨铭心。

母子之情，萌生于母亲十月怀胎之时。尽管母爱源自生物遗传的本能，但人类的母爱，甚于其他动物，高于其他情爱，代表着纯洁无瑕的人间真情。所以，人生最哀伤黯然之事，莫过于终有一天，我们将与自己至爱的母亲走散。

生命弥足珍贵，母爱悠悠永恒。这是一个富有传奇色彩的故事。小说通过曲折的故事情节，塑造了主人公余琦这样一个在生活的艰难和生命的苦痛中，忍辱负重，呕心沥血抚育儿女成长的慈母形象。昭示着只有母爱，才是世上唯一永恒的存在。

生命的灿烂，是因为它饱含着生活的磨难。余琦原本是个柔弱的千金小姐，后来，她生养了三个女儿和一个儿子。丈夫以自杀逃避生命的责任。她以柔弱的肩膀，撑起了单亲家庭的天空。以无私的母爱，浇灌孩子们成长。在带领孩子们战胜每一个困难的过程中，余琦以坚韧不拔、默默奉献、呕心沥血的行动，阐释着母爱的力量，净化着子女们的心灵。在别人眼中，余琦只是一个平凡的女性，但在她的孩子们心中，她却是独一无二的慈母，是他们的整个世界。

爱是万千不舍。20 世纪 90 年代，积劳成疾的余琦肺癌复发，已是晚期，生命之火正在一天天熄灭……

平时，孩子们毫不在意地肆意挥霍着母爱。直到母亲生命垂危，他们才幡然猛醒，母亲的离去，将是人生最大的损失。承受着“子欲养而亲不待”的痛苦，孩子们在灵魂深处深情呼唤，呼唤母亲脱离险境，永远不要离去。小说主人公余琦的大女儿董欣感叹：“一个人，无论年龄多大，失去母亲，就变成了无根的小草，心无所依，随风飘荡。”二女儿董霞泣诉：“割肉还娘，也无法释怀我撕心裂肺的哀伤。”余琦的小儿子董亮痛下决心：“哪怕用自己的命换回母亲的重生，也要竭尽全力，挽救母亲。”小女儿董燕则坚信，肉体只是灵魂的载体，灵魂才是生命的核心。人死后，灵魂还存在。她相信，无论如何，母亲的灵魂都将永远存留于人间。

母爱感天动地，孝子情恸人间。爱的力量，驱使余琦的孩子们忍受深痛的巨创，为母亲寻找起死回生的良方。

与死神赛跑，大家拼尽力气。就是追到天边，也要挽救母亲。正在大家肝肠寸断、一筹莫展之时，余琦的大女婿黎宏伟提出，在余琦弥留之际，采用人体冷冻技术，把母亲冰冻起来，等将来条件成熟了，再救活她。于是，在美国得克萨斯州人体冷冻中心，余琦有了一个灵魂的栖息之地。

母亲的生命因冷冻而暂停，给了孩子们一个寄托情思的期待。但是，余琦被冷冻了，将来能够复活吗？二十六年“天上人间”，孩子们与母亲的灵魂息息相通，他们无时无刻不盼望医学的奇迹出现，深情地呼唤母亲再次回归人间。

爱是心灵的呼唤。进入21世纪，癌症正在被人类攻克，余琦的肺癌也有了治愈的良方。余琦复活，并得到有效救治。追到天边，孩子们终于寻找回了心爱的母亲。

生命重启，余琦得以完成前世未了的计划，再续前世未了的情爱……

二十六年的“沉睡”。某种神圣的力量与余琦的生命能量相融合，她的灵魂感知到通往未知世界的路，她经历了一次蜕变，获得了更强的生命力，达到了更高层次的修行。她聆听心灵呼唤，细看人生百态，体味世间沧桑，洞察生命真谛，遇见了熟悉而未知的自己。她感知，尽管生命的长度有限，但爱与灵魂却能穿越时空，历久弥新。心中有爱，就能战胜生命的磨难，迎来幸福的每一天。

上部　秋日的悲情

第一章　绝处逢生

人死了不奇怪，人活着才是意外。生活中，太多的危险，蛰伏着种种不测，比如，看不见的病毒，就像肉眼难以辨别的灰尘，砸中了谁，谁就可能殒命。生命，因为脆弱而格外珍贵。人世间的爱，因为温暖而令人追逐和留恋。

一个人，九死一生地活下来不奇怪。而命悬一线时，被按下暂停键，待春暖花开，生命重新再来，那便是奇迹。

我们这个故事的主人公余琦，看上去很平凡，与其他人没什么两样。她的不同凡响，就在于当她的生命即将到达终点，一步一步向天堂走去之时，孩子们想方设法，追到天边救母亲。在亲情的呼唤中，濒临死亡的余琦得以重回人间，延续上辈子的缘与情……

一

这是1991年农历八月，海河城古街，秋风习习，阳光灿烂。

余琦家的居民小院，房子已经显得有些老旧了，木质雕花窗露出了些许裂痕。窗旁，一棵孤傲的青松，棕色的树干，绿色的树冠，枝叶茂密。清风吹动着它的枝条，它却自然潇洒地挺立。

阳光透过雕花的门窗，把老房子的堂屋照得透亮。窗外那棵青松小塔似的树冠，细细的树叶的影子映在堂屋的地上……

58岁的余琦，修长的个子，鸭蛋脸上有一个端正高耸的鼻子。棱角分明的嘴唇极为标致。尽管岁月在她的额头和眼角刻下了几道明显的皱纹，但她的眼睛里依然闪烁出灵秀的神采，一看，就是一个美人胚子。

这个居民小院和老屋，是余琦祖上一代又一代流传下来的。四十多年前，余琦从老家余家河村回城的时候，就住在这个院子里。

早上，刁刁秋风轻轻地将留在树上舍不得飘落的黄叶吹了下来。余琦身着已经洗得泛白的白底碎花衬衫，配着一条款式过时的藏蓝色裤子，脚上的布鞋也是老式的。尽管不是那么时髦，却很整洁。晨光下，她一如往常地打扫着小院。几十年，院子的地势都被她扫得比最初低了很多。

这些日子，余琦的独生子董亮休假在家。看着忙碌的母亲，他突然发现，阳光映照下，母亲瘦弱的身影，显得有些单薄。母亲的头发已经夹杂着银丝，原来白皙的脸上有了淡淡的斑点。尽管岁月的风霜掩饰不住她曾经的美丽，尽管见到孩子们她的两眼依然异常有神，但董亮看得出来，年过半百的母亲其实很疲惫。他心疼地抢过余琦手中的扫帚，说："妈妈，您不能太累，您歇着，我来吧。"余琦说道："咳……咳……咳……平时我做惯了，不做我还不舒服呢。"

董亮关心地说："妈妈，您一直咳嗽，我不放心。趁我在家，我一定要陪您去医院检查一下！"余琦说："孩子，别担心，没关系的。我一直都有点咳嗽。可能是支气管炎，不用那么大惊小怪吧，医院看病的流程太复杂了，耽误时间。"

董亮是1966年冬天出生的。他听隔壁邻居李湘梅阿姨说，自己出生的那天，下着大雪。身怀七个月身孕的母亲突然发作，来不及去医院，由李湘梅阿姨在家里接生，生出了自己。后来，父亲去世了。一次，两个姐姐在去买粮食的路上丢了粮票。为了保证姐弟几人有饭吃，妈妈步行几十里路，去找朋友帮忙买米，一去一回，把鞋子都磨破了，双脚磨出了伤口。省吃俭用的母亲，回家将磨破的鞋子补好了又穿。董亮感觉，小时候，自己对母亲只是一种依恋，却不懂得母爱。现在，自己当了父母，对母亲，才有了刻骨铭心的怜爱。对母爱，才有了深刻的理解。

余琦道："你，咳……咳……"她又干咳了几下，"你们快一年没有回家了……咳……咳……在家好好休息一下吧，不要为我操心了。"余琦一边说，一边忍不住一阵阵刺激性咳嗽。

"妈，早餐做好了，您哪里不舒服了？"董亮的妻子李燕红关切地问婆婆。

"没事，没事，医生诊断了，我这是刺激性咳嗽，是慢性支气管炎。你们不要担心，不用担心……"余琦反倒安慰起孩子们来。

看着母亲稍有佝偻的脊背和有些蜡黄的皮肤，摸着母亲那双有些粗糙的手，想到母亲为了这个家操劳奔波，董亮心里难过起来，说道："妈，我平时陪伴您的时间太少了，吃完饭，我就陪您去医院看看。"作为外科医生，董亮感到，妈妈的咳嗽症状不可小视。他坚持送妈妈去医院检查身体。

医院，果然是个让人费神的地方。大厅里、走道里、门诊室、注射室，到处都是人。董亮不愿意搞特殊，他让妻子陪伴妈妈。自己先排队挂号，在病历本上写好病人的名字、性别、年龄，拿着挂好的号到门诊，护士安排进房间就诊。医生开出了检查单。余琦需要全面检查，需要抽血，B 超需要空腹，预约第二天检查。医生叮嘱余琦，当天晚上不能吃得太饱，清淡饮食，第二天不吃早饭到医院检查……

余琦的病，说来就来。当天，从医院检查回来，她坚持为孩子们做了一顿丰盛的晚餐。可正当全家人围坐在餐桌前吃饭时，她的眼睛却模糊了，她感觉自己有些坐不稳，摸着桌角，想镇定下来，却一个踉跄，不小心将一个盘子摔碎了。

"妈，您怎么了？"董亮赶紧扶住余琦，着急地问。

"没事，就是有些胸闷，头晕，很累……大家吃饭吧。"余琦强忍着身体的不适。董亮感觉，母亲的脸色越来越不对劲，赶紧放下碗筷，再次把母亲送到医院。

这天晚上，余琦开始住院治疗。

第二天早上，余琦咳嗽得越来越厉害，开始伴有咯血等症状。作为外科医生，董亮知道，当肺肿块突出于管腔的时候，才会痰中带血或咯血，尽管妈妈以前做过胸片检查，没有发现肺部病变。但是，这样的症状却不容乐观。

医院诊断的结果，验证了董亮的推测，余琦患的是肺癌。这个结果，把所有的人都吓着了。主治医生认为，早期肺癌以手术配合放化疗治疗，疗效较为理想，建议明确诊断后，安排余琦尽早接受手术治疗。作为外科医生，董亮理解并支持主治医生的意见，马上实施手术。

在董亮的参与下，余琦的手术方案已经制定出来了，箭在弦上，只需要最后的签字就可以实施手术了。

病房里，李燕红悉心照料着婆婆。她用搪瓷杯子把开水凉好，招呼余琦吃药。吃完药，她削好苹果，切成小碎片，一点一点地喂给婆婆吃。医生和护士还以为她是余琦的女儿。有这么好的儿媳妇，余琦也知足了……

医院大院里，董亮与二姐董霞和三姐董燕讨论着妈妈的病情和治疗方案。突发的疾病，使母亲命悬一线，大家的心情无比沉重。

董亮首先发表意见说道："肺癌规范治疗的首选，是手术治疗，术后再配合化疗、靶向治疗以及中药辅助治疗，控制癌细胞的侵犯性、复发性和转移性，我认为，应该马上手术。"

董霞担心做手术的风险，说道："妈妈苦了一辈子，辛辛苦苦把我们养大，她的身体这么弱，已经不年轻了。她能承受得了这次手术吗？做完手术再做化疗，她的身体受不了怎么办？"

董燕曾经因电击致残，在她的心里，母亲既是抚慰心灵的心理医生，又是严格的生活教练；既是柔情的慈母，又是狠心的严父。是母亲，帮助自己改变了相貌的缺陷，使自己走出了自卑的阴影，给了自己第二次生命。她心疼地说："两年前，妈妈看上去还是很年轻的。这一年，她羸弱多了。可是她还强撑着这个家，我真的担心她受不了这个手术。是我们，让妈妈劳累成这样的，呜，呜，呜……"说着说着，她的眼眶发红，都哭出声了，她拿出手绢，擦着眼泪。

两个姐姐的态度，让董亮左右为难。他也希望妈妈不做手术啊。但是不做手术，病情是不是会更快地发展？如果无药可救了怎么办？他耐心地开导着两个姐姐，向她们讲明为什么要做手术和不做手术的风险："我知道手术的风险，但是作为职业外科医师，我认为，做手术才是根除病灶的最佳方案。我面对的是自己的母亲，我知道，只有做手术才可能挽回她的生命，不做手术，她可能只能等死。"

董亮的意见，似乎更有权威性。董霞和董燕也不敢承担不给妈妈做手术带来的后果。面对生死攸关的抉择，大家左右为难。他们通过越洋电话，把妈妈的病情和大家的意见，告诉了远在美国的大姐董欣，让她迅速回国，做出决定。

二

人生道路的要紧处往往只有几步，余琦的大女儿董欣，几乎每一次都抓住了生命中重要的机会。1977 年，国家恢复高考制度，作为知青，她抓住机会，从农村考进了大学。随后，又如愿嫁给了自己知青时代的初恋爱人黎宏伟。20 世纪 80 年代国家开放留学政策，她又顺利地考到美国攻读生物学博士。

董欣的丈夫黎宏伟，在美国获得医学博士后，与人合伙在美国开办了一家综合性私人诊所。这家诊所除了医疗、急救、科研功能以外，推行自然绿色的调理方式，重点突出健康管理，按照自然环境“治愈力”的设计理念，帮助人们以“自然之物还养自然之身”。诊所独立的高层楼房，矗立在绿色广场中央。走进诊所，候诊区域柔性的医用地毯营造出温馨的氛围。疾病诊治、健康管理是分区的。所有房间均是单人间，家具材质为布艺，舒适的沙发、茶几给患者轻松惬意之感……这里是正在攻读生物学博士的董欣进行科学研究的最好场地。

母亲病重，董欣火速回国。病房里，她抱着憔悴而虚弱的母亲。忍不住痛哭起来……

作为长女，董欣见证了父亲离开人世，母亲独自咽下悲伤的泪水，以柔弱的肩膀撑起家里的天，含辛茹苦养育姐弟几人的艰辛历程。她知道母亲承受的苦难，懂得母亲背负的压力。她明白，母亲是家里的天，失去母亲，这个家，就失去了精神支柱。

母女情深。董欣迫不及待地找到医生，询问母亲的病情。主治医生给董欣解释道：“肺癌是肿瘤中的第一杀手。实施以手术为核心的综合治疗，是目前全国大小医院治疗肺部肿瘤首选的方法。通过手术切除肿瘤主体，也就是切除病变的组织。手术后结合辅助性的放疗、化疗，清理被肺癌侵犯的一些淋巴结周围的组织。你母亲现在属肺癌初中期，我们首选是手术治疗，术后需要配合化疗……”医生让董欣仔细考虑清楚后，再做是否手术的决定。

然而，当董欣把医生进行手术治疗的建议告诉余琦的时候，余琦却有些彷徨。她以求救的眼神看着大女儿，希望她拿出比手术治疗更加温柔的治疗方案。

董欣把弟弟董亮叫到医院的走廊上。悄悄地问他：“你认为妈妈的病。确实需要马上手术吗?”董亮说：“姐姐，不要再犹豫了，妈妈的病需要马上实施手术，不能拖，越拖越严重。我认为，必须马上手术!”此时的董欣，更多地考虑到手术的风险，考虑如何能够帮助母亲减轻痛苦。她想，只要能有一丝机会，就争取用绿色自然疗法救治母亲。她说："我知道，妈妈不愿意接受创伤性治疗，我们可否找到保守治疗的方法?"董欣明白，手术后用于化疗的药，毒性很强。毒性越强，使用的剂量越大，对肿瘤细胞的杀伤力也就越强，但同时对人体的损伤也就越大，包括对人体免疫系统及各重要器官的损伤。她担心母亲承受不了这样的治疗。她着急地说："手术之后必须化疗，就是好细胞和坏细胞一起杀。到时候，妈妈的病没治好，却因为细胞受损，身体更加衰弱了。岂不是得不偿失吗?"

董亮说："现在进行手术治疗是最有效的。如果耽误了有效治疗时间，做手术也没有用了。到时候，你负得起这个责任吗?"

弟弟的话，也有一定的道理，董欣也不能不考虑。如果错过了手术最佳时期，耽误了妈妈的有效治疗时间，那自己如何承担得起这个责任?

就在董欣和董亮为母亲是否手术一事僵持时，余琦再次出现了严重咯血。这一次，持续地咯血使她昏了过去。

"已经不能再等了!"心急如焚的董亮对董欣说。他提出，趁母亲昏睡之际，在手术同意书上签字，并让院方尽快安排手术。

情况紧急。母亲的痛苦，董欣、董霞、董燕、董亮感同身受。大家都不愿意因为优柔寡断耽误了母亲的治疗。

时间紧迫，人命关天。怎么办?母亲彷徨、求救的眼神，一直浮现在董欣的眼前。她试图在最后一刻，找到绿色治疗的理论根据，说服学医的弟弟，让母亲免受创伤性治疗的折磨和痛苦，免受过激治疗带来的生命危险。

她拨通了越洋电话，让远在美国的丈夫黎宏伟，请健康管理专家给出权威性的意见，可否以绿色自然的方案挽救自己的母亲。

黎宏伟的合伙人，著名华裔外科专家孙建，一生给无数的病人做过手术，其中累计为几千个病人做过恶性肿瘤手术。但是，回过头来看，这些做了手术的病人，存活率并不是很高。甚至有的没做手术的人，反而比做了手术的人活得长一点。他总结多年的外科实践经验发现，人的健康，需要调动人自身的自愈力来保证，而不能主要靠外界的力量去干预。手术和化疗，可能破坏人体自身的循环系统，导致病情快速恶化，本来还可以坚持的生命，可能会快速消失。基于这样的认识，孙建教授完成了自己的职业转型，由一个外科专家转变为健康管理专家；由一个专门给人做手术的人，变成一个劝说患者尽量不开刀的人。当然，尽量不开刀，不等于医院不给病人做手术，手术治疗，是现代外科医学的重要组成部分。

黎宏伟把电话交给孙建，请他给自己的妻子董欣出主意。

电话那头，孙建教授对董欣说："现在，很多发达国家对肿瘤患者一般不采取切除手术，很多都采用保守治疗，尽量把病灶控制好，让其慢扩散或缩小，甚至消失。因为动手术可能会让一些患者更快离世。即使存活下来，他们余下的日子，也可能在病床上度过，几乎没有任何生活质量可言。所以，我建议不要轻易给你母亲开刀。"

"我担心，不做手术，母亲的病情进一步发展怎么办？"董欣焦急地问。

"其实，一些情况下开刀不但不会控制病情，可能还有反作用。中晚期肿瘤扩散广，转移灶往往开不干净，结果手术造成肿瘤自带的免疫系统受到刺激，导致它们启动更强烈的反扑，所以很多患者在术后几乎都活不过一年。"

孙建教授给董欣的方案是："不要过激治疗，不做切除手术和化疗。采用'转化治疗'，尽量控制病灶，让其慢扩散或缩小，甚至消失。"董欣若有所悟地回应道："嗯，我明白了。"

孙建说："我建议你陪你妈妈到处看看，到她生命开始的地方去住下来，亲近大自然，回忆过去的美好，感受家庭的温暖，用真挚的爱去滋润她，去唤醒她的生命机能。"

董欣追问："除了这些，还有什么更好的方法吗？"孙教授说："放松心情，合理饮食，科学运动，调理疾病。"董欣还是不放心，她追问道："就这些吗？还有吗？"孙教授反问道："这些？还不够吗？"

孙教授的话，使董欣深受启发，绿色自然的治疗方式，就是帮助患者以自然的治愈力恢复健康。这正是一些国家推行健康管理的核心。而国内目前还很少有人知道。大家有病就去医院，吃药做手术。而病人的家人，往往认为，只要是为病人做了手术，尽了心，就心满意足了。慎重思考之后，她认为不应该急着为母亲做手术，而应该采用保守方法给母亲治疗，边治疗边观察。

余琦咯血昏睡过去一段时间后，慢慢苏醒过来了……

看到一家人为是否做手术举棋不定，左右为难。余琦竟主动表态，同意做手术。因为，她不想再让孩子们为她担心了。

但是，深思熟虑的董欣，却当着母亲和全家人的面，坚定地表态，自己不同意马上给母亲做手术。此言一出，全家人都愣住了。董欣表示，由她来承担不给妈妈做手术的风险和责任。

然而，当众表态之后，一向很有主见的董欣，内心居然又开始忐忑不安起来。她担心，用自己提出的保守疗法，万一妈妈战胜不了病魔，有个三长两短，自己将如何背负这难以解脱的责任？她一转念，又对自己的选择，找到了充分的理由。与其让母亲因为接受创伤性治疗而快速地离去，不如让自己背负这难以解脱的罪责，让母亲有尊严地多活几天……

余琦同一个病房的病友，也是一个老太太。她的症状跟余琦的症状几乎一样，也是胸口一直疼痛，咯血。经过多项检查，老太太也确诊为肺癌。她接受了医生手术治疗的方案，医生通知老太太周五做手术。

围绕做手术，她提前做了 X 射线、血检、尿检、屎检、心电图等等检查。手术的前一天晚上，护士医护人员跟她的儿子交流，请他在手术书上签字，准备第二天进手术室。医生特意交代说，晚上十点钟之后，就什么东西都不要吃了。

周五早上，老太太说肚子很饿，可是，陪伴她的儿子告诉她，做手术之前什么都不能吃了。接下来，护士在她胳膊上扎了一个针头，说时刻准备输各种液。据说她是当天的最后一台手术。下午两点多，护士通知老太太说准备做手术了。那时候，老太太的脸上，分明写着痛苦、恐惧和无奈。但是，进入了手术治疗的程序，她似乎只能硬着头皮上手术台。

一会儿，医护人员把她用轮床推到了三楼的手术室……

这时候，外科医生董亮的脑海里，再现了手术室做手术的情景：手术室内，护士与麻醉医生进入紧张的术前准备状态，全体无菌消毒。护士有条不紊地进行无菌器械的打包以及其他所需物品的准备工作。器械护士、巡回护士与手术医生三方共同唱点器械、纱布、缝针等，并做好记录。射灯齐明，开腔破肚……在手术室医护人员争分夺秒的抢救下，患者生命被成功挽回，手术获得成功。

四个多小时过去了，老太太手术完成了，董亮回过神来，只见老太太身上满是各种各样的插管，躺在推床上被推回病房，她很安静，似乎在昏睡，似乎特别累……

第二天早上，主刀医生张主任巡房，问病人早上拉没拉大便，放没放屁。说要尽量把老太太术后的废血水排出来，不然的话，可能会产生一些后遗症或者是并发症。他边了解病人的情况，还边和他的助理讲解，说这一台手术比较成功。

老人的气道出血不止，每天都要用抽吸器清理气道。每次抽吸时，护士用一根长管伸进她的鼻腔。只见血块和血性分泌物被吸出来。

老人皱着眉，躲避着往里伸的管子。医生机械化地反复清理，每次都能抽吸出很多。

接下来，老太太开始接受化疗。一个疗程的化疗走下来，老太太不停地咳嗽，几个药片下去确实不咳了，痰却咳不出来。大量地服用消炎药，炎症消退了，老太太却已经奄奄一息，头发脱落，咽口水都困难，只能勉强吃点流食。

每天还是反复抽吸、扎针……老太太的一幕幕都印在余琦和孩子们眼里。

一觉醒来，看着奄奄一息的病人，余琦感慨道："唉，与其活受罪，不如死了的好，你们不要让我也变成这样啊，要不然，我还不如睡过去算了。"

"不会的，不会的。"董欣摸着母亲的手，安慰道。

没过几天，极度虚弱的老太太被转到了ICU重症监护病房。到了那里，输液、插管子、上呼吸机……治疗越来越多。老太太清醒的时间越来越短。她的儿子无所适从地告诉医生："无论花多少钱，坚持治疗到底。"

但不到两个星期，老太太死在了重症监护室。咽气的时候，老人家瘦骨嶙峋，肤色蜡黄，全身遍布针眼、管孔，不成人样。

老太太走了。她的儿子才大梦初醒："花了几十万元做手术、做化疗，却是这样的结果。钱，我们愿意花。但是，花了钱，人还是走了。唉，老母亲要是就在家里养病，也不至于这么快就走了啊！我不知道，这么干，我们是在爱她，还是在害她啊！"

这个男子的一番话，深深地触动了董亮。作为外科医生，在这个真实的案例面前。他开始反思，是不是所有肿瘤，都有做手术的必要性。他终于明白了自己的大姐董欣为什么说预防、保健、诊断、治疗、康复才是医学的重要内涵。他想，或许，大姐董欣提出的边保守治疗、边观察的方案才是挽救母亲的最佳选择。

回想自己走过的路，他不禁陷入了沉思。

董亮 19 岁那年，被推荐去海军部队参军。在部队，他摸爬滚打，勤学苦练，练出一手好武艺。

1987 年秋天，董亮 21 岁。他参加了所在部队组织的一场规模盛大的比武大赛。大赛要求，参赛的队员要熟练掌握两至三个科目的内容。表演时，其角色也很“多变”。董亮过五关斩六将，光荣地获得了射击第一名。

闭幕式上，董亮还参加了部队新型作战力量军事表演。文艺兵表演了军事题材歌舞、民族特色歌舞及赛事主题歌舞之后，颁奖开始了。

颁奖台上，部队领导给董亮颁奖。随后，女兵代表献花。只见一位个子高挑、皮肤白皙、扎着马尾辫的美女，被其他女孩打趣似的推上了颁奖台。她扭捏地走到董亮面前，害羞地将红花戴在他的胸口。看着她羞涩的样子，董亮的脸也红彤彤的，大家看着这一对年轻人，会意地笑了……

后来，董亮在部队里总是能碰见当天给他献花的女孩。女孩名叫李燕红，自然地，两个人越走越近，美好的爱情就这样发生了。熟识之后，董亮才知道女孩的父亲是部队的司令员，顿时感觉很有压力。李燕红告诉董亮，因为他平日里在军队表现突出，经常获奖，她的父亲很看好他，这让董亮轻松了一些。

不久，军医大学来部队招生。在李燕红的鼓励下，董亮提交了申请，参加了考试。忐忑等待的日子里，董亮与李燕红感情越来越好。他们开始畅想未来，畅想他们的小家。终于这一天，董亮收到了军医大学的录取通知书。

随后的日子里，董亮花了四年时间，在军医大学攻读外科学。军医大学毕业以后，他当上了军医。后来，他与李燕红结了婚。不久，他们有了一对双胞胎儿子，董大双和董小双。

在部队医院工作这么多年，董亮就是靠一把手术刀安身立命的。手术做得越多，做手术的水平就越来越高。为病人把手术做好，就是他的职业。可是，他从来没有考虑过做手术可能让人死得更快这个问题。

看到同病房的老太太因过度治疗而丧命，董亮终于明白了大姐董欣不同意给妈妈做手术的道理。如果母亲跟那个老太太一样做手术，或许早已经命丧黄泉了。是大姐的坚持，使妈妈得以绝处逢生。

董欣告诉董亮，要把母亲出现的老年体征的退行性病变视为正常。要

“以人为本”，从提高生命质量的角度，以精神康养为核心，采用药疗加食疗、体疗、理疗等方式对母亲的身体进行绿色自然的调理，才能给她的生命注入新的希望。

董欣与健康管理专家一起，为余琦制定了绿色自然的治疗方案。待余琦的症状基本稳定下来以后，让她走出医院，回归自然。用医生的话说，是出院居家观察治疗。用董欣的话说，是进行自然系统的健康管理。

三

这一天，是中秋节。上午十点，随着一声笛鸣，一辆军用吉普车缓缓驶向医院，停在余琦的身边。身着绿色军装的儿子董亮，跳下车，俏皮地跟余琦敬了一个军礼，大步上前，抱住她，说道：“妈！回家吧！”董亮的夫人李燕红牵着双胞胎儿子董大双和董小双走到余琦跟前：两个孩子齐声说：“奶奶好！”李燕红赶紧跟婆婆打招呼道：“妈，我们来接您回家，过中秋节！”

看着两个活泼可爱的孙子和贤惠的儿媳妇，余琦高兴得嘴都合不拢了，她一手牵着一个双胞胎孙子的手说：“上车，上车……”

很快，汽车驶进了海河老街。董亮停好车，挽着母亲的手，带着一家人走进不足两米宽、由一块块青石板铺就的巷道。

巷道两旁，古色古香的老屋鳞次栉比，幽静古老的气氛使董亮仿佛回到了久远的从前。他感觉，古街的那些老房子依旧保持着当年的模样。只是雕花的门窗被织上了密密的蛛网，烙出了岁月的裂痕，已经不再鲜亮。

他记得，以前，石板路旁密密麻麻的老房子之间有一个小集市。有时，下雨留下的积水从屋檐上滴下来，一滴一滴地落在长满了青苔的石板路上，走上去有点滑，青苔和污泥常常会沾在鞋子上。

“快到了，快到了，孩子们！”听声音，余琦还是有些虚弱。她带着孩子们沿着青石板小路继续往前走。

远远地，董亮看见自家的小院和老屋，在阳光的照映下，在树荫的遮挡下忽隐忽现。

“到了，到了！”董亮高兴地说。进院门的时候，他不由自主地叩了叩门上那个光滑的铁环。走进小院，他看到院墙上覆盖着开始枯萎的爬藤植物。它们攀附在墙上，枝藤相互缠绕着，努力地伸展着，布满墙体，它们用自己的躯体，固执地守护着院墙。董亮和三个姐姐从出生起，就生活在这老屋中。这里，记载着他的童年和梦幻。这里，充满着他们从小到大的欢声笑语。在他的记忆深处，很多日子，家门口的那一抹残阳，染红了老屋，落了又起，起了又落。

“回家的感觉真好!”余琦感慨道。

董欣带着两个妹妹，已经把家里面收拾得干干净净。

一进院门，董亮大声说：“妈，您养的这些花花草草真漂亮!”他先带儿子董大双和董小双到院子的东边，跟灌木下藏着的那只米黄和浅灰相间的猫咪打了一个招呼。再到院子的南边，一截不高的土墙旁边，欣赏了一下妈妈养的花和正在生长的大白菜。这才回到院子的中间，以前全家人居住的旧瓦房里面。

堂屋里，有一张桌子和几把椅子。余琦房间里，用的还是祖传的旧家具。一个老式木桌旁边，摆着一个老式的木柜子、一台缝纫机和余琦睡了一生的老式木床。

早些年，余琦一个人在这里居住。20世纪50年代，她和董志峰结婚以后，一家人一直生活在这里。这里给了董亮太多的温暖，太多的记忆。从出生到记事，到离家去部队当兵，他一直在这老屋生活。他怎么也忘不掉童年在老屋里的一切的一切!

老房子是土墙砌的，土墙上斑斑驳驳的残点，是岁月留下的痕迹。老屋很大，大四房加厨房和堂屋，上面还有一个宽大的木质阁楼。一楼用来住人。阁楼是画室兼书房，采光极好，褐色的格子窗四方通透。楼顶是圆锥形的，空间很高。地下铺着木地板，为了防潮，周围摆放了些石灰包。靠壁还摆着一对黄铜烛台，象征着这个阁楼的古老。阁楼的西墙正中，挂着一幅明代沈周的《萱草葵花图卷》，东墙正中，挂着苏轼的《潇湘竹石图卷》。早年，余琦的父亲余俊豪热衷于书画收藏，或许，这些古代书画，是余先生当初购买的赝品。其他的墙面上，则挂满了余琦和女儿董燕的绘画作品。阁楼正中央，放着一张花梨木画案，案上垒着宝砚，还有各色笔筒。窗子旁边，摆着余琦的画架，墙角边放着一个画筒。

每天，晨曦初露，余琦就将自己关在这阁楼上，静心地绘画。安静的阁楼、彩笔、画板，舒展着她的思绪，寄托着她的灵魂。

少年时代，余琦就开始练习绘画。几十年来，无论生活如何变迁，她都没有改变对绘画的热爱。一切事物，都是她的创作对象，山水和花草树木更是她的钟爱。她的画是宁静的、柔和的，一山一水，一花一草，她都用心去刻画。如今，她的画作已经被各大美术馆收藏、展览。她的绘画专著《灵魂画廊》也深受人们的喜爱。

堂屋正中，挂着一幅赋予这幢老房子灵魂、反映主人品格的松树图。这幅松树图，是余琦刚刚从老家到海河城参加工作时描绘的。作品勾勒了松树遒劲的枝干，枝干又分出密密麻麻的小树杈。树枝上满是针一样的树叶，形成青翠欲滴的叶丛，一簇簇向四周伸展。如绿伞般的松树，植根于其他树木难以安身立命的悬崖峭壁，在阳光的照耀下，傲然屹立于山石之中。山崖下，是一汪清澈的深潭，山中瀑布正一泻千里地落下。这幅松树图构图远近结合，意境深远，通过松树苍翠挺拔的气势和形象，彰显了一种正直、朴素、坚强的性格。

堂屋的左侧，余琦为这幅松树图配上了唐代诗人李白的诗——《南轩松》：南轩有孤松，柯叶自绵幂。清风无闲时，潇洒终日夕。阴生古苔绿，色染秋烟碧。何当凌云霄，直上数千尺。

余琦描绘这幅松树图之时，中华人民共和国刚刚成立。幼年丧母的她，孑然一身来到海河城谋生。社会的变迁，家族的衰落，改写了她的命运。余琦敬佩松树的品格，松树对生长的条件没有要求，只要有一颗种子，它便可以不论地势、不论环境地生长，不图回报却默默地奉献。松树有坚强不屈的意志，无论春夏秋冬、刮风下雨，它都能经久不凋。也许，她绘制的这幅松树图，正是她当时灵魂的写照。

老屋，历经风吹雨打、岁月斑驳，墙体很多地方裂开了缝隙。每逢雨天，雨水顺着屋檐流下来。日积月累，滴水的侵蚀，使屋檐下方的每块青砖上留下了密密麻麻的小水洞，还长满了滑溜溜的青苔。

然而，堂屋正中那幅松树图，却点亮了这间简陋而陈旧的老屋，随着时光的流逝，显得愈来愈有价值。还有老旧的木楼梯上面，那个收藏着余琦和女儿董燕众多书画作品的小阁楼，使这个年代悠久的老屋显得古老而有灵气，焕发出经久不衰的文化光彩。

中秋佳节，自古就是个团圆的日子。这一天，月亮比其他时候更圆、更明亮。此夜，人们仰望天空如玉如盘的朗朗明月，期盼家人团聚。远在他乡的游子，也借此寄托自己对故乡和亲人的思念之情，所以又称“团圆节”。

大病未愈的余琦回家了，孩子们围着她谈天说地。“外婆!”一声响亮的叫声传了进来。董燕的丈夫魏浩，带着他和董燕的儿子魏俊勇回来了。魏浩现在已经是海河市农业局副局长了，见到余琦，亲热地叫了一声“妈!”4岁的魏俊勇扑到外婆怀里叫道：“外婆!”董燕手上拿着一幅画，佯装吃醋地对董亮说：“董亮，你要在家里多陪陪妈啊！你不在家，妈想你都想死了，别看我和二姐住在海河城，离妈妈很近。可是，平时，妈妈有好吃的都舍不得给我们吃，专门留着给你吃呢!”

“哈哈哈……”董亮富有男人磁性的笑声在屋子里响了起来，他说道，“我回来时间少，没有你回家吃饭多，妈妈留点好东西给我吃，也应该呀。来、来、来，让我看看你是画的什么画?”

“好啊，好啊！我们一起来看一下……”董霞和她的女儿董萌萌也一起过来凑热闹。

余琦的大女儿董欣、二女儿董霞、三女儿董燕、儿子董亮都有和她一样端正高耸的鼻子，棱角分明的嘴唇，只是性别不同，高矮胖瘦各有不同，一看，就知道这是一家人。

一家人高高兴兴地围绕在余琦身旁。董燕把自己最新的画作展开，请大家评点。

“哇！也是一幅松树图。”董亮看了一会儿，“嗯，画得还不错，到底是专业画家，不过呢，没有妈妈的松树图画得那么传神，”他指了指墙上的松树图，“你看妈妈的松树图画得多么传神，你的功夫嘛，还差一点哦!”

余琦称赞说：“哎呀，画得真好，比我的松树图画得好多了。”

“看来，妹妹的美术专业没有白学啊!”董欣说，“不过，我也认为和妈妈画的松树图相比，还欠一点火候。”董亮赶紧接着说：“我们一点都不拍妈妈的马屁，哈哈哈……比方说，这个松树的根，在悬崖上应该扎得更深一点，不然给人感觉快要倒下来了，哈哈哈……”

董欣说：“董亮，你别开玩笑了，我们还是要多鼓励鼓励董燕。”

董燕心里想，你在这儿贫什么嘴呀，要你画，你画得出一个树枝来吗?真是站着说话不腰疼。于是她冲着董亮说：“你小时候最喜欢得表扬的。你在院子里弹小珠丸的时候，弹中了一个，就高兴地让我们出来看。都是为了让妈妈表扬你呀。”

董燕的丈夫、海河市农业局副局长魏浩连忙给妻子打圆场，笑着说道：“我看燕子的画，传承了妈妈的风格，跟妈妈的画有异曲同工之妙，到底是妈妈的亲生女儿。”

大家谈得热闹，董欣张罗着捉一只鸡，杀了炖给大家吃。董亮、董燕连忙跑过去帮忙。董大双和董小双还有董萌萌、魏俊勇一听说抓鸡就来劲了，蹦蹦跳跳地加入进来。院子里一下热闹了起来，一会儿，大家成功捉住一只最大的母鸡。

董欣围上围裙，把鸡炖上，开始给大家做饭。董霞、董燕帮厨。董亮和魏浩在堂屋里陪着余琦天南海北地聊着天。

一会儿，随着厨房升起的袅袅炊烟，浓郁的香味扩散开来，在整个老房子里弥漫。忙乎了一阵子，董欣从厨房走了出来，解下围裙，擦着油腻腻的手，站在厨房门口，呼唤着：“开饭啦，吃饭了!”

这是中秋节的团圆饭。圆圆的饭桌上，摆满了饭菜，散发着诱人的香味。鱼香茄子、青椒炒肉片还有香辣土豆丝……大家一边吃，一边聊。余琦忘记了病痛，直往孩子们碗里夹菜……

董燕说：“咱们家的老房子经常漏雨，一下暴雨，水就滴到了阁楼的墙边，弄不好啊，把妈妈的画作打湿了，那多麻烦!”

董亮说：“是啊！该好好修一修了。”

董霞说：“超过 30 年的老房子都很破旧了。现在很多新房子都建起来了。要么我们筹资帮妈妈换一处新房子搬过去吧?”

董燕接着道：“是啊，很多邻居迁了新居。妈妈，您为什么要一直待在这个老房子里呢?”

余琦沉默着，不回答也不解释，只是不停地给孙子们夹菜，她沉思着……

可以想象，历经半个世纪，这斑驳的老屋深处，房檐门落之间，藏着多少久远的故事，让她难以忘怀，难以割舍。

董大双、董小双和董萌萌还有魏俊勇高兴地吃着、笑着、嬉笑打闹，摆弄着晚上要点的灯笼。他们喜欢过节，大家可以在一起玩，还有好吃的……

沉默良久，余琦说：“不搬。在这里住惯了，哪里也不搬了。”

董欣明白了，这老房子已经与母亲的灵魂融为一体了，特别是阁楼上的那些藏画。母亲不想离开这个承载了太多情感、太多过往的老房子。

“妈说怎么办就怎么办吧！”董霞也很理解母亲的想法。

在这个家里，大事小事都是余琦做主，这次也不例外，大家按照妈妈的意见，哪里也不搬了。

夜幕渐渐降临，天幕上繁星闪烁。董欣安排在院子里摆了一张桌子，摆上月饼和水果，全家人一起赏月。

一会儿，中秋节的主角，月亮穿着明亮的白礼服登场了，它高高地升起，又大又圆，就像一个银色的玉盘反射出一道道白光，光彩照人。看着皎洁的月亮，魏俊勇好奇地问道：“外婆，月亮里面怎么有人在砍树呀？”余琦说：“是啊，那是吴刚，他在砍那砍不断的桂花树。还有嫦娥，因偷吃仙药，被关在寂寞的广寒宫内。那只小玉兔呢，它在广寒宫里为嫦娥捣药……”

董萌萌仰着头，望着无际的天空说：“外婆，我好想去和吴刚做伴，好想去慰问孤独的嫦娥，好想去逗逗可爱的小玉兔呀。”

全家人乐呵呵地笑了……

一会儿，董大双、董小双和董萌萌还有魏俊勇拿起几块月饼，提着小灯笼捉迷藏去了。

“每逢佳节倍思亲。”仰望着圆圆的月亮，余琦不禁思念起逝世的亲人来。当父母慈祥的面庞浮现在眼前时，她的眼睛湿润了……

董亮连忙说：“今天，家里的人基本都到齐了。真是难得呀！”

董燕低下头，沉默了一会儿，说：“要是爸爸还活着，就更好了……”

董霞赶紧捂住妹妹的嘴巴，把她拉到一边，附耳轻语道：“这个时候，最好不要提爸爸，妈妈会伤心的，伤心的事不要提。”

然而，姐妹俩的言行，余琦全收眼底，也深深触动了她的灵魂。她清清楚楚地记得，那年，丈夫“永远睡了过去”的情景。尽管她恨他担不起家庭的责任，但得知他永远不会再次醒来时，她受到了巨大的打击。她希望他只是一次睡眠，希望他再次醒来，醒来之后拥有全新的生命。然而，这只是一种想象。董志峰“沉睡”了，永远没有再次醒来。

四

以前，董欣每一次回国探亲，都是来去匆匆，能在家里住半个月，就算比较长的时间了。有时候，一年回家一次，有时候，两年才能回一次家。而且，美国的假期是圣诞节，传统的春节期间，她已经很久没有回家团圆了。

这一次，董欣决定：再忙，也要把别的事情放下来，陪伴母亲好好调养身体。她相信，这是对母亲养育之恩的最好回报。

打点行装，董欣陪着母亲，回到了唤醒余琦童年回忆的老家，海河城郊的余河店镇。

抗战时期，年幼的余琦曾经随母亲一起回老家余河店避难。那是她第一次回到自己的故乡。童年的她，对乡间田野的一草一木充满了好奇。农村的树很多，牛羊成群，村子不大，她很快就把村子绕了一圈。第一次看到成群的鸡鸭还有小狗和牛，她有些兴奋也很紧张，站在远处观望。不时问母亲一些问题：为什么有的牛是黄的、有的狗是白的，为什么牛粪是圆形的……

家后不远处有一座山包，村里人在上面种了些玉米、土豆，一条细细的土路可以通到山上。她嚷嚷着要母亲陪她上去玩耍。山路弯弯，她一鼓作气爬了上去，一句累都没有喊。山坡上长了很多野花，开得正鲜艳，她采了好多野花做成一束，送给母亲。

田野里，有许多的昆虫和小动物，最多的就是蚂蚱。她小心翼翼地靠近，想要自己抓住一只。村边有一条小河，她跟着其他孩子们，拿着破旧的小筛网，到河里逮小鱼和蝌蚪，逮没逮到都很快乐。

村民吃水、灌溉、洗衣服都靠村子前面的那条河。夏天，摘一截空心的瓜秧秆，放在嘴里可以吹出自然的声音。有时候，她骑在牛背上，体验放牛的感觉。对她来说，农村的一切都是新鲜的。

余琦第二次回老家，是父亲带她回乡务农。通往村子的路，还是那条土路。村巷里，到处是牛粪。孩子们欢快地围着牛粪堆奔跑着。而那时候的余琦，已经有了自己的思想。她常常在屋子里呆坐着，安静地思考……

回到老家，董欣首先是把妈妈的画室布置起来。每天早上，余琦静看庭前花开花落，对着乡村的美景写生。书画，能够帮助她放松心情，释放压力，引领她静坐在灵魂的港湾，与自己对话。

秋天，天慢慢地变凉。秋风，清凉了大地，清静了人们的灵魂。秋雨落下，漫天的雨丝随风飘扬，清凉的雨水点点滴滴洒落在秋菊的花瓣上，秋菊坚强地撑着自己的瓣，绽开朵朵美丽的花。菊花的坚强和高尚，触动了余琦内心的柔软，勾起了她对往事的回忆和对亲人的思念。她铺开宣纸，把情思的琼浆，滴洒在素洁的宣纸上……

画完画，余琦端着一小盆鸡食，去院子里喂鸡。她往地上撒鸡食，一群鸡跟在她后面欢快地啄食着。而到了下午，她会到院子的每个角落去寻找新下的鸡蛋。有时候在鸡棚里，有时候则会在放杂物的房子里，摸出两颗。摘菜，也是余琦最愿意做的事。到吃饭的时候，去菜地里摘几个西红柿和一点青菜，一顿饭的菜，就够了。

深秋，月朗星稀的夜晚，一阵阵凉爽的秋风习习吹来，寒意浓浓。董亮、董燕、董霞担心母亲免疫力低，经不起感冒的侵袭，给母亲送秋衣来了。董燕轻轻地给母亲披上外套，说："秋凉，您应该稍微穿多一点才好。"

看到儿女们从一个个小不点长大成人，成家立业，余琦心里充满了喜悦。

看到母亲刚刚创作完成的那张充满秋天诗意的画，董燕高兴地叫道："我们一起欣赏一下妈妈这些日子画的画吧……"

余琦对孩子们说："我画的是秋天的景色，起名《春华秋实》。"

大家一起欣赏着美丽的图画。只见画面上，天际悠远，原野茫茫，满地金黄。秋高气爽，尽管百草渐黄，花儿却在怒放。

近景，从村头农家的葡萄架展开。一串串紫莹莹的葡萄，沉甸甸地挂在树上，晶莹剔透，紫得那么晶莹，紫得那么光亮，像一颗颗光亮的宝石，挨挨挤挤，密密麻麻，又像圆溜溜的小球儿。村边，是一片橘园，熟透了的橘子挂满枝头，树枝被压弯了腰，橘子的皮是金黄色的。一对金童玉女刚刚把橘子剥开，一片片月牙似的橘瓣，聚在一起，活像一个小灯笼，黄澄澄的果肉鲜嫩欲滴。梨树、枣树也挂满了硕果。黄澄澄的梨，青青的脆枣，让人垂涎欲滴。远景，深秋的田野，沉甸甸的稻穗随风摆动，掀起层层金浪。春种一粒粟，秋收万颗子，阳光与秋风之中，几个有着古铜色脸庞的庄稼人，正挥舞着弯如新月的镰刀，收割着金色的稻谷。村庄、果园、田野，接连延续，如同美丽的彩锦，由近至远，铺向遥远的天际，人们喜悦地收获着一季累累硕果……

余琦以自己的方式，寄予秋天美好的愿望和期盼。董燕读懂了母亲的画，她说："只有播种下希望，来年才会收获一季的快乐与富足。种田是这样，生活也是这样啊。"

董霞说："对于农家人来说，世间最美的事，莫过于收获沉甸甸的稻谷，压弯了树枝的橘子，圆溜溜的葡萄……"

董欣说："所以，要想收获，就要不辞辛劳，想要得到，就要付出和坚持。"

董亮的发言最精彩，他激昂地说："一年春华秋实之后，并不是生命的终止，来年的灿烂与辉煌，还等着我们去创造。妈妈，您现在就是处在丰收的季节。养病，只是一次清心怡然的休息，恢复了，您还要去播种来年的希望。"

孩子们的话，温暖着母亲的心。母亲的病，牵挂在儿女的心上。

这些日子，董霞四处为母亲寻医问药。一位头发花白的中医大夫特别自信地告诉她，西医治标，中医治本。老大夫说，你母亲这个病能治，但要时间久一点。他建议让余琦吃些人参，说人参是一味极好的补品，有稳定脉象、大补元气的功效，适用于大病、久病所导致的元气虚脱、气短神疲。这次，董霞专门托人从大兴安岭带了点人参，给母亲补身子。

余琦看了看二女儿带来的人参。微笑了一下说："这是好东西呀，你想让妈妈补好身子，长命百岁呀。"

"妈，我们就是希望您长生不老呀！"董燕扶着余琦的肩膀说道。

余琦轻轻地叹了一口气说道："人固有一死。这是自然规律。就像秋叶终会离开树梢一样，死亡是每个人都避免不了的。对于死亡，我可以坦然接受，只要我的儿女都幸福，我到了天堂也会微笑。"

董欣深情地说："妈妈，这辈子，您为我们吃了太多的苦，受了太多的罪。好不容易，现在生活好了。我们希望您能够好好活着，享受一下生活。只要有办法，我们就要让您活得更好，活得更长。"

董霞说："是啊！自古以来，长生不老，就是人类的梦想。古人认为，一些用中药材炼制的丹药为长生不老药。比如'老奴丸''五石散'……秦始皇曾派人驾着大船，远赴海上仙山，求长生不老的妙药呢！"

董亮说："现在，科技越来越发达，长生不老都快成为现实啦！比如，人的很多器官，都可以移植和修复啦。据说将来会有一天，人的哪个器官坏了，就培植个新器官换换，器官、肌肉、皮肤都可以从头再造。医生就跟流水线上的装配工一样，看哪个机器零件坏了，拿刀一切，直接安上新的。这样一来，人就可以长生不老了。"

董燕说："是啊！谁都想长生不老。当年孙悟空吃了蟠桃园中的蟠桃，就变得长生不老了。妈，您受了那么多的苦。现在，我们都长大成人了，希望您好好活着，多看看世界，享享福呗。"

余琦说，"孩子们，你们的心情我可以理解，但是，有生就有死。生命的消逝，有时并不是坏事，而是一种解脱，在某些宗教里，死被解释为投胎转世。总有一天，我们还是会分离的。"

"妈，尽管我们没办法抗拒死亡。但不管怎么样，我要尽力延长您的生命。您为我们受的苦难太多了。"董欣激动地说，"如果您病重，现在的医疗救治不了您，我们就先把您冰冻起来。等医学发达了，再让您起死回生。"

听了董欣的话，余琦哈哈大笑起来，说："傻孩子，哪有这种事情？哪有把人冰冻起来，还能起死回生？"

董欣说："有啊！我是学生物学的。在美国，人体冰冻早已经开始了。"

董欣的话，让一家人都吃了一惊。"人体冰冻了，还能再救活吗？死了，就睡过去了，还能解冻吗？解冻了还能复活吗？"董燕代表大家连连发问。

董欣说："1962 年，被誉为'人体冷冻之父'的罗伯特·埃廷格出版了他最重要的著作——《不死的期待》。书中介绍了人体冷冻的概念并引述了大量关于低等动植物冷冻复活的案例。罗伯特博士认为，作为高等生物的人类，肯定也具备冷冻复活的潜力。他相信，未来医学的发展能够治愈人体的各种疾病。'不管是什么杀死了我们，我们未来的朋友迟早会救治我们。'这本书一出版，就引起了不小的轰动，许多读者为此深深着迷。卧病在床的癌症晚期患者詹姆斯·贝德福就是其中之一。"

董燕追问："然后呢？"

董欣说："1966 年，詹姆斯在遗嘱中留了 10 万美元用于冷冻身体。虽然他知道希望渺茫，但还是不肯放弃这一线生机，而且，他从心里希望这个难以令人置信的科学研究能够持续下去，终有一天，可以真的实现生命向未来的穿越。”

“结果怎么样了？”董霞也着急了。

董欣说：“ 1967 年 1 月，詹姆斯永远地停止了呼吸。罗伯特·埃廷格和他的团队为他进行了人体冷冻。将他的遗体保存于一个盛满液氮的容器中。”

“詹姆斯真的可以复活吗？”董亮质疑道。

董欣说：“人体冷冻，确实保存了詹姆斯·贝德福的身体，待时间走向未来，医学科技发展到一定程度，说不定就能解冻他的身体，治愈他的疾病，帮他实现复活。”

董燕兴奋地对余琦说：“太好了！妈，您病重到无力回天的时候，我们首先要尝试把您冰冻起来。等到未来，再让您复活。只有冰冻了才有机会去解冻，解冻了才有可能再复活。总之不能让您死，您要一直活着……”

孩子们的话，在余琦的灵魂深处荡起粼粼波浪，眼泪悄悄地渗盈在她的眼眶，这是爱的感动。在生命接受疾病的折磨和考验之时，她对生活充满了感激，感激生活给予自己吃苦耐劳的机会，感激曾经的艰难困苦，感激曾经的快乐与忧伤，感激过往的一切经历对自己灵魂的历练。感激上天赐予自己一群贴心的孩子，是他们给了自己战胜疾病的力量。

或许，人们从来就没有做好至亲离世或者自己面向死亡的准备。作为长女，董欣对母亲的病后康复一直寄予美好期望。她相信，母亲的骨子里，有着常人不可比拟的坚强和柔韧。几十年来，她见证了母亲在人生道路上经历的曲折和艰辛。她懂得，母亲含辛茹苦抚育他们姐弟四人所付出的爱，是世界上最纯粹的感情，她祈祷上天赐福，希望母亲通过建立科学的生活方式，通过一段时间的康养，能够恢复如初。她牢记着孙建教授的话，健康管理主要是营养支持。她费尽心思，学习和运用护理知识，为母亲制订了饮食计划和运动处方。每天搭配一些鱼、肉、蛋，给母亲的身体补充能量和营养。用心帮助母亲恢复身体。白天，陪母亲散步，晚上，跟母亲聊天。

回归乡村，回归自然。余琦喜欢与女儿一起，行走在拥有无边色彩的秋幕里，倾听秋蝉发出的美妙乐音。她喜欢农村自给自足的生活状态，喝家乡的井水，吃自家种的粗粮和蔬菜，用自家榨的油炒菜。

董欣让妈妈每天坚持少吃多餐，均衡搭配营养，并且陪伴妈妈练习健走，从最初 800 米开始，慢慢增加到 2 公里。健走，增强了余琦的自信。她感受到，健走可以排解生理和心理的毒素，会分泌很多快乐因子，每天坚持，分泌的快乐因子就越来越多。慢慢地，她养成了健走的习惯，感觉人生好像被推开了新的一扇窗。

亲情的滋润，还有大自然和绿色的食物与环境，唤醒了余琦身体的自愈力。半年时间过去了，余琦气色慢慢好了起来。

以自然之法，还养自然之身。再次回到医院检查，余琦身上的癌细胞居然没有了。她的身体状况一天更比一天好。母亲绝处逢生，让董欣坚定了自己的信念，尊重自然规律，按照切实可行的自然之法科学地调理身体，健康的钥匙就掌握在我们自己的手中。董欣感悟，全心地陪伴，是母亲恢复健康的良药。

第二章　命悬一线

余琦肺癌复发，已是晚期，生命之火正在一天天熄灭……

一

岁月流转，红尘变迁。

1993 年，是余琦来到人世间的第 60 个年头。这天，正在忙于撰写博士论文的董欣，接到妹妹董霞从国内打来的越洋电话，妹妹急切地告诉她，母亲余琦肺癌复发，已是晚期，生命垂危……

妈妈旧病复发？震惊之余，董欣感到心痛万分。通过健康管理，妈妈身上的癌细胞不是没有了吗，怎么又反复了？她追悔莫及，悔恨自己没有花更多的时间，去陪伴妈妈执行绿色健康管理方案。她甚至觉得，妈妈是不是好了伤疤忘了疼，忘记了自己是一个病人，所以松懈了健康管理，没有那么严格地执行正确的饮食方案和运动方案，没有很好地休息和调理，导致旧病复发。

癌症正一步一步地吞噬着妈妈的生命，董欣心急如焚。她迅速安排母亲到美国康疗，全家人也做好了护送母亲赴美的准备。

这个时候，一件意想不到的事，打乱了所有的计划。黎宏伟的诊所改建工程施工，电焊焊渣点燃建筑材料，引发火灾。

大火中，人们的尖叫声、哭泣声弥漫诊所内外。

当时，黎宏伟出诊在外，董欣正在诊所内赶写博士论文。华人病友陈浩熊患肾病在医院六楼住院。火灾发生时，他正躺在床上，门一开，浓烟就冲进来了，很呛人。陈浩熊赶紧叫醒同病房的病友，大家一起用水将棉被打湿，牢牢堵住房门，阻止浓烟灌进病房。

与此同时，他们将毛巾淋湿后捂住口鼻防止被呛。过了一会，电全断了。一名患者眼见火势凶猛，居然从楼上跳下逃生。

面对浓烟和烈火，董欣强令自己保持镇静，迅速判断危险地点和安全地点，组织大家尽快撤离险地。她告诉大家，千万不要盲目地跟从人流和相互拥挤、乱冲乱窜，而应该朝明亮处或外面的空旷地跑，尽量往楼层下面跑，若通道已被烟火封阻，则应朝背向烟火的方向离开，通过阳台、气窗、天台等往室外逃生。

黎宏伟火速赶回。起火的那一层，在大楼中部第六层，那里明火最为集中，滚滚浓烟一度将楼下的楼梯封死，堵住了人们的逃生通道。一些人摸黑走到楼梯口准备冲出去，终因墙壁发烫，浓烟逼人，不得不返回。

男人沙哑的嘶叫声、女人的哭喊声、消防车的工作鸣笛声，持续不断。消防人员冲进火海救人，黎宏伟大声地叫着："大家尽快撤离，尽快撤离！医护人员赶紧救人，赶紧救人！"经过几个小时的奋战，凌晨4时50分，现场明火被全部扑灭。经过清点勘查，过火面积上千平方米。

尽管火势被遏制，但还是有人在火灾中不幸遇难，多名住院患者受伤。一些患者脸被熏黑，面部出现水泡。大火中，董欣的双手被烧伤了。

屋漏偏逢连夜雨。余琦的病，一分钟都不能耽误。这场大火又给了董欣以巨大的打击。医院遭受严重损失，自己也受了伤。稍作整理，董欣争分夺秒地给弟弟妹妹们打电话，马上安排母亲赴美康疗。她叮嘱弟弟妹妹们，千万不要将诊所遭遇大火和自己受伤的真相告诉妈妈。

余琦的身体越来越虚弱，生命之火正在一天天熄灭……

她虚弱地劝董欣道："孩子，你安心学习，妈妈不想到美国给你添麻烦了，我很好，我会等你的。"

董欣心里，一阵一阵的疼痛。她明白，母亲不愿意到美国，是不愿意给自己增加负担。

秋夜，凉风轻轻吹过。在董欣的坚持下，第二天，余琦就要赴美国治疗了。整个夜晚，董亮辗转反侧，难以入眠。他感觉，天，是那样的阴晴不定。在莫名的忧伤缠绕下，他终于盼到了天亮。

上午十点，董亮、董霞和董燕陪伴着生命中最重要的人——他们的母亲余琦，登上了飞往美国的航班……

美国加利福尼亚州洛杉矶国际机场，董欣和黎宏伟见到了日思夜想的母亲。此时，面如土色的余琦身体越来越虚弱，奄奄一息……

医生确诊，余琦已经是肺癌晚期。癌细胞恶性增殖所形成的肿块，已经布满她的腹部。由于癌细胞侵犯神经，疼痛一直伴随着她，夜间更加明显。一般的药物已经难以控制。由于组织坏死，她的全身出现溃疡，并持续咯血。

眼看着妈妈的病情一天一天地加重，董欣心如刀绞。她不停责怪自己，为什么不早点把妈妈接到身边？自己为什么不继续留在家里陪伴妈妈？为什么非要来美国？

二

秋风萧瑟落叶尽，秋殇离落悲凉至。秋风吹拂着落叶，母亲的身体愈来愈弱，凄然和忧伤弥漫在董家姐弟的心头。

余琦所在的独立病房，墙上的装饰画，描绘的是一派春天的景色。然而，从病房窗户看出去，树叶，却正在秋风中飘落，枝头上黄叶一片一片地飘落在地上，触动着大家难过的心绪。生命，正如四季轮回，秋风终将扫尽落叶，生命终将沉睡……

主治医生明确地通知董欣，病人的情况很不好，生存期有限。

病房里非常安静，焦虑的董欣，内心却不能平静。她最害怕的事情，就是失去母亲。她对弟弟妹妹感叹："一个人，无论年龄多大，失去母亲，就会变成无根的小草，心无所依，随风飘荡。"

面对生命的无常，面对将要永远失去的母亲，董欣感觉自己束手无策。她难过地跟弟弟妹妹讲："妈妈现在进入了一种嗜睡状态。说不定，就在睡梦中走了，妈妈真的要离开我们了……"

听了姐姐的话，董亮心急如焚。他一会儿在医院的楼道里轻轻地踱步，一会儿召集大家一起商量挽救母亲的对策。他痛下决心："哪怕用自己的命换回母亲的重生，也要竭尽全力，挽救母亲！"

深夜，余琦疼醒了。过了一会，被疼痛折磨的她，又开始说胡话了。董欣冲出去找值班医生，要求给妈妈注射止疼针。

过了一会，余琦要喝水，这时候，她的眼神开始飘忽了。董欣意识到母亲快不行了，让大家过来。余琦有气无力地说："怎么来这么齐，知道我快不行了吧，亮亮呢？”她最不放心的，就是自己唯一的儿子。董亮赶紧趴在病床前，抚摸着妈妈的手。余琦吃力地说：“你，你生下来时，不到，不到三斤……”她已经没有力气说话了。后面，她可能想说，谁承想，一下子，你就长成一个大男人了。

看着痛苦挣扎的母亲，董欣伏在母亲耳边，含着泪说：“妈妈，您放心吧。我会照顾好弟弟妹妹的，我们都会好好的……”余琦吃力地说：“嗯，嗯……”这时候，她的意识好像还是清晰的。

突然，她眼神空洞，又晕了过去。看到医生下的病危通知书，董欣感觉脑子一片空白，世界一片黑暗。她让董亮赶快把母亲上路的衣服拿过来。董亮急了：“妈妈还没走，拿那个衣服干什么”。

董欣生气地嘶吼着：“你懂什么，现在不准备好，真走的时候，就来不及了，赶快拿过来。”

医生和护士开始紧张地实施一系列的抢救措施。无论如何，大家都不能放弃最后一线希望。实际上，这样的时候，就算把病人抢救回来，而绝症得不到根治，又有什么意义呢？结果只会让她更加痛苦。

面对命悬一线的母亲，董欣伤心欲绝。她想，难道，只有死亡，才是母亲最好的解脱？

董霞和董燕一直在哭。哭了一会，董燕悄悄冲出病房，找到一个无人之地，放声痛哭起来，董霞也随她一起放声痛哭，两姊妹哭得撕心裂肺。无论如何，她们都不能接受自己的母亲将永远离开这个世界的现实。

母亲要走了，二女儿董霞泣诉：“割肉还娘，也无法释怀我撕心裂肺的哀伤。”小女儿董燕则坚信，肉体只是一个人物化的载体，灵魂才是生命的核心。人死后，灵魂还存在。无论如何，她都希望母亲的灵魂一直存留于人间。

看着母亲一步一步地走向天边，极度痛苦的董燕感觉，自己的身体和灵魂仿佛分离。自己的身体回到了病房，听亲人们商量妈妈的后事，记忆却回到了过去……那天，放学了，风雨交加。身有残疾的她，没带雨伞，只好顶着风，冒着雨，硬着头皮向回家的路上走去。突然，一个人默默地在后面为她撑起了雨伞，抬头一看，是妈妈。董燕心里一暖。她看见，母亲浑身上下湿透了，却使劲用伞护着自己。她记得，自己成长的每一步，都渗透了妈妈无私的爱。她在内心哭喊着：“妈妈，您不能走啊，我不能没有您啊！没有您，遇到问题了，我该怎么办啊！妈妈，您就是走到天边，我也要把您救回来！”

第三章　生命暂停

董欣明白，亲爱的妈妈已经无药可救了。渐渐来袭的丧母之痛，使她无法忍受。

正在大家为如何挽救余琦一筹莫展的时候，董欣的丈夫黎宏伟拍了拍脑袋说："我有个好主意！趁母亲一息尚存，我们可否尽快制定一个人体冷冻方案，在母亲弥留之际，把她冰冻起来，将来条件成熟了，再救活她？"此言一出，大家眼睛放亮，齐声说："是啊，我们可以尝试一下呀！"董亮第一个支持作为医学专家的姐夫。

通过人体冷冻，实现生命暂停。这给了董欣姐弟一个期待……

一

黎宏伟的提议，让大家看到了希望。但是，人体冷冻真的可行吗？实施人体冷冻以后，余琦能否真的被唤醒？即便能唤醒，她的身体能不能康复？康复了，她的记忆能不能恢复？她的精神能不能适应苏醒后的社会？这一切，都是不得不考虑的问题。自然而然，这也成为董家姐弟讨论和争议的焦点。因为谁也不敢担保，这一系列的操作可否把控，可否如愿以偿。

黎宏伟解释说："人体冷冻技术确实正在探索的阶段，但技术已逐步成熟。技术的核心是将人体在心脏停止跳动的那个瞬间，立刻冷冻起来，等医学发达以后进行唤醒和治疗。"

以前，跟妈妈和大姐聊天的时候，董霞曾经听大姐说过人体冷冻。"冷冻了，真的能够复活吗？"她担心地问。

董亮也非常关注这个问题，说道："据我了解，目前，全世界还没有冷冻人被复活的案例。"

黎宏伟回应道："目前，科学家们正在研究，怎么让煮熟的鸡蛋再回复到最初鲜活的样子，生命的逆转正在成为可能。所以，我相信未来冷冻人可以复活。"

董欣担忧地说："可是，人体冷冻和动物冬眠完全是两种概念，动物冬眠依然会葆有生命体征，而被冷冻的人好像没有。"

"动物在冬眠的时候，体内的物质代谢过程减缓，几乎不需要补充外界的食物，就可安然度过漫长寒冷的冬季，等到春天，它的生命又焕然一新。生活在地球最寒冷区域的北极熊，就有漫长的冬眠。我认为，这种现象基本上能够解释人体冷冻的原理。"董亮补充道。

董欣说："詹姆斯·贝德福是世界上第一个被人工冷藏的人。从1967年到现在，他已经被冷冻了26年还没有复活，以现在的科技来看，冷冻人复活的概率是不高的，甚至是不可能的。据说，因为条件不成熟，詹姆斯·贝德福原先的复活计划已经推迟了。"

黎宏伟继续阐明自己的意见，说："要复活完整的人体，那是更高层面的事情。复活工程最困难的核心问题，就是修复损伤的细胞。好在科学界已经开始研究人体器官的复活了。我相信，人体冷冻复活技术，若干年后一定会变成现实。我们现在只有应用现有技术，先将人体冷冻起来，将来才有复活的可能。至于对错，还是让未来的实践来评判吧。"

董亮说："其实，人体冷冻术也面临着伦理道德等很多实际的问题。一个经过冷冻处理的人，能适应将来人类社会的全新生活吗？"

董欣默默地点头，大家陷入了沉思……

董霞说："不管怎么样，我们一定要想方设法留住妈妈。"

董燕说："我同意！只要能够救妈妈，我什么都愿意！"

董欣总结道："无论如何，现在，只有实施人体冷冻，才可能有机会等到将来科技发达了再唤醒妈妈！"

通过激烈讨论和反复论证，一家人达成共识。运用正在探索之中的人体冷冻技术，在母亲弥留之际，把她的身体冷冻起来，等科学发展了，再唤醒她，同时采用新的医疗技术治疗母亲的疾病。

尝试运用人体冷冻技术延伸妈妈的生命，这是一个大胆的决定，它让大家看到了一线希望。他们期待人类尽快攻克肺癌，期待母亲有复活并恢复健康的那一天。

二

董欣与黎宏伟辗转联系到得克萨斯州埃廷格博士创建的人体冷冻中心，与负责人纽曼博士交流了冷冻母亲余琦的想法。纽曼博士理解并且支持他们，并组织专家组就对余琦实施人体冷冻术，进行了深入的探讨，制定了翔实的方案。

ICU 重症监护室里，余琦痰液堵塞，呼吸不畅，不间断地喘息……

护士帮她抬高头与肩，取半卧位吸氧，不停地为她吸出痰液和口腔分泌液。看着为全家老小操劳一辈子的母亲受苦受罪，孩子们心如刀绞，他们为自己无法取代母亲去遭受苦难而难过。

董欣用手轻柔地抚摸着余琦的手。这时候，余琦吞咽已经很困难了，董欣含着眼泪，用棉签慢慢湿润她的嘴唇。一会儿，余琦进入昏迷状态，看起来，她像是在熟睡，呼噜声很响。董亮解释说，这并不是睡着了打呼噜，而是说明病情加重。呼噜声越响，越说明情况不妙。

针对呼吸困难的症状，医生建议实施气管插管，让病人呼吸顺畅一些。他们向董欣解释了插管的风险和获益，董欣认为这种有创操作，不仅不能解决问题，还增加了母亲的痛苦，决定放弃气管插管治疗。

余琦的身体每况愈下，正在不可逆转地迅速衰竭。傍晚时分，她从昏迷中清醒。发病后，因为记忆力减退，她一直记不起家里的亲人。突然间，她的脑子好像清醒了过来。在几乎失去了表达能力、只能说单字的情况下，她开始一字一顿地、一个个地叫着大家的名字。随后，她抓住董欣的手，眼神充满期待，那是求救的眼神，她是在期待女儿想办法挽救自己。

董欣轻轻地帮母亲理了理头发说："妈，我们一直都会在这里陪您，我相信，您会好好活着的……"精明过人的余琦心里明白，这一关，自己走不过去了。她慢慢地摇了摇头，眼角溢出了泪水。

实施人体冷冻，需要本人签字同意或者点头同意才行。难得母亲有这样片刻的清醒，董欣抓紧机会，含着眼泪问道："妈，您一定要好好的，您要是扛不住了，我们就把您冷冻起来好吗?"在余琦的潜意识里，存留着人体冷冻的信息。这时候，她好像听明白了女儿的话，竟然清楚地回了一句："可、以……"

董欣摸着母亲的手，伏在她的耳边，轻轻地说："冷冻以后，您要睡很长时间的觉，等您醒过来之后，您的病就可以治了。您看这样好不好？"余琦再一次挤出了两个单字："好，好。"

说完这两个字，她好像是完成了最后的愿望，进入了弥留状态……

母亲太过虚弱，无法亲自签署文件，董欣按照母亲口头表达的意愿，代表余琦在生命延续计划知情同意书上签字，同意成为人体冷冻项目的志愿者。

接下来，余琦的呼吸越来越困难，喘息越来越明显……

三

在纽曼博士的主持下，一项伟大的工程即刻启动。

一个由专业的生物工程团队和医疗团队组成的特殊反应小组，已经为实施冷冻的那一刻，待命三天三夜了。

余琦的病情急转直下，右侧瞳孔明显放大，原本刺激会动的右手也没反应了，打鼾更响了，而且舌根后坠。忽然，她的呼吸受阻，似是痰塞引起了窒息。

吸痰、拍背，无济于事。她已经没有了自主呼吸，接着，她的心率也开始下降……

抢救无力回天，主治医生宣布余琦呼吸和心跳停止。这意味着在法律意义上，她已经离世。在余琦被宣布临床死亡的第一时间，她的大脑细胞还没有大量消亡，基本的血液循环和新陈代谢还在。特殊反应小组迅速行动，他们必须在5分钟内，通过外力维持患者机体的生理功能，为后续操作打好基础。

特殊反应小组立刻对余琦实施了气管插管，启动心肺复苏器按压心脏，通过体外膜肺氧合保证供氧，并迅速向她体内注射了抗凝、抗氧化和中枢神经营养等药物，同时通过循环系统快速输入冰盐水进行物理降温，保证她全身血液继续循环，保证细胞和组织不因缺氧造成损伤。这是一场与死神赛跑的较量，这是一场惊心动魄的战斗。

董欣姐弟四人，心情忐忑地在病房外等待，直到走完了人体冷冻第一道程序的余琦，被抬上早已停在医院楼下的救护车。

载有余琦的白色救护车风驰电掣地从医院驶出，余琦被护送到美国得克萨斯州最大的人体冷冻中心，继续推进冷冻程序。

人体冷冻的操作流程十分精确。接下来的几个小时中，将启动以体外循环机支持血液流动的动脉插管，同时进行灌流置换手术。病人的血液将被替换成冷冻保护剂——本质上来说是一种化学防冻剂，防止人体组织被冻伤。然后病人的身体将由氮气冷却到-196℃。

首先是降温。余琦被抬到定制的低温手术台。纽曼博士和心外科医生、麻醉专家以及体外循环灌注师相互配合，通过颈动脉和股动静脉建立起微创双通路循环，把血液引流出来，通过外部的泵支持血液流动。

当体温降至 18℃左右时，血液置换和多梯度的冷冻保护剂灌注开始进行。

人体内百分之六七十都是水分，水在低温下一旦结成冰晶，会刺破细胞膜，造成人体损伤。专家采用防冻剂置换出体内的血液和水分。随着抽出体外的血液由深红变成浅红以至越来越淡，注入余琦体内的防冻剂变得越来越浓稠，它会逐渐变成固体但不会结冰，最终余琦身体的温度达到了 3.2℃，身体代谢也随着置换的完成大大减弱。

在纽曼博士的掌控下，灌流持续了近八个小时最终完成。经过了数十小时的降温程序后，余琦身体内外温度都稳定在-190℃以下。

纽曼博士说："人体冷冻降温时，有冰晶刺破细胞膜和血管的可能性，这样细胞将失去活性，也没有办法实行血液循环了，这也就失去了冷冻的意义。看来，余琦的身体很适应冷冻保护剂，降温没有产生大量冰晶，这有利于将来的复活。"

经过复杂的程序，余琦的躯体被厚厚的睡袋包裹好，保存在金属舱中，再通过吊装设备将金属舱装入罐中并盖好。至此，余琦的身体被倒置安放于一个充满液氮的温度为-196℃的不锈钢高罐中，与此前全球参与冷冻的 300 多人一样，在漫长岁月里，静静地安睡……

研究人员每天都来监测罐内的液位、内外温度以及罐体不同点的温度，每隔 10 到 12 天会向罐内充液氮，保证余琦的状态良好。

在美国得克萨斯州人体冷冻中心，董欣带领全家人举行了一个特殊的告别仪式，暂时向母亲告别。

人体冷冻，让死亡从永别变成了未来再见。但是，谁也不能保证，余琦一定能够复活。然而，人体冷冻给了家人一个期待，也为推进低温科学实践迈出了重要一步。等到未来疾病可以治愈时，余琦或许还能复活。在家人心中，她只是生命被按了暂停键。

董欣姐弟开始期盼，期盼医学科学迅速发展，迅速攻克癌症。希望母亲只是一次沉睡，期盼她沉睡之后，终有一天能够再次醒来，再次拥有全新的生命。

凝视着长眠的余琦，董欣默默地想，妈妈只是暂时离开了我们，她的灵魂与我们同在。每时每刻，我的灵魂都会陪伴妈妈的灵魂。将来，如果妈妈能够“复活”，如果一切能够重来，我一定要珍惜每分每秒，好好陪伴她。

第四章　灵魂画廊

余琦被冷冻。在海河城引起了轰动，人们议论纷纷。有的人认为，人死了，应该入土为安，有人觉得董欣他们是在“瞎折腾”。已经是六十岁的人了，死也死得过了，有必要花那个钱，让她再活一次吗？这样的话，让董欣潸然泪下。她不明白，有的人怎么会说出老年人就该死，这样不是人话的话呢？这些人是怎么样在看待生命的？如果是他自己的爸爸妈妈、外公外婆、姥爷姥姥面临死亡，他会怎么想？

不管别人怎么说，董欣他们下定决心，追到天边也要抢救回母亲。他们已经通过科学技术，在母亲生命运行中按了一下暂停键，以此尝试调整生老病死的自然规律，寄托与母亲再续未了情缘的期待……

一

老街上，有位出了名的王老头，外号“包打听”。老人名叫王新全，已经62岁了，头发花白，身材清瘦。平时常常穿着一件蓝色条形衬衣，配一个黑色马甲。长形马脸上的小眼睛，常常眯成一条缝。王老头平时说话幽默风趣，就是脾气有点古怪。老人曾经有一个圆满的家庭，膝下有一儿一女，街坊邻居都羡慕他“儿女双全”，生活美满。年轻的时候，作为父亲，王新全最为自豪的是看着自己的儿女一天天长大成人。

斗转星移，终于盼到儿女成家立业了。可偌大的房屋里，只有老人独自生活。老人房间的桌边，有一张残缺的照片，是他和已故老伴的合影。前两年，他的妻子患上癌症，四处求医无果，不幸去世。遇到伤心事，孤独的老人就会一个人回到房间，看着与老伴的合影照片发呆……

女儿嫁到外地去了。儿子成家以后，儿媳妇感觉和公公一起住没有自由，想要有夫妻的二人世界。一天，王老走过儿子的门口，听到儿媳在说："这样的生活我受够了，跟老人住在一起，每天老人都在眼前晃来晃去的，我们没有一点私人空间。"听见这话，王老恍然大悟。他明白了，儿子结婚了，应该有自己的生活。尽管他很委屈，但是，他还是决定退出儿子的生活。他支持儿子、儿媳妇在外找了个房子，搬了出去。

王老没有想到的是，儿子搬出去后，尽管离自己的家也就二十分钟车程，却很少回家。自己最疼爱的女儿也是很长时间没有一个电话。

女儿出嫁了，儿子搬走了。偌大的房屋里，与王老朝夕相处的只有一条叫黄黄的小狗。黄黄特别通人性，它就像王老身边的小跟屁虫，一刻也不愿意离开王老。有一次，王老脑梗发作住院。儿女们都没有时间陪伴，狗狗也不便于带到病房里。这样的境况让老人感到心凉。住了两天，门卫大爷走进病房，对王老说，你家的狗狗来找你了。王老惊讶地说："你怎么知道是我家的黄黄？"门卫大爷看了看他说："它叼着你和夫人的合影照片。"看到一刻不停地黏着自己的黄黄，王老流泪了，他心生感慨，人老了，只有狗狗的爱没有变。

王老出院后，带黄黄去菜市场买菜，它竟然出奇地乖，在菜市场里一直跟着王老走，也没叫出一声来。逛了一会，王老买好菜出来了，刚走出市场，黄黄就一直用头来蹭王老的手，王老伸手过去，天啊！它竟然吐出个鸡蛋在王老手上。王老想，黄黄知道自己生病了。叼个鸡蛋给自己补身体。他感动至极，只想好好与黄黄相互陪伴，不管时光还有多久。

一个人生活的孤寂，只有王老自己知道。儿女不在身边。用他自己的话说："我一个人吃饱，全家不饿。"他希望让儿女陪在身边，却又不愿意承认。

好在王老的骨子里，有一种爱管闲事的精神，这帮他排遣了不少寂寞。一有时间，王老就跟自己的老友下下棋，喝喝茶，谈天说地。王老的嗅觉特别灵，他能嗅出老街上每一个新的"轰动事件"。哪里发生什么事，你就会在哪儿见到他。余琦被冷冻，这么神秘而奇特的事情，他肯定要打听清楚。只见他站在街头，不停地抽着烟，露出黑黄黑黄的牙齿，用熏得焦黄的手指头比画着，绘声绘色地向人们讲述着这件离奇之事。

这几天，王老特别忙。每天，他都貌似怡然自得地沿街闲逛，实际上，他在收集着关于余琦被冷冻的、一切可以收集到的信息。很快，街坊们说东道西的内容他都整理出来了。有的街坊觉得，余琦的孩子们真孝顺。为她争取了一个重生的机会；有的街坊认为，余琦只是以一种特殊的形式逝世罢了，只是葬礼的形式不同而已；一些街坊对冷冻死者的遗体以盼望将来“复活”的说法嗤之以鼻，说余琦已经是六十岁的人了，死也死得过了，有必要花那个钱，让她再活一次吗；还有的人觉得，人体冷冻，那只是骗钱的把戏；也有人说，余琦一辈子太辛苦了，也该好好睡一觉了，她是不是能够醒过来，现在还说不清楚，那是以后的事情。

街坊们的议论整理齐了，王老又横跨街道，以不屈不挠的精神，去开发新的内容。他又花了几天时间，基本弄清楚了事情的来龙去脉，以及人们的各种观点，还有人体冷冻的一些原理。

首先，王老对“六十岁的人了，死也死得过了”的说法十分反感。他指责这样的人简直是铁石心肠，不会说人话。王老愤愤不平地说：“老年人就该死吗？不要说刚满六十岁的人，即使是六十多、七八十岁的人，就该死吗？如果死的是你的父母或者爷爷奶奶、外公外婆，你要不要伤心？”

王老是支持余琦冷冻的。他还认真研究了人在自然死亡前被冷冻起来的结果。王老认为，余琦仿佛是睡美人一样，暂时休息一下，还会再次苏醒。他用刚刚学来的生物学知识解释，生物都有惊人的抗冻能力，冷冻以后还能保持在“暂停”状态，一旦温度回升，又会迎来全新的生命。他还举例说明：你看，冰冻的鱼再活过来，它还是鱼，而不会变成其他的东西。梨树在-20℃至-33℃之间、苹果树在-46℃的低温下休眠一冬之后，仍能在春暖之时开花结果。

“包打听”的信息，满足了街坊邻居的知情欲。尽管有些说法不一定准确，甚至与新闻报道相悖，但大家不出门，就了解了这件事，还是很省力气的。

二

所谓“远亲不如近邻”，余琦家隔壁，有个朝夕相处的老邻居，叫李湘梅。她长着一对月牙儿似的弯眉毛，配着一双乌黑的大眼睛，一个小巧玲珑的鼻子，再加上樱桃似的嘴巴，是个标准的美人儿。

湘梅在老街上也住了几十年了。她不仅长得漂亮，人也挺好。董欣他们小时候放学回家，如果爸爸妈妈还没回家，邻居家的李阿姨就会从窗口探出头来，关心地说："宝贝，爸爸妈妈还没回来呢，到阿姨家来玩啊！"

湘梅是一位中学美术教师。她家的书架上、桌子上、箱子上，甚至于床铺头都堆满了画画的书。董燕最喜欢去李阿姨家了。每次，李阿姨都会又拿点心给他们吃，又拿书给他们看。每次，孩子们看着大大小小、厚厚薄薄的书，一时不知看哪一本好。李湘梅笑道："怎么，犯傻了，想看什么书，自己挑吧。"

一个喜画画，一个搞美术教学，生活中，余琦和湘梅也是知己。平时，很有共同语言，特别是聊起绘画，两个人的兴致都很浓，一聊就是半天。

听说余琦被冷冻了，李湘梅知道，余琦的肉体远在异国他乡，但她的灵魂，还留在那个收藏书画作品的小阁楼里。

这天，董燕回到家，呆坐在小阁楼里，对着妈妈的藏画沉思，回忆着妈妈一生的经历……

不知什么时候，湘梅阿姨上楼来了。她轻轻地扶着董燕的肩膀，把董燕从沉思中唤醒，问："想妈妈了？"董燕点点头。她接着道："如果想妈妈，就把妈妈的画整理一下，做一个家庭画廊。亲戚朋友可以通过这个画廊，了解你妈妈的一生。"董燕很受启发，惊喜地说："李阿姨，您这个想法真好！谢谢您！"

"好，那就马上动手给你母亲做一个专题画廊吧！就叫'爱有多深，灵魂就能走多远'，怎么样？"李湘梅是街坊邻居中的意见领袖，对每件事情都有自己独到的见解。

"太好了！"受李阿姨的启发，董燕和姐姐董欣、董霞还有弟弟董亮商量，精心策划了一个家庭画廊——"爱有多深，灵魂就能够走多远"。画廊以余琦的人生经历为线索，揭示了她充满传奇的人生故事。

三

余琦冷冻三个月后的一天，"爱有多深，灵魂就能够走多远"家庭画廊布置完成。整个画廊，围绕余琦的传奇人生展开。

画廊分"精彩世界""生命与爱"两大版块。集中展出余琦和董燕的绘画作品和相关照片。余琦的山水画主要在"精彩世界"版块展出，"生命与爱”展示董燕以妈妈为原型创作的作品，多是她为家庭画廊创作的一批新作。其中，刚刚被海河画院收藏的《生命与爱》以及《学会爱自己》水墨画作尤为引人注目。

整个画廊展出的画作既写实又超凡脱俗。作者以独特的视觉，聚焦余琦生命历程当中的闪光点，挖掘生命与爱的意义，创造出不同凡响的艺术境界，引人思考，撼人灵魂，具有非同寻常的艺术价值。画廊从老屋的一楼，延伸到楼梯上的阁楼。

老屋里，肃穆静谧。画展的前言介绍写着：“画展的作者余琦、董燕是海河一对母女。多年来，母女俩一直活跃于画坛。她们的绘画作品融入了中国的传统文化，画作有一种独特的韵味，色调清雅，具有强烈的现实感。

“余琦的山水画，更是取自然之精华，吸天地之灵气，展阴阳、晦暝、晴雨、寒暑、晨昏、昼夜之妙趣。”

“精彩世界”版块收集了余琦珍藏了半个多世纪的山水画。早在 1944 年，幼年丧母的小余琦在希理达女子学校求学时，就开始练习书画。在充满诗意、恬美、宁静、圣土般的女校，余琦安静若莲，远离世俗喧嚣，在校园的宁静一角练习书画和西洋乐器小提琴。书画和音乐净化着她的灵魂，滋养着她的书卷气。尽管不是专业画家，但是经过多年的练笔，余琦的山水画作品清新自然，壮美辽远，自成一体。

她的画作《归来》，以多种景物并置，组合成一幅秋郊夕照图，袅袅的炊烟、远方的小溪、牛、大树、湖水、苇丛，还有重峦叠嶂、小桥流水等景物，都被置于牧归少年的背景之中，烘托了一个充实而饱满的生活情境。

《庭院竹林》则幽篁拂窗，清气满院，竹影婆娑。竹叶经冬不凋，清秀而又潇洒。画作以源远流长的中国竹文化，展示了作者高雅、纯洁、虚心的精神气节和生活格调。

秋心如海复如潮，唯有秋魂不可招。《郁金香之海》这幅作品采用了写意的技法，一大片金色的郁金香代表了金灿灿的丰收之美，再配以朵朵紫色点缀，由此丰富了作品的色彩饱和度，构成视觉美感。在郁金香花丛中，还有几只黑白相间的鸟儿或展翅欲飞，或驻足停留，或低头啄食，这样的动静结合，极大突出了郁金香之海的柔静美好，又仿佛是对美好生活的祈祷。

《山间小路》这幅画作中山峰连绵厚重，多用水墨横扫，又有石青石绿皴擦点缀，展现了青山焦峰的美，山脚下白色的水潭宁静清澈，一条小道通山中小屋，寓意“曲径通幽处，深山藏雅居”。远处祥云缭绕，意境深远，展现了自然景观写意的美和水墨多变秀雅的美，让观者不知不觉沉醉其中。

余琦用画笔讲故事，反映大自然之美，揭示自然的奥秘，反映人和自然的和谐相处。她通过画面引领观者进入大自然，去探索和发现自然的神奇。

余琦的《精彩世界》系列以山水、动物、植物元素为创作题材。以较之专业书画家更为本真、更为纯粹的艺术语言和更强的水墨流动性，展示出引人入胜的意境，展现了作者热爱自然、热爱生命的情感。

一幅幅写实而又饱含艺术深度的画面，展现了余琦的生命轨迹。作者通过取材、造型、色彩、线条等艺术表现形式进行创作，期待通过作品，呼唤观者的灵魂同频和情感共鸣。

现场观众置身其间，使耳听、用眼看、以心观，凝眸沉思，认真解读画作背后的故事，在与画面的沟通中实现灵魂的净化，感悟苍生世界的生命与爱。

“生命与爱”版块中，董燕用自己上百幅绘画作品，再现了母亲余琦的人生故事和被实施人体冷冻的传奇经历。

第一张《团年饭》：以 60 年代初期，六口之家吃团年饭的情景，展现余琦董志峰夫妇与四个孩子当年的生活状态。作品中，墙上发黄的旧报纸和报纸上的“虫洞”、老式的旧桌椅、摆在书桌上的老式座钟、挂在房子中间的拉线电灯泡，都具象地展现了时光的流逝。尽管是团年饭，因为桌子太小，有的人坐在桌边，有的孩子站在小而简陋的桌旁，反映了当时生活的艰难困苦。第二张《织毛衣》：煤油灯下，余琦拿着一件织了一半的红毛衣正在挑灯夜战。第三张《练琴》：余琦在教女儿董欣拉小提琴，画面上的女孩用肩膀和下巴夹住小题琴，妈妈兼老师的余琦正在纠正她的握弓动作。

《机场接力》系列由三幅作品组成。第一张《病重》：病重的余琦坐在轮椅上，在孩子们的簇拥下正在登上飞往美国的班机。第二张《接力》：美国洛杉矶机场，董欣和黎宏伟将病重的妈妈抱到汽车上，赶往医院。第三张《抢救》：医护人员正在对余琦实施抢救。

《冷凝一刻》系列同样呈现了三幅画作。第一张《准备》：人体冷冻进行时，两名专家正在向余琦体内注射抗凝剂、抗菌药物、抗血栓药物，防止血液凝固，还有专家正在用特制设备按压心脏，保证血液继续循环。第二张《告别》：余琦被保存在-196℃的液氮环境特殊容器中。身着隔离服的专家和子女正在默哀，好像在举行一个特殊的“葬礼”。第三张《冷冻》：余琦的身体终被凝固，工作人员按期添加液氮，保证她的身体完好保存，等待有一天科技发达再唤醒复活。这幅画引起了特别关注，人们纷纷驻足观看，了解这个神话般的故事。

人体冷冻最早源自科幻小说作家的想象。1968 年，库布里克导演的几乎没有台词的著名影片《太空漫游》中就有人体冷冻的场景。与此同时，低温甚至超低温下的世界，一直极大地吸引着物理学家和生物学家的兴趣。许多物质在低温、超低温下会发生一些非常有趣的奇妙变化，比如透明的空气在-190℃下会变成浅蓝色的液体，液态氦变成超流体，而许多金属和化合物的电阻在超低温下则会完全消失。

余琦被冷冻，引发了人们对生命与爱的思考。生老病死是人类发展的自然规律。作为人类认识自然、改造自然的产物，“冷冻复活”技术能够创造不死的人类吗？“不朽”的余琦，一旦“复活”，她能适应时代发展后的全新生活吗？我们常常害怕死亡，但如果人真的可以永远活着，我们会像害怕死亡一样害怕永恒吗？如果生命和灵魂真的能够重新来过，我们能够抓住机会，不再留下任何遗憾吗？伴随着丰富的画面，观者与作者的灵魂互动正在进行。

在余琦的熏陶和训练下，董燕自小喜欢画画，作为专业画家，她的画已经形成了质朴有趣的风格。这些画，董燕并非单纯地在记录自己妈妈的一生，并非仅仅在画自己看见了的东西，而是在画触动了自己灵魂深处的东西。

她与母亲余琦一样，将自己深度的思考融入画作之中。艺术与灵魂的共振通过画笔将瞬间变成了永恒，产生了画廊中一幅幅让观者流连忘返的艺术作品。

中部　生命的色彩

第五章　人生启航

“我是长江的姑娘，紫荆山的红花绿叶，是我的霓裳。玄武湖的清澈碧水，伴我梳妆。尘世的冷暖，使我由弱变强。航船的灯塔，将我的灵魂点亮。迎着吹来的风，顶着打来的浪，绽放的生命，从这里启航……”

这是余琦为画作《生命启航》的配诗。画面上，千里澄江，宛如一条白练，缠绕在美丽的南京城和青翠山峰之中，帆船在江中往来穿梭。一只正在启航的帆船，航向直指彼岸……在惊涛骇浪的长江之中，它是渺小的，犹如大海的一粒细沙，但它又是独特而不可复制的，如同镶嵌在长江的一颗翡翠，彰显着生命的精彩。

一

南京，素有“江南佳丽地，金陵帝王都”之誉。在小余琦眼中，南京，是最美的金陵。这里，是她风雨兼程的人生之旅启程的地方。

1937 年 6 月 1 日，是国民党政府南京建都 10 周年纪念日。南京市政府与南京市民众，举行了 3 天盛大的庆祝活动。

6 月 3 日下午 1 时至 5 时，玄武湖公园举行游园大会。成千上万的中外宾客，摩肩接踵，热闹异常。五洲桥上，搭起了一座 10 米的灯塔，光彩夺目，四面均扎纸花，极为美观。又以 16 只划船扎成一条巨龙，游荡湖中。湖面上散置荷花灯千余盏，宛如满天繁星。南京市市长马超俊首先行植树礼，植松树一棵，并在树旁勒石一方，上书“十年树木”四字，以资纪念。

懵懵懂懂的小余琦，一会儿牵着母亲的手，一会儿伏在爸爸的肩上，用新奇的眼光，打量着这个美丽繁华的世界。

面对这个刚刚为她敞开的新世界，她的心中装着无数个为什么。她边看边问，边走边问，世上的一切，对她来讲都是新奇的。即便是有知识、有文化、接受过新思想熏陶的父母，也不足以回答她所有的问题。这场盛大的游园活动过去了一个月，她的问题仍然没有问完，因为，懵懵懂懂刚刚学会思考的她，想知道的问题太多了。多彩的世界，将会给每个初生的灵魂染上不一样的颜色，一万个人就会染上一万种颜色。

然而，1937 年 7 月 7 日，日本军国主义在北平卢沟桥发动“七七事变”，挑起了对中国的全面侵略战争，战争发展的速度超过了人们的想象。

这时候，小余琦对这个世界产生了更多的疑问。而此时，她的父母脸上开始失去了往日的笑容，已经顾不上为她回答太多的问题了。

南京芦席营，一个别墅式小独栋的楼里，居住着两家人。余琦的父亲余俊豪及一家三口居住在楼下。居住在他们楼上的余亚东先生，是他们的同乡。

这一天晚上，余俊豪半夜回到家里，就上楼去敲余亚东家的门。余亚东十多岁的儿子余维新告诉他：父亲余亚东还没有回来。他和母亲也一直没有睡，在等父亲回来。

余俊豪下楼回到了家里。小女余琦已经入睡了，夫人正等着他归来。看着一脸疲惫的丈夫，贤惠的夫人问道：“吃了没有？我为你煮了一点稀饭。”边说边给他打了一盆洗脸水，余俊豪刚洗完脸，余亚东就敲响了门。

余亚东入室后，接过余俊豪夫人送上来的茶水，一口都没有喝便放在了桌子上。他与余俊豪交换自己的意见：“现在，战火越烧越大，我们是否应该做好转移家眷的准备？”

余亚东还分析了家眷转移的路线：南京的西南角是安徽的芜湖，过了芜湖不远，即可进入安徽广袤的丘陵地带，因此，芜湖也是撤退、集结的好地点。听完余亚东的分析，余俊豪打算先安排家眷去芜湖，让她们在芜湖等他的消息。这样，他们都进退有据。

然而，家眷究竟什么时候走？怎么走？余俊豪准备看一看时局再定。他担心，没有一个男人在身边，这妇道人家拖儿带女的怎么走啊！还要带上路上需要用的东西，这可不是一般的难啊！

第二天，迫于形势，举棋不定的余俊豪就不得不决定立刻安排母女上路。因为，他不知道以后的情况会是什么样，也担心因为自己陷入战事脱不开身，母女会滞留在芜湖。最后，他决定让母女俩直接回湖北老家。

就这样，居住在南京芦席营的两家人，依依道别，各奔东西，他们不知道，这一别，何年何月，才有见面的时候。

二

岁末的南京，寒气袭人。暮色苍茫中，挹江门仍屹立在山冈上。芦席营外街道寂静，已无人迹。

芦席营的小楼里，空荡荡的，余亚东一家人已经离去。小余琦在父亲余俊豪安排下，被打点好行装的母亲牵着，离开了已是一片狼藉的芦席营。

当时，中国的公路运输因为汽车少、公路少运量有限，铁路更是被日军炸得七零八落，因此，长江航道成了向西入川最重要的“黄金水道”，坐船回老家，是母女俩最好的选择。

到了挹江门，人开始渐渐地多了起来。到了码头附近，已是人山人海。余俊豪为母女俩安排的是一艘被征用的民船。原本说是停靠在第三码头，一家三口到了第三码头之后，找了半天，却无论如何也看不到这艘船的踪影。码头上乱哄哄的，余俊豪十分焦急。

他们连续找了三个码头。最后，余俊豪让妻女留在原地等自己。转眼，便消失在茫茫的人海中。

一个小时以后，余俊豪满头大汗，匆匆忙忙地赶回来，他告诉夫人，他们要找的那艘船，现在停在下关码头之外，中午就要起航。不过，他自己已经没有时间陪她们去了，他必须马上赶回部队。

现在是特殊时期，情况十分危急，他给长官打了招呼，只耽误一个小时时间，不敢再多耽误。如果自己现在送她们母女俩，去下关码头外找那家商船，那么，可能还要耽误一两个小时。所以，余俊豪只能让妻女自己去找那艘没有具体地址，也没有具体名号，只知道是一位来自江苏南通的周先生的商船。如果找不着对方，她们母女只能晚上回芦席营，一家人见面再商量。

转眼间，小余琦看到父亲的背影，消失在混乱的人群中。母亲手上有三个包裹，只能让小余琦牵着自己的衣角，踉踉跄跄地穿行在嘈杂的人群里。

她们费了好大劲，才赶到下关码头外。然后，沿着下关码头往上游走，江边停满了大大小小的船只，她们不知道自己要找的那艘船在哪里，只有一边走一边打听。

最终，母亲从一家同样是逃难的南京人那里，打听到在最上游的江湾，有一支中午准备去武汉的船队。

听到这个消息，已是疲惫不堪的母女俩，咬紧牙关，拎着大包小包，继续往前赶。尽管小余琦不知道，为什么这样紧张地赶路，为什么慌慌张张地找人，但她是一个懂事的孩子，妈妈的神情，似乎让她感觉到了事情的严重性。她一声不吭，乖乖地跟着妈妈，高一脚低一脚地在江滩上快速奔走……

江边一片混乱，不时传来呼爹喊娘的叫喊声。恐慌不安的气氛，在逃难的人群中弥漫着。牵着母亲衣角的小余琦，面对如此恐慌的局面，终于吓得哭了起来。母亲只好停下脚步安抚她，让她别哭，她们马上就要到了。

这时的余夫人，只有一个想法，无论如何，要立刻找到那条船。她心里非常清楚，这可能是她们最后的机会。如果她们在中午找不到那条船，她们可能就再也走不掉了。

她们沿着江边，一边走一边四下打听，遇到的都是和她们一样正在找船的人。有些人拖儿带女，在江边停留已经不止一两天了，许多人甚至在芦苇里搭起了窝棚。他们多半操的是上海口音。面对混乱不堪的局面，筋疲力尽的余夫人感到希望越来越渺茫。

就在她感到绝望的时候，母女俩看见几个中年男人，抬着一个桅杆从江堤上下来，穿过了芦苇丛。这几个男人，操的正是南通口音。

余夫人立刻上前去打听周先生带领的南通商船。一个 50 多岁的戴着毡帽的男人，马上问她："您是余太太吗?"

余夫人好像找到了救星，兴奋地说："是的！是的！"那男人告诉她：自己正是船主，自己刚去 3 号码头找她们回来。还以为错过了呢，没想到老天有眼，在这里碰上了。他家的船就在前面不远处。

余夫人终于松了一口气，真是老天有眼，她们终于找到了周先生和他的船。

周先生热情地接过了余夫人的包裹，让母女俩跟着自己走，几个中年男人抬着桅杆走在后面。余夫人知道，自己的孩子累坏了，现在，她终于可以腾出手抱一下自己的宝贝女儿了。在抱起小余琦的那一刻，她的眼泪终于忍不住掉下来了，小余琦懂事地用小手帮妈妈擦着眼泪："妈妈不哭，余琦也不哭。"

此时，已近中午。周船主告诉她们，如果不是因为船上的桅杆坏了，需要修一下，他们的船已经走了。

原本，他们停靠在3号码头，政府征用了他们的船只，把他们整编成了一支船队，昨天夜里物资上船以后，就把他们拖到了这里。这支船队的十几只船，承运的全部是工厂的机器设备，不允许他们私自带客，也没有可安顿客人的地方。自己是以安顿自家人的名义，安顿她们母女的。

上了船之后，余夫人才知道。周先生安顿他们母女的地方，就是周家人自己住的船后舱。

周家一共6口人。一个70多岁的老母亲，三个孩子加老婆。老大是个儿子，帮助周先生掌船。两个女儿一个11岁，一个5岁。

他们上船后，没过一会儿，船队就出发了。余夫人按照夫君的吩咐，给了船主一笔不菲的费用，周先生收下以后告诉她：自己捎带她们并不是为了挣钱，是因为她的丈夫余俊豪找了朋友关系，请他一定帮这个忙。其实，想乘船的人很多，他可以收取更高的费用，然而，国难当头，他不想这么做，帮助大家比挣钱更重要。

周先生把母女俩介绍给自己的家人。刚刚聊了几分钟，船头船尾就响起了哨子声。随后，各条船上的哨子都吹响了。周船主立刻起身要去干活了，他告诉余夫人道："船马上就开了。"他转身爬出船舱之后，船就开了。

下午，周船主露了两次面，晚上吃了晚餐，就再也没见到他的人影。

周船主的老婆40多岁，已经两鬓斑白，额头布满了皱纹，一双松树皮似的手，记录着她经历的风风雨雨。她让余夫人母女俩晚上就和她们家人一块在这船舱里睡，这个后舱虽然不大，但是，睡6个人还是没有问题的。船的中间是两个大舱，那里面堆满了货，高高的，自然连站人的地方都没有。船的前面还有一个小船舱，人在里面立不起来，周船主父子俩就睡在那里。如果不是她们母女俩来，他们一家人都会睡在后舱，因为那前舱太小，平时是放船缆和工具的地方，从不睡人，现在，只能让他们父子俩委屈一下。

冬天的江面，笼罩着一层白白的薄雾，尤其到了傍晚，可以清楚地看到白雾从江面升起。

两边的江岸，生长着大片大片的芦苇。虽然，芦苇已经枯黄，而且一部分已经开始倒伏，但是，每一根芦苇都举着雪白的芦花，远远地看去，一片片的芦花忽隐忽现在白雾之中，煞是好看。

船队逆流而上，一艘300多匹的机动轮，拖着十几只小木船，行速非常缓慢。

起先，船队沿着江的右岸航线走，从离开南京开始，船渐渐地往江中心靠拢，离岸边越来越远。浩渺的江面上，这支船队显得越来越小。

船上的空间十分狭窄，余夫人不是很习惯。好在周船主的老婆把母女俩当贵人看待，处处都关照母女俩。不过，可以随意四处爬行的船舱，倒是让小余琦感到十分惊喜，并且还有两个姐姐带她一块儿玩耍，她很快熟悉了这个陌生的环境。

傍晚时分，江面上出现了很多南通人称之为江猪的动物。这些动物在远处与船队并行，不时跃出水面。余夫人知道，这些动物学名叫江豚。周船主的老婆告诉她，看到这些动物不吉利，船民最怕看到这些动物，这也预示着今天晚上将会起大风。

天黑以后，江面果然刮起了大风，船开始摇晃，船行驶的速度更慢了。船舱里的油灯，灯芯不停地跳动着，周船主的老婆担心她们会晕船，让她们母女俩早点休息，这样就可以不用点灯了，也可以防止失火。

江上的风越来越大，船身的摇晃也越来越严重，母女俩都有点不太适应，母亲担心小余琦晕船会吐，一直把她紧紧地搂在怀里。

到半夜，突然听到船面上传来嘈杂的吵嚷声，睡得不安的余夫人突然醒来。黑暗中，周船主来到了船舱，余夫人听到周船主和他老婆的讲话。原来，因为风太大，船马上就要停了。他们现在的位置是在芜湖附近，随后，周船主又爬出了船舱。

余夫人一直听到船上面有吵吵嚷嚷的声音。那些人讲的都是南通话，所以，她听不懂这些人到底在说什么。周船主的老婆知道她没有睡，在黑暗的船舱对面跟她说：各条船的船主对是否要停靠，意见不一致。晚上风大，行船当然有风险。所以，一部分船主主张晚上停下来，而另一部分船主则主张继续走。这里离南京太近，白天随时都有可能遇到日本飞机来轰炸。

以前，是两三天轰炸一次，现在敌机轰炸越来越频繁，所以，抓紧时间赶路更重要，即便是停，也要过芜湖以后再停。因为日本的飞机，通常是沿着南京的江面往上走，到了芜湖之后就会折返。所以，以安全起见，停船一定要过芜湖之后。

江面的风越刮越大，船身的摇晃越来越严重，幸亏小余琦睡着了，否则，她可能会晕船。

正是这大风，让船主们最终决定停靠下来。

船队好不容易停靠下来了，江面的风又变小了。好不容易安静下来的船上，又响起了一阵阵急促的哨子声。片刻，周船主又来到了船舱里，告诉大家船决定又要走了，因为刚才大副搞错了，他们的船队现在仅仅是到了马鞍山，离芜湖还远 ，南京到芜湖这段江面最危险，现在江面风又变小了，所以，必须继续行船。

就这样，折腾了一晚上，船队又开始出发了。余夫人睡在船舱里，能够清楚地听到船队的拖轮轰隆隆的声音从水面传来。她感觉到，实际上，每一个人都希望船队能快一点走。刚才船一停下，每个人都醒来了，包括孩子和老人。船队停下来让所有人都感到不安，现在船队开始走了，船舱里面的人又开始入睡了。

余夫人终于又迷迷糊糊地进入了梦乡，她梦到了自己留在南京的夫君，梦见了在南京的生活。而小余琦在梦中梦见的，则是自己的母亲和父亲，还有南京曾经的美丽。尽管她的人生刚刚开始，但是，不凡的父母，书香门第的教养，给她的灵魂，染上了助人为乐、知恩图报的颜色。父母的言传身教，使小余琦慢慢懂得，父母不仅给予了她生命，更给予了她无限的爱，没有爱就没有生命。因为爱，生命得以延续；因为爱，生命得以维护。在自己和母亲生命安全遭遇危险的时刻，周先生不顾自家的安危出手相助，这就是人间之大爱。而得到了别人的帮助，就要懂得回报，以后遇到困难之人，要有大爱之心予以帮助。这是小余琦人生起步时，铭刻在灵魂深处的初始颜色。

早上，余夫人醒来的时候，周船主的老婆已经做好了早餐，船舱里弥漫着苏北人擅长的小米粥煮山芋干的香味儿。余夫人刚起来，周船主的老婆就告诉她，早餐已经做好了，并且给她准备了洗脸的热水，边给她倒水边说她：昨天一定辛苦了，因为她不仅睡得很熟，而且在打鼾。

余夫人为自己起来这么晚有点难为情，周船主的老婆的热情，让她打消了这些忧虑。在家千日好，出门一日难。好在这周船主夫妻俩，都是忠厚的老实人。

趁着小余琦还在熟睡，余夫人抓紧洗漱，吃早餐，以便待会儿孩子醒来，有时间给孩子洗漱，照顾孩子吃饭。

她边吃饭，周船主的老婆边和她说话，告诉她现在船队刚刚到芜湖。

就在这时，前面的拖船响起了长长的汽笛声，片刻，船面上又传来了紧急的哨子声。周船主的老婆告诉她，这肯定是有情况，但是究竟发生了什么，她们不知道。

不一会，周船主的儿子钻进了船舱，告诉她们，日本人的飞机来了，船队现在正在紧急靠岸，躲到岸边的芦苇荡里去。

说完，他便转身爬上了船舱，帮助大人们靠船去了。

听到日本人飞机过来的消息，余夫人自然感到有些紧张。虽然，遇到日本人的飞机轰炸是经常的事，但在船上，可不比芦席营有防空洞可以躲藏。坐在船上，所有人的身家性命都和这船联系在一起，这让她一下子明白了“同船过渡”的含义。难怪别人说同船过渡八百年难修，在这个时候，一条船上的人，就意味着共同的命运。

船，从江心往江边靠很慢，而天上的飞机，转眼就来到了头顶。

余夫人在船舱里，就已经听到了飞机的隆隆声，被吵吵嚷嚷的声音吓醒的小余琦，惊恐地望着大家。母亲一把把她抱在怀里，扬起头听着天上的声音，却发现那飞机的声音渐渐地变小了。

这时候，周船主的儿子又跳进了船舱，告诉大家：日本飞机往芜湖城里的方向去了。大家终于松了一口气。

船队正是利用这一点时间抓紧靠岸。

片刻，行驶的船已经失去了动力，拖轮已经解开了缆索，各家船主抢着将自己的船，往江边的芦苇荡里撑。

就在这混乱之际，天上又传来了飞机的声音，转眼便听到炸弹扔了下来，掉在江水中掀起高高的水柱，接着就是“哗哗啦啦”的声音，母亲紧抱着小余琦，在心里数着那一颗颗扔进水里的炸弹。

大概扔了十几枚炸弹，天上的飞机飞走了。有一枚炸弹离他们的船很近。那炸弹掀起的水柱，又变成巨大的水浪，把船掀起了半个人那么高，瞬间，散开的水落到了他们船上。慢慢地，船离炸弹渐渐远了……

大家躲在船舱里一动都不敢动，天上的飞机飞走之后，江面出现了暂时的宁静。不一会儿，便传来了撕心裂肺的哭喊声。周船主的老婆本能地说："一定是有船挨炸弹了。"那哭喊的声音越来越大。又过了片刻，船主周老板来到船舱说：飞机的目标是轰炸芜湖，在返程的途中看到了他们的船队，又扔下了炸弹。刚才炸沉了两条货船，死了两个孩子和一个女人。好在船上两个船主和大一点的孩子，掉进水里，又挣扎着游上岸了。另外一个女人和五个孩子，被大伙救了起来。十几个船主正在和团队的负责人商量着，如何处理这件事。现在是非常时期，船队不会在这里停留，马上就开始结队起航。

几分钟后，哨子声就急促地响了起来。领队的机船也拉下了长长的汽笛，这汽笛声像是在给死难者致哀，又像是在为冬天没有生机的长江哭泣。

时刻面对着日本人飞机轰炸的威胁，船舱里的余夫人，明显地感觉到船队撑船、甩缆、干活的动作，比之前快了很多。很快，十多条船首尾相连，结队出发了。

余夫人不知道那两家死难者的家属现在如何，或许，在现在这个国难当头的时候，个人的命运，或者一个家庭的命运，都算不上什么。现在，每个人的想法都一样，尽量离芜湖远一些，离日本人飞机的轰炸远一些。这次船队出发以后，船上的空气显得异常沉闷，没有人说话。

刚才被飞机轰炸吓坏了的三个孩子，都紧紧依偎在自己母亲身边，睁大了眼睛看着大人们的脸色，不敢乱说乱动，好像他们都明白刚才发生了什么，每一个孩子，看起来都是那么懂事，那样让人疼爱。

拖轮开足了马力，"呼呼"地响着。偶尔，也会拉响一两声汽笛，这应该是在江上遇到了其他的船只，在和对方打招呼。过后，便陷入了沉寂。而这时，江水拍打船帮的声音，就能听得清清楚楚，而且，始终保持着它那细碎的节奏。

过了中午，江面上刮起了西北风。但是风没有昨天的大，因而船只行驶的速度，好像比昨天快了许多。

经过了一次轰炸，对每个人来说都是经受了一次生死的考验。在船上仅仅过了两天的时间，余家母子基本上已经适应了船上的生活环境。过了半天，被轰炸惊吓的孩子们，脸上也慢慢有了笑容，也慢慢地变得活跃起来。

两天后的早晨，船队到了铜陵附近的江面。原本说过了芜湖之后，就不会有日本人的飞机轰炸了。不料，早上大家刚醒来，就听到天上传来了轰轰的声音。片刻，汽笛、哨声都响了起来。船队急速地往岸边靠拢。不一会儿，江面又响起了炸弹声，不过这次炸弹离船队好像很远。这时，船主周老板下到舱里，告诉大家不要害怕，那飞机已经从他们的头上飞过去了，正在轰炸早上刚刚超过他们的一支大船队。看来，过了芜湖也不会安全。

持续了大约十多分钟的时间，三架日本飞机，扔完了炸弹掉头飞走了。

船队继续集结向前。被炸的那支船队，离他们大约有三里多水路，船队还没有到那里，就看到江中有一些漂下来的碎木，以及船上的樯桅。再往前行，便看到了江中的尸体。船主们分析，那支船队一定被炸得很惨，损失也一定比他们上次挨炸要严重得多，大家的心情都非常沉重，默默地为死难的同胞致哀。

一会儿，船队靠近被炸的轮船拖队，速度慢慢地减了下来，各个船上的船主，都站在船舷边张望。

突然，有人看到前方江面有一个黑影，感觉那好像浮着一个人，大家在张望了片刻之后，有人喊道："是一个人！一个人！他还活着。"

各个船主紧急行动，开始找撑篙，做救人的准备。很快，前面的船主捞起了江中的人。大家开始叽叽喳喳地议论起来。周船主的老婆推开了小余琦身后的一扇木窗，余夫人一探头，就毛骨悚然地看到了江面漂着的一具具尸体，内心充满了恐惧和悲哀。

船队很快停了下来，被炸的是一支民生公司的船队。有十几只货船，被炸烂的有六七只，伤亡的数字应该很大，其余的船，已经停在了江边的芦苇丛中。幸运的是，那支船队是机械动力的拖船，虽然船上看起来一片狼藉，桅杆上的旗子都破了，但船还是好的，可以发动。

两支船队通过长鸣汽笛，交换了信息。一阵调整之后，船队缓缓地离开了被炸的水域，朝着前方，向升起白雾的江面驶去。

冬天，是枯水季节。冬日的水是浑黄的，冬日的天空，也永远是昏暗的。冬日的长江，比夏秋季节消瘦了许多。长江原本浩浩荡荡的身影，永远隐藏在朝朝暮暮的白雾之中。那浓浓的白雾，就像一层历史的面纱，把一个时代，永远掩盖在江水的下面。即便是天空中偶尔从云层里出现的太阳，也永远都是朦胧的、昏黄的、神秘的。

余夫人乘坐的船队，无论是在安庆，还是九江，最后一直到黄石、武汉的周边，头顶始终能看到日本飞机的影子，无论他们向什么方向逃离，始终难以摆脱日本轰炸机的威胁。

一周之后，历经艰险的船队终于挂靠汉口码头，母女俩终于平安到达了武汉。

轮船停靠的当天中午，余夫人便抱着小余琦，匆匆地和周船主一家人告别。余夫人感谢周家人在这几天里对她们母女俩给予的关照，她们母女俩，永远不会忘记这次生死之旅。

对母女俩来讲，这趟危险旅行已经结束了，而船主周老板及其一家人，两天之后，又要开始返回南京的航行，再一次经历头顶有日本飞机扔炸弹的危险，接着把又一趟物资运到武汉。他们靠货运讨生活，无论风险有多大，他们的吃住拉撒全部在船上，他们离不开船，船在哪里，他们的家就在哪里。

母亲抱着小余琦，和他们挥手告别，在心里暗暗为他们祈祷，希望他们能够平平安安，永远创造生命的奇迹。

三

1937年底，小余琦和母亲回到武汉了。汉口花楼街前街，有一些余家的房产。余家虽然家大业大，但人口众多。从南京回来以后，小余琦和母亲临时住在一间要从别人窗子后面绕过去的小屋里。余琦的父亲余俊豪是余家的长门长孙，而且在外做官。所以，一个湖南商人一搬走，余家人就让母女俩搬进了刚刚腾出的一栋洋房里，住最大的一个房间，楼上楼下宽敞明亮。

余家在汉口经营陶瓷生意，在汉正街有货仓。余夫人之所以选择在这里住，因为她离开南京时，与余俊豪约定的见面地点，就在这花楼街前街。所以，她没有回海河城老家，坚持在这里一边带小余琦，一边等待夫君的来信。

余家的陶瓷生意，余夫人自然是帮不上忙。但生意场上的人，消息往往是比较灵通的。每天，小余琦的叔叔们，以及店里的伙计，多少能给她带来一些外面的消息。果然，她们刚住下不久，她就收到了丈夫的第一封来信。

余俊豪在信中告诉她：南京一别，他一直牵挂着母女俩，无奈没有时间写信。但是，他十分想念她和女儿，担心她们的安危。希望她们注意安全，照顾好自己。等他完成任务，在武汉重逢。

丈夫余俊豪在信中还说：因为他无法收信，所以，她也不用回信，只要安心在武汉待着就好。但只要自己有空闲时间，就会给她来信，告知自己的消息。

这封信，小余琦的母亲接连看了三遍，丈夫的牵挂，温暖着她的心。过了几天，思夫心切的她，又把信拿出来看了一遍。在这里，除了带孩子，她没有什么事情可做，对她来讲，读信就是一种感情生活。

新年的冬天，接连下了好几场雪，天气异乎寻常地寒冷。第一次和丈夫分开这么久的余夫人，感到日子特别难熬，心里总是忐忑不安。下雪的日子，小余琦只能跟着母亲龟缩在家里。

因北方战乱，涌入武汉市的人越来越多，几乎每天都有人上门打听租房。而余家的老人们主张，不要把房子借给难民。

寒冷的冬天，很多难民只有露宿街头。家里的伙计们竟然抱怨，街上的难民太多，到处都是乞讨要饭的。而从南京冒着枪林弹雨回来的余夫人，却对难民充满同情，对他们难熬的日子感同身受。善解人意的她，特别怜悯那些流离失所的人。

虽然是长房长嫂，但是否要把家里的房子租给外人，余夫人需要和家人一起商量。管家劝她说："大嫂啊！你只管自己住得舒适一点就好了，不要把洋楼租给那些肮脏的难民了。战乱时期，安全第一啊！"

在家里，一般的事情余夫人不怎么插嘴。但是，在救苦救难、救国救民的关键时候，她挺身而出，坚持动员家人把房子低价出租或者免费借给逃难的人遮风挡雨。

冬日的早晨，余夫人正在二楼整理房间，不经意中，她从窗口看到，楼下有一位头上包着红格子方围巾的女人，正在愁眉苦脸地四处张望。只见她手上挎着一个包袱，带着一个十多岁的男孩。见到了余家的管家，那位女士打听道："请问，您家有房子出租吗？"余夫人感觉，这个人的声音十分耳熟。她连忙冲下楼去，仔细打量来人，定神一看：这不是南京芦席营的邻居汪慧敏吗？她的丈夫余亚东，正是自己的丈夫余俊豪的同事啊。汪慧敏身后跟着的小孩，是他们的儿子余维新。余夫人激动地大喊："慧敏啊！是你呀！"

汪慧敏一怔，回过神来，她也认出了余夫人，激动地大喊："嫂子，你怎么在这里呀！"余夫人赶紧接过汪慧敏的包袱，请她进屋坐。一进屋，受尽了颠沛流离之苦的汪慧敏，流下了心酸的眼泪……

两位夫人曾经是南京的邻居，现在，在武汉见面了。这时候，汪慧敏的丈夫余亚东，已经为国捐躯。余夫人的丈夫余俊豪，正血战疆场，生死未卜。

在武汉，汪慧敏母子是投亲靠友，常常居无定所。这一次，因为远房亲戚家里又来了一批逃难的亲戚，房子不够住。在储蓄所剩无几的情况下，她只好带着儿子硬着头皮再找新的住处。

余夫人和管家商量，将洋楼的底下一楼的东房借给无家可归的汪慧敏母子，再腾出一点地方，安排另外一家人。国难当头，大家要相互取暖，相互支撑。

很快，余夫人就将汪慧敏母子安顿下来了。余夫人做了一顿丰盛的饭菜，为他们洗尘。颠沛流离之时，余夫人仿佛是一道温暖的光，指引汪慧敏暂时走出困境。有缘与余夫人再次成为邻居，同在一个屋檐下生活，相互有个照应，汪慧敏也慢慢恢复了生活的自信。

13 岁的年龄，余维新本应该是在父母的呵护下，在老师的教育下，在学校安心读书的。而现在，每天晚上，他都在敌机的轰炸声中，在死亡和恐惧的包围下，含着泪，怀念在战斗中牺牲的父亲。他痛恨日军罪恶的子弹和炮火，破坏了曾经美好的家园，幸福的生活。

第二天，楼下又搬来了一对带着两个孩子的夫妻。男主人是北京的报人，戴着眼镜，穿着长衫。女主人也是知识分子的模样。两个孩子，一男一女，男孩子叫王阳阳，女孩子叫王艳丽。这一家人从不大声说话，确实是一家好房客。

每天早上，余夫人母女俩下楼时，楼下的北京的报人通常已经出门。他的夫人，还有也住一楼的汪慧敏都在忙着家务。见到小余琦和余夫人下楼，两位夫人热情地、几乎异口同声地打着招呼："余夫人好！"

王阳阳看到比他大一些的余琦收拾得干干净净，乌黑的头发梳成两条小辫子，皮肤白皙健康，脸蛋微微透着淡红，穿着粉蓝色裙子，小仙女般美丽。他走上前，摸摸她的小辫子："我要跟小姐姐玩。"

"小妹妹，你叫什么？"王阳阳的姐姐，比小余琦大几岁的王艳丽，也高兴地跑过来跟小余琦玩……

余夫人和蔼体贴地问两位夫人："住得还习惯吗？你们有什么事直接跟我说，也可以去找管家。我也是从南京刚回到武汉，大家在一起是个缘分，有什么事互相照应一点。"两位背井离乡的女人，自然是感激涕零。

因为战争，没有书读。四个活泼可爱的孩子一起住在余琦家里。5 岁的王阳阳调皮淘气，快 6 岁的余琦玲珑可爱。12 岁的王艳丽眼睛清澈，柳眉弯弯，长长的睫毛忽闪忽闪的像两把小刷子。这个女孩给人最深刻的印象，是她眉宇之间有种超越了年龄的惊人美丽。他们的大哥余维新 13 岁，尽管正值青春少年，但他稚嫩的脸上有着他不该有的忧郁，瘦弱的身躯，承受着他不该承受的压力。

每天，余维新和王艳丽带着小余琦和王阳阳排演剧作家田汉根据德国作家歌德的小说改编的、描述两个女人以卖唱为生的独幕街头剧《放下你的鞭子》，参加街头路演。

从小，王艳丽的父母就让她练习歌舞，排练和演出，自然是她挑大梁。排练间隙，四个孩子还会在一起玩过家家的游戏。在游戏里，他们分别扮演不同的人物角色。遇到"结婚"的情节，王艳丽让余维新扮演新郎的角色，还要他拿出汪慧敏的红格子方围巾，给"新娘"做盖头巾。余琦高兴地抢着扮演新娘。她挽着余维新的手，伴着"婚礼进行曲"，步入"结婚礼堂"。接着，假装到厨房给新郎做饭吃。

新娘和新郎的游戏，使小余琦对家庭和男女关系开始有了朦朦胧胧的认知。或许，从那时候开始。余琦就真的入戏了，余维新，就是她心目中的白马王子了。而这些游戏，对已经开始忧国忧民的余维新来说，纯粹是陪房东的女儿玩一玩过家家而已。

余维新文气又帅气，嗓音也极富磁性，唱起歌来很有气势。他英俊的模样，动人的歌喉，撩动着王艳丽萌动的春心。她忍不住有意无意地去望他，找着话题和他说话，一旦他离开，又想找回他。也许，这就是爱情的萌发和初恋的体验吧。12 岁的她，已经开始懂得爱人，很期待被人认可、被人爱。余维新和小余琦做“结婚”游戏的时候，她的内心，居然有一种酸酸的醋味。她自己也说不清楚，这是一种什么样的滋味。

王艳丽喜欢上余维新了。但她不知道，自己是不是余维新倾慕的对象。只有两个人同时拥有相爱的感觉，才是完美的。而小女孩的矜持，让她不能主动地去向他表白。她陷入了深深的痛苦之中。随着时间的推移，少女的思念与日俱增。深陷其中的她，不能自拔。夜深人静时，柔和的月光，洒在她的闺床上，余维新的身影，无时无刻不在折磨着她，使她辗转反侧，夜不能寐……

1938 年隆冬，武汉三镇下了一场罕见的暴风雪。

这天，余维新带着王艳丽、小余琦、王阳阳在霞飞路演《放下你的鞭子》。很多围观的群众都被这个独幕剧所感动。孩子们的母亲，三位因为战争而居住在一起的女人不禁流下了热泪。

难以得到丈夫的消息，余夫人心里总是空落落的。她只能从报上了解一下丈夫的情况，因而她开始关注卖报的儿童，关注他们的命运。

这天早晨，余夫人穿着旗袍，带着小余琦刚出门，就跑来一个喊着卖报的小报童。她拿出一个铜板，买了一张《大光报》。

报纸第一版的消息是，国民政府制定了《工厂迁移协助办法》，打算在武汉建立新工业区，并指出，武汉是全国抗战的中心，我们要坚决保卫它，就像西班牙人民保卫马德里那样保卫大武汉。

但余夫人感觉到，武汉已经并非后方，不久武汉就会和当时的南京一样，变成战场。

春节快到了，家族的人，都在为回老家过春节做准备，除留下一位长辈和少数的伙计，大家几乎都要回海河老家。管家来问余夫人怎么安排春节，余琦想，回老家与家人团聚肯定更好，但如果是那样的话，这一次回去还不知道何时能回到武汉，那就更难听到丈夫的消息了。而且，还有住在一起的两家人和孩子们，她也不放心。所以，考虑再三，她还是决定留在武汉。

武汉的战事越来越近。作为一个女人，抛头露面的事余夫人觉得不太合适，于是，她拿出几块大洋换作了铜板，都装在手提袋里，每遇到一个乞讨的难民，总要给上几块铜板，只有这样，她才觉得心安一点。余夫人的做法，也影响到了孩子们。

余夫人已经很久没有收到丈夫的信了。尽管家人劝她尽早离开武汉回海河城老家躲一躲，但是，没有丈夫的消息，她还是要坚持在武汉多待一些日子。只有在武汉，才更容易得到丈夫的消息，留守在武汉才有可能早一天见到丈夫。

父亲的遗志，硝烟弥漫的战场。使余维新不甘心在躲避敌机的恐惧中苟且偷生。

晚上8点多了，昏暗的油灯下，汪慧敏还在为儿子缝补衣裳。她一针一线将儿子裤腿上磨出的窟窿细心地缝上。“妈，您还没有休息呀？”余维新走到汪慧敏的身旁问道。看着母亲正在穿针，他说道：“妈妈，我来帮您穿。”他接过针线，细心地把线穿过了针眼，交给汪慧敏，一字一顿地说道：“妈，我有话跟您说，我想了很久，我要拿起武器，去上战场。”汪慧敏大吃一惊，刚刚穿好的针线滑落在地。

丈夫为国捐躯，儿子就是她唯一的宝贝，是她的精神支柱，汪敏慧轻轻地说：“维新，你还小，你本来应该去上学的，战场不需要你。”余维新坚定地说：“妈，我已经不小了。不把日本鬼子赶走，我们哪有学上？我是个男人，我不上战场，谁去上战场？我要接爸爸的班，到战场上去打日本鬼子。”余维新去意已决。他要拿起武器，奔赴战场。

顿时，余维新呱呱坠地以来的往事，如放电影般，一幕幕呈现在汪慧敏的眼前。看着儿子稚嫩的脸上坚毅的神情，她既高兴，又担忧。高兴的是儿子长大了，懂事了，有男人的担当，有一腔爱国之心。担忧的是，孩子这么小，就要奔赴战场，流血牺牲，万一有个三长两短，怎么告慰丈夫的在天之灵？尽管，孩子已经有一米六的个子了，但他毕竟只有十三四岁，还是个孩子，她实在是不放心。汪慧敏语气沉重地说：“孩子，你知道上战场意味着什么吗？意味着责任，意味着奉献，意味着义无反顾，意味着勇往直前，意味着流血牺牲！”

“妈，您不要担心，我已经长大了。面对充满硝烟的战场，好男儿只能勇往直前，我应该去承担我的责任了。”余维新稚嫩的脸上，依然是坚毅的神情。

汪慧敏被儿子的果敢感动了，她热泪盈眶，声音颤抖地说：“孩子，你爸爸是一名为国捐躯的军人，你的身体里，渗透着军人的血性。你因热爱祖国而参军，妈妈为你骄傲！”就这样，在国家民族危难之际，年少的余维新挺身而出，奔赴战场。

离别的那个早晨。天，下着蒙蒙细雨，丝丝雨线，夹杂着汪慧敏的忧伤。她感觉，这个早晨，比任何一天的早晨都要冷。儿子要走了，她一边赶忙为儿子做早餐，一边擦着止不住的泪水……

上午十点，余维新打好了背包，准备出发了。汪慧敏和余夫人、小余琦，还有北京报人的一家人，聚在一起，恋恋不舍地送别即将奔赴战场的余维新。

北京报人拍拍余维新的肩膀。鼓励道："雄鹰总要展翅飞翔！男人总要肩挑重担！我为你高兴，驰骋疆场，才是真正的男人！"

余维新坚毅地回答："大家放心吧！我会在战场上，为我中华建功！"说着，他走到小余琦跟前说："你要多看书哦！仗打完了，我就回来给你讲故事好吗？"小余琦点点头，拿出一个绣花荷包塞给余维新。余维新打开绣花荷包，一股幽香飘了出来。他不由自主地深吸一口气，说："好香！"他认真一看，心头一暖，绣花荷包里，放着余琦的母亲为自己出征准备的盘缠钱。

"妈妈让我给你的。"余琦甜甜地对余维新说。

余维新又端详着绣花荷包，只见荷包上面绣了一朵精致的并蒂莲。或许，余太太有意在以这个绣花荷包，寓意两个孩子的将来。余琦恋恋不舍地对余维新说："我妈妈让你把这个荷包贴身藏好，千万不要弄丢了！"

"呃，谢谢！放心吧，下次见面的时候，你会看到这朵莲花开得和现在一样美丽。"

"好！"余琦眨着可爱的大眼睛，懵懂地看着维新哥哥。突然，她踮起脚，吻了一下他的脸颊。这是少女珍贵的初吻。初吻，只献给自己最喜欢的人。小余琦是认真的，只是在当时的情景下，大家没有将这一吻往其他方面想。

初恋的对象就要远走高飞了，王艳丽的心里自然是五味杂陈。她含情脉脉地看着余维新，而脚下，却像钉了钉子一样地无法往前挪动半步。她多么想冲上去，拥吻一下自己的心上人啊！可是，少女的矜持却让她无法动弹。

"妈，我走啦！谢谢大家的关照，妈妈就拜托大家了，再见啦！"余维新说着，迈开大步，跨出了门槛。

汪慧敏冲上去，一下子抱住儿子，失控地号啕大哭起来，她颤颤地说："孩子啊，你要保护好自己呀！"她的眼泪，打湿了儿子的衣服。余维新为母亲擦着眼泪，安慰道："妈，您放心吧！我会好好的，您在家多保重！"在场的人，眼睛都湿润了。

墙上的时钟，嘀嗒嘀嗒地运行着，时间一分一秒地流逝，最终将母子俩分开。余维新慢慢松开母亲的双手，转身离开。只见他越走越快，最后几乎是小跑着向集结地奔去。

余维新的背影慢慢消失，这一幕，在小余琦心里留下了不可磨灭的印象……

很快，余维新就跑到了街巷的转角处。突然，王艳丽飞奔过来，递给他一封信。还没等余维新明白过来是怎么回事，王艳丽就"飞"得没了踪影。

上了车，一切都安顿好了，余维新才有时间打开那封信。他发现，那是一封情书。这时，他才知道，王艳丽爱慕自己已经很久了，只是没有将这种感情说出来。说实话，余维新也是喜欢王艳丽的。但面对这突如其来的感情表达，他显得不知所措。忽然，他又想起了余琦的懵懂眼神和临别一吻。

列车徐徐开动，余维新禁不住往回张望，心爱的妈妈，还有那个留下了自己和两个女孩故事的小洋楼，离自己越来越远了……

余维新参军后，战事越来越紧，难民越来越多。汉口火车站，一趟火车载着衣衫褴褛、长满虱子、饥肠辘辘的小孩到站。余夫人和十几名女人一起给他们剃头、洗澡，喂他们吃的，让他们换上新的蓝色斜纹布工装服，小余琦跟着妈妈跑来跑去，忙进忙出，累得满头大汗。

不久，余夫人又收到了丈夫的一封来信。信中说，现在，他们的部队已经到了江西。

丈夫说，如今通信无法保证，写信可能越来越困难。所以，以后她不要再等自己的信了，她们母女俩最好回老家海河城，以后他写信会寄回老家。自己不在身边的日子里，希望她们母女俩注意安全，在目前这种情况下，也只有家人能够照顾她们母女。

在随后的几天里，余夫人又把丈夫的信读了几遍，在南京，丈夫与自己分手的那一幕又出现在眼前，最终，她决定离开武汉，回海河城老家。

她知道，自己这一走，与丈夫相见的日子就遥遥无期了。但是，为了他们心爱的女儿，她只能做出这样的选择。母女俩告别了有缘再次成为邻居、而又要再次告别的汪慧敏，还有北京报人一家人，登上了返乡之旅。

四

余夫人居住的老家余河店镇，因府漳双子河从东西穿流而过，素有“河中帆船万只，岸上店铺百家，商贾南来北往，货物应有尽有”的“小汉口”之美誉，历史上，曾一度因府漳双子河便利的水运交通，而极尽繁荣。

从南京辗转归来的余夫人和小余琦，穿着和气质在镇上十分招人注目。为安全起见，家人将她们安置到余河店陶瓷窑厂的乡下，以躲避日伪军和地痞流氓的骚扰。

水土丰厚的乡间田野，葱葱绿树掩映之下，一个由土砖瓦房组合而成的村庄，自然地静卧其中。窑厂村民风纯朴，清朝时村里就有人中过秀才。国民革命时期，又有很多人参军打仗，最早有余亚东先生。其后，余俊豪追随余亚东先生进入黄埔军校。

“国破山河在，城春草木深。感时花溅泪，恨别鸟惊心。烽火连三月，家书抵万金。白头搔更短，浑欲不胜簪。”

唐代诗人杜甫的《春望》触动了身居海河乡村一隅的余夫人的心灵。

收不到丈夫的来信，她茶不思饭不想，什么心思都没有，女儿年龄还小，无法理会她的感受。这首《春望》，她读了一遍又一遍，越读越感到伤感。

白天，她常常望着窗外发呆。晚上，她时常半夜醒来，夜不能寐。这首诗，却让她无法放下，她每读一遍，就多一分伤感，每一个字都刺痛了她的心。

夜深人静，读到《春望》这首诗，余夫人总是泪流满面，想放手可是放不下，只有自哀自怨，哀自己生的时代不好，怨自己不是男儿身。难怪古代女子说，寂寞最伤人。

每当黑夜来临，她都无法入睡，只有挑一盏煤油灯，捧一卷古诗，读着读着，然后，以诗掩面昏昏然地进入梦乡。也只有在梦中，她才能感受到夫君的气息和体温，重温过去有夫君在身边的日子。

日子一天一天地过去了，她却没有丈夫的一点音信。

风雨飘摇之中，熬到了 1939 年春天。余夫人却发现自己身体有些不适，每天早晚咳嗽不止。

山河依旧如故，而春天的田野上却满目凄凉。草木丛生，繁花也仿佛在伤感国事，体弱多病的她离恨交加。

这乡下住宿条件差，饮食也差。心事重重的她，咳嗽越来越重。她判断自己可能得了风寒，只需打一针盘尼西林就好了。可是在这里，她知道这是不可能搞到的药。

下人说了几次帮她去找老中医看看，她都拒绝了。她现在才明白，古人为什么说，烽火连三月，家书抵万金。现在的她，就是一信难得，家书足以抵得上万两黄金。

南京挹江门外与丈夫匆匆一别，转眼已经有一年半了。前半年，余夫人还能收到丈夫的来信。之后的一年，却是杳无音信，她感到了深深的绝望，绝望中的她，身体也一日比一日差。

虽然已是春天，气候却丝毫不见回暖，冬天的冰雪刚刚融化，倒春寒的狂风暴雨就降临了。持续半个月的阴雨，下到天昏地暗，就像是天塌了一样，冰凉的雨水，无休无止地下个不停。

余夫人的咳嗽也变得越来越严重，以致整个晚上再也无法入睡，只能竖起耳朵听着窗外的雨滴声。她发现，夜间的雨水，总是比白天要小许多，到了天亮又开始狂风大作。因此，她也习惯了每天深夜，靠在床头歇一会儿，一面听着屋外的风雨声，一面回忆过去，回忆在南京那美好的生活。慢慢地，回忆过去，已经成了她生活的一部分。

这天晚上，她突然发现，雨水有停下来的迹象。屋外，漆黑的夜，突然变得异常安静。只是偶尔地听到屋檐上落下的一两滴雨滴声。

就在她用心倾听雨滴声时，院子里突然传来了急促的敲门声。她骤然紧张起来。她不知道何人，会在这个时间来敲门……

她本能地感觉到，一定是关于丈夫的消息。从海河城来这里，白天有日军，来人可能就是选择半夜才赶到这乡下。

想到这里，她立马穿上衣服起床，希望得到关于丈夫的哪怕是一星半点儿的消息。她一手戴上斗笠，一手拿起煤油灯，打开房门，踏进院中的泥水，轻手轻脚地向院门走去。

打开院门，她看到一个湿漉漉的、脑袋和手臂都包扎着绷带的伤兵。看着对方乌黑的眼睛，一瞬间，她认出了是自己朝思暮想的夫君。这一刻，她激动得差点晕倒在雨水中。

余俊豪回来了。尽管倒春寒过后绵绵的细雨仍在下个不停。但是，丈夫一回来，余夫人的风寒咳嗽就彻底好了。她欢天喜地地迎接丈夫归来。转战千里之外的丈夫，为了看上她们母女俩一眼，带着伤痛在雨水中昼伏夜行，走了三天三夜。

年幼的小余琦，吃惊地看着陌生而又熟悉的父亲。

余俊豪悄悄地潜回老家，看望妻女。半个月后的又一个雨夜，他又一次告别了妻女，悄悄地消失在夜幕中。

丈夫走后不久，余夫人发现自己再次怀孕了。对丈夫和女儿深深的爱，还有肚里孕育的胎儿，增强了她活下去的信心。

1940 年，战火纷飞。余夫人生下了她的第二个孩子，一个瘦弱的小女孩。孩子生下不久，就夭折了。

伤心过度且失血过多的余夫人，又再次病倒了。这次，她感到，自己似乎再也不会好起来了。家族里的长辈派人来，接她回城里住，她摇着头拒绝了。

在病中，她拿起镜子，看了看自己那一张逐渐憔悴的脸，猛然间，发现自己的头上已经有了白发。

远离夫君，她感到，自己的生命是如此脆弱。她需要丈夫的爱和夫君的保护。夫君就是她的生命，没有夫君的消息，她仿佛自己没有了生命一样。看到院中在风雨里飘摇的桃花，她仿佛看到了自己的影子。

夜晚，风声雨声消停下来，她为自己戴上一朵桃花，无端地模糊了面容。纵然桃花不识人，空留花朵笑春风。谁人不晓寂寞，谁人不怕寂寞？

夜深人静，她期待着与丈夫的重逢。她相信，家乡的一草一木会为自己的爱做证。

然而，女人失踪、打仗死人的消息，每天更加频繁地传来，余夫人感觉自己就像生活在黑暗的地狱里一般。

1941 年，守候丈夫无望，余夫人的风寒咳嗽越来越严重了，由于极度的忧伤，在一个风雨交加的夜晚，她在绝望中默默地离开了人世。

那一年，年幼丧母的小余琦，被送到海河城亲戚家生活。

第六章　豆蔻年华

1944 年，余琦出落得娇艳清扬，就像二月初枝头上含苞待放的豆蔻花。

余俊豪时刻牵挂着 11 岁出头的女儿。这一年，经过精心安排，他让家人将余琦送到了武汉的英国教会学校——圣·希理达女子学校，帮助她走上独立的求学之路。

一

余家老屋，那个老旧的阁楼，还收藏着余琦平生第一幅画作《花蕾季节》。那幅画，正是她 1944 年创作的，描绘自己少女时代生活的作品。

画作表现了武汉沙湖边、蛇山旁，一幅恬美、宁静、充满诗意的田园风光。湖畔烟雨中，一所美丽的校园展现其中：教学楼、健身房、礼拜堂、琴房、办公楼错落有致。红瓦白墙，配以巨大的松木雕镂花，飞檐上是高雅又庄重的色彩。还有高过屋顶的棕树，四季常青的大樟树，秋季飘香的桂子树，茂密葱郁。透过别致的雕花窗户，一排排整齐的课桌旁，一群花季少女正在认真诵读。余琦精心描绘的校园，充满诗情画意，使人身临其境，仿佛闻到了桂花树香，听到了琅琅书声和悠扬琴声。

女校的一切，给余琦带来了无限的新奇，她仿佛置身于人间的幻景之中，在欣赏一首天国的诗。文明之风，拂过了她的心膜，升华了她的灵魂。她笔下的女校，如同盛开在满目疮痍国土上的一朵奇葩。仿佛一个一手捧着圣经、一手握着宝剑的人在讲道，使人在生命悲壮之时，充满了对爱的憧憬。

城郊野寂处的女校，是余琦静心养性、专心读书的宝地，也是为她遮风挡雨的港湾。

圣·希理达女子学校虽然是一所由英国教会创办的学校，但学校不仅接收非教徒的学生，也不会强迫任何人入教。学校倡导着一种和谐与爱的理念，在保留宗教气氛的同时，也尊重非信教的人。

随着生源的扩大，1944 年，女校建设落成了规模宏大的教学楼群。建筑风格兼具中西文化特色，外观稳重，朴实大方。住在武汉市区的贵族小姐，每天都有小轿车接送上学。年幼丧母的小余琦没有人照顾，族人只好安排她在学校住读。从乡间来到名媛云集的贵族学校，余琦不知道什么是小姐架子，学习之余，她涉猎广泛，潜心练习书画，有时还练一练当时国人还比较陌生的小提琴。

二

在女校，小余琦继承了父母的优良基因，面目清秀，身材颀长。课业之余，还练习琴棋书画，不断增强内在的涵养。

梁启超说，美术所以能产生科学，全从“真美合一”的观念产生出来。真即是美，所以求美，先从求真入手。在校园的宁静一角，远离世俗的喧嚣，余琦犹如围墙里一株与世无争的草，沉静地练习书画。一笔一墨，一帖一砚，真草隶篆静静地在毫间流淌。一花一草，一树一木，在她的画笔下飘逸灵现。

纤纤素毫，幽幽墨香，她以自己的理解品味着生活。不知不觉，潜移默化之中，她的墨法、笔法、章法、气韵一脉贯穿。

“腹有诗书气自华”。在知识和艺术的熏陶下，余琦一天天成长起来。书画和音乐，净化着她的灵魂，滋润着她的思想，使她纯洁的灵魂散发出儒雅脱俗、一如幽兰的香气。

三

1945 年 10 月，20 岁的余维新，辗转数省，终于回到了武汉。曾经的少年，已经是一名充满阳刚之气的军人了。头发剪得短短的，方正的脸上眉清目秀，高大挺拔的身材，着一身灰蓝色的军人制服。一下车，他就来到了他熟悉的老汉口。

曾经繁华的汉口码头、鄱阳街、兰陵路，到处是破败的景象，沿江的马路两侧，坎坷不平，荒草杂生。江面，未见有船只航行，仅有少数船停靠两岸。汉口至武昌只有王家巷一处轮渡，每日往返一次。

终于，他来到了花楼街。然而，他熟悉的那幢洋楼，早已不复存在，他的眼前，只是一片废墟。他失落地四处张望。妈妈汪慧敏慈祥的面容和她恨别的泪水，浮现在他的眼前。临别时，妈妈的叮咛，回响在他的耳边。当兵打仗的这几年，他跟妈妈写过很多信，然而，都没有回音，如石沉大海。面对废墟，一种强烈的不祥之感，涌上心头。妈妈呢？妈妈，您在哪里？谁能告诉我，妈妈还在人间吗？谁能告诉我，这里究竟发生了什么？还有，那个用妈妈的红格子方围巾做盖头巾，扮演“新娘”的小余琦；那个突然从身后飞奔过来，递给自己一封情书的王艳丽，她们，都到哪里去了……

“维新！”突然，一个熟悉的，黄莺打鸣般的声音向他传来。他循声回头，刹那间，他看到了一个美丽的姑娘，他定了定神，确认眼前的这个美女，正是他要找寻的王艳丽。已经成熟的王艳丽，脸盘还是那样白净，眉眼还是那样清亮。一头如墨的黑发散在身后，紫色的蕾丝线将一小束秀发悬在耳侧，白色的衬衣外是一件方格小礼服，尽管她的成熟和装扮让他感觉有些陌生。但她脸上盛开的那灿烂的笑容，依然是那样熟悉和美丽。他惊讶地问道：“真的是你吗？艳丽！”

“是我，是我呀，终于等到你回来了！”王艳丽情不自禁地向前挪动了几步，激动地想张开双臂，冲过去拥抱自己日夜深情眷恋的人。

然而，很快，一种难以言语的悲伤，涌上了她的心头。一瞬间，痛苦充满了她的胸膛。她停下脚步，放下双臂。拿出手绢，默默地擦着眼泪……

看着伤心的王艳丽，一种不祥的预感涌上余维新的心头，他急切地问道：“房子没了，我的妈妈呢？人都去哪儿了？”

王艳丽哽咽着，半天说不出话来。

余维新焦急地追问：“你告诉我呀，到底是怎么回事？”王艳丽痛哭起来：“维新，是我，我对不住你，我没有照顾好伯母……”她沉浸在痛苦的回忆之中。

20世纪20年代末至30年代初，武汉形成了以长堤街为中心的“五街并行”商业区，为全国之最。“货拖到汉口，不愁卖不走。”老汉口成为有名的“三鼎甲的大码头”和经济繁荣的“国际大都会”。武汉因码头而“大”，因商业聚人气的老汉口，发展成为养得起戏曲的地方，当时，武汉的戏曲可与北京、上海相提并论，大武汉被“戏剧大师”梅兰芳誉为“戏码头”。

余维新参军以后，一个偶然的机缘，从小多才多艺、经常“爬台边”看戏的王艳丽，撞开了京剧的大门，很快成为武汉京剧界的当家花旦之一。这些年间，她参加排演的京戏，多为暗中讽刺日本侵略者的内容。

这一天，天是灰暗的，乌云遮住了太阳。王艳丽和父亲一大早就出门了。王艳丽去参加演出，父亲去采访。王艳丽的母亲和余维新的母亲汪慧敏如往常一样，各自忙着家务。王艳丽的弟弟王阳阳在看一本小人书。

突然，一队全副武装的日本士兵来到江汉路花楼街。他们手里端着冲锋枪，腰间挂着子弹袋，用恶狼般的眼睛迅速地扫视着四周。对着街上的人群一阵扫射，孩子们被突如其来的袭击吓得不知所措，大哭起来。空气中凝聚着阵阵杀气，街巷笼罩着恐惧，有的人转眼就倒在了血泊中。伴随着“嗡嗡”的响声，几架日本战斗机飞来，一阵狂轰滥炸，街巷瞬间变成了一片废墟。

子弹不长眼睛。一个炸弹投来，王艳丽的母亲和余维新的母亲当场被炸死，小洋楼顷刻化为灰烬。一会儿，废墟中传来了一阵孩子的哭声，王艳丽的弟弟王阳阳坐在溅满鲜血的地上无助地哭着。他是一个可怜的孩子，同时也是一个最幸运的孩子，当敌机丢下炸弹时，他的母亲把孩子护在自己身子底下，用自己的生命为他提供了一个避难的场所。孩子只受了一点小伤，可是，母亲却被炸得粉身碎骨……

孩子清醒过来时，面对熊熊大火和浓浓烟雾，他怎么也无法从周围面目全非的尸体中找到自己的妈妈了。他撕心裂肺地哭着，喊着：“妈妈！妈妈！”望着眼前的废墟，他只能痛哭。

王艳丽和父亲回来了，父亲失去了妻子，她和弟弟失去了妈妈，王艳丽伤心至极。让她自责至今的是，自己没有照顾好妈妈，也没有照顾好伯母……

曾经的洋楼，早已不复存在，战争，早已经让那幢洋楼的人四散而去。王艳丽一家人只好寄宿在街头大妈家。曾经幸福的一家四口，变得残缺不全。

王艳丽憎恨战争，渴望着和平。她希望，有一天，世界上再也没有战争，只有欢乐。她盼望，自己日夜深情眷恋的人能够胜利归来。

无数次，王艳丽来到这片废墟。希望能够遇到余维新。希望奇迹能够出现。在她的期盼中，余维新真的回来了。她感到不可思议。或许，缘分真的那样妙不可言。

听完王艳丽的痛苦回忆，余维新潸然泪下，沉浸在深深的痛苦之中……

她帮他擦着眼泪，抚摸着他的脸庞。她感觉得到，他心中是有自己的。她以深情的拥抱，安慰着自己的爱人："我老远就发现了你，可是我不敢相信你真的回来了，走近我才确认是你，伯母不在了，我就是你的亲人。"

余维新的热泪夺眶而出，他觉得，经过时间的考验，王艳丽是一个值得爱的人，他自然而然地、情不自禁地把怀里的女孩搂得更紧了……

这一天，初升的太阳格外灿烂。吃过早饭，余琦正在和同学们一块儿精心地把每一个教室、每一张桌椅，都擦拭得干干净净。突然，老师告诉她，有位叫余维新的先生来看望她。

余琦放下水桶，急促地向学校招待室走去。她的心想飞，但是感觉脚下的步伐是那样的沉重，她不知道该如何面对这个朝思暮想、亲切而又陌生的心上人。

母亲去世，父亲长年没有见面，形象在她的脑海中十分模糊。在女校学习的几年，她常常思念的，竟然是那个在游戏之中扮演新郎、哄着她玩的余大哥。随着年龄的增长，她感觉，自己对余大哥的感情越来越复杂了。余大哥来了，他们马上就要相见了，她竟感到手足无措。

终于，她见到了英姿飒爽的余维新大哥。看到当年的女孩，已经变为一个亭亭玉立的美少女，余维新感慨万千。

余琦端详着余维新，寻找着当年那个余大哥、那个"新郎官"的影子。她回忆着，在南京他们相邻而居。从小，余大哥就对自己呵护有加。后来，他们在南京匆匆分手。然而，在武汉，他们再一次成为邻居。这一次，余大哥又出现了。她惊叹缘分的奇妙。突然，陷入沉思的余琦，意识到自己的失态。心想，余大哥看到我凝视他的眼光，指不定会说我是花痴的。可是他不知道，这些年，我是多么想念他啊。

余维新是喜欢这个老乡妹妹的。但在他的心灵深处，对这个比他小了六七岁的女孩，他只把她当成自己最亲近的妹妹看。

余维新和余琦并肩漫步在校园，边走边聊。在高大的余维新身边，余琦觉得自己显得瘦小。余维新有意无意地大步往校门口走去，余琦快步跟上他，希望他走慢一点，能在他身旁和他多说几句话。任人群从身边涌过，她连头也没有回一下。

“你们聊得很热乎呢!”突然，一双手蒙住了余琦的双眼。余琦掰开来人的手，回头一看，是王艳丽来了，难怪余维新大步往校门口赶呢，原来是去迎接她呀。

王艳丽开心地笑着，对余琦说道：“听声音，你就知道了我是谁了吧，维新和我约好了，先来看看你，我俩再一起去北京，去了北京，安顿下来就办结婚。”

“到北京？你们要结婚？”余琦大吃一惊。王艳丽高兴地说：“是啊！今天我们是来跟你告别的，到时候再请你去参加婚礼。”王艳丽的话，让余琦十分吃惊，她的心里一阵疼痛。

“维新，这是真的吗？”余琦强忍着眼泪……

“是啊，你要好好照顾自己……” “维新，”余琦打断了余维新的话，“突然找我是告别吗？”

“我和艳丽商量好了……”余维新把“艳丽”这两个字极快地带过了，说得含含糊糊的，“余琦，你会支持我们吧，对吧？”

“……当然，”余琦顿了顿，从牙缝里挤出了三个字，“我支持……”

“余琦，你确定会来参加我们的婚礼吗？”王艳丽看着余琦。

“当然会来呀，对不对？”余维新自信满满地看着余琦。

余琦感觉，自己的心在滴血，她痛恨余维新无视自己的存在，憎恶那“妙不可言”的缘分。

余维新马上就要去北京报到了，他被选送到北京兵科专门学校深造。

武汉是个移民城市，南来北往的人来此便落地生根。谦祥益、汪玉霞等老字号的创始人都不是武汉人，但他们都在这里落了户。外地人对自己的乡音有需求，造就了多种戏曲的繁荣。

1912 年左右，京剧才进武汉，然后急速地发展，同时也吸取了武汉文化的营养，京剧念白至今都带有武汉味。王艳丽是个十足的京剧迷，被誉为武汉京剧的“出水芙蓉”。听说余维新要去北京深造，这一次，王艳丽再也不会离开她的余维新了。她立即提出，和他一起到京剧的发源地北京去学习。两个相恋的人一拍即合，决定不久就出发。

他们订了婚，而且一起去北京学习。余琦仿佛看见身披婚纱的王艳丽，站在余维新的身旁。她感觉，自己深藏心中的那份朦胧而珍贵的感情，已经被残酷的现实击得粉碎。

她一直在心里想着他，可他心里，根本没有她。为了这没有结果的爱，她却一直苦苦地在等待。到头来，王艳丽居然要与自己所思念的人共度一生。她嫉妒，嫉妒将要和维新步入婚姻殿堂的这个女人。

夜深人静，余琦默默地提醒自己，不要再痴心妄想了。余维新，早已跟我没有一丁点儿关系了，一分一毫也没有。我们是不可能在一起的，永远都不可能在一起了。然而，想着想着，她的眼泪，却悄悄地流了出来。她越想越伤心，泪水打湿了枕头，她无人倾诉，只能独自默默地舔着自己的伤口，吞下酸涩的眼泪……

四

余琦与父亲在南京的码头上分手以后，后来只有一次，她在老家见过一次父亲。再后来，母亲离世。再次见到余维新，她又经历了单相思的折磨。在缺乏亲情的日子里，她常常感到自己是那么孤独，那么无依无靠，这份孤独寂寞，对她的心灵产生了巨大的伤害。

因为时间产生的隔膜，父亲的形象在她的脑海里越来越模糊。她常常回忆着在南京与父亲分手的那一幕，她清楚地记得在乡下老家与父亲那次短暂的相聚。令她刻骨铭心的是，自己随着母亲流亡到武汉，又从武汉逃到乡下老家余河店的颠沛流离。母亲去世了，余大哥到北京了。现在，这个世界上，只有父亲是她最亲爱的人，父亲就是她唯一的精神支柱。她翘首以盼，渴望早日与自己的父亲相见。

正在余琦百愁难解的时候，余俊豪到女校看望女儿了。对女儿充满内疚的余俊豪，终于有时间与已经长大成人的女儿好好聊一聊了。这次见面，父女俩一同在学校用了午餐，交谈了很长时间，他们谈到了余琦的母亲，也谈到了他们将来的打算，以及大家族里的事。血浓于水，父女之间的距离很快缩短了。见到余俊豪，余琦感觉，父亲的模糊形象，渐渐地清晰起来，父亲唤醒了潜藏在她心灵深处的亲情和温暖。在亲情的感召下，她的灵魂渐渐复苏了。父亲这个名词，就是温暖，就是爱，就是家。父亲回来了，爱和温暖就回来了。因为爱，才有生命，有了爱，生命才有意义。

余俊豪再也不想离开家乡了。现在，家族里很多人，包括家族的长辈要求分家，有很多事需要他处理。

下午，父女俩就要分手了。余俊豪告诉女儿，他现在会暂时留在汉口，以后有空会经常来看她。

父亲又走了，余琦站在接待室门口，恋恋不舍地看着他挺拔的背影，慢慢地从学校的大门外消失。毕竟，她与父亲分离得太久太久。

过了一段时间，深思熟虑的余俊豪再次来到女校。他告诉女儿，自己决定一心一意回海河老家种田。

1947 年底，以书画新秀的身份参加了鄂中教区绘画比赛的余琦，已经出落成为一位名副其实的大家闺秀。

此时，女中即将毕业的她，面临着人生最重要的选择 ：一是留在武汉，当时在青年男女中流行的一句话是："希理达，配文华，不要媒人自由嫁。"这是大多数富家子弟的选择。二是同父亲一块儿回老家。

初恋的挫折，使余琦再也不轻易相信感情了。她没有像同学们那样，在文华中学找一个人嫁了，而是带着参加绘画比赛获得的奖章和她心爱的画作，还有她的小提琴，同父亲一道，悄悄地离开了自己的伤心地武汉，回到了海河城老家。

第七章　沧桑古城

1947 年，海河城人民处在获得全面解放的前夜……

一

地处海河城边远小镇的余河店。余家一大家子人聚在一起商量分家的事情。见过世面，眼界开阔的余俊豪告诉家人，以前，他是不赞成余家这个大家族分家的，现在世事多变，家族越大，目标越大。他支持家族长辈分家的想法，分而治之。分家以后，是去武汉经商，还是做实业，或是留在乡下种田，各家各户自作打算，自谋生路。

在家族酝酿筹划分家的过程中，余家人又收到了国民政府 6000 块大洋的摊派。因为分家事宜还没有最后决定，耽误了几日。

1947 年 7 月上旬的一天晚上，伪保安队长带人冲进余家，将余俊豪的二叔和他的媳妇抓了起来质问道："你们余家欠的捐款交不交？"

被吓坏的余家人连声答应："我们交！我们交！"

在伪保安队长的胁迫下，余俊豪的二叔从屋里拿出了 1000 元光洋和一麻袋钞票。伪保安队长又以抗捐不交的名义，惩罚性地让余家人答应再交 4000 元，在余家人答应后，伪保安队才当场将余俊豪的二叔两口子放了。

这一场突发事件，使得还在对分家犹豫不决、举棋不定的余家人，最终决定变卖田产，立即分家，各奔前程。

自此，家族元气大伤，逐步走向衰落。

二

定居老家，余俊豪深深地感到，时代风云变化中，个人是那么渺小。

好在回到生养自己的土地上，陪伴着女儿，可以弥补一些以前对女儿的亏欠。

1949年4月初，共产党海河市委、市政府和军事指挥部从城北进驻海河城，接管了这座饱经战火、凋敝不堪的古老城市。

当初分家时，余家留在老家的人纷纷迁走，而余俊豪拒绝了与族人们一起迁走。他觉得远离城市，陪着女儿在老家余河店休养生息是最好的选择。这里有大家族分家时分给他的、祖上传下来的几亩良田，这是他未来生活的来源。除此之外，他身边还有夫人去世后一直伺候他们生活起居的一位女佣。

1950年的春节到来了。年三十的晚上，余俊豪感到了从未有过的疲惫与寂寞。以往，按照余家的习俗，大年三十的晚上，当家的人总会拿出一些碎银两，用纸包成若干份，到半夜会派下人出去，看看谁家的门上没有贴对联，窗户是破的。然后，把这些包着碎银两的纸包，悄悄地塞进破窗子里。

第二天，当这家的主人醒来，会意外地发现窗台上的一包银子。这样，这些穷困潦倒的家庭，过年的时候，也能吃上几天饱饭，不至于去伸手乞讨，为他们保留了一点点尊严。实际上，这些人知道这是谁施舍的，他们只会将感激留在心中。

而如今，余家的大门外，没有了过年的大红灯笼，更没有了对联。当然，也不会有人给他们家送银两。从分家的那一刻起，余家的一切就都变了。

正是在这个大年三十的晚上，善解人意的余琦，拿出一包母亲去世前留给自己的金银首饰，这也是他们家仅有的一点财产，她把这些全部交给了父亲，希望能够给予历经沧桑的父亲些许安慰。

三

夜深人静，余俊豪默默地回忆着自己的一生，尽管自己曾经努力过、曾经奋斗过，尽管曾经有过短暂的美好时光。他感觉，自己无论是作为一个有新思想的知识分子，还是一个传统的文人，或者是一个驰骋疆场的军人，都是一个失败者。他读四书五经长大，传统士大夫的立德、立功、立言，人生三不朽他一样都没有做到。在这短暂的一生中，他感觉自己是一事无成。

他想得最多的还是自己的老乡校友余亚东，他们一块投身革命，一起浴血奋战，余亚东战死成英豪。自己如今却形单影只地在这乡下一隅。

惆怅落寞的余俊豪把伺候了自己多年的女佣叫到跟前，告诉她：余琦的母亲在世时，家族人就打算让他纳她为妾，自己是一个有新思想的人，所以当时没有同意，余琦母亲去世后，他确实有让她填房的想法。

可是这几年，战火纷飞，家事缠身，他没有心情，也抽不开身安排这件事。以后，更不会有她填房的那一天。

他还告诉她：你还年轻，我也没有正式娶你，你没有必要吊死在一棵树上。现在，你可以选择离开。如今这个家，除了余琦的母亲临终留下的那一点金银首饰，也没有其他值钱的东西了。余俊豪对女佣说她可以带一些首饰上路。

这一对男女，既不像主仆，也不像夫妻，他们之间仿佛有千言万语，又不知该从何说起。这一分别，只怕将来再也不会有见面的时候。

最终，可怜的女人含着眼泪，打着包裹走出了余家。

下部　灵魂的香气

第八章　爱神之吻

“我猝不及防，你却莽撞地闯进我的心房。你说，我是悬崖峭壁上的奇葩，鲜嫩欲滴，含苞待放。你甜蜜的初吻，如浇灌心灵的甘泉，俘虏了我的温柔，牵引我的灵魂，追随爱神翱翔。”这首短诗，是余琦为自己的初恋所作。

一

看着日益衰老的父亲和日益衰落的家境，余琦意识到自己已经长大，应该适应新社会，应该自食其力，应该养家糊口了。

这一天，她告别了父亲，拎着一只大行李箱，背着一个鼓囊囊的大背包，从乡下赶往海河城的老宅。她不会种田，但她相信，她能够以学得的知识独自营生。

行李箱用久了，显得有些破旧，但箱子里面，余琦那些半新不旧的衣服，却干净整洁，摆放有序。

除了衣物，行李箱里还有一大摞书和一个包裹。包裹里面，珍藏着她最喜欢的一本书《巴黎圣母院》。书里面，还夹有一幅画——法国画家、雕塑家弗朗索瓦·热拉尔的著名作品《普赛克第一次接受爱神之吻》。另外还有一对银质手镯是母亲传给她的爱物。

母亲临终时，将余琦叫到床前，把一包金银首饰交给她，希望她好好保存。十几年来，余琦用心收藏着这些怀念母亲的载体。离开家时，她把其他的金银首饰都交给了父亲。但是，这对银质手镯，无论走到哪里，她都一直贴身带在身边。一有时间，她就认真阅读和欣赏母亲喜欢的作品。巴黎圣母院里面那个面目丑陋、心地善良的敲钟人卡西莫多，与上流社会道貌岸然、蛇蝎心肠的副主教克罗德形成鲜明对比。经典的故事，帮助她洞悉人世间的丑恶与善良。母亲也曾给她讲过普赛克公主的故事。美貌绝伦的人间公主普赛克，引起美神维纳斯的嫉妒，派儿子丘比特去伤害她。丘比特奉母之命去见普赛克，却对普赛克一见钟情，深深地爱上了她。《普赛克第一次接受爱神之吻》画的，便是他们初见时纯洁的第一吻。尽管余琦的初恋受到了挫折，但是美丽的爱情故事植入了她的灵魂，她不知道，自己的真爱会在何方。她带着这本书和这幅画，重温过去，走向明天。

女儿走了，用人也走了。余俊豪感到前所未有的凄凉，他开始夜夜咳嗽。民间中医诊断，他也染上了伤寒，又过了三个月，余俊豪在自己的老宅病逝。结束了他的一生。

父亲去世，再一次让余琦伤痛欲绝，她深深地感到了生命的脆弱和珍贵。

夜深人静，在世界完全安静下来的时候，余琦一个人把自己关在屋子里，放声大哭……双亲离去，她感到自己是那样孤独，那样无助……

生活的磨难，没有打垮余琦，她提醒自己要勇敢地活下去。她知道，只有坚强地活着，才能不辜负父母对自己的期待和爱。只有坚强地活着，才能让父母赋予自己的生命，展现应有的价值和意义。

二

1951 年，新兴的市政府正在招募一批新的工作人员，这给希望适应新时代的余琦带来了机会。

凭借扎实的文化功底，她轻松地考上了市政府办公室秘书，以崭新的面貌开始了新生活。

秀外慧中、聪明伶俐的她，很快熟悉了革命理论和革命口号，理解了革命思想，适应了新的工作。

作为市政府少有的文职人员，余琦每天都要誊写材料，加班加点。她似乎忘记了自己过去是一名从不抛头露面的大家闺秀，工作起来勤勤恳恳，任劳任怨。

慢慢地，市政府方方面面的人都认识了美丽能干的余琦，并且十分认可这位新的知识女性。然而，余琦并不知道，即便自己有才有貌有文化，由于家庭出身，单位还是不能重用她。不过，单纯的她，也没有太多的奢望。她感到，自己能够历经战乱平安活下来，就是一个奇迹。做好每一项工作，是自己的本分。

18岁的姑娘一朵花。经过了血与火的洗礼幸存下来的余琦，像一位上天庇护下的天使。她，有着天使般静穆的气质，仙女般惊世骇俗的美貌。即便是那些被魔鬼撒旦的幽灵控制的人见到她，也能被她唤醒人类的善心和良知。

中华人民共和国成立初期，中共海河市委、市政府的工作人员不足百人。青砖黛瓦两进院落的大院，占地不足三亩。大家每天在前后院子里进进出出，意气风发，格外忙碌。

大院后面的院落中，东西两侧各有一株白玉兰，长得有三丈多高，比青砖的院墙略高一点。当这一年的早春来临的时候，其他的花木仿佛都像死了一样，只有这两株高大的白玉兰，开满了雪白的花朵，远远地看去，就像是许多白色的蝴蝶，落满了光秃秃的树枝，娇艳欲滴。

那些在院子里面忙进忙出的人们，并未注意到那两株怒放的白玉兰。而余琦，却发现了它们的美。每天中午休息的时候，她会到后院中，仔细地品味白玉兰树上散发出来的、那种寂寞而又高傲的美。

观赏着白玉兰，联想到自己的身世，余琦禁不住暗自神伤。但她不知道，她在赏花，屋子里有人在偷偷地看她。如同怒放的白玉兰，她的美，显得与众不同，让人不可抗拒。

新四军五师政工干部出身、海河市第一届政府组成人员、海河市副市长董志峰就是余琦的欣赏者之一。

董志峰身材高大，个子在一米八以上。古铜色的国字脸上，浓密的眉毛叛逆地稍稍向上扬起，长而微卷的睫毛下，一双清澈明亮的眼睛，鼻梁英挺，嘴唇微厚，嗓音洪亮。深蓝色的中山套装，包裹着他隆起的、健壮的胸肌和膀臂，他的双腿显得粗壮而结实，整个人散发着浓浓的阳刚气质。他出生在一个乡村私塾老先生家里，从小跟教私塾的父亲学文化，也干一些农活。

后来，董志峰参加了新四军，留在市委工作队工作。从一个士兵到年轻的副市长，他的前途一片光明。

董志峰每天都有干不完的活儿。其他同事打仗都是好手，但是如何管理这个城市，如何把握好政策的尺度，组织农民自救，却让他们感到施展不开手脚。因而，市里面的大事，总是依赖粗通文墨的董志峰。为此，他感到十分自豪。同时，他也感到了巨大的压力。

很快，董志峰便发现，在他隔壁办公室里负责整理文件、从不多说一句话的余小姐，是一个好帮手。无论多么复杂的文件，很快，她就会梳理得有条有理，无论是怎样的文书或文体，她都擅长。以前他在做政工干部时，是出名的笔杆子，一般的人都不是他的对手。现在，他算是棋逢对手，遇到真正有文化的人了。

于是，他习惯有事就去找这个余小姐。后来，他发现市政府的人，都关注着这个余小姐。有人看到他从余小姐的办公室出来时，居然会悄悄地问他，她的身上是不是很香？然后偷偷地笑一笑，走开了。

他本想叫住这无聊之人，严厉地批评一下，却发现自己没有那个底气。因为，她的身上确实有一股淡淡的幽香。一名老文书对他说："她受过新式教育，是一个好女人。如果不抓住机会，恐怕要错过这位美人呀！"

听到这些话，他突然感到神情恍惚，仿佛不知不觉坠入到云雾之中。当天傍晚，看到余琦走出市政府大院的背影，每天为了工作忙得团团转的他，突然有了许多失落感。

三

这天下午，他去隔壁余琦那里拿材料，发现刚来的市政府办公室主任严涛，正在余琦办公室。这个人二十出头，身段高而修长，挺直的鼻子，唇上蓄胡，发浓须密，一身解放服，体形匀称，充满儒雅之气。那对不时眯成两道细缝的眼睛，透露出他的睿智。他拿着一块布料，正要送给余小姐，尽管余小姐推辞不要，严涛还是不停地介绍着那块布料是如何地好，说自己费了好大的劲，才从城里最大的那个绸庄搞到的。看到这一幕，董志峰竟感到一股莫名的怒火，直冲脑门。

一个刚调来的，就敢挖自己的墙脚。不过大家同为革命干部，他也不好真的发火。当余小姐再次说自己不需要布料时，董志峰连忙上前说："严涛，既然小余不要，我看，你也就别勉强啦！"

那新上任的严涛，见董副市长有工作来找余小姐，连忙"呵呵呵"地走了。

从余小姐那里回到自己的办公室，董志峰突然有了一种危机感。他相信，那个新来的严涛，肯定还会去找余小姐。

整个下午，董志峰感到自己的心里总是乱糟糟的，心不在焉。到了晚上吃饭的时间，他的下半年的工作计划还没弄完，他在屋子里转了两圈，最后还是强迫自己坐下来，把那个计划做完。

他刚刚做完了工作计划，还没顾得上吃饭。市政府办公室又派人来通知，晚上有重要的会议。学习有关支持抗美援朝工作的上级指示精神，并做关于当前的形势和工作任务的报告。因而，他顾不上吃饭，就赶去开会了。

他去的时候，参会的人基本上已经到齐了，搁在以往，会议通常就这样开始了。但是今天，他感到氛围有些不对，徐市长非要等人员到齐。他只好坐在台上喝着白开水，肚子饿得“咕咕”响，直到所有的人都到齐之后，徐市长才宣布开会。

人称“老徐”的徐市长，会议一开始就狠狠地将那几个迟到的同志批评了一通。然后，总结了从去年到今年开展批评与自我批评以及反对官僚主义作风的问题。

前面说的这些问题，与董志峰都没有什么关系，但他没有想到徐市长话锋一转，矛头指向了他，说董志峰负责的支持抗美援朝工作的任务，完成得不好。并且强调指出，海河市在解放战争时期一直是支前先进单位，现在体现出来的工作能力还不如以前。这一方面说明我们官僚主义问题很严重，另一方面也说明我们的工作没有抓落实。为此，他老徐带头做检讨。他强调，最后要为此事负责的，还是董副市长，因为抗美援朝工作这一块，主要是由他负责。

然后，徐市长依次将政府机关各个部门，批评了一通。坐在台上的董志峰，感到心里不是个滋味儿，散会后他饭也没吃，就直接回到了办公室。

他没想到，今天的会议，自己受到了批评，这感觉就像是被人突然袭击，打了一闷棍那样难受。他独自一人在办公室里，生了半天的闷气，肚子虽然饿，但他没有心思吃东西。

这时，有人推开了他办公室的门。来人是保卫处的许处长，对方望着郁郁寡欢的董志峰，举起手中的一瓶酒，然后，又从口袋里掏出一包猪大肠，说道："我估计你晚上还没吃饭，来！咱们喝点小酒，这里还有一包保顺楼的大肠，咱们一块儿聊聊。"

许震新和董志峰，从前都是新四军五师的，所以，许震新称董志峰战友。看着许震新手里的酒和猪大肠，董志峰肚子确实饿了。两人打开纸包铺在桌上，倒上酒，慢慢地喝了起来。

两人的话题，自然是从今天晚上的会议上，董志峰受到批评说起。作为老战友，许震新为董志峰感到委屈。说到底还是因为董志峰是从新四军五师下来，而非地方组织出生的干部，所以，董志峰尽管每天从早忙到黑，为工作忙得团团转，饭也顾不上吃，结果还是挨了批评。

谁都知道支持抗美援朝工作的任务艰巨。现在，政府的事务千头万绪。董志峰牵头，仅带了两个人，负责抗美援朝捐钱捐物、物资的组织工作。可想而知难度多大，所以，即便是董志峰不吃饭不睡觉，也难以按时完成这项工作。

况且，别人忙完了一天的公务，晚上就是老婆孩子热炕头。而他董志峰孤家寡人一个，从早忙到晚，一口热饭也吃不上，想到这里，董志峰喝下一口闷酒。

最后，许震新又说起市政府办公室主任，刚来的严涛，因为是地方组织出生的干部，所以很受徐介于的重用。

许震新讲了半天，最后说到的严涛，才真正地点到了董志峰的痛处。他正觉得憋气。于是，把今天下午碰到严涛给自己隔壁的余小姐送布料一事，告诉了许震新。

通晓人情世故的许震新，立马听出了董志峰对余琦小姐有那个意思，开玩笑地对董志峰说："我看啦，余琦小姐天天坐在您旁边，就说明您艳福不浅。这余琦，出身富裕人家，是名副其实的海河一枝花。你应该近水楼台先得月呀，她就在眼皮底下，若被别人挖走了，那可怨不得别人呀。"

董志峰放下酒杯，一本正经地跟许震新说："算了算了，别说这些无聊的话，还是说点正经事。"

许震新说："这，就是最大的正经事，人的一生不就是老婆、孩子、票子吗？既然有了自己喜欢的女人，就不要错失良机，到时候被别人抢走了，后悔不及。有了老婆就不愁孩子，至于票子，只要努力干，都会有的。"

既然董志峰脸皮薄，不好意思自己开口，许震新提议自己托媒人上门，按老规矩帮他董志峰说亲，事成之后，他董志峰可别忘了自己这个老战友。

话说到了这个份儿上，董志峰又开始担心，那余小姐会不会同意这门亲事。许震新又给他打气，你董志峰仪表堂堂，又是年轻的老革命，海河市政府副市长。老话说，英雄爱美人，美人爱英雄。那余琦孤苦伶仃一人，没有一个亲友帮衬，只有早一天嫁人，才有个依靠。所以，自己正儿八经地请媒人上门说亲事，这事一定能成。许震新这么说，董志峰才放心下来：“那这事，就全靠你这个老战友啦！”

过了一会，酒足肉饱的许震新，醉醺醺地哼着小曲儿走了，脸上露出得意的神情。一个人落在办公室的董志峰，心里久久不能平静。

几年来，这是他最累的一天，最痛苦的一天，也是最有收获的一天。他一个人躺在办公室的小小的单人床上，久久无法入睡。

与他高大的身材相比，这张小木床显然太小了，但是他无法入睡的原因，并非是这张床太小。他十七八岁就参加革命，孤身一人，什么苦都吃过，然而，他感觉到最难熬的，恰恰是在革命胜利后的今天。别人盼到了革命胜利，老婆孩子热炕头，而他却一直还是一个单身汉。

时至今日，他才发现自己很傻。如果今天晚上，不是老战友许震新来陪自己喝酒聊天，给自己解闷，他都想象不出，今天晚上他会怎样度过。

今天，他终于明白了，他的幸福生活不能指望别人，还要靠他自己努力，自己去抓住机会，只有如此才算真正地改变命运。这个晚上，他想了很久很久，想了许多许多……

四

离开董志峰办公室的许震新，自然没有忘记他的承诺。第二天，他就自己掏腰包，准备了一份礼物，找了一个媒人。把为董志峰说媒的这件事，托付给了媒婆。

中国人都是讲感情的，也是讲关系的，他知道，只要自己帮上董志峰这个忙，作为在一个市政府里共事的老战友，他和董志峰两人之间的关系，就会走得更近。

结果，事情却出乎他的意料。到了晚上，从余家回来的媒婆告诉他。尽管费尽三寸不烂之舌，那个余小姐还是坚决地、没有一点回旋余地地拒绝了这门亲事。

许震新听了，却并不认为这门亲事一点希望都没有。他想了一会儿觉得，按说，明媒正娶是最正经的做法。也许，余小姐认为媒人上门提亲这个方法不是很妥当。因为余琦是受过新式教育的人，追求婚姻自主，文明时尚，不相信老式媒人的媒妁之言。如果是这样，自己亲自上门去提亲，也许比让媒人上门去提亲更好。

于是，第二天晚上，许震新决定亲自登门去说这门亲事。听说，余小姐单身一人居住在余家小院。为了避嫌，许震新叫上了自己的助手，一起拎上提亲的礼物，敲响了余家的院门。

见到保卫处处长许震新，余琦大致猜到了他的来意，她不动声色地打开门，让两人到堂屋就座。许震新也没有直接说明自己是干什么来的。他说，自己作为保卫处的处长，有责任保卫政府工作人员的人身安全，因为考虑到她一个单身女人，单独居住在这个院子里，所以，自己来关心一下，看一看她。

因为同为市政府的工作人员，平时也没少见面，而且许震新负责保卫处的工作，出于礼貌，余琦客气地为二人沏茶。

许震新望着高高的屋顶说："这房子真气派。"

余琦告诉他，这是祖上留下来的产业，从前共有九个大院，前年土改其他八个院子都充公交出去了，只留下了这一个小院，因为家族的人基本上都不在这里了，所以，自己就住在这个院子里。

来之前，许震新还信心十足。置身于这小院深宅，看到这不卑不亢的余琦，他却感到心里没有了底气。这余琦不仅美貌惊人，出身大户人家，而且待人接物不卑不亢，十分有涵养，有点让人难以接近和捉摸不透。

他边喝茶，边思考。过了好一会儿，才开口对余琦说：自己是受董志峰董副市长之托，上门来提亲的。董志峰虽然年轻，却是一位老革命，也是革命队伍中少有的有文化的知识分子，这一点应该与她余小姐非常相投。董副市长是英雄爱美人，余琦小姐也应该是美人爱英雄。虽然你们两人的生活背景不同，但是你们两人都算得上是新型的知识分子，所以，将来结合在一起，应该有许多共同的语言，无论是对董副市长还是对余小姐，你们的结合，对革命事业都是有许多益处的。

余琦听到他表明来意，态度十分冷淡。她委婉地告诉许震新：自己和董志峰，有着完全不同的人生阅历。作为一名年轻的革命领导干部，董志峰有着不可限量的前途，而自己不是贫下中农出身，两人之间的差异太大。而且，将来，自己的家庭出身，还可能会影响到董志峰的个人前途。

许震新哪里知道，对余琦来说，初恋，是刻骨铭心的。在她的心目当中，只有余维新哥哥，才会成为自己的未来伴侣。曾经，她根据自己丰富的想象力构建的爱情场景，是浪漫的，完美的，布满美丽的鲜花。然而，当初恋无疾而终的时候，她突然发现，童话里的爱情故事都是骗人的，余维新不是王子，也不是骑士。而这个“土包子”董志峰更是一个不解风情的凡夫俗子。她的爱情童话破碎了，她已经不相信爱情了。

余琦提醒许震新，不要轻易给人家做媒，不要管这样的闲事，将来双方如果有任何一方对这个婚姻不满，都有可能怪他许震新。

余琦的话，使许震新暗暗吃惊。他没有想到，这个女人，外表温顺而内心坚强。说出话来滴水不漏，进退自如。一上来，就给他吃了一个软钉子。

过了一会，余琦见许震新不想走，只好说，董志峰要是真有这个意思，他们彼此在工作中也会有很多接触的机会。现在，革命者都反对包办婚姻，主张自由恋爱，婚姻自主，所以，董志峰完全有机会表达自己的想法。

平日在市政府，同事们经常私下议论这个才女。许震新今天上门提亲，算是真正领教了这个才女的水平，说话条理清楚滴水不漏，还会引导对方下台阶。既委婉地拒绝了许震新的提亲，又给了他下台的梯子。

说完了这件事，许震新又关心地询问了余琦日常生活中的一些鸡毛蒜皮的小问题，接着只好起身告辞。

尽管如此，聪明过人的许震新，对董志峰这门婚事，仍然抱有信心。他明白，她如果要嫁人，除了董志峰这样的领导干部，再也没有更好的选择了。何况两人年龄相当，郎才女貌，又都是有文化的人。他盘算了一下，除了嫁给董志峰，余琦不可能有更好的选择。

善解人意的许震新，见到了董志峰之后，没有说两次做媒碰钉子的事儿，而是把两次上门提亲的经过，仔细地给董志峰汇报了一遍。当然，有些地方做了一些修改和省略。他要给董志峰鼓鼓劲，让他意识到，余琦拒绝了媒人和自己两次上门提亲，不是说不同意这门亲事，而是希望搞新式的自由恋爱，要董志峰亲口对她去讲。

对于许震新帮自己去余小姐那里提亲这个事，董志峰两种结局都想到了，要么同意要么不同意。但就是没有想到，许震新所说的要搞新式的婚姻自主、自由恋爱，要他自己亲口去说。

许震新说，自古英雄爱美人。对于这句话董志峰非常认同。提亲的事尽管没有做成，董志峰还是非常感激许震新，帮自己摸了余琦的底。她并没有直接地拒绝这门亲事，这给了他很大的信心。

但董志峰还真是不懂如何搞自由恋爱。他不知道，没有媒人、没有家人的陪同，一男一女两个人在一起，又能谈些什么？在旧式的戏剧中，张生是爬院墙去看崔莺莺，那红娘帮张生和崔莺莺放哨，不过是为了他们两人睡觉，也没有教青年男女如何搞自由恋爱。现在，这个余琦要搞自由恋爱，董志峰还真不知道这个事情怎么办？这让他颇费了一番脑筋。

每当他走近余琦，他就感到自己有些魂不守舍，有一种不可言喻的东西在牵引着他，使得他只要一天不去见她，就有一种失魂落魄的感觉。他甚至越来越难以控制自己，他感觉，这个女人，有一种看不见的魔力，强烈地吸引着他。难怪古人说，英雄难过美人关。

慢慢地，他感到了前所未有的痛苦。有时候，他去隔壁余琦的办公室，忘记自己去的目的是什么，只是傻傻地站在她的面前。当她站起来，提醒他来找自己干什么时，他想了半天，才想起来，胡乱编出一个理由说自己是来干什么的。

无奈的他，只好让许震新晚上打点酒买点肥肠来，喝点酒解解闷儿。只有面对许震新，他才能把一肚子的苦水慢慢吐出来。

看着为伊消得人憔悴的董志峰，脑袋转得特别快的许震新提醒他，现在的他，就是折子戏《西厢记》故事中的张生，那个张生为了见崔莺莺不是爬墙吗？当然，董副市长用不着爬墙，但晚上可以去敲余小姐的门呀。这样既解相思之苦又可摸一摸余小姐的实底。否则，如此长期下去，且不要得相思病？

两杯酒下肚的董志峰，听到许震新这番话，将最后一杯酒一干而尽，就像是当年要攻打城墙一样，拍了拍胸脯说：“老子今晚就豁出去了！”

他摔下酒杯，醉醺醺地从自己的办公室，走出了市政府大院。许震新见此，立马叫上保卫处的两名干事，一起跟上。许震新带着两个干事，拎着马灯一直跟在董志峰身后，来到位于海河城老街的余宅，酒壮人胆的董志峰，大大咧咧地敲响了余家大门的铁环。

片刻，院子里传来了余琦的回应：“是谁呀？”

许震新赶紧应声：“余小姐，董副市长看你来了！”

过了一会，余宅院门打开了一道缝，门缝里露出了余琦的半张脸。看着董志峰带着许震新他们三人站在门外，她并不惊讶。

她只是抬高了手里的马灯，不温不火地问董副市长：“董副市长啊，这么晚，找我有事吗？”

看着稳如泰山的余琦，酒喝多了的董志峰尽管口齿不是很清楚，但是心里还是非常明白。他喃喃地说：“我不是什么董副市长？今天晚上，我是张生。”

站在他身后的许震新，怕余琦不明白董志峰的意思，提醒她说：“他说的是折子戏《西厢记》里面的张生！”

余琦看着醉醺醺的董志峰，冷冷地说：“他要做张生，可我不是崔莺莺，所以我不会让他爬墙进来。你们请从大门进来吧！”

然后，余琦打开了大门，落落大方地举着马灯，请四人进屋。此时，许震新发现，董副市长脚后跟有些不稳，连忙上前扶住他。跨过大门高高的门槛，穿过前院，又跨过了堂屋的门槛，两个随行的工作人员，一边一个站在了堂屋的门外。许震新、董志峰则跟着余琦的身后，进入堂屋。

面对突然闯入家中的董志峰，受过良好教育的余琦，没有惊慌失措，而是请两位落座，然后，像平日招待客人一样，为他们沏上两杯茶，十分得体地对他们说：

“看来，今天两位晚上都喝了不少的酒啦，两位先喝茶。”

喝了一点酒，感到自己底气十足的董志峰，此时，面对着不冷不热的余琦，又不知该如何说起。几次想开口说话，那张嘴巴就像是被别人用针缝起来一样，怎么也张不开。

许震新看到他着急想说话，又说不出来，不停地举杯喝茶，只有自己出面帮他打圆场说：“其实，今天董副市长来是想讨教一个问题，如何搞自由恋爱？听说你在省城武汉读过新式文明学校，想必你对那些文明的新东西，比我们更了解。”

余琦回答说，自己是受过新式教育。但是，自己平时除了工作，几乎足不出户，更没有谈过恋爱，所以，自己不懂什么自由恋爱。既然今天二位喝多了酒，就不多留他们坐了，欢迎董副市长以后清醒的时候再来喝茶。

就这样，董志峰糊里糊涂地去了余家，然后，又糊里糊涂地被余琦送出了门。走在老街的小路上，冷风一吹，他似乎又突然清醒过来，他觉得今天晚上喝酒后，就这样冒冒失失地闯到余家，做了一件傻事。

而许震新则以为，他今天去余家，其实收获很大。至少，这个余琦明白无误地告诉了他，欢迎他在不醉酒、大脑清晰的时候去余家喝茶、探讨自由恋爱、婚姻自主、男女之间的问题。这个意思，不就是说，欢迎董志峰单独去找她吗？经过许震新这么一点拨。董志峰恍然大悟，他越想越觉得，对、对、对，就是这回事儿。

虽说今天喝酒冒冒失失去了余家，那余琦毕竟已经表态，欢迎他在清醒的时候到余家去，这无疑是表明，余家的大门是随时为他敞开的。

折腾了一晚上，两个随行人员此时才明白了这个董副市长是什么意思。没想到要找大户人家的余小姐做老婆，是这样的复杂，媒人上门提亲不行，还要搞什么自由恋爱。两人发表意见说，什么自由恋爱，不就是两人私奔，去钻草垛子嘛！

听了他们两人的这番议论，董志峰站住回身说：“你们懂什么？在这里胡说八道。”回到市政府大院的董志峰，多日来，第一次美美地睡了一觉。

第二天，当他再见到余琦，心里有了主意。他首先给余琦道歉。余琦说，这没有什么好道歉的，人之常情，可以理解。

到了晚上，准备再一次去余家的董志峰，动身时又感到了底气不足，正当他犹豫不决的时候，许震新又过来给他支招，也许他晚上应该请余小姐一块去戏园子听戏，这些都是过去那些有钱人家的小姐太太热心的事儿。

董志峰想了想，觉得这个主意不错。果断地决定，让许震新安排保卫处的干事，将余琦请到戏园子去，自己在戏园子里等余小姐。并且说：“什么自由恋爱？不就是俩人一起去看戏吗？”

说完，他和许震新两人一块儿笑了起来。他似乎觉得自己已经慢慢搞懂了什么叫自由恋爱。

保卫处的两名干事来到余宅，敲响了大门。开门的余琦，看到两位干事感到有些意外。两名干事说明了来意，余琦更是感到吃惊，这个自称要自由恋爱的董志峰，居然派了两名保卫处的干事，来请她看戏。

看到两名觉得很为难的干事，余琦面无表情地说：“既然你们是被派公差来的，看来今天这场戏，我不去看也不行了！”

两名干事尴尬地解释说：“不是这个意思！我们是奉董副市长命令请您去看戏！”

余琦回答说：“哦，我明白了！虽然是请我去，但还是命令。看来，我不去，还不行呢。这样吧，你们在门外稍等片刻，我进去换个衣服出来，就跟你们走。”

过了一会，换了衣服的余琦，随两位干事一起出了门。当他们一行三人到了梁家台子戏院的时候，自我感觉良好的董志峰，已经在戏院中央的一个桌子旁，跷着二郎腿在等她了。

董志峰看到他们三人，跨过了戏院的门槛，连忙起身以胜利者的姿态，笑脸相迎，一直将余琦引领到中间的桌子旁。然后，让戏院的小二给余琦沏茶、上茶，又要了瓜子和小吃，并向身后的两名干事挥挥手说道：“你们可以去啦！”

很快，楚戏就开始上演了，自我感觉特别好的董志峰，一直没和余琦说什么话，反倒是一副老戏迷的样子，一直摇头晃脑、津津有味地看着舞台上的演出。

这一出狸猫换太子的楚戏，余琦不知看了多少回了。她的心思也不在看戏上，她倒是想看一看这个董志峰，到底如何表演他的自由恋爱。

戏如人生，人生如戏。望着身边志得意满、意气风发的董副市长，她在想，或许，人生有些事情真的是有定数？身边这个并不了解自己的男人，或许注定要成为自己今生今世唯一的男人？

自从这次余琦在梁家台子戏院陪他看过戏，董志峰便认为他们两人之间的关系，已经确定了。

从这以后，他也认为自己多了一件事，每天晚上尽可能抽出时间来，请余琦下馆子，让余琦陪他吃饭。有余琦这样优秀的女子左右相随，董志峰感到心满意足。

慢慢地，他感觉自由恋爱，这种男女可以随时见面的交往方式，比过去的媒婆说亲，更刺激更有意思。他也坚信自己找这样一个受过现代文明教育、出身大户人家的高贵小姐，是一个正确的选择。

交往了一段时间，认为自己已经搞懂了什么叫自由恋爱的董志峰，又冒出了马上娶妻生子、传宗接代的念头。他急不可待地想早一天把余琦娶回家。

这天晚上，他没有带保卫处的工作人员，单独走到余宅。余琦跟他说了几次，不要像个县太爷一样的，后面总是跟着几个衙役。今天，他想跟余琦谈娶她过门的大事，有工作人员在身边，也不方便。

到了余宅，他发现大门没有关，他自信地猜想，这应该是余琦为他留的门。进去之后，他随手将门关了起来，抬头望去大堂里没有人。

进屋之后才发现，余琦正在东厢房自己的房间里清理东西。余琦抬头看见他进了屋，一点也不奇怪，让他就在堂屋里坐，自己过来给他沏茶。

这时候，董志峰感觉自己已经是半个主人了，说："不用，不用，我自己来!"

他自然地进了东厢房，突然抓住余琦的手，试图将余琦揽在怀里。余琦努力地挣扎坐了起来，整理着自己的头发，对他说："别这样，我不习惯。"

董志峰不以为然地随意地就躺在了余琦收拾得整整齐齐的床上，双手托着头，靠在叠起来的被子上，说："没关系啦，这里也没外人，况且，我马上就要成为你的丈夫呢，我想尽快把你娶进门，所以，明天我打算回老家一趟。"

说完，他又起身抱住了余琦的腰。

余琦掰开他的手，腼腆地说："我跟你说过，我不习惯这样。"董志峰坚持要搂着她，并且说："你们这种接受新文明教育的新人，不是反对封建社会，男女授受不亲那一套吗？这抱一下又有什么关系？何况别人说，提倡恋爱自由就是为了方便男女交往，自由恋爱就是去私奔，钻草垛子。难道不是这样吗？"

余琦告诉他：说自由恋爱就是私奔，是方便钻草垛子，那是没有文化的表现。自由恋爱只是倡导男女之间自由交往，从互相了解到相互认可。婚姻是神圣的，只有两个真心相爱的男女走到一起，这样的婚姻才值得人们尊敬。

她请董志峰坐在堂屋的椅子上，告诉他，自己是在传统家庭长大的，父母要求女孩子要有规矩。母亲提醒过自己，男人的欲望比较难以控制，要控制与男人接触的亲密程度，不能在还不是很了解对方的情况下，就有太过分的身体接触。比如，男女不要单独在房间中。

董志峰不懂这么多规矩，他只想求菩萨保佑，早一点娶余琦为妻，希望他们结婚后能生一个大胖小子。

余琦很清楚，他们的生活背景不同，文化素养不同，他们之间的差异非常大，他们首先需要的是相互了解。她告诉董志峰，开始，可以互相了解，希望他深入介绍自己的家庭背景、个性和优缺点，还有家人的状况。因为婚姻不只是两个人的事，也是两个家庭的事。而且，两个人关系确定后，要向大家公开，以免有人不知道而误入情网，造成伤害。余琦强调，他们两个人互相并不了解，说恋爱结婚，为时尚早。

余琦说了这么多，急于将余琦娶进门的董志峰觉得自己的头都变大了。他觉得莫名其妙，天天在一起，余琦竟然跟他说他们彼此之间并不了解。还要怎么样了解啊。

董志峰申辩说："男人娶妻生子，就是找一个健康的、漂亮的媳妇回去，男欢女爱就可以了，就心满意足了，哪里会有这么复杂的事情？怎么会提那么多要求？再说我们两个人认识也不是一天两天了，人就站在跟前，有什么不了解的？要说还有什么不了解的，那就是我们两人还是衣冠楚楚，如果，脱掉了这一身衣服，那就全了解了。"

余琦听了这话，觉得他真是难以理喻。她甚至觉得董志峰没有文化，有点下流。

董志峰坚持说："结婚就是为了生孩子，迟早都是有这一天，我又不是在公开场合说这样的话，有什么好下流的？"

余琦发现，尽管这些日子她在努力与对方沟通，增进相互的了解。现在看来，要做到真正的相互了解，还不是一件容易的事，因为彼此之间的差异是很大的。或许，有些事情，他一辈子都无法理解。结果，两人不欢而散。

余琦说自己下流。董志峰越想越生气。然而，他越是生气，就越是想她，越是忘不了她。

他独自一个人躺在办公室里，觉得自己占有对方的冲动已经无法抑制。他没有想到，世界上还有这么不领情、难打交道的女人。他不明白，她的脑子里，哪里来的那么多让人难以理解的想法？她为什么那样让人难以琢磨？他越是生气，越是难以抑制自己强烈的占有欲。他下定决心，一定要尽快娶她为妻。他想，或许，一个真正的好女人就是这样吸引人的。

她不仅洋气十足，而且让人难以琢磨。或许，只有把她娶进门娶回家，然后，再用一生的时间去慢慢地琢磨她，才能琢磨明白。他开始慢慢地意识到，也许，只有这种出身高贵的女人，才是真正的女人，她不仅仅是只会生孩子的那种简单的女人。

董志峰永远也无法知道，存留在余琦灵魂深处的白马王子，是余维新而绝不是他。至今，余琦还清晰地记得小时候扮过家家的情景，自己头盖着汪慧敏的红格子方围巾，挽着余维新的手，伴着“婚礼进行曲”，扮演“新娘”……

现在，这个董志峰三天两头，如此突兀地在她面前提男婚女嫁，她实在难以理解，因为她无法从他身上找到感觉，她不知道，自己的真爱，究竟在何方？

交往了几个回合，余琦和董志峰，总是有一些磕磕绊绊，总是好不到哪里去。就像余琦所说的那样，他们俩没有共同的语言。然而，董志峰却发现，只要自己与她生气，就茶不思，饭不想，甚至没有心思工作。这迫使他最后下决心，再也不跟她搞什么自由恋爱了。他决定当机立断，请许震新做介绍人，上门去提亲，立马结婚，先把她娶过来再说。

五

当许震新拎着彩礼上门提亲时，余琦没有说太多的话，她像接待贵客一样接待了许震新。许震新感觉到余琦这样的态度，是她明白，现在董志峰确实是她结婚最好的选择。

在许震新的张罗下，这件事就这样定下来了。余琦的亲友几乎都不在身边，所以，她也不会要求讲什么排场，她什么想法都没有，只是想哭。为她年幼时在战乱中病故的母亲，为离世的父亲，为自己纯洁的初恋，更为自己这桩没有共同语言的婚姻。

在那个年代，她只能做这样的选择。作为一名单身女子，她是很多人觊觎的对象。她不能一个人孤独地活在世上，她需要得到保护。为了生存，为了活下去，她只能含着眼泪，把自己嫁出去。

余琦马上就要嫁给董志峰了。令人意外的是，那位市政府办公室主任严涛，不光把原来追求余琦时准备的那一块布料送给了她，还给董志峰配了一块布料一起送来，为他们祝福。这种胸怀，甚至让余琦感觉到了些许温暖。

夏日之夜，孤独的余琦辗转反侧。她想，也许，嫁给董志峰，是父母的在天之意。父母放心不下的事情，就是宝贝女儿形单影只地生活在人间，他们希望有一个真心待她的男人，与她在漫漫的人生旅途中手挽手、肩并肩、心贴心，共同分担生活中的寒潮、霹雳、风雪，共同享受人生的阳光、雨露、彩虹。她仿佛觉得，父母在天之灵祝愿他们的结合纯洁、温馨、地久天长。

没有亲戚朋友的祝福，董志峰给她准备了几套新装，置了几套床上用品。董志峰的战友许震新，陪她和董志峰在余宅一起吃了一餐饭，再给市政府的同事们发了一些喜糖。最后，董志峰住进了余宅，他们就算结婚了。

初婚的晚上，原来那个曾经有过幸福美好的童年、经历过高贵生活的女人死去了，另一个即将尝尽人间甘苦、担当生活重负的女人诞生了。她的灵魂，在一个新的起点出发，开始了历经苦难的旅程。

她将恪尽职守，为人妻，为人母，把生命与爱传递下去。她需要用自己的言行，让这个男人明白什么是爱，让他明白，爱就是奉献自己，成就别人。有爱，才有生命的延续，有爱的生命，才有意义。没有情感的男欢女爱，连猪狗都不如。她没有能力改变世界，但她身体力行，努力影响身边的人，让他们知道，什么是生命，什么是爱。

结婚以后，余琦的梦想，就是建立一个有爱、有温暖，可以栽培爱、传播爱的家。和身边的人相比，她的丈夫年轻，体格健壮，有一定的头脑，有读书学习的能力，有让现实变得更美好的愿望，本质上是善良的。作为他的生活伴侣，她将用爱去影响他、温暖他。用爱去化解他工作上的烦恼、人生中的苦难，让他成为一名心智、人格、思想、感情都成熟的男人。为了他，为了他们即将建立起来的这个家，她可以牺牲一切。

这桩婚姻，给董志峰带来的享受和幸福感，超过了他的想象。接受过文明教育、高贵而又温顺的余琦，不仅擅长琴棋书画，还在认真地学习料理家务；既能够登大雅之堂，又能够在生活中照顾他。最为关键的是，在夫妻的感情生活中，美丽的妻子，给他带来了极大的享受和满足。

当感受到这一切之后，他忘记了结婚前她曾经给他带来的许多不愉快。家，对他而言，完全是一个放松享受的港湾。他没想到，结婚给他带来了这么大的好处，生活似乎变得更加充实，更有意义了。这也让他想起了她婚前跟他说的，他们彼此之间还不了解。现在看来，当时确实不够了解，既然现在他们两个人生活到一起了，就有很好的条件慢慢了解了。

第九章　初为人母

“世界的入口，你在敲门。幽幽的生门，我忍受阵痛。我来了！那是你响亮的啼哭。我喜极而泣，生命，从此红穿绿透……”

这是余琦为自己的画作《初为人母》的配诗，也是她初为人母的写照。画面上，羞涩的妈妈抱着襁褓之中的婴儿，脸贴着脸。混沌的婴儿天真无邪，妈妈的笑容里，写满了喜悦、感动、满足和幸福，仿佛在对怀里的小人儿说，你已经在我肚子里待了九个多月了，现在，我们终于相见了，让我好好抱抱你，亲亲你。

从少女变为少妇，又成为妈妈。这幅画，真实地反映了余琦初为人母的喜悦心情，几十年来，她一直把它挂在自己的卧室里。

一

话说董志峰结婚后，有余琦这位高贵温柔的新娘做伴，日子过得格外开心滋润。尽管每天的工作很忙，只要手头的工作做完，下班时，他就会绕道到宝顺楼，买一点卤花生、大肠、猪耳朵什么的熟食带回家。

回家后，他倒上一杯小酒，一边看着自己的新娘，一边哼着小曲，美滋美味地抿上几口。他最关心的，就是这个招人喜欢的迷人媳妇，什么时候能给他怀上一个宝贝孩子，不管男孩女孩都行。心情特别舒畅的时候，他会不时地问她：“你的身子有没有反应?”

他每次问到这事，余琦只是轻轻地摇摇头。有时，他会纳闷地追问，为什么还没有？要不我们还是到庙里去拜拜观音菩萨，给菩萨烧个香。余琦告诉他，你董志峰是一位共产党人，共产党是马列主义者、无神论者，也不应该去求神拜佛。她希望顺其自然比较好。

余琦认为，夫妻之间生活，有没有孩子并不重要，重要的是两人之间彼此相互尊重，相互之间有爱。爱才是最重要的，没有爱就不可能有生命的诞生，所以说，孩子是夫妻之间爱的结晶。这时，董志峰只能扫兴地摇摇头，他心里想，自己的宝贝新娘什么都好，就是什么事情都会有自己的想法，这就是她显得与众不同的地方。

在董志峰的殷殷期盼下，终于，余琦出现了恶心呕吐、易困嗜睡、头晕乏力、食欲下降、乳房胀痛、尿频等早期妊娠反应。

余琦“害喜”，身材变形。董志峰体内的荷尔蒙居然也发生了变化，他也出现了“妊娠反应”，而且症状越来越明显，有时候食欲不振，有时候也腹部胀气、焦虑不安，还有失眠、头痛。那天晚上，余琦第一次有了胎动，董志峰马上贴在她那开始有了优美弧线的肚子上，感觉孩子的存在。那时候，孩子还是个抽象模糊的概念，看不见也摸不着。董志峰第一个反应，竟是惶惑，随之而来的还有焦虑和喜悦。因为，自己对这个鲜活的生命负有不可推卸的责任。

这是三月的一天，天刚刚放亮，余琦肚子痛得厉害，上厕所发现见红了，一会儿，就开始有阵痛了，不知所措的董志峰，叫来司机帮忙。七手八脚把痛得满头大汗的妻子送到医院。

一位胖胖的女大夫摸了摸胎位，满不在乎地说：“还早，不用打鸣叫响的，不要太娇气。先住下来，再去医院院子里走走，也可以在病房走走……”

余琦一点也不同意胖大夫的轻描淡写，甚至对这个胖大姐心生反感。毕竟，在生老病死这些人生大事中，只有生，是给人带来希望和欢乐的。希望是令人憧憬的，最急切地想见到孩子的人，莫过于即将初为人母的余琦了。这些日子，她用旧衣服给宝宝改制了很多漂亮的小衣服，其他的婴儿用品也备齐了，只等着宝宝出来见面了。

董志峰陪着余琦，在医院院子里走走歇歇，歇歇走走。过了好几个小时，余琦感觉自己肚子疼得受不了，大夫检查，已经开了两指，说她可以进产房了。躺在产床上，余琦感觉一会想拉便便，一会想尿尿，胖大夫说，想拉就使劲拉吧。很快，宫口都开了，余琦大叫：“妈呀，妈呀，难受呀，痛呀……”胖大夫不停地说：“使劲，使劲！加油，加油！”余琦想了想，这一世界的人都是人生下来的，我就不相信，我生不出这个孩子。“使劲，使劲！加油，加油！”这时候，余琦和胖大夫完全是一条心了。解决了双顶径偏小、羊水少、产道紧、枕后位等一系列问题，他们的女儿，终于出生了。孩子生下来，余琦才感觉自己活了过来。

母亲的角色，激发了余琦柔情万千的母性，对襁褓之中的小生命，她充满了怜爱。妻子恢复正常，丈夫的“妊娠伴随综合征”也随之消失了。董志峰感恩上苍，赐予一个美丽的小天使，拯救自己于困顿之中。

经历了初为人母的迷茫。余琦感觉，自己的人生开启了一个新的旅程。她感激与孩子的神奇遇见，襁褓之中的孩子，是她的生命，而她是这孩子的世界。母女之间至真至纯的情感依托，让她觉得万般美好。孩子醒了，她就醒了，赶紧给孩子把尿、喂奶；孩子睡了，她要赶紧给孩子洗衣服，洗奶瓶……她没有时间跟朋友聚会，没有时间去逛街，没有时间打理自己……

虽然累，但她觉得很幸福。她要给孩子最好的成长。她希望孩子将来有一双能发现美的眼睛和一颗能感受快乐的心灵。懂得好好去关爱他人，积极向上。她会言传身教、潜移默化地去影响孩子。

看到市政府门前写的标语：“社会主义建设欣欣向荣。”余琦给女儿取了个名字，叫董欣，也预示着全家人的生活欣欣向荣。

喜得千金之后，董志峰又得到了一个好消息，他过去的老首长，现在担任省委副书记，准备调他到省委去担任要职，省委组织部的干部已经到了市里，正在做最后的政审。过去，脾气一直很大的市长徐介于，现在见到他，居然很客气地跟他点头打招呼。他仰起头，长长地舒了一口气，憋屈了几年，现在，终于要熬到头了。

正在他得意扬扬的时候，有人给他透露说，省委组织部收到了一份材料，反映他那个漂亮的妻子家庭出身有问题。

董志峰是十分了解组织程序和选人用人的方法的。听到这个消息，他的两条腿都软了，预感自己升职无望。

从这一天开始，他感到日子一天比一天难熬。一个多月后，政审终于结束了，省委组织部的人，没有同他打招呼，就悄悄地离开了，他怀疑自己升职的事成了泡影了。

他不死心，还是痴心地等待，等了一天又一天，等了一月又一月，调他到省里去工作的调令，一直没有下来，他的情绪，也是一天比一天糟。

自此，每天晚上，他总是工作得很晚才回家，脸上也没有了过去的笑容。有时，他默默地看着漂亮温柔、却给他添麻烦的妻子。突然觉得，她过去的那种高贵迷人的东西，现在变成了祸根。自己过去对她的爱和自信，现在变成了一种疑惑。他忘记了自己当年为什么要娶她为妻。他不明白，自己当年为何非要娶她为妻。

升职是他的理想，现在他仕途不畅，不知道将来到什么时候，才会再有这种机会，他不知道自己该懊悔，还是该伤心。

二

1959 年，冬天，副市长董志峰的第二个女儿董霞降临。同时，市面上生活物资的供应越来越短缺，鱼肉蛋禽和豆制品的供应日趋紧张，作为副市长，董志峰想为月子里的妻子买一斤肉为孩子补补奶，都觉得困难。

余琦开玩笑地跟董志峰说："你是一家之主，还是个副市长，怎么连养活自己的孩子都很困难呢？"

头脑里乱糟糟的董志峰，愤怒地打断了她的话："你别胡说，我已经够闹心的了！"

他告诫余琦，要注意自己的出身，不要乱说乱动。千万再不要向任何人提余家过去的事情，这些都会影响到自己的政治前途。

董志峰的埋怨和指责，使余琦感觉到一阵冷风袭来，心里一阵寒凉。她感觉，此时的董志峰，不像是丈夫在跟妻子说话，倒像是监狱长在跟监狱的犯人说话。自此，余琦与董志峰之间的隔阂和距离，悄然形成。

尽管如此，受过良好教育的余琦明白，这个问题的根源不在董志峰，这不是他的错。但是，她认为，董志峰灵魂深处追求的东西和自己追求的是不同的。在她的意识中，他们是夫妻，同在屋檐下，是一家人，需要互相尊重。任何时候，任何情况下，丈夫呵护自己的妻子，是天经地义的。一家人在一起，同舟共济，好好生活，才是最重要的。她实在受不了董志峰为了自己仕途而教训自己的态度和口吻。她认为，她和董志峰灵魂不在一个频率上，有时候，实在难以沟通。然而，尽管她在精神上无法与董志峰融为一体，她所受的教育和她所处的环境，使得她只能默默承受生活赋予自己的一切。既为人妻，就要忠于自己的丈夫，还要包容自己的丈夫，尽贤妻良母之责。她暗暗安慰自己，尽管董志峰在精神上没有给予自己温暖，但是生活上，还是在尽其所能地呵护自己和孩子的。毕竟，他是自己的丈夫，孩子的父亲。

因为粮食征收工作队需要到下面去蹲点，结婚多年的董志峰，第一次打起包裹离开了家。

过去，他也经常出差，但每次只不过是两三天。而这次下乡，他至少要去三个月。尽管他对妻子的感情已大不如从前，但是真正要和温顺的妻子分别，他还是感到有些依依不舍，毕竟这三个月的时间，太长了一些。

两个孩子，一个刚会走路，一个嗷嗷待哺，米缸里已经没有多少米了。离家之前他必须要弄一点米回来。当然，蹲点期间他有可能会抽空回来看看，但她一个人带着两个孩子，还要上班，他实在是很不放心。

他不知道自己走后，她一个人将怎样扛起家庭和工作的重担。他本想让她辞掉工作，一心一意在家带孩子。可是，孩子们需要营养，需要奶制品，他一个人的收入是远远不够的。现在，他甚至开始理解她，为什么时常怀念过去的生活。现在的生活对她而言，确实是太艰难了。

别说她过去是一个出生在大户人家的千金小姐，就是任何人，既要带两个孩子，还要坚持工作，都会有万般无奈之感。面对事业和家庭，董志峰不愿细想。他一咬牙，背着包裹，推着自行车，硬着头皮出了门。

广袤的原野上，董志峰骑着单车，颠簸在乡村小道上，他必须沿着党指引的方向一直往前走。

为了坚持上班，余琦只有狠心地将孩子锁在家里，让只有两三岁的董欣，看护仍在襁褓中的妹妹。告诉她，如果妹妹哭了，就把摇窝摇一摇。

每天清晨，她总是天刚蒙蒙亮就起床，一边给老二哺乳，一边给老大喂饭，让姐妹俩人吃饱了，自己再出门。上班中途，经过领导的批准，她再抽空回家哺乳，看看孩子哭了没有，尿了没有。

没有眼泪，没有抱怨，只有责任和付出。对余琦而言，孩子，就是她的生命，就是她的一切，她不能没有她们。生活的重压，让她变得无比地坚强，她在与艰难困苦的抗争中，抚育孩子们一天天长大。

三

1960年，余琦生下了他们的第三个女儿董燕。当年，老大取名董欣，寓意社会主义祖国欣欣向荣；老二取名董霞，希望女儿像朝晖一样，霞光闪亮。董志峰和余琦给三女儿取了个名字，叫董燕。希望她像燕子一样，有一天能够飞出这个家，去寻找自己更美好的人生。

1966年底，飘落的雪，冷冽的风，难熬的夜。余家小院，年老斑驳的旧房子，被岁月腐蚀的石头，还有焦虑不安的主人，默默地承受着刺骨的寒冷……

晚上，已怀有七个月身孕的余琦，忍受着尿频、腰疼、肚子胀，还有莫名的心痛，昏昏入睡……

突然，悲悲切切的余琦，发现自己见红了。这是早产前的预兆。紧接着，她腹部开始一阵阵地疼痛，出血量越来越多，她的额头渗出滴滴汗珠，这是即将破水分娩的预兆。去医院，显然已经赶不及了。董志峰让董欣赶紧去叫隔壁的李湘梅阿姨过来。

李湘梅连走带跑地赶过来了。她一进门，余琦就破水了。透明的、没有颜色的羊水顺着她的裤腿流出来了。董志峰不知道怎么办才好。好在李湘梅的母亲就是医院妇产科主任，耳濡目染，她对于生孩子的程序还算熟悉。她先稳定余琦的情绪，安顿她立即平躺下来，以免更多的羊水流出。

生育过三个孩子的余琦，已经没有了初产的担心和恐惧了。经过了阵痛的折磨，一个早产的男宝宝出生了。李湘梅一边为初产儿打包，帮助余琦清洗伤口，一边安排董志峰了解补办出生证明的程序，让董欣、董霞给妈妈打几个鸡蛋做一碗红糖鸡蛋汤。她告诉董志峰，要尽量多帮忙带孩子，不要让余琦抱得太多，现在感觉不到，将来她会胳膊疼腰疼的。还认真地嘱咐他，要多哄哄余琦，多做点好的给她吃。她说，坐月子的人情绪很不可理喻，千万要哄好。

董志峰连连称是，他说："我好好陪她，尽量不让她怄气，让她好好恢复身体。"李湘梅又强调说，妻子坐月子，作为丈夫，你应该要体谅她，无微不至地照顾她，让她觉得你很爱她，陪她一起想象孩子的美好未来，比如给孩子取什么名字，读哪所幼儿园等等。当时已经自顾不暇的董志峰连连回答："我会的，我会的。"

每个孩子的出生，都是一个奇迹。余琦刚刚生出来的儿子，尽管早产，有些虚弱，但他眼眸澄澈干净，没有被世俗所污染。他浑然不知人世间的惊涛骇浪。他传递的，是生命的美好。这样的信息，让人感受到了生命的力量。

这是董家第四个孩子，也是唯一的儿子。余琦提议给孩子取名董亮，李湘梅拍着双手说："好，这个名字好，驱走黑暗，照亮四方，预示孩子的前途一片光明。"

第二天，董志峰又被安排到进驻农村工作队工作去了……

看着董志峰孤寂的背影慢慢离去，余琦禁不住黯然神伤。她怀搂着弱小的婴儿，看着围在身边的一群年幼无知的孩子，眼泪禁不住往外流淌。10岁的董欣懂事地帮妈妈擦着眼泪，说道："妈妈，您别伤心，还有我呢。"7岁的董霞说："还有我呢！"家庭的变故，让孩子们过早地开始懂事了。

这一天，余琦夜不安眠，睡梦中时而哭醒过来。第二天，还在月子里的余琦。支撑着从床上爬起来，操持着家务。带着四个孩子在艰难的生活之路上前行……

结婚嫁人，不仅没有给余琦带来依靠，反而带来了种种困惑。她的心中充满了苦涩。眼前的家，眼前的生活，与她的憧憬相去甚远，她仿佛一直在寻找着什么，而又始终不得。她不知道，以后的路，在何方，该如何走。

正在余琦惊魂未定的时候，一个更大的打击迎头朝她袭来。生了孩子后的一个月，身体虚弱的余琦，丢下四个孩子，坚持去市政府上班。她刚刚走到自己的办公室，政府办公室主任严涛就进来了。他严肃地通知她，因为她的家庭出身的问题，她已被调离工作岗位。

余琦惊愕地抬起头："调离工作岗位。把我调到哪里去了？"严涛一脸严肃地说："你被调到废品回收站工作了，这是你的商调函，明天去报到吧。"说完，把早已准备好的工作调令往她面前一丢。然后，以一种异样的眼光看着她，好像在说，当初你选择了董志峰，现在好了，你跟他一起去喝西北风吧。

突如其来的打击，使余琦一下子蒙了，瞬间，她的脸色变得苍白。她定了定神，稍感清醒之后，也用眼神回应了严涛一下，她的眼神好像在回答他，一切都是我自讨的，我认了，你不用看我的笑话。

然而，一系列突然的变故，几乎将余琦击倒。残酷的现实，让她难以接受，她只感觉胸口有一个东西堵着，半天缓不过气来。但是，无论现实多么残酷，她只能默默地承受，除了承受，别无他法。在严涛面前，她什么话也没说，默默清理好自己办公桌上的东西。最后，礼貌地跟严主任说了声再见，就离开了自己的办公室……

丈夫被带走，工作被调离。心情低落到谷底的余琦，到政府财务办公室领工资的时候，会计正式通知她说：“你今后不用再来了，你丈夫的工资已经停止发放，你的工资已经降级转到废品回收站发放了。”幸亏家里面还有一些粮票和维持生活的余钱，否则，都揭不开锅了。

在废品回收站，迎接余琦的是没完没了的脏活累活。

这一天，天刚刚亮，余琦就上班去了。董欣开始劈柴。小妹妹董燕还在熟睡。董欣让大妹妹董霞负责照看不到一岁的弟弟，看看他垫着的尿片打湿了没有。

柴劈好了，董欣学着妈妈，用火柴点着废纸，再用燃烧的废纸引燃劈柴，接着用劈柴引着放在炉膛最下面的炭，用烧着的炭再慢慢引着煤球。炉子终于生起来了，她开始给弟弟妹妹熬稀饭，因为弟弟只能喝米汤。稀饭熬好了，她开始炒菜，她只会炒大白菜，却不知道怎么炒萝卜。炒菜的时候，她不小心把酱油当成了菜油倒入锅里，她舍不得浪费酱油，直接就加了点水，准备打一个酱油汤，让弟弟妹妹用酱油汤就馒头过早。

没有想到，酱油汤还没有烧开，炉子的火突然灭了。董欣重新用燃烧的纸引燃劈柴，一下子，火烧得太旺，窜到了她的头发和上衣上。她一边脱掉衣服，一边大声哭喊着呼救……

隔壁的李湘梅阿姨闻声跑了过来，抓起一个床单，浸上水，把孩子包了进去。火，终于灭了，董欣的脸上却永远留下了一个烫伤的疤痕。

余琦终于回家了。抱着不满周岁的儿子，抚摸着大女儿烫伤的脸，她的心在颤抖，禁不住热泪长流……

1970 年的冬天，小儿子董亮 4 岁。

孩子们要吃饭穿衣，一家人的生活，变得困难重重。捡煤渣，捡柴草，成了董欣姐妹三人每天放学之后必须干的活。

四

在废品回收站，余琦永远有做不完的活。整个单位连主任加工作人员只有五个人。有人送废品来，余琦负责称磅记账，其他的时间她还要负责清理归类。五花八门的物资回收清理起来十分繁琐，她每天从早到晚忙得几乎没有休息的时候。一不小心，那些碎玻璃、废铁、钢丝、铁丝就会割伤人。

最让余琦感到吃力的事，就是将那些堆满院子的废纸和硬纸盒归类打包。这些废纸和硬纸壳回收以后，当天都必须打包成一米见方的纸捆，然后再码放起来，方便收纳和运输。

余琦和另外两位女同志，要把那一捆捆的纸盒打包好，并非是一件容易的事。为了打好一个捆子，往往是几个女同事一起上，每天忙下来手都勒红了。忙着忙着，余琦那双纤细的手留下了道道伤痕。

每天，余琦干活儿的时候总是心挂两头，最让她放不下心的就是锁在家中的小儿子。每天，忙完工作，她就一刻也不敢耽误地往家赶。她疲于奔波，穷于应付。为了孩子，她无怨无悔。她从来没想到，自己会过这样的生活，她也不知道，这样的日子，何年何月才能熬出头。

下班回家，天已经黑了。她先为孩子们做吃的，然后洗衣服，帮孩子们洗漱，快速将孩子们收拾妥当以后，她才能舒上一口气，吃上一口饭。全部忙完，她才有时间包扎自己的伤口。那双五指修长的手，那双曾经绘画、拉小提琴的手，已经变得伤痕累累，惨不忍睹。她已经很长时间没有画画了，而跌宕起伏的生活画面，印刻在她的灵魂中，那是一道波澜壮阔的生活画廊，一道独一无二的灵魂画廊。

余琦记得，自己小时候，父亲每次外出归来，总会给她带上一些小礼品。而如今，她能给自己孩子的礼物，就是从废品站捡来的那些彩色的广告颜料和秃顶的毛笔，让孩子们在家涂涂抹抹，练习绘画。

想到这些，她就感到心酸。她曾经想过，让孩子们从小就学习绘画，拉小提琴，但是现在，她连按时让孩子们吃饭的条件都没有，更别说教孩子们学习艺术了。

一天，一个艺术家模样的人，拿来一麻袋废品过磅。后期，余琦负责清理这一麻袋废品。突然，她在废品中发现了一把破旧的小提琴。她记得，她从武汉带回来的那把心爱的小提琴，被人趁火打劫，顺手牵羊拿走了。看到这把小提琴，她喜出望外。在她的眼里，这是一个难得的佳品。可是其他的同事不以为然。她向领导要求回购这把破旧的小提琴。领导同意按照旧木板的价钱卖给她。称了称，她花了三毛钱，购买了这把旧的小提琴。

下班的时候，她小心翼翼地用报纸把小提琴包好，带回了家。

接下来，余琦一有时间就到处配置小提琴的琴弦。海河中学一位音乐老师是省城音乐学院毕业的。在他的帮助下，余琦终于把小提琴的琴弦配好了，她又把琴弓上的须子都仔细地理好复原了，还配上了松香。她专门用旧衣服，仔细地为小提琴改制了一个包装袋。以后，一有空，她就教董欣识五线谱，练习小提琴，挖掘孩子的艺术天赋。

小提琴似乎就是贵族艺术。它不仅需要花费大量的时间和精力，还必须有一个良好的学习环境。家里从前的五线谱和谱架早就没有了。孩子学习起来实在不方便。余琦只好自己编了一个五线谱，自己做了一个架子教董欣学琴。

慢慢长大但无书可读的董欣，更多的时间，是和很多孩子一起，到工厂附近去捡木柴、煤渣回家做燃料，捡一些破烂到废品站卖上一两毛钱，交给妈妈贴补家用。

看着孩子脏兮兮的手，黑乎乎的脸，余琦的心里在流血。余琦认为，自己的孩子在这个年龄，应该去读书，去学艺术，以后做有文化的人。而现在，孩子连接受基本教育的机会都没有，她的内心难以接受这个现实。

这一天，董欣和其他的孩子一起跑到城外去捡树枝，虽然走了很远的路，并没有捡到太多的树枝，回到城里，她去了母亲的废品收购站，在废品堆里乱翻起来。余琦问她想干吗。

她告诉母亲，城外树上的枯枝很多，别的孩子都是用一个铁钩绑在竹子上，然后去扯树上的枯枝，所以她也想找一个铁钩，绑在他们家的竹篙上。这样，她再去城外也会弄回很多树上的枯枝。看着孩子一副认真的样子，余琦的心里非常难过。她一把把女儿揽在怀里，告诉她不要再去城外捡树枝了，家里有困难，妈妈想办法。

腊月二十六的傍晚，余琦忙到最后一个离开单位。锁门的时候，发现大门外，躺着一个穿着布褂的中年男人，正痛苦地捂着肚子呻吟着。但她挂念着孩子们，急着往家里赶。

此时，路边男人的呻吟声却越来越急，他直挺挺地躺在地上，嘴角微张，双眼紧闭，一动不动，这可吓坏了余琦。她想，天马上就黑了，她不知道自己离开以后，这个人会怎么样。废品站本来就有点偏僻，天黑了以后更不会有人经过这里。她往前疾走了几步，又赶紧折返回来，蹲下身子问躺在地上的男人，自己能给他什么帮助，需不需要送他去医院。显然，这是一个穷困潦倒的病人。

男人表情痛苦，他闭着眼说："我，我想喝一口水。"

听其声，观其貌。余琦大吃一惊。这不是政府办公室主任严涛吗？他怎么落魄到如此境地？面对奄奄一息的严涛，余琦忘记了以前严主任对自己的鄙夷，心中充满了同情和怜悯。她返身回去，又打开了废品站的大门，片刻，端来了一碗热腾腾的开水喂他喝。

看着严涛狼狈的模样，余琦担心地说："严主任，你怎么了，要不到我家歇歇，吃点东西。"

这时，严涛也听出了余琦的声音。他没想到，在这么窘迫的境况下，碰到了自己昔日追求的女人，他百感交集，激动得淌下了眼泪，说："余琦，我一直知道，你是大好人，你家里，我就不去了！"余琦说："我担心你这个状况，坚持不下去。跟我回家吃点东西吧，这样，我才放心。"余琦坚持要饿坏了的严涛一起回家，熬口粥给他吃。

回到家，很快，粥熬好了。严涛狼吞虎咽，喝了两大碗粥。孩子们睁大了眼睛，望着这个大口喝粥的男人。余琦告诉稍大一点的董欣说，这个人，是爸爸妈妈以前的同事，差一点饿死了，所以，我们要救他。在喝粥间隙的交谈中，余琦才了解到严涛这几年的波折。当年宣布余琦的调令后，严涛自己因为个人作风问题被停职，发往离海河城30公里远的砖瓦厂改造。改造中，严涛发现砖瓦厂的工人偷工减料以次充好，去找厂长揭发却不想反被关进了小黑屋，他是自己找机会好不容易逃回了海河城，筋疲力尽之际，幸好遇见了余琦。

严涛吃饱了肚子，再三感谢后，匆匆离去。余琦没有问他从哪里来，到哪里去。她只祈祷他不被饿死，能够活下去。

五

第二年春节前的一天，余琦踏着暮色回家。发现显得有些清瘦、戴一顶帽子、穿一身蓝布大褂的严涛，背着一个粮袋站在自己的家门口。

她有些纳闷。严涛抓下自己头上的帽子，望着余琦，问："余琦，你不认识我啦？救命之恩不言谢！"

眼前的严涛，与去年那个饿坏了的严涛，判若两人。余琦说："哦！严主任来了，进来坐，进来坐！"严涛说："去年，我走到你这里的时候，差点饿死，多谢你出手相救，带我到你家喝了两碗粥。我想，因为我喝了两碗粥，那天晚上你们家的孩子，可能都没有吃饱。我今天是来报恩的，这一袋粮食，是给你的一点回报。"

余琦望着地上的一大袋粮食，连忙说："要不得！要不得！无论什么人，我们见死就要救，况且是你。帮人救人是做人的本分，你就不要客气了！"

她又看了看地上的一大袋粮食，追问道："你哪来的这么多粮食？"

严涛坐下来告诉余琦："请你放心！这袋粮食的来路绝对没有问题。"原来，严涛去年从砖瓦厂逃跑以后，便回到农村务农。在农村，他扛草头，看稻场。细心的他，发现每个稻草垛子被搬完以后，下面都会剩下一些掉下来的谷子，他把这些掉下来的谷子收集起来，积少成多。差不多一年的时间，他攒下了这一袋粮食。他对余琦说："古人说，滴水之恩，当涌泉相报。我一辈子忘不了你的救命之恩。这一袋粮食，无以回报你的大恩大德。"

严涛的报恩之举，让余琦深受感动，知恩图报，也是自己的母亲经常教育自己的。

世事多变，两人感慨颇多。聊着聊着，已经是傍晚时分了。余琦留严涛吃晚饭。几盘小菜端上桌子，水煮盐拌一点油水都没有。余琦说，按人头政府每个月计划供应四两油。严涛说："有机会，我再从农村帮你们弄一点粮油过来，农村地大物博，总有办法可以想的。"余琦很清楚，家家户户都缺油，严涛说想办法解决家里吃油的问题，那再好不过了。但她是个谨慎的人，她提醒严涛，不要为了帮忙解决粮油问题，弄出什么茬子来……

两个人正谈得起劲，突然，有人敲门。董欣打开门，高兴地大叫："爸爸！爸爸回来了。"董志峰风尘仆仆，挑着一担红薯进了门。男主人回来了，家里的那条小狗汪汪地叫着迎了上去，围着董志峰蹦来蹦去，它是在欢迎男主人回家呢。

董志峰知道家里粮食不够吃，在农场低价买回来一些红薯。快过年了，或许，这些红薯能帮助家里解决一些困难。丈夫回来了，余琦连忙迎了上去："你终于回来了，你看，谁来了？"还没有等董志峰开口说话，几个孩子就把他们的父亲围住了。董志峰连忙给孩子们分糖吃。

分完糖，他一抬眼，正好与严涛的眼光不期而遇，董志峰明显感觉，严涛的目光有些不自然。他怎么在这里？一团疑云涌进他的心头。

严涛迎上去，一边帮忙卸红薯，一边说："董副市长您好！您终于回来了！"董志峰记得妻子告诉过自己，曾经，是这个严主任通知她，她已经从市政府调到了废品回收站。当时严涛还嘲笑过她，跟了董志峰，只能喝西北风。

这次，自己很长一段时间没回家。现在，严涛居然在自己家里，而且还坐在餐桌上吃饭。顿时，严主任两次给妻子送布料的往事，浮现在他的眼前。他知道，这个人一直窥伺着自己的妻子，难道，他的目的达到了？想到这里，他的脸上掠过了一丝不自然的笑容："严主任你好！你比以前瘦了一点啊！来、来、来，接着吃，接着吃。"董志峰洗了一把手。余琦给他添了半碗糙米饭："先垫垫肚子吧。"想起过去的事，严涛也有些尴尬，他还是勉强陪着老领导吃了起来。

以前，董志峰就知道严涛喜欢余琦，由于自己的资格老、官衔高，他并没有把严涛这个竞争对手放在眼里。这会儿，他似乎从严涛看老婆的眼神里，读到了他不死的贼心。最让他烦心的是，自己的老婆余琦，待严涛居然那么温柔。他不知道，自己不在家的半年多的时间，他们之间发生了什么？自己这么长时间不在家，余琦会不会背叛了自己？这些个难解的问号，使他越想越烦，越想越躁。表面上，他假装若无其事地说："严主任，真没想到，在这里碰到你呀！"严涛平静地回答："是啊！领导不在家，嫂子一个人在家带着四个孩子，还要上班，也够辛苦的。我专门过来看看。"董志峰话锋转到了余琦那边，他说道："对不起啊，老婆，我不在家，全靠严主任照顾了。"余琦连忙说："是啊！严主任太客气了。送了一大袋米来。其实，我也没有为他做什么。"董志峰满怀醋意地说："无功不受禄啊！现在粮食这么紧张，严主任自己都吃不饱，还拿这么多米来，你应该对他很好啊！不然，他怎么会……"

这会儿，余琦和严涛都听出了董志峰的话外之音。严涛本来想把余琦一碗水和两碗粥救了自己一条命的故事讲给董志峰听一下。但他一看醋意浓浓的董志峰，知道这会儿不是讲故事的时候。讲那些故事，可能会把他和余琦的关系越描越黑。他连忙知趣地说："董副市长、董副市长，我只是顺路过来看看，您早点儿休息、早点儿休息。”说完，他赶紧起身告辞了。

这件事，在董志峰和余琦心里都留下了一个疙瘩。无论余琦怎么给董志峰解释，他都不能相信她和严涛之间是清白的。他想不通的是，自己一直不在家，怎么刚好自己回来了，严涛就在自己家里。自己不在家的时候，他又来了多少次？余琦对董欣说：“你告诉爸爸，这个叔叔来过家里几次？”董欣说：“叔叔来过两次。”这让董志峰更加心烦意乱。连小孩子都被收买了，还帮他们说话。他没有想到，好不容易回家休息，竟遇到这种事情。

董志峰回来了，长期一个人在家带着四个孩子的余琦，本来以为自己终于有了一个可以依靠的臂膀。没有想到，丈夫回家来了，没有体贴关心，没有问自己带着四个孩子，这些日子是怎么熬过来的，反而怀疑这，怀疑那，含沙射影地责怪自己，余琦心里飕飕发凉，好像掉进了冰窟窿一样。

夜幕降临，董志峰陪孩子们玩了一会儿，就上床睡觉了。他感觉，自己长时间不在家，妻子对他缺乏应有的热情。他躺在床上等着自己的妻子。余琦则一如既往，陀螺似的忙完孩子的事，又忙家务。她一会儿问董欣、董霞、董燕洗了脚没有，一会儿又抱着小儿子董亮给他唱儿歌，哄他睡觉，根本不把他这个丈夫放在眼里。董志峰越看越烦，越想越生气，越想脾气越大。

快到晚上十点了，余琦才消停下来，开始脱衣上床了。他们已经很久没有在一起了。董志峰感觉，妻子好像没有久别胜新婚的感觉，并没有与自己亲热的激情。猴急了的他，一把将妻子搂在怀里：“你一点都不想我吗？”余琦沉默着……

“你说呀，你一点都不想我吗？”余琦还是没有回答，只是毫无反抗地躺在他的怀里。董志峰急不可耐地扯下了妻子的衣服，说道：“什么也不说了……”

久别重逢，他没有向妻子倾诉相思之苦，却以粗鲁，甚至是野蛮的行为发泄着内心的不满。

之后，董志峰头一歪，鼾声如雷地沉睡了过去……

而这一晚上，余琦失眠了。纵然自己有万般柔情，但是，遇上了这种不解风情的粗鲁丈夫，他们的夫妻生活也只能定格在这样粗俗无趣的状态了。其实，对董志峰的粗鲁做派，她早已是见怪不怪。只是，他这一次的粗鲁，让余琦感到异乎寻常。整个过程，对于她来说，那是一种报复性的、近乎疯狂的肉体蹂躏，她体验到的，只是心灵的创伤，没有灵魂的抚慰。这让她感觉到了透彻心底的悲凉。在这场婚姻里，灵与肉是分割的。她难以想象，真正的性爱，究竟是一种什么样的滋味？辗转反侧中，她想起了自己的初恋，想起了那个风度翩翩的余维新。她不知道，余大哥现在在哪里，如果换了是余大哥，他会这么小心眼儿，这么粗鲁，这么不解风情，这么不懂体贴吗？婚后十多年来，自己为了这个家和一大群孩子，呕心沥血。生活的重压，已经压痛了自己柔弱的肩膀。丈夫的指责和怀疑，更是让她心里流血。如果自己确实做错了事，被指责理所当然。可是，她全心全意为了这个家，没有做错任何事，却被怀疑被指责。她太难过太委屈了。面对粗鲁的丈夫，她没有办法与他沟通，她深深地感到了内心的孤独和痛苦，禁不住泪流满面。

第二天清晨，余琦比往常起得更早，扫完院子，就到老街的市场上去买菜。一会儿，乌云密布，天，下起雨来了。她没有带雨具，只好到屋檐下避雨。

老街上有名的“包打听”王新全正好也在屋檐下避雨。只见他用熏得焦黄的手指头夹着一支烟，见到余琦，露出黑黄的牙齿冲着她笑了一下说道：“嫂子，大哥回来了，他怎么没有陪你来买菜呀？下雨了，他怎么没有给你送伞来呀？”余琦貌似不在乎地回了一声：“王大哥，您先关心关心自己吧，我们家的闲事您就不要操心了。”她嘴上这么说，可她心里想，天下雨了，丈夫会不会送一把伞过来呀。她盼望丈夫能够给她送一把雨伞。她知道，自己要的不仅仅是一把雨伞，她需要的是丈夫的体贴和灵魂的寄托。然而，那个雨天，她一直等到雨停，也没有见到丈夫的身影。

下雨了，妻子上街去了，没有带伞。董志峰不是不知道，只是他本来就不懂得花前月下。再说，要送伞，让严涛送去呀。这些天，家里吃饭，都是吃严涛送来的米。一吃到那些米，甚至一闻到那米饭的味道，董志峰就想到了妻子的“外遇”，严涛的米，严涛的布……

严涛，严涛，真的让他很崩溃。每天吃饭，他坚持多吃一点自己带回来的红薯，尽管粮食短缺，但他闻到那米的味道就恶心。然而，冷静下来的时候，他又感觉妻子应该没有出轨。其实，他也知道她应该不会出轨。她的出身，她的教养，还有她骄傲的性格。他宁愿相信，余琦不是个会乱来的淫荡女人。刚结婚的时候，他觉得妻子真的挺了不起的。后来，自己长时间不在家，她一个人在家带四个孩子，还要上班，他也知道妻子很辛苦。但是，他还是止不住地要胡思乱想。这种痛苦，如影随形地折磨着他。他不知道，自己怎么样才能从这样的心理阴影中走出来。

那次雨中独行之后，余琦常常在心里说，如果不是孩子们还太小，还不懂事，自己可能早就跟这个男人离婚了。面对董志峰的猜疑，她既感觉滑稽可笑，又感觉无可奈何，还觉得心寒又心酸。在她看来，从始至终，严涛就没有入过自己的法眼。至于救人，那是天经地义的事，跟男女关系无关。她总觉得，自己和董志峰之间，始终缺少一些她渴望的东西，至于是一种什么东西，她说不清，也道不明。她渴望与另一半有契合的灵魂，畅快的情感沟通，对于这些，简单粗暴的董志峰，似乎毫无感觉。

自从开始对妻子的行踪疑神疑鬼以后，一段时间，董志峰感觉，漂亮的妻子必须在自己视线内，才可以放心。他决定多组织一些家庭活动，增进夫妻感情，活跃家庭气氛。为此，他竟然认真地将一尊菩萨请回了家中。他想，每天与妻子余琦一起请菩萨保佑，这样就可以少一些胡思乱想，可以避免一些节外生枝的家庭纠纷。

本来，余琦内心不太情愿做这件事情。她认为两个人在一起生活，相逢是缘分，灵魂的契合才是核心，才经得起地老天荒的考验。叩拜菩萨和依靠神仙的眷顾，只是在寻找外在的力量。哪怕对神仙的心再虔诚，而彼此的灵魂不在一个频率上，也难以获得永恒的爱。

但是，她知道，这些年董志峰几起几落，不容易。这个家，在不断地变故和风雨飘摇中，走到今天，也不容易。艰难困苦之中，几个孩子都顽强地成长起来了。为了孩子，她也衷心希望这个家，在菩萨的保佑下，能够平平安安。所以，对这种形式不情不愿的她，还是顺着董志峰的想法，每天坚持在家里给菩萨烧香。

董志峰知道，余琦内心对这件事情很不理解。但是，她还是默默地配合着他。看着这个对世间的一切事物都充满爱心、温顺文静的妻子，董志峰突然良心发现，他觉得，如果余琦不是如自己想象的那样，在自己不在家的时候耐不住寂寞的话，她确实是一位难得的、了不起的妻子。在艰难困苦的条件下，是她支撑着这个家，抚育着这群孩子健康成长。董志峰感觉到，几个孩子的身上，已经折射出夫妻俩年轻时候的影子。温顺文静的老大董欣和老三董燕，像余琦多一点，性格外向的老二和老四有点像自己。

他也明白，这个家多亏了妻子，他应该由衷地感谢她才对。然而，他还是不能完全弄懂这个有知识有文化的妻子，更难深层次地理解她灵魂深处的苦痛。

这时候的董志峰，似乎明白了世事无常，生活不易。他开始以平静的心态，接受了生活给予自己的一切。他决定以后少操一点工作上的心，多操一点家里的心，以弥补一些对妻子、对家庭、对孩子的亏欠。

这年，一开春，雨水就下个不停。进入四月，雨水越下越大。

因为去年歉收而出现春荒，城里出现了一些沿街乞讨的农民，到了五月份，情况也没有好转。

董志峰回来了。虽然夫妻俩都有工作，拿工资，但是随着孩子们的成长，每月购买的粮食总是不够吃。

正值雨季，为了解决吃饱饭的问题，懂事的董欣、董霞和城里的其他孩子一起，时常到城外已经翻耕的小麦地里，捡那些野生的抛在雨水中已经发芽的豌豆苗，这种豌豆苗不仅不进油盐，而且不易煮烂，但好歹可以充饥。两个孩子拾上一天，就能煮上小半锅豌豆苗汤。

春节很快就到了。大年初一的早上，欢欢喜喜的董家人刚刚起床，就听到门外有人敲门。听到敲门声，余琦让董欣去开门，看是不是有亲朋好友上门拜早年。

董欣打开门，看见一个衣裳单薄的女人，哆哆嗦嗦地站在门口，董欣急忙叫来妈妈余琦。门外的女人从竹篮里拿出来一条不足一斤重的鲤鱼说："大嫂，大年初一，我家里米不多了。这是今天早上我丈夫在湖边抓的一条鲤鱼，求您发发慈悲，看在这过年过节的分上，帮我把这条鱼换一点粮食回去好吗?"

余琦望着这条刚好可以烧一盘讨彩头的鲤鱼问："您看，换多少粮？"女人说："三斤粗粮，小米和玉米都可以，大嫂帮忙。"余琦不知道，这条不足一斤重的鲤鱼，究竟可以换多少粮食，也许，它一碗饭都不值。大年初一，看着这个在寒风中冻得发抖的可怜女人，也是第一个给自己家道喜拜年的人。余琦略思片刻之后，答应了对方的要求，要董欣将鱼收下，自己去给对方称三斤小米。

几个孩子看到母亲换下鱼，很是高兴。就在母亲将称好的三斤小米交给那位女人的时候，董霞发现女人的篮子旁边，挂着三根非常漂亮的野山鸡羽毛。她用手摸了摸那花花绿绿的野山鸡的尾羽，爱不释手，请求母亲再用一点东西将这漂亮的羽毛换下来。看着女儿热切的目光，余琦动了心，于是又开口对这位可怜的女人说：“您愿意用这三根羽毛再换一点粮食吗？”

女人喜出望外：“那再好不过的了，不过也不能把您家的粮食都换光了，我女儿过年闹着要新衣服穿，如果方便的话，您给我女儿换一件过年的衣服或者礼物好吗？”

年前，余琦给大女儿董欣准备了一个生日礼物，一个美丽的发结。她想送给这个可怜的女人，让她有一个过年的礼物送给孩子。可她又觉得这样做对自己的女儿不公平。余琦有些犹豫不决。可怜的女人又一次求她，拿这个羽毛换一个礼物。余琦进屋，拿出那个发结递给那个可怜的女人：“送给您的女儿吧，大过年的，让她高兴高兴！”

女人千恩万谢，心满意足地走了。董欣含着眼泪，责怪董霞多嘴，弄得自己的生日礼物没有了。而那野山鸡的尾羽再漂亮，既不能吃，也不能戴，更不能穿。

董霞不服气地说，是妈妈把礼物送人的，姐姐不能怪我。看着争吵的姐妹俩，余琦说：“你们不要闹了，董欣，妈妈再想办法送你一个生日礼物好不好？你们想一想，你们有新衣服过年。那个妹妹过年不仅没有新衣服穿，甚至饭都吃不饱。我们要做一个有爱心的人，心中有大爱，才会牺牲自己，帮助别人呀！”

六

孩子慢慢长大了，董欣、董霞、董燕、董亮四个孩子正是长身体的时候。家大口阔，生活越来越困难。董欣和董霞不得不到建筑工地去做帮工。挑砖送瓦，和泥巴，一天挣上几毛钱贴补家用。余琦工作之余，还在文化馆帮忙抄抄写写，挣一点稿费。

从来没有打理过家务的董志峰，不得不承担起全部家务。在这场婚姻里，曾经的大小姐余琦嫁给他，学会了煎炒烹炸，收拾家务。而董志峰因为公务一直繁忙，几乎不“插手”家庭琐碎的生活小事。几个孩子从小到大，都是余琦亲力亲为，家庭一切事务几乎都是由她料理。

为了养家，如今余琦大部分时间不在家，董志峰这才开始关心起柴米油盐，迫不得已地进了厨房。白天，他跟小孩子搭积木一样，笨手笨脚地张罗饭菜。晚上，他陪五岁多的儿子董亮睡觉。

忙进忙出，搞了不到一个星期，董志峰就带着四个孩子把日子过得鸡飞狗跳。这一天，他感觉胸闷不适，心悸气短，全身乏力。一检查，他的高压已经飙到了180。家里的景况，让余琦心急如焚，坐立不安。

这天，严涛又弄了一点粮食和油送到废品收购站，恰巧余琦外出办事了。他只好给余琦留了一封信，把粮食和油送到董家，交给董欣就走了。

严涛在信里面说，他现在已经到望江造纸厂做货车司机了，负责原材料和产品的运输。在造纸厂，他又遇到了自己现在的夫人。尽管每天工作很累，但是有稳定的家庭，日子过得也很平静。他还说，他一直记得余琦的“一碗水，两碗粥”，一直记得余琦的救命之恩。如果有什么困难，可以到望江造纸厂来找他。

看着严涛送来的物品和信，董志峰似乎明白了妻子和严涛的往来是正常的，已然没有了当初的醋意。余琦则感慨着严涛的重情重义，把那“一碗水，两碗粥”一直放在心上。

这天下午，忙得筋疲力尽的余琦，终于回到了家。只见厨房里面已经是锅朝天，碗朝地。看着一群可怜的孩子，还有董志峰紫里带黄的脸色，她的心里不是滋味。她把橱柜里的饭碗筷子都拿出来，重新洗了一遍，又开始清洗床单枕巾。接着，去菜场买了一点菜，麻利地给大家做好了晚饭。

一家人围着桌子开始吃饭了。老屋里，洋溢着浓浓亲情。尽管夫妻之间有一些磕磕碰碰，但是，有这样一群孩子，余琦只希望以自己的真诚，焐热董志峰误解自己的心，一家人相依相伴，永远不再分离。

然而，噩梦又接踵而至。

余琦正在帮小儿子董亮舀鸡蛋汤。她举起手，勺子刚刚碰到了碗。董志峰突然靠在椅子上，脸色苍白。余琦问：“你怎么啦？”

他捂着胸口，大汗淋漓地说：“我这里不舒服。”

余琦赶紧扶住董志峰，让他平躺下来。董志峰说胸闷，脸憋得通红，不停地叫：“热，热。”余琦安排董欣赶快去街头诊所请医生过来救人。细心的余琦把丈夫的外衣扣子解开，董志峰全身颤抖着……

很快，医生来了，背着一个大药箱。他看了看董志峰说：“他这是心肌梗塞，先用一点急救药，稳一下，再送到医院抢救。”

董志峰患的是严重的冠心病，经过抢救，又饱睡了几夜后，他的血压慢慢平稳下来。可是，从此，他就吃上了治疗慢性心血管病的药。这种药，一天都不能停。

人在病中，心思细腻敏感。有了一段主持家务的经历，加上自己生病以后妻子对自己的悉心照顾，董志峰似乎开始读懂了余琦对家庭全身心的付出。明白了决定一个人一生悲喜的，主要是身边为数不多的几个人。明白了自己的家人，才是生命中最重要的人。亲情才是最可贵，最值得珍惜的。

董志峰生病了，老市长徐介于，第一个赶来看望他。

董志峰记得，当年徐介于和自己有些不对付。现在，徐介于复出担任了常务副市长，还主动与他走近，与他促膝谈心，这让董志峰感到有些意外，也感觉到温暖。

过去的事情就翻篇了。毕竟，他们同是年轻时参加革命的老干部。现在一起聊天，很容易找到更多的共同的语言。徐介于知道，董志峰在过去的几年吃了不少苦，现在身体不太好，让他在家安心休养，先把身体养好。至于他将来的工作岗位，徐介于让他放心，只要是自己主持市里的工作，就一定会重用他这样的老干部。

他叮嘱董志峰不要急于工作。因为目前，好好养病、养好身体才是最重要的。等康复了，如果在家里闲不住，再想办法给他挂一个分管农业的副市长的名义，到下面各乡镇去，走一走，看一看。看一看过去的老战友、老部下，了解一下情况。

董志峰明白了，徐介于找他谈心的目的，就是要表明自己的态度，让他吃个定心丸。或许他觉得从前自己作为市长，在董志峰的工作上分配不大合理，甚至有不公正的地方，给董志峰的工作造成了很大的压力。现在，他意识到了自己在过去的工作中和人际关系上存在的问题，悟透了一些道理，也有勇气改正自己的错误。所以，他能够坦诚地面对董志峰，希望董志峰身体完全康复之后，再一起工作，他们依然是好搭档。

徐介于的直率和真诚，让董志峰深受感动。尽管他过去觉得徐介于给自己的压力挺大，以至于当年，他不想在市里久待。他找过老首长，以为自己很快就会到省里去工作，没想到后来，在省委组织部来政审的时候，节外生枝，弄出来一个什么老婆的家庭成分问题，影响了自己的仕途。

如果说，过去在工作中，他们俩人之间存在着什么误解。现在看来，其实，他们最大的误解，就是俩人都不了解对方。其实俩人都很豁达，心胸都比较开阔。他们都相信人无完人，都容易理解别人犯下的错误。所以说，他们谈不上有什么前嫌，他们都有很强的自我纠错的能力，都能够很好地反省自己。

人生的挫折，让他们变得更成熟、更富有理性、更懂得工作中的友谊和感情，这也是人生经历积累的巨大财富。

他们开诚布公，沟通了一个多小时。董志峰还在病中，徐介于看了看手表，说道："时间不早了。你先休息，我走了，过几天我再来看你。"两个人握握手，徐介于就走了。

能够与徐介于推心置腹，董志峰心里感到从未有过的舒坦。

正在为他煎中药的余琦，看到丈夫情绪不错，问道："徐市长告诉你什么好消息？"

董志峰感到从未有过的痛快。他很少跟妻子谈工作的，这次情不自禁地打开了话匣子。他把徐介于怎么主动和他交心，消除过去工作上俩人之间的隔阂，和让他康复以后，再到市里工作等等，一一跟妻子道来。他还回忆起许多过去的事，说道："以前，我老说，因为你的家庭成分问题，影响了我的仕途，这是我的错。现在，我明白了，你是个又漂亮又能干、非常难得的好老婆。嫁给我，你是低就了。"余琦头一次听董志峰说这样的话，她感到既吃惊又开心。

董志峰从医院回来以后，余琦一直在为他调理身体，没有提及他重返工作岗位的事。因为，他的身体，实在太糟糕了。

但是，重新工作，毕竟是一件大事，这关系到他的政治前途。余琦知道，丈夫一直把自己的政治前途当作生命。今天，徐市长当面承诺要把他的工作安排好，她也就放心了。现在看来，老同事还是讲感情的。

夫妻俩人正谈得热乎，听到外面有人敲门。老大董欣应声去开门，一会儿，董志峰过去的老部下许震新进了屋。

许震新见了余琦就喊嫂子，他把几个苹果和一包点心，塞到余琦手中，说道："我来看看董副市长，一点心意，请嫂子收下。"

余琦想推辞，许震新说："嫂子就别客气啦，我过来看看老领导，就这么一点东西，我都不好意思。"

余琦也就不再客气了，然后告诉丈夫董志峰说：“过去这些年，包括董亮买奶粉花钱，许震新总是鼎力相助。”

余琦说完，连忙请许震新坐。然后，让董欣给许叔叔倒了杯水，并说道：“好多年，家里都没买茶叶了，只能让你喝白开水啦！”许震新笑着说：“我知道嫂子是最讲究的人，可是条件有限，您也没法讲究啦！”

董欣给许震新叔叔倒了水，余琦也给自己的丈夫倒上了半碗煎好的汤药，两个人一个喝白开水，一个喝中药，一边喝一边聊了起来。

原本今天晚上，有几个同事和许震新约好了，一起来看董志峰的，但是，后来大家还是觉得一起来目标太大，决定一个一个地来。

董志峰感谢大家。他让许震新给大家带话，他们的好意自己已经收到了，他们不用上门来看望了。

现在，让董志峰感到不安的是，自己在家中，不但没有减轻妻子余琦的负担，还让她既要照顾孩子们的生活，还要照顾自己这个无用的人。他希望自己赶快好起来，只有身体好了，才能考虑其他的事情。

许震新还在为自己当年撮合的这桩婚姻而得意，他说：“董副市长，我当年不是说了吗，嫂子是个举世无双的淑女。您看，这么些年，您忙事业，蹲牛棚，嫂子任劳任怨，带着四个可爱的孩子苦坏了。这样的老婆到哪里去找啊！”董志峰连连称是，表示等自己身体好了，会把更多的时间和精力放在妻儿身上，弥补对妻子的亏欠。

从前，只有工作上的成绩可以让董志峰获得满足。现在，从家庭生活中，从老婆和孩子们身上，他也可以获得极大的满足，可以体会到人生的美好。几十年来，一切都在变，或许在这个世界上，只有依附于生命而存在的爱，是永远不变的。

余琦明显地感受到，出院以后，董志峰变了。过去那个疑神疑鬼的丈夫变得多愁善感了，那个威武有力的丈夫，现在变得身体羸弱了，变得更依赖她了。现在，她最大的愿望，就是盼望丈夫的身体能够尽快地好起来，盼望孩子们快一点长大。

在孩子们的印象当中，爸爸一直在外奔波，很少回家。即使偶尔回家，住两天又匆匆忙忙地走了。然后又是很久见不着爸爸，只有母亲陪伴着他们。这一次，董志峰则一直在家里待着。爸爸在家，给孩子们带来了安全感，也带来了快乐。由于董志峰需要营养，家里的菜肴也比以前好了很多，餐桌上，偶尔飘着鱼肉的香味。

孩子们在心理上获得了极大的满足，他们很自豪，只要别人有的，他们都会有，他们有着一位温柔而了不起的母亲，还有着一位呵护他们的父亲。

冬日的夕阳，早早地落山了。很快，天完全黑了。这是一个特别的夜晚，漆黑漆黑的夜，将整个房子，还有所有的一切，都浸泡在黑色的墨水里。夜深人静，孩子们的叫声和喊声都停下来了。董志峰搂紧自己的妻子，此时的余琦，像一只乖乖的绵羊，躺在丈夫的怀里。她太累了，终于可以歇息一会儿了。大病之后，董志峰性情大变，他开始反省自己，觉得自己疑神疑鬼，错怪了妻子。他终于明白，贤淑而又知书达理的妻子，是值得格外珍惜的。

突然，沉浸在万千感慨之中的董志峰，感觉到自己的后背隐隐作痛。慢慢地，越来越痛。终于可以歇息一会儿的余琦，赶紧起身查看。开始，她以为丈夫的心肌梗塞又犯了。可她看到，不知何故，丈夫的后背鼓起了一个拳头大小的包。“哎哟……”堂堂七尺男儿，居然疼得忍不住大叫起来，“哎哟……哎哟……”董志峰感觉到针扎刀刺一般难以承受的疼痛，疼到他几乎窒息。疼了一阵子，他甚至感觉，自己可能去日不多了。他考虑到，自己去了，就没有时间弥补对妻子的亏欠了，也没有机会对这个家庭负责任了。

这真是一个不祥之夜。余琦摸着黑，搀扶着丈夫去医院检查。天，是那么黑。余琦柔弱的身体支撑着董志峰高大的身躯，在黑夜里一步一步地挪动。

路上一片寂静，偶尔传来的几声狗叫，使人心烦意乱。他们搀扶着，在黑夜里，艰难地一步一步挪动，盼望黑夜里出现一盏明灯。不知走了多久，他们终于赶到了海河人民医院急诊室，余琦的衣服湿透了，董志峰的疼痛越来越严重了。

经过检查，主治医生说，董志峰的情况必须马上手术。

晚上 12 点，董志峰被推进手术室。余琦擦干眼泪，握着董志峰的手说：“坚强些，我相信你，能够挺过去！”董志峰默默地点了点头。

手术进展得很顺利，医生说董志峰命大，如果再晚半个小时，他可能就没了性命。

董志峰转危为安，需要在医院观察恢复。余琦每天从家里到医院来回奔波，既要照顾劫后余生的丈夫，还要兼顾四个孩子的生活起居，累得腰酸背疼。看着妻子起早贪黑，疲于奔命，每天事无巨细、体贴入微地照顾自己，董志峰扪心自问：我董志峰何德何能，值得她这么发自肺腑地关怀？这么好的妻子，我还挑三拣四，疑神疑鬼，真是太不应该了。

想到这里，愧疚之情油然而生。余琦的付出融化了董志峰的心，他感觉，自己比以往任何时候，更加爱妻子，更加离不开妻子了。

这一天，董志峰刚挂完吊瓶，躺在床上，眼睛盯着病房门口，期待着妻子出现。一会儿，护士推开门，大惊失色地叫他："董副市长，不好了，你夫人晕倒在走廊里了。"听见护士这么说，董志峰马上冲到走廊，只见余琦手上还抓着饭盒，热气腾腾的骨头汤洒了满地，溅了妻子一身。董志峰抱着妻子，大声地叫道："救人，救人啦！"他含着眼泪，求医生救救妻子。医生检查后说，余琦是因为长期的劳累和贫血而晕倒的，她需要好好休息。

抚着妻子惨白的脸，握着她冰凉的手，董志峰想，平时自己太忽略妻子了，等自己身体康复，出院以后，一定要好好待她。

然而，"世事茫茫难自料"。人到中年的董志峰，偏偏祸不单行。妻子生病这段时间，董志峰的情绪变得越来越低落，茶饭不思，身体日渐消瘦，还常常感觉腹部有些疼痛。一到晚上，腹痛感就越来越强。有的时候，竟然疼到了无法忍受的地步。医生查房时发现，他的皮肤和眼球的巩膜当中都有发黄的迹象。经过化验，他的血液中的胆红素浓度，高于正常指数。经过确诊，董志峰又患上了病毒性黄疸型肝炎。

这个雪上加霜的消息，真把董志峰击垮了。夜深人静，缠绵病榻的董志峰辗转反侧，彻夜难眠。他想到了这么多年自己的遭遇，家庭的遭遇，想到妻子跟着自己经受的种种磨难，自己不仅没有珍惜美丽贤惠的妻子，给她带来温暖，反而因为误解，给她带来一些委屈和伤害。他还想到，作为父亲，自己也没有给孩子们很好的呵护。他越想越感觉自己没尽到一个丈夫和父亲的责任，错过了很多琐碎生活中的真情时光。最后，他想到这次住院，本来告诫自己，男子汉要坚强，要挺住，坚持到身体恢复了就好了，就有机会去弥补过去的遗憾和错误了。可他万万没有想到的是，老病没有治好，新病又染上了身，而且病情还在不断加重。他开始担心自己的一身病，会拖累妻子，还有这可怕的病毒性肝炎，会传染给妻子和孩子们。

他想，不是自己受不了接二连三的打击，关键是不知道自己这病，哪一天是个头？他真的不想再给可怜的妻子添麻烦了，更不想回家把病传染给孩子们。他迷惑、伤心、绝望，他的精神支柱倒了，种种致命的打击让他迈不过内心的坎，他已经没有了活下去的勇气。突然，他想到了自杀。他想，也许只有自己离开了，孩子们才会避免感染的危险；只有自己离开了，自己的妻子才能够从没完没了的忙碌中解脱；只有自己离开了，才能够表达自己对妻子的深深歉意。也许，只有这样，才能够表达自己对妻儿的真爱……

夜色茫茫，万物朦胧。那是一个凄凉的冬夜，寒冷的风，在病房的窗前轻声浅吟。孤灯下，是董志峰无奈地叹息……

已经是深夜11点了，护士查完体温，却忘了关灯。董志峰轻轻拉了一下电灯的开关，房间顿时一片漆黑，黑得像泼了墨一样……

心灰意冷的董志峰从床头柜里，拿出他悄悄积攒的安眠药，他伸出另外一只手，端起那杯早已准备好的白开水。他想一口气把安眠药吞下去。然而，他举起的手，又在空中停了下来。他的内心，充满了对人世间万千难舍的情。片刻，他又慢慢把那杯白开水端了起来，突然，他把药片一把倒进口里，然后一头倒在床上，永远地闭上了眼睛。

就这样，董志峰向远处走去，一直走出了这个世界，再也没有回来。临行前，他怀抱着一张全家福，反面，留了几行字：“亲爱的妻子还有孩子们：我走了，只有离开，才能保护你们，才能表达我的真爱！你们千万不要伤心，因为，我的灵魂将永远伴随着你们……”

董志峰走了，他撇下了余琦和孩子们。董欣、董霞和董燕，声嘶力竭地哭喊着：“爸爸，爸爸，你醒醒，你醒醒呀！”年幼无知的董亮，以为爸爸睡着了。他问妈妈：“爸爸什么时候起床？”余琦说：“爸爸睡着了，他永远不会再起来了，他让我带着你们，去看明天早上的太阳……”

董志峰永远地睡了过去，再也不会醒来。余琦哽咽着、哽咽着……过了一会，她开始放声大哭起来，伤心的眼泪倾泻而出，悲恸人间。她为自己的丈夫而哭泣，她为自己的命运而哭泣，她为这个家庭的灾难而哭泣。平生以来，她第一次这样痛苦地放声大哭……董欣一边陪着妈妈哭，一边拿着手绢，为沉浸在悲伤之中的母亲擦着眼泪。

看着四个大声哭喊着的孩子们，余琦提醒自己，现在，孩子们最需要的，是母亲的坚强，自己最要紧的，是怎么样把四个孩子抚养成人。想到这里，她擦干眼泪，把丧夫之痛埋在心底。挺直腰杆，牵着四个孩子的手，孤独踟蹰地走向明天……

七

董志峰走了。家里的粮本上，6 口人变成了 5 口人。粮本的最后一页，还标明着“儿童及学生粮食定量表”。一个孩子从婴儿时期到大学生，粮食的定量标准有 10 个等级。按照这个等级，一家人每月的粮食定量，加起来不过 30 公斤左右。余琦一个月的工资，还不够一家人吃饭。

孩子们正在长身体，消化快，消耗大。一个月，一个孩子只有 5 到 10 公斤左右的粮食供应，还要搭售 30% 左右的杂粮，孩子们总也吃不饱。为了孩子们吃饭不打架，余琦只好在家里实行“计划吃饭”。

按人口定量发下来的粮票不够吃，每人每月四两油，两斤肉，也很紧张。因为吃不饱，孩子们身体瘦弱，营养不良。

余琦想方设法找替代食品，除了董欣和董霞到地里捡豌豆苗以外，她将红薯磨粉做成粑粑，蒸胡萝卜，蒸苞谷，做糠粑，变着法子让孩子们多吃点，她自己却常常挨饿。杂粮热量低，口感不好，红薯吃多了会倒胃酸，孩子们吃了糠粑难得拉出来……

终于盼到了一个月一次“割肉”的时候了。一大清早，董欣带着妹妹董霞去排队买肉，余琦让她们把粮票本也带着，按计划把这个月的米，也一起买回来。

姊妹俩来到肉食品店，董欣跟割肉的师傅说：“师傅，请帮我们挑肥一点的肉，肥肉回去可以炼油，谢谢您。”看到两个小姑娘来买肉，割肉的师傅一边割一边说：“好嘞！多给点肥肉你们，回去好炼油。”董欣和董霞拎着一大块肉，闻着就感觉特别香，姊妹俩高高兴兴地准备去买米。

没想到，董欣一摸自己的上衣口袋，妈妈交给自己的一个月的粮票不翼而飞。没有了粮票，就不能买米，不能买米，就没有饭吃。董欣哭了，知道自己惹了大祸。粮票丢了，这可是一个月的口粮呀。没有粮票，一家人的日子怎么过？余琦坐立不安，心急如焚。她知道，粮票是“第二货币”，比钱更加值钱。有钱没有票，什么都买不到。在海河城想用钱去换粮票，根本无济于事。

家里已经没有多少米了。余琦煮了一点饭，炒了一碗萝卜炒肉。按计划给孩子们分着吃。没有想到，儿子董亮吃完一碗，还要吃。余琦破例又给他盛了半碗，很快，他就吃了个精光。面对就要底朝天的锅，小女儿董燕大喊："妈，我也要加饭。"董欣和董霞显然也没有吃饱，只是她们懂得，妈妈已经很不容易了，不能够给妈妈添麻烦……

一个月的粮票弄丢了，再不想办法，家里就要断炊了。怎么办？这个时候，无奈的余琦，想起了严涛。虽然自从上次自己就与他失去了联系。但余琦判断，带点钱去换粮食，严涛应该有办法。她记得，严涛工作的造纸厂，应该是海河 40 里以外的望江造纸厂。听说，望江造纸厂是一个规模很大的国营造纸厂。

虽然没有准确的判断，但不能在家里等着挨饿啊。凭着猜测，余琦揣着一点买粮的现金，忐忑不安地上路了……

天，淅淅沥沥地下着小雨，朦朦胧胧。早上七点多钟，她已经走出了海河城。田野、村庄、丘陵还笼罩在烟雨朦胧的雨水中。路上看不到一个行人，捡豌豆苗的人还不多，偶尔可以看到远处的田野上，有两三个人在地里捡豌豆苗。估计到了八九点钟，董欣、董霞她们，还有很多人也会来到这城外的田野上捡豌豆苗了。余琦着急赶路，这天有 40 多里路要走，她没有心思看这原野的景色。她必须尽快赶到望江造纸厂，因为，她还要去打听严涛在哪里。

雨，继续下着，如果雨下大了，天黑之前都赶不到目的地，她可能陷入求天天不应、求地地不灵的境地。她祈祷雨下小一点，甚至是完全停下来。这样，她在天黑之前，赶到望江造纸厂的计划就有保证。她不能想得太多，只能埋头往前走，走上一段路再抬头看一看前方，然后估算一下自己走路的速度。

这注定是艰难的一天。她甚至感觉，这一天，就是过去的几十年生活的写照。人生就像这眼前的路一样，起伏不定，弯弯曲曲，再难，也必须摸索着往前走，想得再多也没有一点意义，唯一能做的就是咬紧牙关走下去。她感觉，尽管自己的一生苦难重重，但她至爱的四个孩子，董欣、董霞、董燕、董亮是她的希望。她赋予他们生命，她希望孩子们将来能有一个美好的未来，为了孩子，再难，她也要好好地坚持下去。

她从来没有走过这条路，也从来没有走过这么远的路。她奋力奔走，历尽艰辛，走过一条又一条泥泞的弯曲的小路，终于在天黑前，走到了望江造纸厂。天还没有黑，她开始打听严涛在不在这个地方。

因为找严涛是为了弄粮食。余琦不敢公开向厂门卫打听，而是小心翼翼地问那些从工厂里走出来的人。

询问了几个人之后，还好，一位中年女人熟悉严涛。她告诉余琦，不知道严涛是否还在厂里上班。不过，他讨了一个媳妇，家就在工厂附近的工棚里，她可以带她到严涛家里去。余琦没有多想，立刻跟那女人去了。

她想到，第一次到别人家里去，应该买一点礼品。可是厂区没有商店，还要到供销社去买，只好回头再说。

她们走了五分钟，经过一排低矮的宿舍，那女人指着靠近工厂水沟边的一排茅草房说，顶头那一家，门口有一堆石头的，就是严涛的家。

余琦忐忑不安地向严涛家走去。她不知道自己空着手，突然造访，严涛的老婆会怎么想。事到如今，她也顾不上那么多了，走了一天的路，她实在是累了。既然打听到了严涛的下落，那也算是没有白跑这一趟。

她走到那个门口堆着一堆石头的茅屋前，木板做成的门，半掩着。她轻轻地喊了一声："严涛在吗？"

片刻，门开了，走出一位身材瘦弱、五官端正的年轻女人。想必，这就是严涛的媳妇了。严涛的媳妇知情达理，明白余琦从很远的地方来找严涛后，请余琦到屋里坐，等严涛回来。

天完全黑下来了，严涛才回来，见到余琦，他很是意外。余琦说明了来意，并且掏出自己带来的一点现金。

严涛告诉她，外面到处都缺粮油，而且抓投机倒把很严。不过，他让余琦放心，自己会想办法弄一点粮油给她带回家的。他让自己的媳妇赶快弄一点吃的，安排晚上余琦在家里与媳妇一起住下，他到朋友那去借宿。明天他争取早一点弄到粮食，让余琦早一点赶回去，他知道，余琦家里面有一大群孩子等着她。

余琦走了一天的路，已经筋疲力尽了。晚上睡在茅草屋里，她心里却一点都不踏实。睡到半夜，她就醒了。天快亮时，又蒙蒙胧胧地睡着了。这一次，她刚睡着就听到外面严涛的敲门声。

严涛的媳妇点燃煤油灯，打开门。严涛背着一袋粮食钻了进来。他让媳妇赶快做早餐吃，让大姐早一点赶路。他告诉余琦，这一袋粮食不算多，多了她也背不动，过些日子他再想办法带一点粮食到海河去。以后她就不用再往这里跑了，这路太远了，一路上太辛苦。

严涛说，虽然现在外面粮食很紧张，但他还会像从前一样，想办法再弄一点粮油送到海河去，让余琦和孩子们改善一下生活。

吃完了早餐，余琦匆匆地背上粮食赶回海河。一去一来，步行 80 多里路，这是余琦有生以来走得最远的一次。她的鞋子磨破了，双脚磨出了伤。贫穷和苦难之中，她只盼望孩子们早一点长大。

然而，不幸却再次降临到这个家庭。

八

这是一个多雨的春天。初夏，连着下了几天大暴雨，下得天昏地暗。

因为雨水太大，孩子们的教室被淹，被迫放假了。许多单位也不能上班了。隔壁左右的家长们几乎都回来了。唯独余琦去了单位上班，到了下午还没有回来。看着家里到处都淹了水，四个孩子不知如何是好。

董燕和董亮恐慌地闹着要去找妈妈。无奈，董欣只能让董霞在家带董亮、董燕，自己去废品回收站找妈妈。

董欣去废品回收站了。董燕说要上厕所，自家院子里的厕所进水了。董霞牵着妹妹走到公共厕所旁边，让她自己进去，自己赶紧去找妈妈和姐姐回家。

没有想到，董霞手一松，董燕一滑，瞬间摔倒在地。董霞赶快去扶妹妹。

说时迟，那时快，滑倒在地的董燕用双手抓住了刚刚被暴风雨刮断在地、还没有来得及抢修的高压线。

影响董燕一生的悲剧发生了。瞬间，她被高压电击伤，电流通过双手触及她的全身，多处被烧伤，她一声尖叫，倒在了脚踝深的雨水中。

万幸的是，几位先生正好路过，他们迅速切断电源，让董燕不要乱动，合力抢救孩子……

余琦和董欣回来了，她们远远地就听到董燕恐怖的惨叫。余琦冲了过去，不顾一切地将已经昏厥的孩子抱了起来，径直冲向医院……

道路泥泞不堪，水洼重重，余琦只有一个念头，赶到医院，抢救孩子的生命。

去医院的路，是她熟悉的路。现在，她感觉这条路是这样长，这样远。

她以自己最快的速度往前奔跑。董欣、董霞，还有一些街坊邻居跟在她的身后跑。她拼命地、发疯似的奔跑着。一只鞋子跑掉了，脚划伤了，鲜血印了一地，即便是这个城市和这个世界一起颠倒过来，她也不会停下自己的脚步。董欣和董霞，捡起妈妈的鞋，拼命地跟在余琦身后哭喊着："妈妈，妈妈！妹妹，妹妹！"

孤儿寡母凄惨的喊声，惊动了整个城市……

看着余琦抱来的孩子，医生们惊呆了。头发被烧光，整个脸已皮开肉绽，模糊不清，四肢蜷缩，全身僵硬，两只小手俨然成了两个"大木炭"，焦煳的衣服紧贴在身上，散发出阵阵呛人的气味。

海河人民医院做了紧急处理，建议立刻送省人民医院。

去省里，一刻也不能耽误。余琦赶紧四处筹钱。当她拿着家里多年的积蓄加借来的钱赶回医院时，天已经完全黑了下来。她知道，手里的几百元钱肯定是不够的。然而，时间就是生命。她必须赶在今天，将孩子送到省人民医院，只有去了省里，才能保证孩子脱离生命危险。

她安排董欣、董霞今天先回家照顾董亮，过一两天，妈妈会回来找人借钱，没有钱，就救不了妹妹的命。

几个可怜的孩子，从中午到晚上还没有吃饭。余琦叮嘱董欣，回去煮一点粥，让董霞、董亮吃一点东西，她担心孩子们晚上肚子饿，会睡不着觉。安排完家里的孩子，已经是晚上十点多钟了，余琦随着医院的车，向省城赶去，她不知道，这一去，什么时候才能回来。

当晚，省人民医院给小董燕进行了手术，孩子的命总算保住了。然而，孩子生命的烛光仍然十分微弱，病情不断出现反复，第二天，就有两次命悬一线。

同病房的人都劝余琦，说道："你还有几个儿女，这个孩子保不住，就算了吧，花了钱，活下来也是个残疾，是个累赘。"

余琦摇着头，坚定地说："这是一条命啊，我是她的母亲，我怎么能够把亲生骨肉扔掉不管？只要孩子还有一点希望，我决不放弃！"

余琦的真情，感动了上苍。几天后，孩子的病情有了明显好转，开始慢慢稳定了。

此后，省人民医院又给小董燕做了三次大手术。三个月的治疗，小董燕终于出院了。但是，她留下了严重的后遗症，由于全身皮肤和肌肉收缩，原本蹦蹦跳跳的孩子，现在只能蜷缩着四肢躺在床上。

为了给孩子治疗，余琦花光了东拼西凑的上万元钱。

看着面部极度变形的小女儿，她痛苦极了："难道，就让孩子在病床上度过一生吗?"余琦怎么也接受不了这个现实，她在心里暗自发誓："不，绝对不行，一定要让孩子站起来。"

记得，在省人民医院，医生说道："抓住有利时机，用强力松紧带裹住四肢，长期锻炼有可能让孩子站起来。"这让余琦看到了一丝希望。

小董燕出院回家，正值三伏天，热浪逼人。小董燕全身多处被植皮拉伸，排汗有困难，而且非常敏感，一碰就感到疼。当余琦下狠心用松紧带往小董燕身上裹时，血水和脓水直往外流，疼得孩子拼命挣扎，撕心裂肺的哭声，让余琦痛彻心扉。为了孩子的未来，她还是咬着牙，狠心一块一块地把孩子的四肢裹了起来。被松紧带绑起来的董燕，不仅疼痛难忍，而且四肢根本用不上劲，她一动不动地趴在地上大哭。

余琦一边忍着眼泪，一边把女儿扶起来，慢慢扳动她的脚，一步、两步、三步地向前挪。一天下来，余琦累得直不起腰来，再看看孩子，两条腿上的松紧带，已经被血水、汗水、脓水浸透了。

看着孩子疼痛的表情，她的心在滴血，她颤声说道："孩子！别嫌妈心狠，为了让你站起来，妈只能这么做啊！"

面对浑身是伤的小董燕，余琦没在女儿面前掉过一滴眼泪。她经常给女儿讲草原英雄小姐妹，还有英雄刘胡兰的故事，激励女儿在困境中站起来。

余琦对小董燕的"酷刑"，邻居李湘梅看不下去了。看到董燕可怜的样子，趁余琦不在家，她偷偷地帮孩子放开了松紧带，让孩子舒服一会儿。余琦回家看到后急了，从没有跟湘梅红过脸的她，把李湘梅怒斥了一顿。

她大声对董燕说："你想和其他孩子一样能出去玩，松紧带就得天天裹在身上！"

董燕明白妈妈的良苦用心，眼含泪水向余琦使劲点了点头。那一瞬间，余琦感到女儿真懂事，她却使劲扭过头去，泪水夺眶而出……

经过三年一千多个日日夜夜的努力，董燕终于站起来了！望着踉踉跄跄往前走的孩子，余琦又一次流泪了，自己的“狠心”和坚持终于有了理想的回报。她感觉，自己是天底下最幸福的人。

在妈妈的精心呵护下，董燕一天天成长起来。由于烧伤，孩子的两只小手畸形发育，本该扁平的手掌，长成了两个鼓起的拳头，不超过5厘米的十根手指在上面蜷缩着，用这样的一双手写字谈何容易。还有严重畸形的面部，使董燕无法面对老师和同学，不能够与同龄的孩子一样正常上学。

难道就让孩子天天待在家里吗？现在，我可以照料她，以后怎么办呢？

余琦开始想方设法，让董燕克服重重困难去上学读书，她不能让可怜的孩子成为家庭和社会的累赘。

每天一有空，余琦就陪着孩子在家练字，一只手不行，就用两只手夹住笔写。

开始，小董燕怎么也夹不住笔，余琦就用绳子把笔拴在她的两个手指间，然后用另一只手顶住再写。孩子的手，被磨出了无数个水泡，整整一年的时间，余琦记不清这双手被勒肿了多少次，磨出过多少个水泡。女儿天天练，天天写，一刻也没有停止过努力，她们付出的每一滴汗水，也都得到了回报。董燕终于从双手写字，变成单手写字；从一次只能写少量的字，到能够写越来越多的字。

在妈妈的严酷培训下，董燕已经恢复写字能力了。余琦开始考虑她重新入学的问题。但是，董燕特殊的相貌，使得她走到哪里，都是人们关注的焦点。她要与正常的孩子一样上学，面临着许许多多常人难以想象的困难。余琦鼓励董燕说：“孩子，‘人不可貌相’，这个世界上，缺的不是外表漂亮的美女，而是心灵美丽的女孩儿。人们喜欢心灵美的女孩子，而不喜欢外表光鲜亮丽、内心却丑陋无比的人。一个人的人品和学识跟颜值无关。只要学出好成绩来，你一定不比别人差！”

在妈妈的激励下，小董燕带着一定要学出好成绩、不比别人差的想法走进了学校。

在课堂，她表现出非凡的天赋，很快，她的学习成绩在班上名列前茅。

初中生活，对董燕来说是非常难忘的。她克服心理障碍，学会求知，学会做人，学会交往……

慢慢地，董燕优异的成绩和与同学融洽友好的相处，赢得了同学和老师们的认可和尊重，在大家即将离开母校的时候，学校召开“师恩难忘·放飞理想”初中毕业典礼，老师安排身残志不残的董燕上台，讲述自己的励志故事……

董燕伸直了腰杆，在众人注目之下走向讲台，她大声说道：

今天，是我们人生中一个重要的日子，今天我们迎来了初中毕业典礼。现在，我最想表达的是感谢学校领导和老师，对我们的教育和培养。

记得，第一次妈妈陪我来报名的时候，我心里害怕，怕学校不愿意收我。第一天，报名处的老师很惊讶地看着我，我们学校怎么来了这样一个孩子？他说，学校不能够接收残疾的孩子。

回家的路上，我哭了。走在大街上，风好大，我的眼泪再也忍不住地滚了下来。我心里非常地绝望，我要上学，我要养活我自己，我不能做一个无用的人！这几句话在心里无数次地敲打着我！回到家，妈妈用双手捧着我的脸，对我说：“董燕，你听着，不要哭，委屈和抱怨没有用。你告诉妈妈，书，还要不要读?”我说：“妈妈，我要读书，我一定要读书!”妈妈说：“孩子，不要伤心，我们明天再去找校长!”很幸运，第二天，校长被我求学的渴望打动了，他没有歧视我，我被录取了！

上学了，家到学校之间有一条沟，别人很容易就跨过去了，而我跨不过去。妈妈为了我，太辛苦了。我不忍心天天给我的妈妈添麻烦，不愿让妈妈天天护送我上学，我就试着蹲下去，然后趴在地上，爬到沟底下去，然后再爬上来，终于，我爬过去了。慢慢地，我明白了，一切靠自己，人生没有过不去的坎。我改变不了自己的遭遇，我就改变我自己。我已经不在乎别人对我的看法，也不再抱怨，甚至不再难过。

三年来，我克服了生活上的重重困难，攻克了学习上的每一个难关。花开花谢，潮起潮落。我终于和每一个正常的同学一样，以优异的成绩，完成了学业。每一滴泪水，每一个欢笑，每一段故事，每一次经历，每一次感动，都使我难以忘怀。

走到今天，我回头再看，我的经历，我的挫折，原来都是上天对我最好的安排。我感觉，世界是一面镜子，映射着我们的内心，我们内心是什么样子，这个世界就是什么样子。选择抱怨，我们的内心就会充满着痛苦、黑暗和绝望；选择感恩，我们的世界就会充满阳光、希望和爱！

让我们在碧蓝的天幕下，用稚嫩的声音，唱着幸福的《生命进行曲》，走向美好的明天。

董燕的演讲，获得了阵阵掌声。

经过生活的磨砺，董燕和同学们一起进入高中学习。

升入高中后，余琦毅然决定让董燕住校，锻炼她的独立生活能力。她们还“约法三章”：衣服要自己洗；平常没事不能回家；遇到问题自己解决。余琦的决定，让很多人不理解，董燕却明白母亲的良苦用心。

一个星期六，下午放学回家的董燕，在家试着洗一件衬衣。余琦悄悄地躲在窗子外，看着孩子用畸形的手指“搓洗”衣服，一件普通人只需要十分钟就能洗好的白衬衣，董燕足足用了一个小时。

衬衣洗完后，余琦赶紧跑上前，提着那件并不是很干净的衣服，大声对董欣和董霞说：“快来看，董燕洗的衣服多干净啊！”

作为母亲，余琦懂得孩子的心思，懂得怎样鼓励孩子不断的进取。她常常鼓励董燕的一句话是：“孩子，你一定行。”在余琦不断地鼓励下，慢慢地，董燕已经完全自立，能够和正常人一样吃饭、洗衣、写字、读书了。

余琦深深的爱、殷殷的期盼与坚持，以及无微不至的关怀，使自己的女儿承受住了生活的苦难，在绝境中顽强地站了起来，承受住了常人难以想象的磨炼与考验，也获得了无比坚韧的灵魂与品格。

第十章　雏燕展翅

著名作家雨果说，慈母的胳膊是由爱构成的，孩子睡在里面怎能不香甜？在余琦的精心培育下，四个孩子仿佛在一夜之间长大了。

20世纪70年代中叶，董欣和董霞从中学毕业。经过一次次成长的蜕变，董欣和董霞成长为两只美丽的“雏燕”。她们信心满满地憧憬着未来。响应伟大领袖毛主席的号召，到农村去，到边疆去，到祖国最需要的地方去，成为董欣和董霞两姐妹的必然选择。

一

1975年夏末的一天，董欣、董霞俩姐妹回到家中，一起来到了坐在堂屋松树图下的余琦面前。姊妹俩告诉她们的妈妈：革命青年志在四方，我们要响应党的号召，已经报名上山下乡了。

“雏燕”即将飞翔。知书达理，经历了种种生活磨难的余琦，含着热泪，闭上了两边已现鱼尾纹的双眼，点头表示同意。

董欣、董霞俩姐妹即将“远行”，余琦开始为她们准备行李，从床铺上的到身上穿的，还有洗漱用的，甚至针线包都准备了。

尽管她们已经懂得了很多事情。但是，在母亲的眼里，她们总是没长大的孩子，没有出过笼的小鸟。千叮咛、万嘱咐，余琦希望孩子们在没有她呵护的日子里，把每一步都走好。

市知青办特地在体育场召开万人大会，欢送知青下乡，场面隆重而又热烈。红旗飘扬的体育场里，人头攒动。

戴着印有“知青办”红袖章的会场主持人，站在高高的主席台上，声音洪亮地说道：“同志们，今天，我们海河又有一批知识青年在这里作短暂集结之后，即将奔赴农村这个广阔天地，接受贫下中农再教育……现在，会议进行第一项，知青代表表决心。”

高高的主席台上，主持人停了一下，带着赏识的语调说：“现在，有请海河知青代表黎宏伟同志发言。”

就是在这一天，董欣和董霞第一次看到了一个叫黎宏伟的男知青。

小有名气的黎宏伟，一向是学生中的先进分子，理所当然地被选为此次发言表态的知青代表。

热烈的掌声中，黎宏伟身着时髦的绿色军装，戴着一顶没有帽徽的军帽，胸配一朵鲜红的大红花，垂下的绢条上印着“光荣”两个字，显得英姿勃发。台下众多知青，向黎宏伟投以羡慕的眼光。

“咳，咳……”黎宏伟上台就干咳了两声。显然，面对满满一操场的人，他还是有点犯怵。

会场上，董欣和董霞两人手拉手，猫着腰。一边抬头眺望两边插满红旗、摆放着锣鼓的主席台，一边说“对不起！对不起！”一边拼命地往前挤。不时撞到和她们一样、胸前戴着大红花的男女知青们，男知青们纷纷回头，看她们姐妹俩。

一位知青开玩笑说：“我说这两位女同学。你们想见我们班长黎宏伟，不至于心情这么迫切吧。说不准他就和你们分在一个生产队呢！”

妹妹董霞听到这话站住了，生气地望着这名男知青，认真地说：“谁稀罕你们什么班长、什么黎宏伟啊？”

台上的黎宏伟豪情满怀，踌躇满志地说道：“我们坚决响应毛主席知识青年上山下乡的号召，到广阔的天地里虚心接受贫下中农的再教育，扎根农村……我们要像保尔·柯察金一样，把自己炼成一块钢铁，炼成一块金子，为党、为祖国的建设，贡献自己的力量，谢谢！”

台下的年轻人深受感染，报以经久不衰的掌声。

黎宏伟讲完后意犹未尽，样子很豪迈，像个大领导似的原地鼓掌，久久没有离去的意思。

主持人不得不提醒黎宏伟：“请黎宏伟同志回到座位上去。”黎宏伟很尴尬，跑下台去，台下哄然大笑。

这时，体育场里再次响起了热烈的掌声。

主席台上，会场主持人说：“同志们，这批下乡知青中还有一个非常耀眼的亮点。有两名女知青，是同胞姐妹，她们中学毕业后，毅然决然地告别大城市，一道手挽手肩并肩，加入了我们知青行列！”

主持人喊道：“这对姐妹的名字叫董欣和董霞，请俩姐妹站起来，让大家认识认识。”

许多男同学议论起来。哦！原来她们是俩姐妹一起下放。主持人说：“安静安静！来，大家认识一下。”全场鸦雀无声。

董欣和董霞显得有些不自在，俩姐妹不得不站起来。当她们面带腼腆地站起身来时，全场一片惊叹声，男知青们目瞪口呆，有人甚至两眼发直。

送行席上，余琦恋恋不舍地擦拭着眼泪。

欢送会结束了，人们涌到大街上送行。街道两旁，茫然错愕的老头老太太，眼露惊奇的中年女人，不时跑到卡车边挥手示意。卡车上，都是同样穿着绿军装、满脸稚气的男女中学生。高音喇叭播放歌曲：“毛主席的战士最听党的话，哪里需要到哪里去，哪里艰苦哪安家……”

海河城蔚蓝的天空下，沿街都悬挂着写有“欢送知识青年上山下乡”大字标语的横幅。宣传车、锣鼓车、载满男女知青的一辆辆卡车缓缓行驶在大街上。

汽车越开越快，越开越远，随着车尾飞尘的扬起，俩姐妹和母亲余琦越隔越远了！董欣和董霞使劲地向妈妈挥手……直到看不见妈妈和弟弟妹妹的身影……

一会儿，载满男女知青的几辆大卡车，驶入农田间的土路上，扬尘将车上所有男女知青涂成了灰人。姐妹俩发现，刚才上台讲话的那个知青代表黎宏伟，居然真的与她们在同一辆车上。

随着汽车离城市越来越远，呈现在眼前的是一片灰暗的天空、崎岖不平的土路、荒芜的田野。

刚才还是人山人海，红旗招展，彩旗飘扬。现在，远处的田埂上半天才能看到一个人影，和城里的景象形成了鲜明的对比。

二

同乘一辆大卡车的三十名海河知青，被分配到了黄家湾大队的黄家湾知青点。

简单的欢迎仪式后，知识青年们被安顿住进了新盖的红砖知青宿舍，大家开始安营扎寨，安置自己的行李。

知青大院的正中，还建有一个篮球场，知青带队干部和大家住在一起。

很快，到农村的第一个夜晚降临了。荒郊野外，四周一片寂静，寂静得有点让人害怕。宿舍里，煤油灯的灯火忽闪忽闪的，让人感觉有几分凄凉，几分恐惧。

这一天，是不平凡的一天。这一天，俩姐妹开始了离开妈妈的生活。这一天，将被无数的知识青年铭记在心，因为，这一天不可逆转地改变了他们的生活和命运。

对姐妹俩来讲，这是一个陌生的地方，也是一个陌生的夜晚。她们的人生轨迹也将因此而改变。董欣辗转反侧，夜不能寐，妈妈辛劳的身影时时浮现在她的眼前。想到妈妈含辛茹苦养育她们的点点滴滴，她禁不住热泪盈眶，泪水打湿了枕巾……

第二天，公社在大队部组织知青学习一天。

全公社一百多名知青，默默地坐在稻场上，认真听取公社书记卢俊义讲解上山下乡运动的政策和意义。

书记卢俊义鼓励大家好好干，虚心向贫下中农学习，以苦为荣，以苦为乐。

讲完了知识青年上山下乡运动的政策，书记卢俊义跟大家介绍公社的概况，还有各大队、小队的具体情况。包括公社的小卖部、赤脚医生等等。

卢书记说，以前，这里的土地属于地主富农，农民生产的粮食都是属于他们的。现在这些土地属于集体，所以，生产的粮食要分为三个部分，第一个部分是交公粮，剩下来的部分按照国家计划制定的价格，统购统收。

完成了这两个任务之后，剩下的粮食就是公社社员分配的口粮。成年人有成年人的定额，青少年有青少年的定额。当然，作为国家的人才，知青们的定额是比较高的。尽管知识青年是作为一个集体，大家在一块儿共同生活，但是社员们是要完成一定的工分，才有可能分到足够的粮食，因为社会主义制度的原则，就是多劳多得。

他说，江汉平原是一个鱼米之乡，“两湖熟，天下足”。当地的主要任务是生产粮食。他要求知青和社员一起，从第二天早上开始，早上六点钟出工，7 点半回来吃早餐，8 点半再出工，直到中午 12 点吃中饭，下午 2

点钟再开工。所有的作息时间，都以钟声为号，到时钟声会准时敲响。

最后，卢书记希望刚下放到公社的知青，能够很快地适应农村的环境，适应这里的集体生活。他说，过去你们都是学生，可能根本都没有干过体力活，到了这里以后，会有一个慢慢的适应过程，希望大家尽快地适应这一切。也许，这就是大家下放到农村，接受贫下中农再教育的意义所在。

稻场旁边，围满了农民，还有孩子。卢书记讲了很多，董欣、董霞姐妹俩其实都没有听进去。已经开始的知青生活，让她们感到有些不安，有些紧张。

因为知青们的到来，大多数公社社员都没有出工，他们围观着知青，“叽叽喳喳”地议论个不停。听到公社社员们的议论，大多数知青已经明白了，其实，公社的社员们对他们的到来，充满了担忧，因为他们占有一定的人头，要参加粮食分配，而他们又不懂农业生产。很显然，这会影响到大家的经济效益，影响大家分配的粮食的多少。所以，卢书记最后说的是，尽管大多数知青并不懂农业生产，但是希望他们来了以后，能够改变农村的落后面貌，把他们所学的知识，应用到农业生产当中去。

吃了午饭之后，下午社员们开始出工，而知青们则在公社安排的社员和小队长们的带领下，去熟悉他们明天要干活的农田。

看着那一望无际的农田，知青们不知道，自己将在这里干些什么，也不知道干完这些活，需要多少时间。好在下午只是走一走，看一看。

看完了他们明天要干活的地方，最后大队长汤家栋又带他们向正在干活的农民学习，看看这些社员是怎么干活的。

翌日早上 6 点，天还没有亮，知青点的钟声就敲响了。窗外，除了对面房子的一盏煤油灯发出微弱的灯光外，到处一片漆黑。阵阵寒气，无孔不入，透过玻璃缝隙肆意地冲进董欣、董霞她们的房间，董欣不由得打了一个寒战。

江汉平原的冬天，寒冷而潮湿。一走出屋子，董欣、董霞姐妹俩就感觉到田野里瑟瑟的寒气。这时，董欣想起了有妈妈在身边的，那个温暖的老屋，那个温暖的家。她已经意识到，过去的一切变得越来越遥远。现在，回到那个温暖的老屋，只是一种奢望。

“劳动”之前只是一个没有感情色彩的名词。知青们曾不止一次在作文里写劳动伟大，劳动光荣，今天，他们才真正体会到个中的含义。

他们还不止一次地赞美过劳动者的双手。今天，他们才体会到在寒风中，双手是那么冷，冷得透心凉。

大早上，不吃早餐就出早工。这让他们感到极不适应，有的人饿得心里慌，肚子“咕咕”地叫。或许，农民们已经习惯了这样的劳作和生活。

在大队长汤家栋的带领下，知青们被分成了好几组，开始整修农田，为明年开春做准备。这是每年冬天的任务，因为他们不会干活，需要生产队的社员、大队长、小队长们教。干活时，董霞发现许多知青都戴着手套，而社员们没有一个戴手套的。董欣也发现，实际上干活时戴手套极不方便，所以，尽管她觉得手很冷，最终她还是取下了手套，像社员们一样，努力使出自己最大的力气。

早上，他们干了一个半小时。事实上，并没有出多少活，他们也没出太大的体力。可能要等他们熟悉了这些农活后，他们才能拿出更大的力气，消耗更多的体力。

收早工的哨子终于吹响了。知青们觉得喘了一口气，大家三三两两地扛起锹，跟在队长和社员们身后，朝知青点走去。

开始早餐了。食堂里，挤满了男女知青，吵吵嚷嚷的一片。

董欣和董霞姐妹俩刚吃完早餐，8 点半出工的钟声又敲响了。董霞却发现自己的手套不知道放到什么地方去了，董欣告诉她，干活可以不戴手套。董霞自己也觉得，如果干活一定要戴手套的话，肯定很费手套，那样手套很容易破的。

刚刚出工，阴沉的天空中，时不时飘落下一些雨点，寒冷的田野上除了干活的社员，几乎没有其他行人。

知青们冒着雨，学着社员的样子，修田挖地，认认真真地干着手上的活。

偶尔，有人想歇会儿，抬头看周围的人，却发现大家都在干活，也只好埋头又干了起来。董霞也想歇一会儿，望见寒风中的董欣，也正在瑟缩着脑袋四下张望。

她想，如果妈妈看到她们姐妹俩这个样子，一定会心疼地抚摸她们。

雨越下越大，队长终于吹起收工的哨子。天色已经完全黑了下来。董霞迅速扛起了锹，跟着那些黑乎乎的人影，往田头走去。下放农村第一天的劳动，就这样结束了。

吃晚饭时，董霞发现晚餐没有昨天晚上好。她应该想不到，昨天晚上，是他们几年的下放生活中，最好的一顿晚餐，因为那是公社按照上级的指示，特意为招待他们这些城市来的客人准备的一顿晚餐。只有那一顿晚餐，是把他们当作客人在接待，以后他们就是自己人了，是社会主义制度下的新农民，农民吃什么，他们就吃什么。

经过几天的劳动，知青们开始理解什么叫艰苦的生活了。当初，在他们眼中的那一片一望无际的田野，一个礼拜时间，在贫下中农的带领下，他们已经全部整理了一遍。接下来，挖沟渠，整理池塘，积青肥，积有机肥，更艰苦的劳动还在等着他们。

针对知青思想上存在的怕苦怕累的情绪，公社安排知青带队干部与知青中的积极分子黎宏伟一起，在黄家湾知青点组织夜间学习，知青带队干部坐在台上，请黎宏伟发言。黎宏伟表示，我们来到农村，就是要在黄家湾这座革命大熔炉中，虚心向农民学习的。所以，我们要以苦为荣，以苦为乐，克服千难万险，咬紧牙关苦心磨炼意志和品质，努力学技能、练本领、长才干。同时，树立正确的人生观、世界观和价值观，最终百炼成钢。

黎宏伟滔滔不绝地讲着，有的知青在下面打瞌睡，有的议论纷纷，说这个黎宏伟说大话真是不用打草稿，满嘴跑火车。

三

知青点的物质生活匮乏，知青们的精神生活更是一张白纸，在这样的情景下，漂亮的女孩子格外让人赏心悦目。天生丽质的董家俩姐妹，自然成了知青们关注的重点。几乎每一个男性都感觉到了来自姐妹俩的强大吸引力。她们朴素的衣装下成熟的身体，仿佛散发着迷人的芬芳，她们的一言一行，举手投足，无不吸引着大家的目光。在人们看来，五官端正没有缺陷就是美人了。而她们姐妹俩不光五官端正还生得十分精致，她们生来就是美的标准和美的象征。一些男知青还就姐妹俩谁长得更美而发生争执，好像女人只有长得像她们，才是真正的美人。

董欣下乡的时候，带上了妈妈给自己“装配”的那把小提琴。黎宏伟对这玩意很感兴趣，他发现，它既不是琵琶也不是月琴，但琴身类似这两种琴，左指按弦，右手执弓拉弦。那琴声委婉动听，是解烦排忧抒发情感之尤物。心情愉快的时候可以拉上两下，心情不爽的时候还可以排遣一下。

尽管这是一个保守的、封闭的时代，每一个人都压抑着自己的感情。但是，每天晚上，男知青们私下地议论姐妹俩，成了繁重的体力劳动之后唯一的享受。聊完之后，将某种说不清的欲望一同带进被子里，迷迷糊糊地进入睡梦之中。而董欣，更是黎宏伟的梦中情人。

在知青点，无论是男知青还是女知青，他们都用目光在姐妹俩周边，画了一道警戒线，观察着每一个试图接近她们的人。姐妹俩也很快察觉到了这一点，当然她们也知道了男知青为她们究竟谁长得更美，发生过争执。而更让她们感到不安的是，关于她们的父亲被调查的事，也在知青点悄悄地流传开了，她们感觉到，一种无形的压力，一天比一天大。

因为挖沟渠清理池塘的劳动，体力强度太大，关于女知青是否应该同工同酬，一同下水清淤，在知青点中引起了争议。大部分人都认为男女有别，女同志不适合这样超强度的体力劳动，况且，为女知青配给的粮食，也比男知青少，女同志生理上的原因，也不适合下冷水劳动。也有少部分人认为，这是旧思想在作祟，现在人人都应当争当铁姑娘，女人能顶半边天，工业学大庆，农业学大寨，女知青没有什么不能干的。女知青粮食少，那是因为按需分配的结果，并非是一种歧视。黎宏伟是持后面一种观点的劳动积极分子。为此，引起了很多女性对他的反感。当然，也包括董家姐妹俩，女知青徐巧云大胆地提出了反对观点，认为男女本身在体力上就有区别，这是与生俱来的，是得到政府认可的。而且男知青的口粮比女性多。男知青干一天活可以挣 12 分，而女知青最高只能挣 10 分，这个不成文的规定证明了男女差别。因而，要求女知青和男知青从事同样的体力劳动是不合理的。

尽管姐妹俩支持徐巧云的观点，因为身份的特殊，她们既不敢站出来支持徐巧云，更不敢公开反对黎宏伟。

最后，“官司”打到了公社，尽管大队长汤家栋十分欣赏黎宏伟的观点。但最后因为董欣的缘故，黎宏伟居然还是提议采用徐巧云的意见——男女有别。因为这件事，原本对黎宏伟印象不错的董霞，对黎宏伟有了一些看法，觉得这个人有点圆滑。尽管董霞知道，董欣对黎宏伟印象不错。但是，她还是按自己的感觉，在董欣面前对黎宏伟进行了评价，说他长得像高大全，其实只想自己往上爬，不考虑别人的死活。而最后，又出尔反尔，前后观点不一致。不是品德有问题，就是大脑差根弦。她告诫董欣，看人不能只看外表。

董欣理解董霞的想法，知青点的生活如此艰苦，劳动强度如此之大，早已超过了她们所能够承受的。黎宏伟处处唱高调积极表现，自然会引起女知青的反感。

每个女知青宿舍住着六个女知青。每天天黑才放工，吃完饭就要洗漱用水。每天晚上，都有男知青到女知青房间来串门。这让董家姐妹俩很是不适应。她们只能学着其他女生的样子，在自己的床边拉上一个帘子，方便更衣。

相对于其他男知青，黎宏伟更像一个正人君子。有一段时间，只要黎宏伟来串门，马上会有女知青想方设法让他走。性格文静的女知青会婉转地说，太累了，要休息了等等。言外之意是，他在这里大家不方便，或者不欢迎他过来。这让黎宏伟觉得很难堪。由于他处处唱高调，变成了大家不欢迎的人。被赶了两三次之后，黎宏伟再也不敢进女知青的房间了。董欣时常私下为他抱屈。

慢慢地，董欣感觉到，在知青点，积极参加劳动的和偷懒耍滑的，很快分成了两派，泾渭分明。董欣和董霞既不敢充当劳动积极分子，也不敢做偷奸耍滑的落后分子，在知青中，她们很快成了骑墙派、两面派，最终是两边都不讨好。即便是有人想讨好她们，她们也不敢搭理，董霞的岁数相对小一点，无论是谁跟她开玩笑，还是找她说话，她都毫不示弱。

一直对董欣姐妹二人颇有好感的黎宏伟，发现董欣、董霞并不好接近。这天中午吃饭时，看见董霞和其他男知青有说有笑，他借机一边走近她，一边表扬她说："你在咱们知青点称得上是三最，一是年龄最小，二是劳动态度最积极，三是长得最漂亮。"

没想到，董霞一点都不给他面子，毫不客气地说："你跟我套哪门子近乎？咱们又不是一类人，我董霞能算得上是劳动态度最积极的人吗？"黎宏伟碰了一鼻子灰，在场的知青们都笑了。

从这以后，董欣发现董霞成了知青点最受欢迎的人，时常有人愿意帮助她干活，大家捧她，似乎就是因为她敢跟黎宏伟作对，这让董欣很是不安。她提醒董霞："妹妹，你不要代表落后分子跟黎宏伟作对。"

董霞甩了甩齐腰的长辫子说："姐，我知道你对黎宏伟有好感。可是，连积极分子黎宏伟，都说我是先进分子的典型，你怎么能说我是落后分子的典型呢？我既不是什么先进分子的典型，也不是什么落后分子的典型，我在这里年龄最小，但我干的活和别人一样多，这足以证明我并不落后。”

她们下放时，母亲余琦还叮嘱董欣照顾好董霞。董欣现在却发现，董霞的生存和适应环境的能力很强。尽管她年龄小，但她似乎不像以前那样胆小了，好像变成了一个天不怕地不怕的人。

董霞越是胆大，就越是让董欣担心。她不时提醒妹妹，应该怎么做，应该怎么说。董霞并不理会她这些，该怎么说还是怎么说，该怎么做还是怎么做。她的光明磊落受到了知青的欢迎，无论是干活还是吃饭，还是晚上休息的时候，总会听到有人喊董霞。

董霞也成了消息最灵通的人。知青点有什么事，女知青之间有什么事，甚至是男知青那边有什么事，董欣都是听妹妹董霞说的。

因为天寒地冻，生活条件艰苦，劳动量又大，知青们有时也抱怨。董欣、董霞姐妹俩一开始每周都会给家里写信，可是从第二个月开始，董霞就不愿意写了。她说每天干活这么累，衣服脏得也快，她们连洗衣服的热水都没有，她不想写信诉苦，免得妈妈担忧。董欣当然也觉得累，但她想还有不到一个月就要过春节了，这个时候也许母亲更加想念她们姐妹，所以她还是保持着给母亲写信的习惯。

这天公社下午开完会后，卢书记要求知青连夜组织学习讨论。说完，大伙一哄而散。知青们扛着板凳，匆匆忙忙地往知青点赶。

快到知青点，董霞让董欣等她一会儿，她要小解，下午开会她憋了好半天。董霞出会场去方便时，董欣没敢跟着去，她担心别人看到她们姐妹一块离开现场影响不好。

农村非常荒凉，每天晚上，她们姐妹总是一起出门上厕所。现在天色刚擦黑，还没有完全暗下来，且离知青点还剩一脚路，董欣急于回知青点，便扛着凳子先走了。董欣前脚进了屋子，董霞后脚就匆匆忙忙地跟着进来。董欣问她怎么这么快就方便完了。

董霞一脸紧张的神情，神秘兮兮地说：“我没完就起来了，我发现厕所外面有人在偷窥我。”

这个人是谁？董霞怀疑是李明新，因为对方看自己的眼神总是怪怪的。白天干活时，自己去田沟里面方便，她发现李明新也假装去方便，实际上是偷窥她方便。刚才散会时，她也见到过李明新跟在她后面，后来，人就不见了。

最后，董欣总结说，这个人很可能就是李明新，以后要注意提防他。姐妹俩记起了妈妈余琦的告诫：女孩子在外面，时时要注意安全。对男人要注意提防。男人是下半身思考问题的动物，他们有时候不能控制自己的欲望和行为，要离他们远一点。单独和男人在一起，一定要把房门打开，不能让他们有可乘之机。董欣让妹妹时刻记得妈妈的话，提防李明新。但是，这件事情不要对外乱说，说出去对她们姐妹影响不好。

晚上学习讨论时，董欣和董霞见到了那个贼头贼脑、被马灯只照亮了半边脸的李明新，一副不正经的嘴脸。

董霞埋着头，连看一眼李明新的胆量都没有。而董欣则用愤怒的眼光看着他。董霞提醒董欣别那样，千万别让大家察觉了。

这件事过后，董霞也不像之前那样张扬了。她从别人嘴里听说了李明新的一些事情，喜欢耍小聪明，占小便宜，好大喜功，对女知青也总喜欢开些轻浮的玩笑，董霞将妈妈的话记在心里，对李明新这个人敬而远之。

四

余家小院，空荡荡的。院墙边，生长着杂草，开放着野花，爬藤的植物攀着墙，努力地伸展着，枝藤相互缠绕着，遍布整个院墙，这么多年，无论风云如何变幻，它们都坚持用自己的躯体，固执地守护着这个院子。

十多年没拿画笔的余琦，把尘封多年的宝砚、笔筒、画架搬了出来。拂去厚厚的灰尘，重伏画案，尝试着找回画画的感觉。

因为生活放弃了自己最爱的余琦，再次拿起画笔，她扪心自问，这么多年没画了，我还能捡得起来吗？

重新做曾经放弃的事，往往都很难。她感觉手生疏了很多。画什么呢？她忽然想到一个点子，为下放农村的两个女儿画画，这样既可以恢复自己的绘画技能，还能送一份有意义的礼物给女儿们。

一如往常，每天晨曦初露，余琦就将自己关在阁楼上，开始静心地绘画。

俗话说，冷松热柏。大女儿董欣，是春天生的。初春正是栽松树的季节。她认真琢磨了一下，准备画一幅松树图给她。

她拿起笔，勾勒了松树遒劲的枝干，又从枝干上分出密密麻麻的小树杈。树杈上，挂满针一样的树叶，一簇簇青翠欲滴的叶花，充满活力地向四周伸展。松树植根于悬崖峭壁，在山石之中傲然屹立。这幅松树图，与挂在堂屋正中的那幅赋予这幢老房子灵魂、反映主人品格的松树图异曲同工，彰显了松树正直、朴素、坚强的性格。她希望女儿有松树般的灵魂。

三九寒暑，风霜雪雨，红梅绽放。二女儿董霞是冬天生的，余琦为她画了一幅梅花图。

她先画出梅树的树干，这是傲骨凌雪的支柱，再画树干上的分枝，按照适量的间隔距离分别画出每一根分枝上的旁枝，有些分枝适当弯曲，为整个画面增添真实感。接下来，她在树干树枝上画出梅花，每朵小花画出五瓣花瓣，在枝条的最尖端，她画出了一些含苞待放的小花骨朵。接着，她用大红色的彩墨点画，涂抹，匀色梅花，再用黑笔在梅花的花心点出几个小点，作为花蕊，用深灰色的彩墨给树枝与树干上色。最后，她用各色彩墨点画背景。一种唯美的意境营造好了，红梅花盛开在冰封的雪岩上，不怕风吹霜打，让人联想起《红梅赞》的歌词："红岩上，红梅开，千里冰封脚下踩。三九严寒何所惧，一片丹心向阳开。红梅花儿开，朵朵放光彩。昂首怒放花万朵，香飘云天外。唤醒百花齐开放，高歌欢庆新春来，新春来。"

很快，春节临近了，这是知青们下放后的第一个春节。

正如董霞听说的那样，上面下达的指示精神，今年要过一个革命化的春节，只休息五天，以后可能每年都是这样。过去那种传统的过春节、休息半个月的做法，不适应当前国内国外的革命形势。因为无论是从国内来讲，还是国际上来讲，一个新的全世界范围内的革命高潮即将到来。因而，作为社会主义新农村，必须以过一个全新的革命化春节，迎接新的一年到来。

每逢佳节倍思亲。春节的到来，深深触发了知青们的思乡之情。他们八仙过海，各显神通，以各种各样的理由返城探亲，比如母亲生病、父亲病危，等等。还没到春节，知青点突然走了十几个人。

董欣突然发现，自己是如此蠢笨，别人早就做好了回家的准备，各种理由都被别人用过了，她们姐妹如果请假，恐怕很难再找出合适的理由。

这让她们觉得回家过春节已经没有了希望，不仅是因为请不到假，还因为那么远的回家路，她们两个人的车费都需要不少。

尽管，上个月她已经给母亲写过信，说今年春节可能无法回家。但当她们看到这么多知青回家了，心里面痒痒的，还是希望能有机会回去过年。然而，希望，已然变成了泡影。

春节期间，天气阴冷。从三十晚上开始，纷纷扬扬的雪花就飘落了下来，这是一场罕见的大雪，留下来的知青早上都不敢从热烘烘的被子里出来。

董霞正在和姐姐聊天，黎宏伟带着两个男知青来贴标语：欢度革命化春节。

趁贴标语的机会，黎宏伟特意走到女知青宿舍门口，对着姐妹二人说：明天上面要来人检查，慰问留在这里过春节的知青。本来，公社把会场安排在公社大队部，因为突然下雪，所以他跟公社商量，把会场就安排在他们知青点，这样就免了明天下雪天还往公社赶。

就在黎宏伟和姐妹二人说话的时间，许多女知青都围到了门口。黎宏伟顺势告诉大家：自己会设身处地为知青着想，代表知青说话。女知青代冬梅打断他说："啥事情，你都不会忘记为自己邀功的。""哈哈……哈哈……"知青们都笑了起来。

除夕夜，来女知青房间串门的男知青更多，许多人半夜才走。

深夜，一切归于安静。思乡的情绪再一次笼罩在每个人的心头，大家辗转反侧，无法入眠。一会儿，便听到有人在哭泣，姐妹俩也不知不觉地流下了眼泪。

最终，董欣越睡越清醒。这注定是一个不眠之夜，她思念着自己的母亲，不知她此时此刻正在干什么。还有小弟小妹的身影浮现在她的眼前，挥之不去。下放前母亲的叮咛，一直萦绕在她的耳边。

姐妹俩干脆半躺在床上，回忆起过去，回忆起她们的童年和少年时光。她们有好几个月没见到母亲了。而家中只有受过伤的小妹还有不懂事的小弟守在母亲身边。在这个千家万户团聚的日子里，一家人天各一方，她们无限感伤。

对家的向往，对母亲的思念，是她们在这个寒冷的春节里最重要的精神寄托。母亲来信说，她们长大了，下放了，懂事了，自己放心了，让她们好好照顾自己。她们一次又一次地回味着母亲的来信，母亲含辛茹苦抚育他们四个孩子成长的点点滴滴，像电影一样一幕幕呈现在她们眼前。

母亲说她们长大了，懂事了。她们却发现自己什么都不懂。既不懂人生，也不懂理想，更不懂爱情。但是，她们现在逐渐明白了生活的艰辛，明白了母亲从前对家庭的付出。

在董欣心中，母亲是顶天立地的。有了母亲，不管遇到了什么问题，最终都能得到解决。母亲是那么勤劳，那么智慧，那么坚强。她感觉，自己慢慢地理解了母亲所受的委屈，理解了母亲的坚强和伟大。

董欣想得越多，越是无法入眠。在对母亲的深深思念中，一直到天亮，她才迷迷糊糊地入睡。

这是一个罕见的严冬。下了一夜的大雪，给大地覆盖上了厚厚的雪毯。村边，小路上，池塘边，那些三三两两的、低矮的女贞子和夹竹桃，在白雪的覆盖下，就像是白纸做成的扫帚。

风雪停驻了很久，原野上一片寂静，看不到一个人影。突然，一支敲锣打鼓的队伍，像一条彩色的花蛇，舞动着身子从田野上穿行，游向了黄家湾知青点，打破了田野的寂静。

大年初一的早晨，辛苦了几个月的知青们，还没有全部起床。知青干部黎宏伟来回吆喝，春节慰问团到了，大家到会议室集合啦。他好不容易，才将男女知青们集结到会议室。

由海河市政府组织的知青慰问团，带来一些瓜子、糖果，在黄家湾知青点开了一个座谈会，知青点一下子有了过革命化春节的氛围。

然而，大多数知青对座谈会的反应，远不及对瓜子和糖果的反应大，他们也不太关心慰问团带来的那一份慰问信的内容。大家喝了茶，吃了瓜子、糖果，就到了吃午餐的时候了。

大年初一，知青的伙食还算过得去，有鱼有肉。但是，每个人都在思念着远方的家人。

吃完饭，知青们之间关系比较近的，就开始串门儿聊天，东扯西拉。大伙仿佛有说不完的话，互相串门一直串到半夜，初一才算结束了。

大年初二的早上，知青点出奇地安静，董欣和董霞躺在被窝里，谁都不想动，打算吃中饭的时候再起床。

一会儿，外面传来嘈杂的声音。董欣听到了黎宏伟那洪亮的声音在喊：

“董欣、董霞，家里来人了。”

她一转身爬了起来，然后冲着董霞喊道：“快！快！起来！”

尽管，她不能确定是不是家里来了人，但她多么希望，此时有家人能来看她们。

随着黎宏伟说话的声音越来越近，姐妹俩快速地穿好了衣服。俩人刚下床，黎宏伟拎着三个包，领着一个头裹围巾的人，直接闯进屋来。董欣从来人的身材，就感觉到有点像母亲。当来人扯下头上的围巾，姐妹两人立即惊呆了！天哪，这正是她们日夜思念的母亲，反应最快的董霞，惊呼道：“妈！妈！”

妈妈来了，姐妹俩又惊又喜，激动得流下了热泪！

母亲，永远是母亲，母亲的爱永远是无私的。她们不知道母亲是如何在这冰天雪地的世界里，经过长途跋涉来到她们身边的，她们围着妈妈问寒问暖，把引路的黎宏伟忘在了一旁。

余琦谢过黎宏伟。黎宏伟望着团聚的一家人，觉得应该让她们慢慢聊，就说自己有事先走了。

这时，董欣才记起来对黎宏伟说了声：“谢谢！谢谢你啦！”

余琦原本打算年三十就到黄家湾来，但是，家里还有一儿一女需要照顾。幸亏有个好邻居李湘梅，大年初二，她把家里的一儿一女托付给李湘梅，自己赶往黄家湾了。

临走时，李湘梅对她说：“姐，你放心去吧！你的孩子，就是我的孩子。我会帮你照顾好的。”湘梅自己一生没有生育，一直把余琦的几个孩子，当作自己的亲生儿女。与李湘梅相邻而住几十年，余琦家里遇到什么事情，都少不了找她的麻烦。湘梅有什么难事，也会最先找余琦商量。

细心的余琦看到董欣、董霞两姐妹的双手已经生了冻疮，并且，董霞的手已经冻裂，裂开的口子可以看到里面鲜红的肉。到农村以后，姐妹俩都比在家里消瘦了许多。看到这些，她心痛得流下了眼泪。

她给女儿们带来了一些腊鱼、腊肉、糖果，还有姐妹俩的衣服、鞋子以及零用钱。她们虽然在农村挣工分，实际上她们吃的穿的用的，还是靠家里负担。

余琦远在海河，但孩子们谁的鞋子该换了，谁该添新衣服了，她心里都有一本账。经过生活的磨炼，过去的千金小姐余琦，已经成为家庭的脊梁和灵魂了。她操心着儿女的大事小事，担心着儿女的一切一切。

妈妈来了，尽管知青点的生活非常艰难，劳动很辛苦，为了不让母亲担心，姐妹俩尽量拣好的向母亲汇报。

老家来人了，知青点一下子热闹起来了。知青们都围了过来，了解一下城里的情况，分享余妈妈给知青点带来的快乐。

欢声笑语中，见过大世面的余琦，毫不吝啬地把自己带来的瓜子、糖果，拿出来给大家分享。知青们吃着瓜子、糖果。围着余妈妈谈天说地，他们感觉，余妈妈就像是自己的妈妈一样，格外亲切。

聊了一会，余琦佯装神秘地说："我还给我的两个女儿带来了最有意义的礼物，你们猜猜是什么？"董霞急不可耐地叫了起来："什么礼物？什么礼物？赶快拿出来看看呀，拿出来看看呀！"董欣说："看把你高兴的。不要着急，不要着急，等妈妈拿吧。"

现场的知青都期待着……

余琦打开包裹。拿出了她精心绘制的松树图和梅花图："人生不是一帆风顺的，妈妈不在你们身边，遇到了问题，你们要有解决问题的办法。遇到了困难，要更加坚强。希望你们像松树一样坚强，像梅花一样傲雪凌霜。松树图是送给董欣的，梅花图是送给董霞的。"说着，她和两个女儿一起，把自己精心绘制的图画展示给大家。

"太漂亮了，太漂亮了！"知青们围上来，一起欣赏。董霞说："正好，我们把它挂在床头，想妈妈的时候就看看妈妈画的画。"董欣说："对，遇到了困难和问题。我们就想想妈妈说的话，看看妈妈画的画，不管什么问题就都能解决啦！"看着女儿高兴的样子。余琦满意地笑了。

在知青点待了两天，放心不下家里的董燕和董亮，初四的早晨，余琦就要启程回城了。

春节期间，知青点不敲钟。余琦睡到半夜就醒了。她穿起衣服，在床上坐了好一会儿，姐妹俩才醒来。

她们不知道确切的时间。过去，生产队早上六点钟敲钟出早工，将近七点，天才能亮。因为母亲要赶路，要先赶到镇上，然后再转车去海河，如果天亮走，就太晚了。

姐妹俩陆续起床。早上八点以后，知青点食堂才供应一点热水，春节期间，停止供应。她们只能用冷水洗了一把脸。

董欣打了冷水，余琦三把两下就把脸洗了。尽管在农村锻炼已经几个月了，用冷水洗脸是经常的事，但在这大年初四的早晨，董霞觉得这冷水洗脸真的冷，仿佛是用冰凉的刀子在刮脸，特别是让妈妈用冷水洗脸，她感觉过意不去。

董霞抱怨董欣，昨天晚上应该备一点热水在保温瓶里，做事一点都不细心。董欣让她别抱怨了！昨天自己去伙房打水来着，因为过节，值班知青不愿意烧水，昨天伙房就只有那么一点热水，一个人只允许打一瓢，晚上就用了。

从这个细节，母亲进一步了解了姐妹俩在知青点艰难的生活状态。洗漱完，三人吃了一点母亲带来的冷饼，姐妹俩便送母亲启程了。

过年以来，接连几天都是阴天。她们出门的时候，天还是黑的。董霞打着手电，走在前面。董欣牵着妈妈往前走，三个人在黑夜里摸了半个小时，才到了大路边。

天寒地冻，她们足足等了两个多小时，才听到附近村里的鸡叫，天才微微发白。

这时，她们才意识到，她们应该是起早了。她们计划是六点钟起来赶路，实际上她们起来的时间，可能是凌晨四点钟。

因为时间还早，董霞告诉母亲，黄家湾的孩子们上学听鸡鸣，家长做饭看炊烟。在田地里看见邻村有几家冒炊烟了，就回家给孩子做饭。如果孩子的父母干活离家比较远，看见炊烟才回家就不赶趟了。

村里上学的孩子，通常是被公鸡叫醒的。有一次月明星稀的半夜，公鸡叫了。于是孩子们像往常一样去学校，几个孩子玩了几个小时，才等到天亮。这件事以后，村里有孩子读书的几家人，省吃俭用共同买了一只闹钟，才解决了这个问题。

等了一个多小时，母女三人冻得手脚发麻，浑身直哆嗦。各个生产队公社去镇上的拖拉机，都是天不亮就出发。又等了一会儿，母女三人终于听到远处“嘭嘭嘭”的拖拉机的声音，一台拖拉机亮着车前的大灯，由西向东而来。

村里人去镇上，都是搭路过的顺风车。但并非每一个司机都愿意给别人搭顺风车的。所以，拖拉机师傅的态度也很重要。有时候，车上东西特别多装不下，司机没有办法。如果是这样的话，她们只能耐心地等第二辆经过这里的拖拉机。

幸运的是，她们等到的第一辆拖拉机，就是附近公社的拖拉机，开车的拖拉机师傅为人也挺好。姐妹俩帮母亲拦了车，尽管车上堆满了东西和人，司机还是为余琦找到了一个容身的地方，姐妹俩将母亲扶上了车。

望着母亲和车一道远去，姐妹俩怅然若失，心情沉重地回到了知青点。因为母亲来过的缘故，春节剩下来的几天休息时间，让姐妹俩觉得过得特别快。

五

从初五开始，许多知青陆续去给那些平时在劳动中关心关照自己的农民拜年。平时，董欣、董霞姐妹俩很少和农民打交道。而其他知青和公社里的领导及生产队里的人，来往却很频繁。

董霞对姐姐说，她们也应该去给别人拜一下年，尤其是大队长汤家栋，平时在劳动中非常关心她们姐妹俩。董欣则认为应该去拜访一下知青点旁边的老巴子小队长，平时在劳动中，他也没少关照她们姐妹，董霞还不知道老巴子小队长姓什么，董欣说好像姓倪。

于是，她们决定早上先去汤大队长家。回来之后再去老巴子小队长家。她们把母亲从城里带来的年货，分出一部分打成了两个小包，每家一份。既然去别人家里，肯定不能空手去，每家都有小孩子，需要尽一点心意。

初七的早上，姐妹俩梳理打扮一番之后，带上礼物便出门了。她们先去了大队长汤家栋的家。汤家人包括汤大队长，见到姐妹俩非常高兴，也感到十分意外。

汤家栋泡了两杯红糖茶，请她们坐下。告诉她们，黎宏伟初一就来过了，李明新初二也来过。平日里他们也经常到自己家里来，姐妹俩还是第一次来自己家。

汤队长知道初二她们的母亲来过知青点，也知道她们的母亲从前是国家干部。汤队长说公社应该接待一下她们的母亲。当时因为卢书记有事，又担心去了打搅她们一家人团聚，所以，最后没有去见她们的母亲。

最后，姐妹俩终于明白了大队长为什么对她们如此热情。原来，公社的领导经常需要去外地出差，既然出差，就会涉及在外地的吃住问题。年前，卢书记出差去省里路过海河时，就是在黎宏伟家里歇的脚，黎宏伟的父母很热心地接待了卢书记。

汤大队长的意思是，既然她们的母亲在国家单位工作，一定会有办法将一般的粮票换成全国粮票。这样，以后大队干部出差，用起来会更方便一点。

父亲去世了，现在家中只有母亲一人，董欣不知道母亲是否能把地方粮票换成全国粮票，她只好答应大队长，自己写信问一下母亲。

董欣又问汤家栋，有多少粮票需要换？汤家栋说能换上 100 斤全国粮票就够了。既然董欣表示愿意写信问一下母亲，汤家栋大队长便先感谢她们姐妹了。

离开了大队长家，董欣一路上就抱怨董霞，都是她提议来看一下领导，才多出了这样一件事，还不知道母亲是否能办到。如果办不到，反而还会得罪他们，这是自己给自己找来的麻烦。

董霞则说：实际上，即使她们不去见大队长，该来的麻烦迟早也会找上门来。至于母亲能否帮忙换上 100 斤全国粮票，自己就不清楚了。

因为这件事，她们有一点犹豫究竟去不去老巴子小队长家里。因为是董欣提议去小队长家的，既然礼物都准备好了，所以董欣坚持自己的意见，觉得还是应该去。董霞拗不过董欣，于是，俩人绕路去了老巴子小队长家。

老巴子小队长家里，除了一张破桌子，连一条长条凳都没有，只有两个用柳树条自制的小板凳。屋子里黑乎乎的，显得非常昏暗，屋顶被柴烟熏得非常黑，应该是多少年的陈迹了。

姐妹俩的到来，自然令老巴子小队长很是意外。他热心地给姐妹俩倒了两杯开水，对姐妹二人带来的一包年货非常感谢。大胆的董霞首先说话，对于倪队长平日劳动中，对她们姐妹的关照表示感谢。她们站了五分钟，说了两句话便走了。

离开小队长家，姐妹俩感慨颇多。她们这是头一次走进农民家里，她们没有想到他们是如此贫穷。

董霞告诉董欣，生产队大多数贫下中农的家里，连一张吃饭用的桌子都没有。平时，大人都是蹲在地上吃饭，小孩就是坐在那个自制的破板凳上。公社除了书记、大队长，这些人家的桌子和长条凳，是请木匠打的，其他社员家里面的桌子椅子等用品，几乎都是社员们自己做的。

姐妹俩回到知青点，不一会儿，黎宏伟来了，他与别的女知青寒暄了几句之后，来到姐妹俩的床边。董霞知道黎宏伟总是想接近她们姐妹，便对他不冷不热，讥讽道："黎大队长，有什么指示？"

董欣记得黎宏伟的好，初二的早上正是黎宏伟引路把母亲带到了这里，本想拿出年货让黎宏伟吃，见董霞如此态度，便不好太热情。

明白董欣心事的董霞，让黎宏伟别介意自己的态度，并为黎宏伟倒了一杯热水，请黎宏伟在床边坐下，并且解释说：这两天热水都不够，今天自己才打到了这一瓶开水。

黎宏伟说："知青点的生活确实很艰苦，不比在父母的身边。不过实话实说，只有好好表现才有希望早一天回城。"

董霞舌尖嘴快："依我看，某些人所说的好好表现，不过就是和公社的干部搞好关系而已。"

黎宏伟明明知道董霞说的就是自己，他还是老老实实地说："是的，是的，就是要搞好关系。要给公社大队、生产队都留下好印象，这样以后才有可能让社员们推荐，生产队同意，公社领导批准，每一个环节都能顺利通过。"

他近来和公社的领导多次谈心，做过很多沟通，才知道一个知青如果想回城，必须经过这些程序。他来这里和她们姐妹俩人聊天，是出于好心，把这个程序告诉她们。只有如此，她们将来回城才有可能不走弯路。自己的父母也是国家干部，也跟他讲过很多，在他回城的问题上，他的父母可能帮不上太大的忙，主要还是在公社的领导。

聊完了这些，为了逗大家开心，黎宏伟说了一个关于生孩子的故事给大家听，他还没讲姐妹俩人都笑了。

黎宏伟说：自己小时候在家，父母都说小孩子是从门旮旯里挖出来的。为了探明虚实，他和邻居小伙伴驴头、狗蛋商议后，在驴头家门旮旯开挖一探究竟。他们正在起劲地挖一个大坑，驴头父母从外面回来，驴头一脸惊恐，其父正准备动手暴打他。黎宏伟上前勇敢地拦住说："我们准备给驴头挖个小弟弟，有啥错？"

驴头父母哭笑不得，默默地把坑填上，说："暂时不要，养不活！"

黎宏伟讲完这个故事，姐妹俩人都笑了，董霞也觉得这个故事讲得不错，比有些男知青讲鬼故事好。

初八上午，全体知青开了一个收心会，下午，就开始正式下地干活了。

春节休息了几天，姐妹俩人的体力恢复了许多。经过劳动锻炼，她们慢慢了解了农村的劳动生活。

这一年的春耕生产安排得特别早，知青们的劳动生活，也越来越紧张，每天早出晚归。

无论劳动多么辛苦，生活多么艰难，知青们都要好好地干。好好干才能够回城，好好干才会学会干农活。

在艰难的环境下，人们更加需要情感。亲情、友情、爱情比什么都重要。尤其是女人，更渴望有爱情的滋润。

女知青越是渴望有爱情，越对男生特别敏感。出色的董欣和董霞在女知青中格外引人注目。因此，每一个试图接近她们的男知青，都会成为知青们议论的对象。

与此同时，私底下姐妹俩也在议论男知青。她们议论最多的，还是黎宏伟和李明新。她们已经明显感觉到，这两个人总是找各种各样的理由接近她们，知青点的男女知青们，也明显地感觉到了这一点。董欣常常提醒董霞，与李明新交往要保持距离，而董霞早就看出董欣有一点喜欢黎宏伟。她对董欣说，黎宏伟不像李明新那样有点耍流氓，要把黎宏伟和李明新区别开来，他们的本质是不一样的。

春节期间，董欣已经写信给母亲，提到关于大队干部需要换全国粮票的事。处处为孩子们着想的母亲很快有了回信，她在信中说：现在，你们的父亲已经不在了，我自己想想办法，帮忙换百把斤全国粮票。通过这件事，将来你们找当地的干部办点什么事，也许会方便一些。

母亲在信中还问，她是把全国粮票寄过来，还是等将来她们回家拿，或是自己到知青点来探望她们时，再带过来。母亲还提醒她们，也可以考虑让当地的干部出差到海河时，到自己家里去取。这样自己有机会在家中接待一下他们，联络一下感情。听说农村的孩子缺衣少鞋，自己在家里也清理了一些旧衣服和旧鞋子，找机会送给那些孩子。

她们远离父母下放在这里，信是和母亲唯一沟通感情的方式。收到母亲的来信，就如何写好这封回信，姊妹俩讨论了很长时间。董欣很慎重，她很注重表达方式，每一个字眼都会用心斟酌。比如母亲说，可以考虑让当地的干部去海河时到家中去取粮票。董欣信中告诉母亲，还是用挂号信把换好的全国粮票寄过来比较好，免得给妈妈增加负担。

六

春天，冰雪消融，大地开始复苏。桃花、杏花、李花先后绽放，给万物带来了生机。

倒春寒过去之后，天气明显地渐渐变暖。知青们都脱下了冬装，换上了春装。这也是知青和贫下中农的区别。他们发现，生产队的社员们几乎都是半年穿棉袄，半年穿背心，或者夏天干脆就是打赤膊。除了老巴子小队长，大队长汤家栋，以及公社的会计，大部分农民都没有春装。

衣服穿得越来越单薄，身材暴露得越来越多。董欣感觉到异性的目光，常在她们的身上扫视。董欣记得母亲曾经说过，她年轻时也是因为这胸脯太招眼，就学着传统女性的样子，用一块白布缠胸，这样再穿上外套，胸部就不会显得那么高，免得招惹一些麻烦。她和妹妹商量，学妈妈年轻时那样，都把胸缠起来，避免招人注目。董霞却不以为然，她认为胸脯高高地挺起来，没有什么不好的，这是发育健康的表现。

姐妹俩边洗漱，边谈天。下午干活时，董欣看见李明新跟董霞套近乎，提醒妹妹应该跟李明新保持距离。那李明新最喜欢往女知青中间钻，不是什么好东西。董霞说，自己不想跟李明新说话，而是李明新教她干活时如何省力气：那锄头可以举得高一点，但是，放下来的时候不要用力，别介意挖得深一点还是浅一点，做做样子就可以了，大家都是这么在干。

早先黎宏伟为讨好董欣，也是这么教她的。让她上肥时一锹不要铲得太多，铲多了就举不动，少铲一点可以做做样子，多铲几锹。这样既省力气，也让别人感觉她一直在干活，而不是干累了就歇一会儿，干累了又歇一会儿。好像她一直在休息，没干什么活。

董欣发现，她们姐妹真笨。很多人都会投机取巧。她们姐妹力气又小，又不会省力。所以干活时，感到特别吃力。

这一天，董霞对姐姐说：“据说，黎宏伟在学校时，就已经是预备党员了，到农村刚转正。所以，黎宏伟近来表现得特别积极。”听了妹妹的话，董欣想，看来，这个黎宏伟真是不能够小瞧，他将来一定是前途无量。

过了一段时间。董欣被抽调到了公社宣传队拉小提琴，说是发挥她的艺术特长。过去，因为父亲董志峰的“问题”，姐妹俩一直受排挤。现在，董欣却被选调去公社宣传队，姐妹俩立刻想到了黎宏伟。

本来，黎宏伟去公社当副书记，董欣多少都有一些失落。以前，他们天天在一起干活，有很多接触的机会。黎宏伟调到公社以后，他们见面的机会就很少了。现在，黎宏伟费这么大的力气，让董欣去公社宣传队，这自然是一件好事，天天排练文艺节目，肯定比下田干活轻松很多。同时，也说明他真的非常喜欢她。

八月的天气，十分炎热。董欣中午接到了去宣传队的通知，下午就不打算出工了，她要收拾一下东西，她还需要把自己打扮一下。自姐妹俩去海城探亲回来，她和黎宏伟至少有半个月没见面了，下午去公社，肯定可以见到黎宏伟。所以，她想给黎宏伟留下一个好印象，她翻箱倒柜，把自己最喜欢的一件嫩绿色的确良质地的连衣裙找了出来，穿上试了试，又在自己黄军包的最里格，拿出了一个蝴蝶结别在头上。随后，对着自己和妹妹梳头用的小圆镜子，从头上照到脚下，又从脚下照到头上。她感觉其他的地方都还可以，只是脚下那双黄球鞋有些不配套。于是，她又找出了在海河城演节目的时候，妈妈给自己买的那双北京布鞋，穿上去一搭配。她感觉比较满意了。她想象着黎宏伟见到自己的情景，对着镜子，甜甜地笑了。

一个月放一场电影，成了知青们的节日。晚上有电影，整个下午，大家的心都不在干活上。还没有到收工的时间，在田里锄草的知青们都跑得差不多了。老巴子小队长只得提前吹响了收工的哨子。

听到收工的哨子响了，董霞扛起锄头，走在一群社员的后面。姐姐不在，她觉得自己有些形单影只，想起上次的李明新偷窥事件，心有余悸。她默默地跟在人群后，希望不要有人注意到她。她开始理解董欣为什么做事总是那么小心谨慎了。

董霞越是想躲着别人，越是有人要找她。从她身边走过的老知青周志军主动和她搭话：“别人都走了，你怎么磨磨蹭蹭的？一会去公社看电影，别人早把好位置全占了。”

周志军还热心地问她，需不需要自己去公社那边，先帮她占个地方？

不愿意和男知青走得太近的董霞，连忙说不需要不需要。理由是姐姐董欣下午已经去了公社，肯定会帮自己占地方的。

正像周志军所说的那样，董霞回到知青点，发现自己真的落在了最后，知青点一个人影都没有，只剩下她一个人。

她急急忙忙地打了一盆水到宿舍，打算擦一把汗渍后，再去看电影。她本想把门关上，又担心那些喜欢丢三落四的女知青，回头拿东西，又来叫喊开门。

于是，像往常一样，她拉上自己铺位旁边的布帘子，先把等会儿要换的干净衣服清出来，开始浸湿毛巾准备擦拭身子。

她刚把打湿的毛巾挨到自己身上，就感觉不对，好像背后有人喘着粗气一样。她慢慢地掉过头去，突然发现面目可憎的李明新，将布帘子扒开了一道缝，正在偷窥她的身体。她本能地尖叫了一声。

胆大包天的李明新，居然直接钻了进来，并且对她说道："小声点，别把其他人都叫来了。"

李明新这句话倒是提醒了她，如果把其他的人叫来了，看见李明新钻进自己的布帘子里，而自己正在擦澡，很可能立刻会成为公社最大的新闻。

于是，她双手用毛巾捂住自己的胸部，小声而严厉地警告李明新："臭流氓！你赶快出去！滚出去！"

胆大包天的李明新，却趁机扑了过去，把她摁倒在床上。

无论董霞怎么挣扎，李明新都不放开她，并且一边按着她，一边脱去自己的衣服，她挣扎了很久，终于筋疲力竭，任由丑恶的李明新占有了自己。

李明新得逞之后，下床穿起自己的衣服，溜走了。

董霞欲哭无泪。她既为自己失身痛不欲生，又担心自己被李明新强奸这件事，传出去之后没脸见人。她想到了妈妈的提醒，悔恨自己没有牢记妈妈的话，时时处处提防男人。她擦着眼泪，想一死了之。忽然，她看到了床头妈妈为她画的那幅梅花图。红梅花盛开在冰封的雪岩上，任凭风吹霜打。这时候，妈妈的声音在她耳边响起："人生不是一帆风顺的，妈妈不在你们身边，遇到了问题，你们要有解决问题的办法。遇到了困难和屈辱，要更加坚强。希望你们像松树一样坚强，像梅花一样傲雪凌霜。"当时，姐姐董欣说的话，她也记忆犹新："遇到了困难和问题。我们就想想妈妈说的话，看看妈妈画的画，不管什么问题就都能解决啦！"妈妈赋予女儿自强不息的灵魂，妈妈给了她活下去的勇气和力量。她站起来，挺起胸，准备到公社去告发李明新。但是，她又对领导是否理解自己的处境，是否会站在自己这一边，为自己说话，感到没有底气。她担心告发不成，反而毁了自己的名声。

她知道，如果领导不站在自己这一边，自己就会臭名远扬。李明新现在是知青的代表，而自己在黄家湾知青点并没有李明新吃香。有些没有头脑的人，判断任何事情只凭主观印象，而不是靠什么证据。

她不敢奢望，在李明新强奸自己的这件事情上，人们肯定站在自己这一边。而且，保住自己名声的清白，比告发李明新是个流氓，让李明新坐牢更重要。她转念一想："君子报仇十年不晚。"现在，自己必须马上做的就是，含着眼泪，狠狠地将那些污秽了自己身体的东西洗干净，将脏了的床收拾干净……

七

仲夏，很多生命还带着春的些许亮泽。树木的形貌已基本长成，呈现一些嫩嫩的色泽，生出了无限的诗情。原野里的草，小路边的树，都在勃勃生长。树叶闪烁着光泽，阳光穿透而过，叶片晶莹透亮，现出淡黄、浅绿、轻嫩等颜色，微风拂来，树叶婆娑，筛下斑驳的光影……

踌躇满志的黎宏伟，意气风发地走在乡村的小道上，放飞着舒畅的心灵，驰骋着对未来美好的想象。他和董家姐妹一样，都是出生在革命干部家庭。黎宏伟不仅受过良好的教育，还拥有开朗的个性，到了黄家湾知青点以后，他进步神速，被推上了公社副书记的位置。

出类拔萃的黎宏伟，自然很惹女孩的喜欢。就连漂亮骄傲的董欣，每每看到黎宏伟也会不由自主地紧张起来。从黄家湾知青点调到公社任副书记后，黎宏伟被安排借住在黄家湾有名的女能人、妇联主任袁腊梅家。

袁腊梅丈夫早逝，家里面只有一个十八岁出头的女儿黄凤兰。这女孩生得很标致，瓜子脸，清澈明亮的瞳孔，弯弯的柳眉，白皙无瑕的皮肤，透出淡淡粉红，薄薄的双唇如玫瑰花，娇嫩欲滴。她是黄家湾的一枝花，也是公社宣传队的舞蹈演员。

正是夏天。凤兰身着棉布红白条纹短袖，白色的领边和袖边，剪裁精致，显得小巧玲珑，圆领之中露出漂亮的锁骨。

初见凤兰，黎宏伟觉得这个小巧的村姑，完全能与城里女孩媲美。当然，无论如何，这乡里的女孩，是敌不过他心里的女神董欣的。住到黄家后，他才知道，袁腊梅主张女孩子首先要会洗衣做饭，做针线活。所以，她很少让凤兰外出劳动。天生丽质又深藏闺中，这是凤兰皮肤白皙且水灵剔透的原因。

正是谈情说爱的年龄，见到玉树临风的黎宏伟，凤兰显得格外欢快。每天，她忙进忙出，高高兴兴地打理着家务。她喜欢看黎宏伟看书读报的样子，只要看他在伏案写作，凤兰就会沏一杯茶，走过去，温和地说："别太累了，歇会儿。"

有时候，黎宏伟会天南海北地跟袁腊梅和黄凤兰母女聊天。除了聊公社里的事，宣传队里的事，还聊聊天下大事。凤兰毕竟比城里孩子见识少，听着黎宏伟的所见所闻，常常不由自主地呵呵傻笑。

知女莫如娘。母亲袁腊梅最了解自幼丧父的凤兰了。慢慢地，从凤兰的言语举止中，袁腊梅发觉，她喜欢上了黎宏伟。袁腊梅也觉得黎宏伟这孩子十分优秀。只是她明白，黎宏伟嘴上说一辈子扎根农村，那不过是场面上说的话，城市的孩子总是要回城的。

日子一天一天过去了，相处的时间长了，黎宏伟也感觉同凤兰在一起，有一种莫名的轻松。

董欣调到公社宣传队不久，黎宏伟就从黄凤兰家搬了出来，住到了公社给宣传队安排的集体宿舍，跟宣传队的人一起吃住。黄凤兰敏感地发现，黎宏伟喜欢的，是那个叫董欣的女孩。

离开了黄家湾知青点，来到了公社的董欣，对农村生活已经没有了最初的新鲜感。食物的匮乏，劳作的艰辛，撞击着她不堪重负的身心。黎宏伟的同情和关心，使她感到格外温暖。

董欣是宣传队的小提琴手。为了接近她，黎宏伟提出，跟她学小提琴。董欣也非常乐意教他。黎宏伟天资聪明，没过多久，琴技几乎能够与董欣比肩了。

每天闲暇之际，他们就如痴如醉地沉浸在曼妙的音乐意境里。没有五线谱曲，他们找来白纸，在上面画上五条线，在线格里填上一个个小豆芽，传抄着余琦教给董欣的开塞、霍曼练习曲，整整抄了两大本。纯真的爱情，在音乐的陪伴下逐渐发展起来。

男女授受不亲。知青之间，是不允许谈恋爱的。虽然两情相悦，但黎宏伟和董欣两人还是刻意地保持着距离。

这天晚上，董欣独自一人在树下拉小提琴。黎宏伟远远地走过来，并不惊扰董欣，他站在不远处，欣赏着优美的曲子。

董欣忘情地拉着。黎宏伟如痴如醉，情不自禁地随着音乐打起拍子来。偏偏在这个时候，黎宏伟要打喷嚏。他赶紧用双手捂住嘴巴，使劲忍，但最终还是没忍住，好大一个喷嚏，让沉浸于音乐世界的董欣周身一震，琴声戛然而止。

黎宏伟走上前来，朝董欣耸耸肩，双手一摊，表示歉意，董欣这才发现让自己浑身一激灵的，居然是自己的心上人。

这天晚上有电影。人们早早地赶到几里外的放映点看电影去了。这里只有他们两个人。

看黎宏伟笑得灿烂，董欣问："你怎么不去看电影？"黎宏伟微笑道："刚忙完手里的活儿，过两天，那个片子还会转到我们这里来放。"

说完后，又反问董欣："你怎么不去看电影？"董欣微微摇一摇头，说："宣传队今天轮到我值班。有些人真奇怪，只要有电影，几乎都是一场不落下，即便是看了三遍的，还要跑去看。"

黎宏伟喃喃自语道："唉，公社青年人的生活太枯燥无味了。"

突然，他们背后传来一个大姑娘银铃般的叫声："怎么这么巧啊？刚好是你们两位在这里。"

两人惊诧，回身一看，黄凤兰从后面走过来了。

她刚掏完鸟窝，捡了一窝鸟蛋，一只手里把玩着两枚鲜鸟蛋。

自从董欣被调到公社宣传队以后，黎宏伟几乎每天都要找机会和她说上几句话，如果不单独和她说上几句话，他的心里总像缺点什么东西。对此，黄凤兰心知肚明。

本来，黎宏伟想借这个无月之夜和董欣亲近一下。没想到，半路杀出个程咬金，身后冒出了个黄凤兰。他不知该如何应付这个场面，他自己既舍不得走，又不好意思将黄凤兰支走。

没打算走的黄凤兰打破了僵局。她居然提议，三个人一块儿去看电影。黎宏伟告诉她：董欣晚上要值班，走不了。自己待会儿还有点事，所以也不能去看电影，如果凤兰自己想看电影，现在赶过去，可能还能看上个半场，如果现在不马上动身，只怕是半场电影都赶不上了。

黄凤兰知道他们两人都不会去看电影后，居然说自己也不打算去了。片刻又提议道，既然我们三个人都不去看电影，不如去把这一窝鸟蛋煮了，一起补充一点营养。既然黄凤兰没打算走，黎宏伟他们只好同意了这个方案。于是，他们三人去凤兰家煮鸟蛋。

到了凤兰家，主人黄凤兰让他们两人在一旁歇着，自己忙碌地去烧水煮蛋。董欣坐在床边，一手扶着小提琴，一边和黎宏伟谈心。

黎宏伟说："你们两姐妹，一人一种性格。"董欣问："是吗？"

黎宏伟说："你细致内秀，少言寡语；董霞无遮无掩，敢恨敢爱。"

董欣道："定性较准……哎，你喜欢哪种？"

黎宏伟说："说真话还是假话？"董欣道："当然是真话。"

黎宏伟支支吾吾地说："论性格，我欣赏董霞……当然，才貌双全的还属你……我……"

董欣道："你怎样？"

黎宏伟鼓足勇气说道："我最喜欢。"

董欣异常冷静地说道："你真狡猾，一口气把我们姐妹俩，全都喜欢上了。"

黎宏伟接着说："对你……我不是加了一个'最'字吗？"

董欣笑了，问："心里话？"

黎宏伟说："绝对发自肺腑。"

两人聊着天，趁黄凤兰不注意，黎宏伟将一本《一百首最受欢迎的情歌》塞给了董欣，让她赶快收起来，里面还夹了一封自己的告白情书。

其实，黎宏伟的小动作并没有逃过黄凤兰的眼睛。

第二天，黄凤兰趁董欣不在宿舍，跑到宣传队把董欣的铺位翻了个遍，找到了黎宏伟给董欣的那本书。一打开，便看到夹在书页中的告白信。黄凤兰脑子一热，冲动地读了起来。虽然她文化水平不高，但她还是能看出信中黎宏伟对董欣倾诉的爱慕之情。她恨自己不是董欣，恨自己为什么喜欢上了黎宏伟，恨自己没有学识，只是一个普通的不会拉小提琴的农村小女孩。

这天晚上，公社又放电影。打谷场上人山人海。露天电影要等天完全黑下来，才能放映。而人们早早地就到了，大家都想抢占最佳视觉位置。

知青们三五成群，坐在地上或打扑克，或做游戏，或玩小魔术，等待电影开场。

小孩们快乐地奔跑着，在人缝里追来赶去。几个农村干部，吃完晚饭，坐在树底下乘凉。黄凤兰匆匆而来，四处寻找张望，她在寻找黎宏伟，每天，有事无事，她都鬼使神差地在追逐着黎宏伟的行踪，她自己也不知道，这是为什么。

可是，整个场子上看不见黎宏伟的身影。黄凤兰愣怔片刻后，似乎明白了什么，离开操场，匆匆朝公社办公室的方向赶去。巧合的是，她看到董欣，也正在朝公社办公室的方向走着。黄凤兰心里想，黎宏伟一定在那，他们约好了……好奇的黄凤兰悄悄跟在了董欣身后。

董欣像一股春风，飘进了黎宏伟在公社的办公室，带上了门。

她穿着一件花格子上衣，配一条素色的裙子，披着刚洗过的、透着淡淡清香的秀发，满面微笑地看着黎宏伟。董欣的美丽，还有身上飘出来的清香，吸引着黎宏伟，黎宏伟问："你看了那本书吗？"

董欣点点头，不说话，羞红了脸。

黎宏伟显得很激动，他请董欣一同在长凳上坐下，声音都变了调，他问："那、那封信，你也看到了吧？"

董欣扭扭捏捏的脸蛋更加红了。她感觉到黎宏伟炙热的目光一直盯着自己，只好岔开话题，说道："别人都去打谷场看电影呢，我没看见你，还以为你生病了。"

见董欣说起了别的，黎宏伟有点失望，木讷地回答："是有点不舒服，不过现在好多了。"

"你是不是哪里不舒服？需不需要看医生？"董欣关切地问。

黎宏伟迟疑了一下："没事，不用看医生。"

董欣见他有点魂不守舍："那你先休息一下，我去看电影了。"

黎宏伟机械地点了点头："嗯，好的。"

董欣嘴上虽然这么说，但是并没有动脚。这时的黎宏伟，内心非常想让董欣留下来，不是留一会，而是越长时间越好，最好是留一个晚上。然而，他又提醒自己，绝对不能够越雷池一步。因为担心自己控制不住内心的冲动，他想，也许还是自己太着急，也许他和董欣还需要一些时间。

董欣看见黎宏伟没有挽留她的意思，有些失望，甚至有些生气，还有些怨自己太不勇敢，主动岔开了话题，她转过身，看着门的方向发呆，突然，黎宏伟从背后抱住了她。

黎宏伟对董欣说：“我没有能力给你买金银首饰，只能这样表达心意。”

董欣轻语道：“没有关系，我只要你的一颗心。”黎宏伟低声说：“明白了，我把心交给你，也永远把你放在心里！”

黎宏伟松开董欣，拉董欣坐到长凳上。二人并肩相挨而坐。黎宏伟一冲动，把董欣搂到怀里。

董欣的呼吸变得短促起来，微微凸起的胸脯在急剧地起伏着。黎宏伟紧紧地搂着她。

少顷，董欣双眼一闭，一声不响地躺在他怀中。黎宏伟感觉，自己怀抱的，是一颗晶莹剔透的美玉，一朵含苞待放的花。现在，只要一伸手，自己就可以得到美丽，得到幸福了。开始的时候，他还理智地强忍着自己的欲望。终于，感情的洪水冲破了理智的防线。他情不自禁地，把自己的嘴唇对准了董欣那红润、潮湿而又十分香甜的嘴唇。沉浸在幸福中的董欣，积极地回应着……

黎宏伟一手揽着董欣，一手颤抖地在董欣的身上摩挲起来。这时的董欣，就像一只温驯的小羊羔，默默地接受着，尽情地享受着。

他们拥抱着，亲吻着。不知过了多长时间，黎宏伟已经耐不住了，甚至试着要爬到董欣的身上去。

黎宏伟满怀激情，不停地亲吻着董欣。突然，他再次想到了自己崇高的革命理想，他冷静下来了，努力地克制住冲动……

等了一会，董欣睁开了她那双美丽的眼睛，无比深情地望着黎宏伟，柔声地说：“你……怎么了？”

黎宏伟问她：“你……你喜欢我吗？”

短暂的沉默过后，董欣突然紧紧地抱住黎宏伟，无比激动地说：“我喜欢你，我爱你！”

两个年轻人再一次热烈相拥……

突然，响起一阵敲门声。

黎宏伟胆战心惊地问了一声：“谁呀？”

门外传来黄凤兰甜美而又熟悉的声音：“是我。”

听到黄凤兰的声音，黎宏伟、董欣更加紧张。

黄凤兰在门外轻声地叫着："黎宏伟！快开门！你们两人干什么我都看见了，民兵联防检查队过来了！快开门！"

两个人慌忙整理衣服，黎宏伟并没有马上起身，而是坐在铺上，努力地镇定了一下自己的情绪。

又是几声门响。黎宏伟这才轻轻地把门打开。

两个人刚才还在天堂里，现在一下子回到了现实。如果这个事情曝光，后果将不堪设想。两个人不光会臭名远扬，前途也可能会毁于一旦。

黄凤兰进屋，瞟了一眼衣衫不整的黎宏伟和董欣。对他们说："联防检查队已经到了，看你们狼狈不堪的样子，被人抓住不放怎么办？快！把钥匙和锁给我，你们把灯灭了，我在外面帮你们把门锁上。"

过了一会，外面传来了吵吵嚷嚷的声音。只听见黄凤兰问那些人："你们到这里来干什么？"

听见其中一个领头的问："你是什么人？在这里干什么？"

黄凤兰回答说："我叫黄凤兰，是黄家湾的，你们不认识我吗？"

联防队员又问："你一个人在这里干什么？"

黄凤兰回答说："我妈让我来找黎书记。"

联防队员又问："那黎书记人呢？"黄凤兰又问："你们找他有什么事？"

联防队员说："我们根据上级指示，今天晚上突击检查公社治安问题。请他协助我们做检查。"

黄凤兰说："我妈今天从区里回来，帮区里带口信通知黎书记去区革命委员会见方副主任去了。"

联防队员说："你可别在这里捣蛋，别人刚才还看见他在这里啦！"

黄凤兰说："就是刚刚才走的。"

联防队员开始敲门，屋子里黎宏伟不予理睬，帮董欣仔细整理好衣服和头发。

黄凤兰说："你们想干什么，也不看看这是什么地方？你到底知不知道我是谁呀？也不怕上面的领导找你们算账？"

这一嚷嚷还真有几分威力，一下子镇住了场面。为首的联防队员走近黄凤兰，问："你说这是什么地方？"

黄凤兰斩钉截铁地说："这是黄家湾公社，你们好大的胆子，冲击公社所在地，想清后果了吗？"

联防队员问："你是什么人，就凭你妈是妇联主任，就跑来讲狠？"

黄凤兰喊道："你们再闹，我找我舅舅。"为首的民兵愣了一下，问："你舅舅？"

黄凤兰大声说道："区革委会方副主任，你们应当听说过他的大名吧？要不要我去挂个电话？黎书记是知青优秀分子，你们不要乱敲别人的门。说重点，你们这是破坏知识青年上山下乡，你们把后果想清楚！"

领头的联防队员态度180度大转弯，连忙说："误会误会，知青的事我们管不了。"

领头的转而把手一招，喊道："同志们，我们走！"一群联防队员快速离去。

这帮人走远了之后，黄凤兰打开了门。

惊魂未定的董欣走近黄凤兰，喘了一口气，说："太谢谢你了，凤兰妹妹。"黄凤兰说："别客气，一家人莫说两家话。其实，我也是急中生智，从广播里听来个方副主任，关键时刻派上用场了。"

看着黄凤兰稍显拘谨的样子，黎宏伟突然对这个女孩刮目相看。他不是不知道黄凤兰对自己的心思，只是自己早已有了心上人……

尽管风声很紧，黎宏伟和董欣总是想方设法利用各种机会幽会。没有想到，他们两人的一举一动，从来没有逃过黄凤兰的火眼金睛。凤兰深深地爱着黎宏伟，却只能眼睁睁地看着黎宏伟和董欣相亲相爱，她忍受着单相思的巨大痛苦。

一天傍晚，黄凤兰看见他们两人溜进了河边的树丛里，她情不自禁地跟在他们后面。她远远地看见黎宏伟上前抱住了董欣。黄凤兰着急地小跑而去，无法容忍地使劲干咳一声，黎宏伟顿时触电般地闪开。

黄凤兰大声吼道："黎宏伟，你也太不像话了吧？你要是再缠着董欣，我就到上面去告发你。"

董欣见是黄凤兰，一块石头落地，说道："妹妹别误会，我还好。妹妹别误会，我还好。"

黎宏伟开脱说："对不起！对不起！我不知道你在这里。"

尽管黎宏伟总在找机会和董欣见面。但是，作为知识青年的代表，他一直坚守着最后的底线，坚决不越雷池一步。他的使命，是要做知青的榜样，是要回城干一番事业。所以，他深深懂得，绝对不会因为男女私情影响自己的前途。

只见黎宏伟边往后退，边向黄凤兰解释。结果，被绊了个仰八叉，倒在地上。随后，他狼狈地爬起来，慌不择路地逃走了。

看着还在发呆的董欣，黄凤兰沮丧地说："我知道你们是两相情愿。我看见你们在一起，不止一次了，我总是觉得，你们的事，迟早是会被大家发现的。"

董欣低着头，不知该说什么好。

不久，黎宏伟带着到公社参加宣传队的知青们，回到知青点参加"双抢"劳动。

在宣传队待久了，回到知青点的董欣一下子适应不了"双抢"的劳动强度。但是，她还是咬着牙，跟大家一起，早上5点开始插秧，下午坚持割谷，拼命地不掉队。

坚持了几天，劳累过度的董欣感觉四肢乏力、肌肉酸痛。过了几天，她又感觉食欲不振、头昏脑涨，还失眠、做噩梦。慢慢地，她一向非常正常的3~5天的月经周期也不正常了，经血淋漓不断。有一天，她发现自己阴道突然大量出血，下腹部阵阵疼痛。拖了一段时间，董霞帮姐姐请假回海河城治疗。余琦赶紧陪女儿到医院进行B超和其他检查，结果发现，董欣患上了慢性盆腔炎，医生说，董欣拖的时间太长了，慢性盆腔炎可能会引起输卵管粘连，引起排卵障碍而导致不孕不育。知道了自己将来可能会不孕不育，董欣痛苦不堪。

"双抢"临近结束了。回城休整了一段时间的董欣，回知青点出工了。

午后，阳光渐渐柔和了起来。稻田里，知青们一字排开，竞相挥动着镰刀割谷。作为公社副书记，黎宏伟也带头参加劳动。他正干得起劲，旁边的董欣小声地对他说："挪后，我有话说。"

黎宏伟自然放慢速度。他们与大伙儿拉开了一定距离。

董欣说："李明新把我妹妹害惨了。"

黎宏伟一惊："啥?"

董欣继续说着："我妹妹怀孕了，你是领导，得赶紧帮忙想想办法!"黎宏伟一下子呆住了。

午饭之后，黎宏伟和董欣找来李明新、董霞一起商量对策。黎宏伟严肃地质问李明新："你做的什么事情? 看你怎么收场!"

李明新低着头，无可奈何地说："我不知道啊，我，我实在没有办法，你们帮我拿拿主意吧！"

姑娘怀上私生子，是大逆不道，是天大的笑话。眼看着自己的身体一天天地在发生变化，董霞特别担心这件事传开了，自己就没有脸见人了。她眼泪不断线地流着，悔恨交加，担惊受怕。而大家却一筹莫展，想不出好办法。

董欣冷冷地对李明新说："你做的事情，你拿主意啊！你不拿主意，谁拿主意呀！"

李明新理屈词穷，结结巴巴地："她、她……我、我……"

黎宏伟让他们不要吵了。他想了想说："最好的办法是请假回城再说。"

董欣皱眉道："现在是农忙季节，不好请假，怎么办呀？"

黎宏伟现在虽然是公社的副书记，但是在这个事情上，他也不方便出面，他显得焦急不安。

在最困难、万般无奈的时候，董欣知道，只有自己的妈妈余琦，才能救妹妹。她给妈妈写了一封信，写得很短："妈妈，妹妹出事了，现在需要您来救她。"

收到了来信，余琦非常着急，她不知道女儿究竟做了什么样的大错事。

一大清早，余琦搭上了通往黄家湾的货车，直到晚上，才赶到了黄家湾知青点。董霞痛哭流涕，悄悄把所有的情况告诉了妈妈，悔恨地向妈妈认错。余琦知道，这件事非同小可，一不能让外人知道，二要赶快把孩子做掉。作为女人，余琦知道，涉世不深的女孩子，很容易受到伤害。作为母亲，最重要的，就是在女儿最困难的时候，当好她最值得依赖的靠山。同时，帮助女儿分析问题所在，指引她走稳今后的人生道路。

余琦出面，向知青管理干部为董霞请了事假。随后，她将女儿带回了海河。回到妈妈身边，董霞顿时觉得安全了，天塌下来有妈妈顶着。

女人没有结婚，是不能在城里医院做流产手术的。在城里医院做流产手术，是需要结婚证，是需要单位开证明的。

余琦只好陪着女儿，赶到海河城外的一家小镇医院，为董霞做人流。

刮宫手术，在简陋的小镇诊所进行着，余琦心紧绷着，董欣也在门外焦急地等待……

一失足成千古恨。痛苦万分的董霞用牙齿咬着被子的一角，伤心的泪水打湿了枕巾。悔恨交加伴随着阵阵腹痛，过了一会，孩子终于拿出来了。心灵的重创深深折磨着董霞……

看着身心受到巨大伤害的女儿，余琦忧心忡忡。她把董欣叫到跟前说："你告诉李明新，董霞这一辈子被他影响了，你要他保证，以后永远不能再欺负我的女儿。"

夜幕已经降临。屋内，淡黄色的电灯泡发出微弱的光亮，灯光下，刚刚做完人流的董霞，半躺在床上，脸色显得特别苍白。余琦熬了一碗红糖水，扶起女儿，让她慢慢喝下去。随后，她坐在床边，拿起一把扇子，慢慢给女儿扇风。她要好好和女儿聊聊。

这时候，董欣推门进来。董霞有气无力地问姐姐："姐姐，知青点的人不知道这件事吧？"

董欣摇摇头，说："妹妹，放心吧，没有人知道。你怎么样？还好吧？"人工流产的创痛，还有严重的心理打击，让董霞痛不欲生。面对妈妈和姐姐，她忍不住扑进余琦的怀里，放声痛哭起来……

董欣愤愤地说："这个臭男人真可恨，把妹妹害成这样，我要找他去算账！"董霞躺在床上，泪水又禁不住流了出来。余琦赶紧给她擦着眼泪："孩子，你刚刚做了手术，不能激动，不要激动。"董欣无可奈何地说："唉，上帝怎么会制造出男人这种动物？他们就知道害人，就像饿狼一样的，到处乱扑。我看男人都不是好东西。"余琦用食指压住两片嘴唇，示意董欣不要说这样的话。她想了想，对两个女儿说："这个话，也不能这么说，对男人也不能一概而论。男人也分负责任的男人，和不负责任的男人。往往同样的行为，有的是在表达对女性的美好追求，有的就是一种兽行。"

母女三人已经好久没有这样聊天了。董霞虔诚地问余琦说："妈妈，为什么有时候男人同样的行为，有的是爱的表达？有的是在侵害女人？"

作为母亲，余琦试图以自己的人生感悟，帮助女儿解读这个问题："人是有灵性的。一方面，人像所有动物一样有肉体，有肉欲。另一方面，人除了肉身外，还有一个精神体，这就是灵魂。这也就是人与禽兽不同的地方。有的男人只关注自己感官的快乐，而不顾别人的感觉，只图自己肉体痛快，这就是兽性。而有的男人，把男女之间的灵魂相通，放在第一位，尊重女性的意愿和感受，呵护女性的心灵。这样的男人，往往通过亲热，表达对女性的爱。与一个讲道德、讲感情的男人在一起，才能实现灵魂之恋。”

“什么是灵魂之恋?”董霞迫不及待地问道。余琦说：“我的理解，灵魂之恋，就是恋爱双方彼此欣赏对方的一切优点与缺点，能够共同探讨生命的真谛，让彼此的生命进入更高的层次，更深的境界，彼此互为灵魂伴侣。灵魂之恋，是心与心的靠近，是千般疼惜、万般疼爱的懂得与理解，是无欲无求的呵护与守望。一个不能感知自己灵魂的人，是不可能拥有灵魂之恋的，一个不懂得付出爱的人，也是不可能遇见灵魂知己的。”

董欣、董霞深受启发，连连点头。

余琦接着说：“唉，出门在外，你们要保护好自己呀！你们下放农村的时候，我就跟你们讲过，你们现在还年轻，先立业后成家，要与男人保持距离，小心受到伤害。”悔恨交加的董霞哭了，抽泣着说：“妈妈，因为我的错误，给您增添麻烦了。”余琦说：“这倒不是为我添了麻烦，我最担心的是，这件事对你将来的影响。”没想到，余琦刚刚说完这句话，董霞又“呜呜呜……”地哭了起来。当着妈妈和姐姐，董霞把自己无辜受到流氓李明新侮辱的经过倾诉了出来。

董霞说：“我觉得，黎宏伟还有点儿人性。至少，他的灵魂和姐姐是契合的。而李明新，他就是要流氓。我看见他就恶心。”

余琦没有想到，两个美貌如花的女儿，刚刚走出家门，就遭遇种种挫折。她说：“唉，养个女儿担六十年的心啦，你们刚出家门就遇到这样的事情。孩子们，要记住，不要被困难打倒，你们要坚强的应对，还记得我专门跟你们画了两幅图吗?”

董霞说：“记得，记得，一幅松树图。一幅梅花图，我们都挂在自己的床头呢。”

余琦说：“希望你们像松树那样，在悬崖峭壁上生长；像梅花那样，不怕风吹雨打。你们要记住，名誉是女人的第二生命。这样的事情，你们只能烂在心底，不能对任何人说。”

作为母亲，余琦希望女儿享受爱情的美好。希望她们在人生适当的时候，碰到合适的人，遇到灵魂和肉体融合的爱情。但是，她又无时无刻不为女儿遭受意外的侵害而担心。

余琦嘱咐两个女儿说：“女人要自强自立。任何时候任何情况下，要靠自己的能力自立于世，千万不要依附于男人。”

经过调养，董霞回到了黄家湾知青点，她小心翼翼地躲着李明新。她明白，如果没有妈妈，这回自己肯定很惨。

第十一章　小女初嫁

岁月轻轻地流淌，几十载春夏秋冬，几多风，几多雨，逝了年华，白了双鬓。在余琦感叹岁月蹉跎之时，儿女们已经悄悄地长大成人。在农村度过了三年时光，董欣、董霞已经出落成亭亭玉立的大姑娘了。按照老式婚龄，两个女儿已经到了要出嫁的年龄。

一

1977 年，关闭 10 年的高考大门终于重新打开。恢复高考以后，全国 570 万考生，参加了唯一一次在冬天举行的考试。这次考试录取人数为 27 万人。

黎宏伟、董欣、董霞信心满满地报名参考。他们的命运，注定要在这个人生的转折点上被改写。

他们一边坚持劳动，一边在煤油灯下苦读复习。他们把各种各样的数学公式和英语单词，贴在自己的房间、床头上，写在手掌上，编成字条，走到哪学到哪，走到哪背到哪。具有远大理想的黎宏伟更是大有一番“衣带渐宽终不悔，为伊消得人憔悴”的架势。

大家都希望抓住这次高考的机会回城。有几个学习底子差、没有可能考上大学、不打算参加高考的老知青，也开始四下活动打听国家关于知青的最新政策，寻找回城的机会。有些老油条干脆回老家泡病号，以养病治病为由，长期待在城里不回农村。

作为公社的副书记，黎宏伟为知青争取到了一些复习政策。比方说参加高考复习补习班的知青，下午可以有半天时间不出工，周末可以回城听课等等。

李明新感觉，自己没有希望考上大学，不想参加高考。同时，他也不想干活了。晚上以看守农田的名义，四处偷鸡摸狗。

遭李明新强暴之后，董霞以为自己忍气吞声，这件事就算过去了。而贼心不死的李明新，时刻都在寻找着下一次机会。

为了提防李明新，董霞牢记妈妈的嘱咐，做任何事从不让自己落单。每个周六她都和董欣一块儿去公社参加复习。如果董欣不能一起走，她就会约知青点的代冬梅，或是徐巧云一块儿走。有时，她也会主动约老知青周志军，一同去一起回。总之，不给李明新任何机会。

一次，她约好代冬梅一块去公社补习一块回来。代冬梅却突然有事提前走了，将她一个人落了下来。

贼心不死的李明新抓住了这个可乘之机。他悄悄静候在董霞回知青点必须经过的羊肠小路旁。一会儿，他看见远处有一个人打着手电筒，沿着崎岖不平的小路朝他这个方向走来。

他躲在大树后，发现来者正是董霞。他出其不意地冲出来，从背后抱住了她。

董霞本能地叫喊，他用手捂住了董霞的嘴说：“别叫，是我。”

惊恐万状的董霞全身发软。定神一看，又是李明新。她愤怒极了，问道：“你想干什么！”

李明新笑嘻嘻地说：“你应该知道我想干什么？董霞，我是真心喜欢你。”

董霞气愤地说：“你这个流氓，谁要你喜欢？”

李明新死皮赖脸地说道：“如果你将来嫁给我，我们之间的这种事，也算不上什么丢人的事儿。”

董霞说：“你太无耻了！我怎么可能嫁给你这种人？”

李明新嬉皮笑脸地说：“你不嫁给我？别以为你父母是国家干部。如今工人阶级是老大，你嫁给我也是一个不错的选择。再说，如果别人知道你和我之间有过那种事，你不嫁给我，还能嫁给谁呢？”

董霞不想理他，努力地挣扎着要走。李明新使出蛮力，将她按在了路边的草丛里。

董霞见他又要耍流氓，警告他说，如果他再动手，自己就喊人，喊救命！

李明新不以为然地说："喊也不会有人听见。即便是有人听见，过来了，你也不光彩呀。"

董霞说："那我去公社告你。"

李明新笑道："你告我也没有用。我会跟别人说，我们是你情我愿，你就去告，反正我无所谓。"

就这样，李明新又一次强暴了董霞。董霞欲哭无泪，她感觉自己太无能了，对不起妈妈，无脸见人。她含着眼泪，吃力地往知青点走去。无耻的李明新紧紧地跟在她身后，她厌恶这个丑陋的家伙，不想其他知青看见她和李明新在一起。李明新却非要和她一块儿回知青点。

董霞唯一的希望，就是这次高考，考上了大学，就能离开农村，离开这个伤心之地，就能摆脱李明新无耻的纠缠。

经过半年的备考，高考的那一天，终于来了。知识青年们踌躇满志，走进了神圣的考场。

面对考卷，考生们冷静地思考着，快速地书写着。董欣是一个处事很有条理的女孩。她把自己最有把握的题目先做完，然后再一个一个地啃难题，有的题目没有把握，先在草稿纸上演示一遍，然后进行纠正，最后工整地抄写在考卷上。监考的老师前后左右地巡视着，考场上静得连一根针掉下来，都听得见声音。最后一门考试结束了，大家长长地舒了一口气，仿佛完成了一项壮举！

高考结果出来了，董欣考上了最有名的海河大学，攻读生物学专业。董霞、周志军他们，也先后接到上大学的通知。而最有信心考上大学的黎宏伟，却一直没有收到录取通知书。尽管大家都相信，他一定会考上。

到处弥漫着离别的气息，大家都很珍惜这段共同度过的难忘时光。大家互留了通信地址，方便以后联系。不知不觉，离大多数知青返城只剩下最后一天了。

虽然，黎宏伟一直没有收到录取通知书，但是，董欣相信他一定考上了，只不过是他报考的医科类大学通知书，可能会来得晚一点。

二

离别前夕，董欣和黎宏伟商量，一起去凤兰家道个别。毕竟，凤兰曾在关键时刻搭救过他们。不巧的是，这一天，妹妹董霞发高烧，董欣要陪董霞，不能去凤兰家，只能让黎宏伟带上他们送给凤兰的小礼物——一双丝光袜子，代表他们两人去感谢凤兰。

因为没有收到录取通知书，当天黎宏伟并没有心思去黄凤兰家。沉浸在喜悦之中的董欣，也没有发现黎宏伟心态的变化。她和黎宏伟相约，回海河城见面。随后带着董霞，和其他考上大学的知青一起，打起背包，欢天喜地离开了知青点。

拿到录取通知书的知青都回海河城了。这天下午，孤独寂寞的黎宏伟，来到了黄凤兰家中。

黄家湾，一栋连三间的土墙瓦房里，年轻貌美的黄凤兰坐在堂屋赶制绣花枕头。花基本绣好，只需要精细修理。

黎宏伟背一个黄书包，右手中指用白色纱布条包扎着，走到门口。

黄凤兰专心赶工，并未注意门口站着的黎宏伟。

黎宏伟故意干咳一声，把黄凤兰吓了一大跳。见到黎宏伟，黄凤兰大喜过望，赶紧起身相迎，说："稀客，稀客，快进屋。"

黎宏伟进屋，显得很拘谨。黄凤兰随手把自己坐的椅子让给黎宏伟："你先坐，我给你泡茶去。"

黎宏伟接过黄凤兰递过来的椅子，但并没有马上坐下，而是把黄书包放在椅子上，再一次扫视着堂屋里的摆设。

中堂上，悬挂着伟大领袖毛主席的像，领袖像下面，贴满了各种形状的奖状，再就是一张吃饭的方桌，几把椅子，很简单但很整洁。自从搬出黄家以后，他有几年没有进黄家门了。

黄凤兰端出一缸子热茶，双手递给黎宏伟说："刚刚出来的新茶，尝尝。"

黎宏伟接茶缸时，黄凤兰发现了他右手中指缠着的白纱条，惊呼道："呀，你手指头怎么了？"

黎宏伟笑道："没事，被毛毛虫扎了，有点疼。"

凤兰责怪地道："毛毛虫扎了，缠什么纱布条啊，简直是外行。取掉取掉，这样只能加深伤痛。"

她强行拉过黎宏伟的手，迅速取掉其中指上的纱布条，说声"你等着"，便大步流星地出门而去。

黎宏伟坐在椅子上，边品茶，边看已经完工的绣花枕头。这是一双鸳鸯绣花枕头，一对鸳鸯绣得栩栩如生。枕头上居然绣着一排小字：“祝黎宏伟和董欣幸福。”

黎宏伟深受感动。一边欣赏绣花枕头，一边把中指放在嘴里缓解疼痛。

凤兰满头大汗匆匆回屋，用荷叶包回一点淤泥。黎宏伟不明其意。

凤兰说：“把指头给我。”

黎宏伟从嘴里拉出中指，在身上揩了又揩，然后伸给黄凤兰。

黄凤兰把淤泥轻轻敷在黎宏伟的中指上。中指头变成了乌指头。

黎宏伟莫名其妙，问：“这是什么怪疗法？”黄凤兰说：“少见多怪，坐着别动。”

黎宏伟老实坐着，用左手托着右手。

黄凤兰笑眯眯地看着黎宏伟：“你说吧，找我什么事？”黎宏伟：“没事就不能来看看你？”用嘴努努黄书包。黄凤兰说：“什么东西呀？”

黎宏伟说：“打开不就知道啦！”

黄凤兰打开黄书包，露出一双白色丝光袜子。

黄凤兰看到丝光袜，高兴地跳起来，说道：“呀，送给我的？”黎宏伟点头，说道：“我和董欣非常感谢你，听说你喜欢丝光袜，董欣回海河城帮你买了这双丝光袜，不知道你喜不喜欢？”

“当然喜欢！”

黄凤兰喜欢丝光袜，更喜欢黎宏伟。每次看到他，凤兰都会没来由地一阵面红心热。她感觉黎宏伟的帅，不仅仅体现在容貌上，而是内在的一种气质。他就如一本书，含英咀华，别有滋味。她的心早就被他给紧紧地攫住了。

凤兰的母亲、妇联主任袁腊梅见黎宏伟来告别，非常高兴。忙进忙出，不一会儿就做出了一桌子好菜：清炖大母鸡、红烧喜头鱼、菜地里刚刚摘下来的豆角、黄瓜、炒鸡蛋、青椒瘦肉，样样都是拿手菜。张罗完了，请黎宏伟上桌子，拿出一瓶陈年老酒为他送行。

入学通知书迟迟未到，黎宏伟有些郁闷。面对好酒好肉，不胜酒量的他竟和袁腊梅母女频频举杯，好不惬意。

正在兴头上，有人进来告诉妇联主任袁腊梅，公社通知她去市妇联开会，今天下午报到，明天上午正式开会，会期半天。

袁腊梅一看时间，对黄凤兰说："我要准备去开会了。你别再喝了，再喝你就会醉的，你招待好宏伟啊。"

一会儿，袁腊梅开会去了。屋子里，只剩下黄凤兰和黎宏伟两个人，一大桌子的饭菜，得慢慢吃呀。黎宏伟说："来，干一杯！"

黄凤兰在这一刻被激发了起来，说道："好，干一杯！"

接下来，没有祝词，黎宏伟一杯，黄凤兰一杯。呷一口酒，夹一口菜，不亦乐乎。直到黎宏伟双眼微红，暧昧不明地看着黄凤兰。

神志还有一分清醒的黄凤兰，感觉事情不能再往下发展了，她虽然是真心喜欢黎宏伟，但是破坏别人感情的事情，她还真心做不出来。

她扶黎宏伟到自己的房间休息的时候，他们两人都已酒醉情迷了。黎宏伟一把搂住黄凤兰的腰，凤兰轻喊了声："宏伟……"

顿时，黎宏伟和董欣在一起的情景浮现在黄凤兰的眼前，她的感觉十分复杂。她提醒黎宏伟，轻声道："你不能这样，你马上就要回城里去了，董欣还在等你。"说完，黄凤兰帮黎宏伟脱掉鞋子，让他躺在自己的床上休息，她则到隔壁自己母亲房间休息。

突然，黎宏伟好像清醒过来。他喃喃自语："董欣，董欣，我只要你，我就要回海河了，你等着我。凤兰，凤兰，你在哪里？你把我送回知青点去……"可是，一会儿，他又迷迷糊糊地昏睡了过去。

凤兰醒过来时，已经是第二天凌晨了。她想起昨天晚上黎宏伟睡在隔壁自己的房间里。她记得，昨天晚上她和黎宏伟之间，差一点发生了令人难堪的事情。可是最后，她记得，黎宏伟喝醉了，念念不忘的只有董欣。她记得，最后，自己让黎宏伟躺在自己的床上休息。自己是在隔壁母亲房间休息的。她和黎宏伟之间，什么事情也没有发生过。

黎宏伟起床后，一再向黄凤兰解释道歉，说自己酒后以为黄凤兰是董欣，所以有些误会，希望凤兰不要放在心上。那刻起，黄凤兰彻底明白了，董欣才是黎宏伟的真爱。自己所有的自作多情都是枉费心机。她清醒地知道，自己和黎宏伟之间，绝对不可能发生什么事情。

临近中午，袁腊梅回到家，碰到了在自己家里过了一夜的黎宏伟……

面对母亲的质问，凤兰坚称自己和黎宏伟之间，昨晚什么事情都没有发生过。

按照自己的生活经验，袁腊梅认为，一晚上，一对孤男寡女在一起，很难说没有发生什么事儿。但是，她担心这件说不清道不明的事传了出去，自己的女儿不好做人，只好不再追问。

就在这一天，黎宏伟收到了他日思夜想的大学录取通知书。最后一个收到录取通知书的他，立刻打起包裹，登上了回海河城的长途汽车。

回到城里，黎宏伟把自己醉酒，在黄凤兰的房间休息了一晚上的事情告诉了董欣。董欣并没有在意，因为，她相信他们的爱情，相信他对自己的忠诚。

崭新的大学生活，很快让董欣和黎宏伟淡忘了过去的一切……

尽管学校和专业不同，但是，董欣和黎宏伟同在海河，分别在两所紧挨在一起的大学学习。到了大学，他们可以像大多数情侣一样，大大方方地谈恋爱，尽情享受爱情的甜蜜。不再像在黄家湾知青点那样，需要躲躲藏藏。他们还可以一起到图书馆温习功课，查阅资料。

一晃，三年过去了。黎宏伟和董欣的感情与日俱增。

大学毕业参加工作以后，黎宏伟向董欣正式求婚，董欣也正式带他回家见了自己的母亲余琦。

余琦早就熟悉黎宏伟。觉得他是个懂事的孩子，她也明白他和董欣之间的真感情。她点头接纳了黎宏伟，希望他担当好家中顶梁柱的角色。

订婚的时候，黎宏伟送给余琦100元订婚聘金。结婚的日期定下以后，结婚聘金也是100元。姑娘出嫁，娘家的嫁妆是三铺三盖。余琦平时精打细算，积积攒攒为董欣准备了三铺三盖。她还为女儿准备了一对暖水瓶，一对箱子，还有出嫁的新衣服。

马上要接新娘子了，黎宏伟在家里布置了一个新房，新床、沙发、八仙桌、椅子、凳子、面盆架、化妆柜、平面柜等家具一应俱全。按照习俗，黎宏伟的父母准备好了结婚三大件：手表、自行车、缝纫机。还准备好了两瓶酒、半头猪肉上门接新娘。

岁月稍纵即逝。眨眼间，女儿就要出嫁了，生命与爱代代相传。在两个孩子面对自己说“孝敬母亲”时，余琦甚至有些神情恍惚，眼前这个身披婚纱、幸福荡漾的姑娘，真是我的女儿？当年，女儿在襁褓中的模样，还历历在目，女儿小时候银铃般的欢笑声，依然那么清晰，自己为女儿制作的五线谱，还保存在书桌抽屉里。如今，女儿马上就要嫁人了。余琦喜极而泣。在至爱亲朋的祝福声中，余琦祝福这对新人幸福美满。

在大家的祝福声中，黎宏伟用名牌自行车“永久”载着新娘，壮汉们挑着嫁妆，浩浩荡荡地向新房开发……

三

高考那年，董霞18岁。凭着能歌善舞的艺术天赋，她被海河歌舞剧院录取了。

身高一米七二的董霞，生下来就是一个美人胚子。她从小喜爱舞蹈，考上歌舞剧院，使她彻底摆脱了黄家湾知青点那些不堪回首的往事。

每天，她比别人早两个小时到练功房，下腰劈腿勤奋练功，高难度的动作她反复地练、反复地试，一定要做成功。她把自己全身心投入到了舞蹈艺术之中。

很快，董霞在同学之中崭露头角，被导演看中并担任领舞。后来，她又被选拔到北京学习，登上了更高的艺术舞台。一次演出结束，被董霞的外貌和才气所吸引，一位年轻的医生大胆上前去询问她的姓名，希望能与她交朋友。董燕很惊讶这位医生的直接，心中充满了少女被爱慕的欣喜，但是，她本能地拒绝了他。

一位中学的物理老师，在看过她的演出之后，居然隔三岔五地就给她寄求爱信，表达自己的爱慕之情。每个星期，董霞都会收到不同的求爱者的来信。但是无论对方条件多么优越，被难言之隐折磨的董霞，都一一婉言拒绝。

一天，董霞正在练功房里练功。突然有人喊她，说门口传达室有熟人来找她。她有些纳闷儿，这个人会是谁？

到了大门口，看到来见她的是知青点的老朋友周志军。这让她有些意外。

在知青点的时候，除了最后高考那段时间，她和周志军几乎没有单独来往。当然，在男知青中，周志军算和她走得比较近一点的。

周志军来了，她非常开心。性格内向的周志军说，今天路过歌舞剧院，想起顺便来看一看她。周志军的这句话让董霞感到有些失望。虽然，现在追求自己的人很多，其实，她更愿意和周志军这个老朋友交往，可惜周志军没有请她出去吃饭，也没有说和她约会，仅仅是顺便来看看她而已。

两个人在歌舞剧院门口站了一会。周志军听说她在这里很好，说了一句："那我就放心了。"然后匆匆离开。

回到练功房，董霞想了很多。今天突然出现的周志军，让她感到眼前一亮。或许，是因为下放时，那个居心不良的李明新一直在纠缠自己，所以，以前从来没想到周志军其实很优秀。她发现，周志军虽然性格有些内向，但是一表人才，待人温和有礼。当年，他也顺利地考上了大学。他们生活在同一座城市里，有着相同的人生背景，交往起来没有隔阂，可以算得上是一个比较理想的人选。他们之间唯一的障碍，就是李明新的伤害给她留下了心理阴影。她不知道周志军会不会介意自己不是处女？而且那个强暴自己的人，还是他的熟人李明新。如果要和周志军交往，她就必须让周志军明白这件事，但是，她又不知道如何跟周志军提起。

她甚至有点后悔，今天她怎么没有请周志军到自己的宿舍去坐一坐，互相多沟通多了解一下呢。

好在周志军说以后还会来的，但是她不知道，他何时才会再来。当时，她连他的联系方法都没有问。

尽管歌舞剧院每天的排练演出任务很重，只要有空闲时间，董霞就会想到这个周志军，她期待他再一次出现。

一天，传达室的大伯来通知她，门口有熟人找她，她心花怒放。心想，终于把他盼到了。

她赶到大门口，大失所望。来的这个人不是周志军，而是可恶的李明新。她掉头就走，李明新大喊她的名字。

无奈，她停下来，站在门口告诉李明新，自己不愿意见他，以后不要再到这里来胡搅蛮缠了。

李明新厚着脸皮说，自己已经被抽调回城，在银行工作，工作条件非常好。他是真心真意喜欢她，也许他们可以重拾旧缘，毕竟过去他们之间发生过那种关系。中国人非常讲究女人的贞操，她嫁给任何人，这都是一个问题，只有嫁给自己才最合适。

董霞不想听他说这些话，她明确地告诉李明新，自己一辈子即使不嫁人，也不会嫁给他这个流氓。李明新让她不要把话说得太难听，自己只不过是喜欢他，虽然是自己强迫了她，自己绝非什么流氓！

就在这个时候，歌舞剧院保卫处的谢胜浩来到门口。见到一个男人正在和董霞拉扯，走上前指着李明新说：“你干什么？你是哪里的？”

李明新反问：“你是谁？凭什么管我们之间的事儿。”谢胜浩说：“我是歌舞剧院保卫处的，我当然要管，你不能欺负我们的演员。”

李明新说：“她是我的女朋友。”谢胜浩说：“女朋友也不行。”

董霞见有人帮自己说话，解释说：“我跟他不是什么朋友，我不愿意见他。”

谢胜浩一身正气地望着李明新，说：“怎么样？你走吧，快走！”

李明新无可奈何地溜走了。

第二天晚上，董霞演出回到宿舍，同宿舍的陈书琴回家了。她洗漱之后，正准备上床休息，忽然有人敲门。

“谁呀？”

“是我。”听出来了，是保卫处处长谢胜浩。

尽管董霞时时提防男人的挑衅，但是，对保卫处的谢处长她是信任的。昨天，谢处长还帮自己赶走了李明新。

她打开门，让谢胜浩进房间坐。热情地给他倒水。谢胜浩贼眼溜了一阵，坐下来开始关心董霞。

他问昨天的李明新是谁，和董霞是什么关系，并对董霞说，你长得这么漂亮，有人来纠缠你，是难免的事儿。又自我夸耀说，有他谢胜浩在保卫处，董霞不用担心任何人来纠缠她。

董霞不想和谢胜浩话说得太深，也不想让谢胜浩了解自己和李明新过去发生的事，她敷衍了几句，感觉谢胜浩可以走了。没有想到，谢胜浩的一双贼眼，不停地在自己身上上下打量。

董霞本来就打算洗漱的，上面一件圆领衫，下面就一条单裤。她的胳膊露出来雪白雪白的，修长的颈项也是雪白的，空气中弥漫着董霞身上散发出来的香气，谢胜浩开始大胆无耻地扫描着董霞身上的各个部位。董霞已经发现谢胜浩的目光有点不对劲。连忙说今天演出累了，想早一点休息，有空再聊。

她起身开门送客。趁董霞背过身去，丧失理智的谢胜浩一下冲上去，一下子把董霞摁倒在床上。董霞拼命挣扎，谢胜浩捂住她的嘴说：

“你不要叫，我是真心喜欢你。”

面对无耻的谢胜浩，董霞使出全身力气，将他狠狠地咬了一口，谢胜浩手臂被咬伤，留下了一道深深的牙印。穷凶极恶的谢胜浩，在董霞的右手臂上留下了深深的抓痕……

董霞被谢胜浩侵犯后，余琦支持女儿勇敢地选择报警。董霞第一时间向警方提供了嫌疑人存留的脚印等线索，并去医院保全了自己被抓伤的证据。

庭审认为，谢胜浩使用暴力、胁迫等手段，在妇女处于无法反抗的状态下乘机实行奸淫的行为。客观上构成强奸罪。经过起诉，对谢胜浩判刑十年。如果谢胜浩在服刑期间认真遵守监规，接受教育改造，确有悔改或者立功表现，可以减刑、假释，但实际执行刑期不得少于原判刑期的二分之一。就是说谢胜浩最少需要服刑五年。

纯洁的董霞，因为漂亮而两次被强暴。从此，她再也不敢接受任何男人了。她对男女性爱产生了严重的心理恐惧性障碍。然而，在人们的印象中，她被误解为一个不安分的放荡女人。

严重的心理障碍和外界的误解，使董霞陷入了无限的悲伤。最为可悲的是，遭保卫处处长强暴后不久，她竟发现自己怀孕了。

未婚先孕，这是大逆不道。尽管是被迫，但人们心里都会认为，是这个女人不好，这个女人就是个害人精，这一切，给董霞的一生，蒙上了阴影。

余琦养了三个女儿，有操不完的心，着不完的急。看着董霞的肚子一天天地大了起来。余琦把女儿接回家，跟女儿促膝谈心，和女儿一起迎接那个无辜的孩子。董霞把自己的遭遇和委屈告诉了最贴心的妈妈，她说："一想到那惊悚的一幕，我就浑身发颤。甚至，一想到男人，我就害怕。"

偏偏这时，周志军又来看董霞了。这一回，他说要请她吃饭，约她一块儿聊聊。

董霞望着总是不温不火的周志军，感慨万千，她有一肚子的话要说。

她问周志军："你请我吃饭，聊什么？聊喜欢我？"

周志军老老实实地回答："是的。刚到知青点的时候，我就喜欢上你了！"

董霞悲伤地说："你喜欢我？你怎么到现在才开始请我吃饭？跟我约会？"

周志军老老实实地说："我一直担心你看不上我，我也觉得自己配你差一点。但我想，成不成，我总是要把这个话说出来，所以，我今天来请你吃个饭。”

听到他的这个话，董霞心想，你真是个笨蛋啊，你早一点干什么去了？我一直等着你，你怎么就不跟我说呢？她拿出手绢儿慢慢地擦着眼泪。过了一会儿，她泪流满面地告诉周志军：“你来晚了，如果早一点，哪怕是早上一个月，我们之间还有希望的……”

周志军被董霞搞糊涂了。他不明白女人的心思，他完全没有想到，董霞一直在等着他开口表白。

董霞说：“当年高考的时候，你曾经约我一块儿去补习班，还等我一起回知青队。我给了你很多机会，你也没说喜欢我。现在，一切都晚了，一点希望都没有了。”

周志军急了，连忙道：“我现在跟你说还不行吗？现在请你吃饭可以吗？我把以前耽误的时间都补回来。可不可以？可不可以？”

董霞痛苦地说：“你走吧，我不配做你的女朋友。这几个月来，我一直在等你，可你连最后的机会都没抓住。现在晚了，一切都过去了，你走吧！”

周志军急切地问：“这是为什么？只要你还没有结婚，我们都还有机会的呀！”

董霞告诉他：“不要问为什么，我永远不会告诉你的。我恨你，也恨我自己。但我不会怪你，我只怪我自己的命。”

知道董霞心理的阴影，余琦很是为女儿担心忧虑。她想方设法，让女儿把注意力放在学习琴棋书画，努力工作上。帮助女儿忘记那些令人害怕的事情……

四

董欣嫁出去了，还有女儿董霞、董燕和儿子董亮需要操心着急。这一生，她承担了太多的苦难和不幸；这一生，她注定要成为一位伟大的母亲。

面对残疾的小女儿董燕，她自己必须要有坚强无比的信念，才能够医治孩子的心。她既要像心理医生一样抚慰孩子的心灵，又要像一名严格的教练，训练孩子钢铁般的意志。她必须把慈母的柔软，严父的心狠，发挥到极致。她把全部感情和爱，倾注在孩子的身上。

由于身体的缺陷，董燕常常陷入自卑的阴影中。余琦告诉小女儿，尽管身有残疾，但是在人格上，大家是平等的。她倾尽全力为孩子抚平心灵深处的创伤。

这年夏天，董燕参加中考，其中有一项技能操作考试，要求学生有灵活的动手能力。正常的学生，也很难完成得好。董燕退缩了，她想放弃。回家后，她把这个想法告诉了母亲。余琦告诉她，不应该放弃任何锻炼自己的机会。对她而言，每一天都是学习的机会，也是一种挑战。她鼓励董燕，别人能做到的，她克服重重困难也一样能够做到。只要不怕困难，一定能够比正常的孩子做得更好。她搂住心爱的小女儿说，无论遇到什么困难，妈妈永远和你在一起，妈妈永远不会让你感到孤独无助。

余琦不畏困难的精神，深深影响着董燕，她无私的母爱激励着董燕，即使她不在孩子的身边，孩子也能够感觉到妈妈的鞭策。

第二天下午，董燕放学回来说："妈，我考了满分。"余琦为孩子考了满分高兴。她对董燕说："在任何情况下，遇到什么困难都不能轻言放弃，我们首先要相信自己。今天如果你放弃了，除了后悔，你什么也得不到！"

不幸的电击事故，影响了董燕的形象，但她为人亲和，成绩突出，班上的同学都愿意同她交朋友，同学的友情慢慢淡化了她的自卑心理，使她融入集体之中。

功夫不负有心人。在余琦的教养下，董燕的成绩一直名列前茅。升入高中后，受妈妈影响，她喜欢上了绘画。余琦及时挖掘她的绘画潜能，给她讲滴水穿石的故事，讲达·芬奇的故事，希望她能坚持画下去。

余琦明白，画画，能够直接表现孩子在少年时期对生活的感受和体验。孩子喜欢绘画，应该受到重视。她决定，将绘画培养成小女儿的特长。但是，作为一名残疾人，董燕每迈出一步，都要比正常人的付出多得多。

酷热的七月，鸡热得耷拉着翅膀，狗热得直吐舌头，蝉热得不知如何是好，在树上不停地叫着"知了，知了"。

夕阳西下，余琦陪小女儿拎着装满了画画工具的箱子，踩着脚踏车，到郊外写生。

终于到达目的地了，大自然就像一幅图画。余琦展开纸，铺平，董燕拿起笔，试着画起花草来。虽然她非常用心，但毕竟还是刚刚开始学，无论她怎么画，总也画不像。在董燕快丧失信心时，余琦说："不能这么容易放弃哦，继续加油。"她耐心地，一笔一画地，教董燕如何画山水、花草、鱼虾。

各种各样的小动物和花花草草，在余琦笔下变得栩栩如生。刚开始，她教孩子的内容非常简单，只是画一株花、一棵草，孩子很容易掌握要领。慢慢地，她教得越来越难。董燕心想，画画太难了，我当不了画家。余琦似乎看出了董燕的心思。她语重心长地对董燕说："画画并不像你想的那么容易，画一幅好画需要的是细心、耐心和仔细的观察。要知道，做什么事情都不能半途而废，灰心丧气，只要坚持。我相信你一定能画好。"

余琦的话，让董燕恢复了信心，她又开始努力地画了起来。慢慢地，董燕完全可以自己作画了。她想画一幅自己的作品。余琦喜出望外，鼓励女儿按照自己的想法创作。

一会儿，董燕拿起自己的作品《海河的夏天》给母亲看，余琦看了直夸她，说："画得真好，把我们的海河画活了!"董燕高兴地笑了。

接下来，余琦开始教董燕画人物。她先给董燕做了示范。只见董燕手拿画笔，挥动自如，一会儿工夫，她的人物画《捡麦穗的小姑娘》就画成了。画面上，一个捡麦穗的小姑娘，拎着一个篮子，正在弯腰拾麦穗，人物活灵活现。余琦禁不住地赞叹道："很传神，我的女儿真的有作画的天赋!"

妈妈的鼓励，给了董燕力量。她明白了："世上无难事，只要肯登攀。"

天空碧绿，万里无云。这一天，董燕的画作《捡麦穗的小姑娘》获得海河青少年绘画比赛二等奖。拿着奖状，走在用又大又圆的鹅卵石铺成的小路上，董燕一会儿闻闻玫瑰花那淡淡的清香，一会儿在草丛中捉小蜻蜓，可开心了。随着对绘画越来越深刻的理解，董燕心中理想的翅膀，也越飞越高。她立志，长大了当一名画家。

这一年，董燕高中毕业。当时大专院校不招收残疾人。余琦鼓励董燕坚持自己的人生理想，坚持绘画，成为社会的有用之才。

每天早上6点，董燕就开始和妈妈余琦一起倾心绘画。画山水，她要让山活起来，让水流动起来。画花鸟，她要花开鸟飞。画人物，她要人物传神。这一天，她在人民广场一角，专心画向日葵。一位路过的市民看到董燕画的向日葵活了，便向她买画。董燕腼腆地说："画得不好，您喜欢的话，我送给您。”观者的认可，给了董燕坚持下去的信心，从此，她更是一画不可收了。

在余琦的支持和鼓励之下，经过两年的沉淀和坚持，董燕“熬”出来了。当她沉浸在艺术创作的世界里，她会用心与画中的山水、花鸟、人物对话。就这样，董燕走过了人生转折过程中最关键的两年，为找到自己的人生支点，实现自己的画家梦，打下了良好的基础。

又过了几年，国内已有高校，包括海河大学，开始招收残疾人学生。在妈妈余琦的鼓励下，董燕开始备考海河大学美术专业，发力人生转折中的又一次冲刺。

画画是件感性的事。作者的心态和情绪，往往可以直接通过画面反映出来。面对专业考卷，她准确快速地完成创意速写等题目。最终，以专业考试和文化课考试双高分的好成绩，被海河大学美术系录取。

董燕信奉读万卷书，行万里路。专攻国画的她，常常背上画板，走进大自然，不厌其烦地“临”“摹”山川气象、花果草木等实物。

余琦为女儿的成长而欣慰。但女儿相貌的缺陷，永远是母亲的心病。她知道，不够完美的外形，始终是孩子与世界沟通的障碍。

从董燕电击受伤的那一天开始，余琦每天都在思考着，如何通过一点点地改变，让孩子回归正常人的生活。她处心积虑，把全部的爱都倾注给了孩子。

十多年来，她四处求医，为董燕寻求矫正方案。她节约每一分钱，为孩子的手术做准备。经过十多年的积攒，她终于凑足了孩子做手术的钱。暑假期间，她带着女儿南下广东进行嘴唇、颌下、腋窝、肘部、颜面五个部位的整容手术。

经过多次实施整容手术。除了左手有几个指头无法修复之外，董燕的相貌和身形，变得能够与一般的女孩相媲美了，这极大地增强了她融入社会的信心。

夏天的傍晚，郁郁葱葱的绿色，是盛夏时节才有的。绿树成荫，蔚然深秀，修剪的树干下，簇拥着茂盛的野草，夹杂着些许野花。一条崎岖的小路，延伸至花草树丛中，远处的楼群高低错落，时隐时现。

白云朵朵的天空下，是一片宁静宽广的大湖，湖面波涛微微，粼粼发光。一大群小鸭子在宽广的水面上，自由自在地游来游去，时而探下头追逐湖底的食物。一个年轻的小伙子划着小船，陪着鸭群，在湖中自由自在地荡着双桨，构成了一幅美丽的图画。

确切地说，这是一幅天然的风景油画。画面以绿色调为主，整个画面渗透着没有污染过的宁静与原生态。而画中最灵动、最吸引眼球的，是那个划着小船的小伙子，和那群自由自在的小鸭子。

美丽的图画，深深吸引了董燕。她停下来，选好角度，开始“摆地摊”写生。她聪明地把位置选在树荫底下。很快，心无旁骛地进入了状态。

尽管写生就是写眼前之景，见到什么就画什么，画真实的存在。但艺术源于生活，更高于生活。董燕凝神聚气，静静地与美丽的图画上的湖、树、人以及小动物对话，通过心灵交流，领悟其中的精、气、神。下笔时该肯定的绝不犹豫，努力做到形神兼备，把自然图画上的湖、树、人以及小动物最美的风韵表现出来。

董燕明白，在照相技术日新月异的情况下，画家的写生，绝不仅仅是照着景物原模原样地再现，而要对景物进行提炼和取舍，突出本质，抓住细节，布局结构，表达个性化的追求和审美理想。

过了一会儿，美丽的图画，已经在董燕的笔下绽开。她的心情也随着眼前的美景，流淌着喜悦。

董燕临摹的对象，那个放鸭子的小伙子叫魏浩。他引着小鸭子将船划到湖边，看到了董燕身着红衣，头戴白色遮阳帽，正在写生的侧影。跳跃的红色，使画家写生的画面显得十分鲜活。这个女画家是谁？她在画什么？是不是将自己画入了画面？是有意还是无意？

这些问题，他需要向那个正在画画的女子求答。

画作即将完成，董燕仿佛才从画中的世界里走出来，回到现实。她感觉有点腰酸背痛，腿发麻。刚刚站起来，她的目光与魏浩的目光不期而遇。

魏浩定了定神，一个美丽的女人，出现在他眼前——红色上衣，白色大沿帽。他吃惊地发现，这美丽的写生女子，左手指竟然有些残缺。

董燕看到自己的“模特”上了岸，嫣然一笑，示意魏浩，看看自己刚刚画的油画。

“你在画我呀！”魏浩一声惊呼，笑容里带着几分憨厚，又掺杂几分得意。

“你正好在我的视线里，线条和动作又是那么美，把你画进来，我的画面一下子就有了生机!”董燕说道。

魏浩说:“我是不是还要回到原地,继续做你的模特?”董燕说:“不用,我知道你会很快走开,所以,我抓紧时间先画你,已经画得差不多了,凭感觉就行了。”

魏浩笑得更得意了。他站在董燕的身旁,看着她一笔一笔地完善着“美丽的图画”。

魏浩和董燕的邂逅,就像诗人卞之琳的《断章》描写的情景:“你站在桥上看风景,看风景的人在楼上看你。明月装饰了你的窗子,你装饰了别人的梦。”

董燕看出了魏浩对这幅画的喜爱之情,给画取名为《湖中放鸭人》,慷慨地将画送给了魏浩。这是多么珍贵的馈赠呀!创作一幅作品,仅仅是某一天或某个时刻的事情,但作品完成了,就凝固成永恒。

魏浩是个地地道道的农村青年,长得浓眉大眼,性格开朗,嗓音也非常好听,有时候会哼哼小调。尽管只是高中毕业,但是他喜欢写文章,而且写得接地气有灵气,经常被当地小报发表,是个小有名气的农民通讯员。

高中毕业回到家乡,聪明过人的魏浩盘下一个鸭棚,自己养鸭子。

湖边邂逅以后,董燕一有时间,就会到魏浩鸭棚那里去写生,跟他一起收鸭蛋,到湖里赶鸭子,还陪他去市场上卖鸭蛋。她特别喜欢那些毛茸茸的小鸭。慢慢地,她喜欢上了这个地地道道的农村小伙子。魏浩对董燕,更是一见钟情。只是他有些自惭形秽,感觉自己配不上这位出身书香门第的女大学生。

这一天,天下着蒙蒙细雨,魏浩在给鸭子喂食,突然一阵头晕……

魏浩发高烧了。董燕帮他把鸭群交给一个老爷爷,赶紧送他去了大队的医院。

魏浩挂着吊瓶,望着为自己奔忙半天的董燕,深情地说:“我真的很喜欢你。”

魏浩的告白,使从来没有感受异性之爱的董燕激动又欣喜。经历生活磨难的她,渴望得到真正的爱情。

一个农村的小伙子,靠养鸭营生,父母都是老实巴交的庄稼人。一个大家闺秀,正开始用画笔描绘精彩人生,父母都是国家干部。他们似乎各自行走在永远不可能有交集的人生轨道上。

然而，爱情穿越世俗。截然不同的家庭经历，阻隔不了他们真挚的爱情。热恋中的董燕和魏浩难舍难分，魏浩每天期待董燕的陪伴，董燕时刻渴望见到她的“画中人”。鸭棚，已经成为他们的爱情天堂。

董燕的同学和朋友，对这种门不当户不对的爱情充满了世俗的偏见。然而，董燕对魏浩痴心不改。

小女儿董燕，是余琦倾注心血最多的孩子，她在妈妈心里的分量，超过了其他几个孩子。余琦希望她遇到一个在事业上支持理解她，在生活上关心她，真正爱她的人。她担心农民出身的魏浩，在价值取向、生活习惯上和自己的女儿不一样。

余琦问董燕：“你知道自己喜欢他什么吗？”

董燕说：“我不知道。我只是感觉，跟他在一起很舒服，很轻松。”

“他的家庭情况你知道吗？”余琦问。

董燕说：“我知道。妈妈，您不能嫌弃农民。”

余琦说：“我不是嫌弃农民，我是担心你不了解农民。那你知道魏浩喜欢你什么吗？”

董燕说：“他说我很纯洁，我不像别的女孩子那么做作，他也不介意我这只还有问题的手。”

余琦说：“好，那你带我去他那里看一看。”董燕说：“好啊，我先告诉他一下。”

余琦说：“你不用跟他讲，我们直接去。我看看你喜欢他什么，他喜欢你什么。”

董燕说：“好吧。”

董燕陪着妈妈，来到了魏浩的养鸭场，养鸭场空无一人。董燕和妈妈走到了魏浩的住处，门开着，里面空无一人。

打开门，臭鞋子的味道马上熏了过来。床上乱七八糟，桌子上、地上一片狼藉。

余琦说：“这是他自己住的地方吗？”董燕说：“是啊。”

正说着，魏浩进来了，一脸的尴尬。魏浩说：“阿姨坐，坐！”

哪有地方坐呢？魏浩端来一个板凳。余琦问：“你是董燕的好朋友？”魏浩说：“是。”

余琦慢慢地说：“听说你很努力。董燕喜欢小动物，所以跑来养鸭场玩。”

魏浩连忙说：“是啊，我每天给她讲养鸭子的故事。”

余琦说：“你喜欢养鸭子，是好事。但是，我看了你的房间，我想到一句话——大丈夫一屋不扫，何以扫天下？”

魏浩有些紧张，红着脸说：“阿姨，我太忙了，没时间管这些。”

回到家，妈妈对董燕说：“我不是嫌贫爱富。是因为你还没有长大，不明世事。你跟了他，以后，你会很辛苦的。”

董燕说：“妈妈，给人家一个改正的机会吧。”

余琦说：“好！这是你自己的事情。妈妈提醒你，人生观、价值观很大一部分是由出身决定的。门不当户不对，将来是会有很多麻烦的。你看看他住的房间，你感觉，你能跟他一样过日子吗？”

董燕不语。余琦知道，董燕决意要嫁这个人。她再一次提醒女儿说：“婚姻是你自己的事情，人生道路上的重要选择，要靠你自己把握。当然，你自己觉得好，我也不反对。”

湖上放鸭，鸭棚聊天，市场卖蛋……心心相印，两情相悦，董燕感觉自己割舍不了对魏浩的纯洁爱情。

魏浩也深深地爱着董燕，又觉得自己配不上她。他明白，他们不是一个世界的人。经过一番思想斗争，魏浩开始疏远董燕。渐渐地，两个人见面的机会越来越少。尽管董燕对魏浩还是恋恋不舍，但时间一长，他们的感情慢慢淡了下来。

半年以后的一天，董燕路过海河医院，看到一群人围着一个受伤的年轻人。她心生好奇，走近一看，伤者竟是魏浩。

原来，魏浩喂鸭时，一根铁钉刺穿了他的脚部。失血过多的魏浩，脸色苍白。董燕冲过去，一把拉着魏浩的手，担忧又责怪地说：“你怎么伤成这样了？”

魏浩有难，董燕不能视而不见。她一有时间，就到医院陪伴魏浩，一来二去，旧情复燃，他们更是谁也离不开谁了。

春天的早晨是美丽的，柔和的太阳灿烂多彩，映照在宁静宽广的湖面上，鸭子在水面上游来游去，魏浩划着小船，随着小鸭子在湖水里荡漾着……

与其他养鸭专业户不一样，魏浩喜欢苦钻养鸭技术。他一直在潜心研究：怎么样养殖出肉率高的鸭子？怎么样催生更多的鸭蛋？方圆几十里的人都知道，魏浩养的鸭子肉是最鲜嫩可口的，鸭蛋也黄厚油多。每年春节前后，魏浩的鸭棚都挤满了采购的人。有时候，小鸭子还在孵化，订单都早已出去了。短短两年，他就成为当地有名的养鸭专业户。

这天上午，魏浩正在调制喂鸭子的饲料。村里通知他，区农业局的杨局长，马上要过来考察他的养鸭场。

一会儿，公社和生产队领导，陪区农业局分管科技的副局长杨勇来了。

见到杨局长，魏浩有点拘谨。杨局长把手伸过来与他握手，魏浩发现自己的手还是脏的，他赶紧拿毛巾把手擦了擦，迎上去，双手握住杨局长的手说："您好！您好！杨局长，您那么忙过来看我们，太感谢了，太感谢了！"

杨局长看了看鸭棚里的鸭子，一只只白白的、羽毛干净漂亮，高兴地说："魏浩啊，你的事情我早就听说了，真是三百六十行，行行出状元啊。你能专心养鸭子，把鸭子养得这么好，这也是我们区里科技助农的一个亮点啊！"

魏浩："哪里，哪里，都是杨局长领导得好，我没有做出什么成绩。"

杨局长拍了拍他的肩膀说："最近，我们区里要举办一次农业技术交流会，我想请你到区里去发个言，做一个经验介绍怎么样？"

这让魏浩有些意外，他腼腆地说："我就是会养个鸭子，发言，恐怕不行吧？"

杨局长拍拍他的肩膀，说："小伙子，你已经是远近闻名的科技能人了，肯定行！"

时间过得很快。转眼间，区里的技术交流会召开了。主席台上，魏浩正在发言："……养鸭子没有什么窍门，关键是要用心观察鸭子的生活习性，让它们有一个合适的生长环境和条件。养鸭两年，我主要研究鸭子的生活习性和饲料的搭配，还有防病治病，这些我都做了详细的记录……"介绍完经验，魏浩回到他的养鸭场，继续做他的养鸭专业户了。

不久，幸运之神再一次降落到他的头上，区农业技术培训站，决定调魏浩过去当技术员。

这个消息来得太突然。魏浩有些舍不得美丽的田野，纯净的水面，还有他的鸭子和养鸭场。他感觉，自己在这里已经习惯了，担心自己当不了农技站的技术员。

春天的夜晚，魏浩与心上人手牵手，在湖边漫步。董燕开导他说："这是个机会，你可以从田野走向外面的世界了。"

魏浩眼睛一亮，说："真的，你说得对呀。到那里去，我还可以把鸭子养好啊！"

董燕鼓励道："到了农技站，你不光可以帮助更多的人养好鸭子，还可以钻研更多的养殖技术啊！"

魏浩停下脚步，搂住董燕，深情道："在我找不着北的时候，你总是可以帮我找到正确的方向！有你真好！"

在董燕的鼓励下，魏浩迈出了人生道路上的关键一步，当上了区农业技术员。不久，又从技术员调到海河市农业局农技站任副站长。

随着年龄的增长，董燕和魏浩也到了谈婚论嫁的年龄，董燕坚定地向余琦表示，非魏浩不嫁。

小女儿真的要嫁给一个农民的儿子。余琦还是有些担心，她拉着董燕的手，语重心长地说："结婚是人生大事，我该提醒的，早已经提醒你了，希望你能再三考虑。"

大姐董欣也说："董燕啊，你从小在妈妈的精心呵护下成长，追求的是理想化的生活。而他呢，出生在贫苦的农村，打小就要为生计而奔波，又没有受过系统的教育，你们差距这么大，将来怎么相处呢，我希望你好好想想，再做决定。"

董燕认准了魏浩，坚定地说："我不管他的出身，也不介意他是贫穷还是富有，只要我们真心相爱，这就够了。"

爱，超越一切。冲破了阶层，冲破了世俗，董燕和魏浩，准备结婚了。

魏浩的父母，对这个儿媳妇，怎么看怎么满意，好像捡了个宝。魏浩的妈妈见了谁都要说，自己儿子要娶个城里的漂亮姑娘了。村里有些人听了为她高兴，还有人也不免有一些嫉妒。

婚后，董燕顺利地怀上了孩子。魏浩的父母乐得合不拢嘴，一心想着抱个大胖孙子。

第二年春天，小宝宝出生了，果然是个白白胖胖的小子。魏浩的母亲念念有词：老天保佑，老天保佑，谢谢老天保佑。余琦默默地祈祷，希望女儿能够当个好母亲。

孩子出生后，婆婆不洗手就拿奶瓶，自己先对着奶嘴尝一口牛奶，再把奶嘴给孩子。这些落后的卫生习惯，让董燕非常不放心，她觉得，只有把孩子交给妈妈余琦，才能够放心。而这时，操劳过度的余琦已经是慢性病缠身，无力帮她带孩子了……

聪明过人的魏浩调到市里以后，工作上不断创新，又与大家建立了良好的人际关系，三年时间，连升三级。从农技员升为农技站副站长，又升为市农业局分管农业技术的副局长，仕途一片光明。

五

1981年底的一天，一个意外的消息，打破了董欣和黎宏伟生活的平静。

晚饭后，黎宏伟和董欣坐在三人沙发上，边嗑瓜子边看电视。外面有人喊：

“黎宏伟！黎宏伟！”

黎宏伟开门应声道：“哎，什么事？”

呼喊者说：“长途电话！”

黎宏伟跑步出门而去。董欣还在嗑瓜子。好半天，黎宏伟才回屋。

董欣不经意地问：“谁打来的长途电话？”

黎宏伟嗫嚅道：“黄家湾生产队，村里的支部书记打来的。”

董欣问：“他怎么知道我们门房的电话？”

黎宏伟说：“他通过海河知青了解到的。”董欣又问：“他说什么？”

黎宏伟说：“黄凤兰，黄凤兰出事了，出了大事。”

董欣有些奇怪：“黄凤兰出什么事，与你有关系吗？”

黎宏伟不语。

董欣追问：“什么大事，你说呀！”

黎宏伟慢慢地说：“嗯，嗯……我们回城后，黄凤兰未婚先孕。后来，她将孩子生了下来，一直寄养在黄家湾的亲戚家里……”

董欣屏住呼吸，问：“黄凤兰未婚先孕生出的孩子，跟你有什么关系？”

黎宏伟说：“黄凤兰生的孩子，与我没有关系，但是，黄凤兰现在要嫁人，而且给我们打了电话，这件事情就变得跟我们有关系了。”

董欣默默地坐在沙发上，半天想不清楚这件事情跟自己和黎宏伟有什么关系。

突然，她转身冲向黎宏伟，一把揪住他的衣服大喊："你回城的那天晚上，在黄凤兰家住了一晚上，你是不是背着我，与黄凤兰做出了见不得人的事情了？不然，黄凤兰怎么未婚先孕？还有，她把私生子生出来了，跟你有什么关系？"

黎宏伟万万没有想到，自己的妻子如此看待这件事情。他耐心地跟董欣解释："凤兰是我们两个人的好朋友，遇到问题了，肯定是想找我们帮忙。把私生子留在黄家湾，总不是个好办法。只有把孩子送到海河城，让人们淡忘这件事情，凤兰才能够嫁人成家。"

董欣严重怀疑黎宏伟和黄凤兰有了孩子，她痛苦极了。她认为自己把最纯真的爱情献给了黎宏伟，而黎宏伟却在自己毫无察觉的情况下，"背叛"了自己。

面对这件事情，董欣钻到牛角尖里了，她一定要刨根问底地弄个明白，否则自己心里总有一个坎儿过不去。她对着黎宏伟声嘶力竭地大叫："啊……这日子没法过了，我要和你离婚，明天就离！"

面对董欣的怀疑，与黄凤兰之间关系清白的黎宏伟，竟感觉百口莫辩。他靠在沙发上，陷入极度的痛苦中。

对黎宏伟产生了信任危机的董欣，每天以泪洗面，吃不下饭，睡不着觉。她问妈妈余琦，男人怎么这么可恶！黎宏伟怎么能够在跟自己热恋的同时，跟另外一个女人有了孩子！

看着钻到牛角尖里，成天不吃不喝的女儿，余琦焦急万分。

她抚摸着女儿的头，说："孩子，我已经分别与黎宏伟和黄凤兰谈过话了。根据他们提供的情况，我判断，这个孩子出生的时间，和黎宏伟离开农村回到海河城的时间是对不上的。你要相信黎宏伟对你的感情。这个孩子肯定不是黎宏伟的。"

令余琦始料不及的是，无论她如何做工作，女儿就是钻进牛角尖里不出来。董欣说："妈妈，无论怎么解释，黎宏伟离开黄家湾的前一天晚上，他是和黄凤兰单独在她家过的。不管这个孩子从哪里来的，我一想起这件事情，我就不能原谅他。"

余琦说："孩子，如果黎宏伟确实有问题，我们是不能原谅他。如果事实证明他没有问题，我们也不能冤枉他对不对？"

董欣扑到余琦怀里，失声痛哭。

余琦说：“孩子，我陪你去旅游。我们去黄山，看看山有多高，看看我们能爬到哪个地方，看看世界有多大，我们能了解多少。”

董欣点了点头。

黄山，满目的森林，耸入云端的山峰，清新的空气，给了董欣一个全新的世界。余琦陪着她，慢慢地走，慢慢地爬，慢慢地聊。

这天，她们要先上天都峰，然后住宿在山腰，第二天看日出。

那时候，余琦的年纪也不轻了，她陪着女儿，一手举着一个上山棍，一边慢慢地跟她聊着。

余琦说：“你看，我们要爬上天都峰，要经过多少艰难险阻。如果路很平，我们直接就到了，那就没有爬山的意义了。正因为山很高、路很险，所以，我们才能体会其中的甘苦和韵味。”

董欣说：“是啊！这山真高啊！山路弯弯，跌宕起伏。我要一口气爬上去！决不在半路上停下来！”

余琦说：“好啊！”

董欣一鼓作气，爬上了天都峰。站在山顶上，一览众山小。

她明白了，站在高处，其他的小山都不在话下。

接着，余琦陪她看日出。

清晨，太阳冉冉升起。一会儿，阳光灿烂，普照大地。

余琦对女儿说：“你看，一觉醒来，每天的太阳都不一样，每天，都是崭新的一天。面对崭新的一天，你还有必要花时间去怀疑根本不存在的事情吗，无谓地浪费时间和生命，值得吗？”

董欣顿悟道：“真是不值得。”

余琦因势利导接着说：“家庭和婚姻，是需要经营的。包容、理解，甚至于迁就，都是家庭幸福的要素。经营得当，可能酿成的不幸，会变成有幸，如果经营不当，幸福的家庭可能因为不信任变得不幸啊！”

妈妈的开导，使董欣豁然开朗。她知道，自己是深爱着这个男人的。她相信妈妈的话，黎宏伟是清白的，是深爱着自己的……

话说黄凤兰在黎宏伟他们离开黄家湾第二年，与同村一个青年未婚先孕。随后，她几乎整日闭门不出。生怕别人知道了自己不光彩的事。可是，她又不愿意打掉孩子。她的母亲，妇联主任袁腊梅只好安排她躲到亲戚家，偷偷产下了一个小男孩。接下来，袁腊梅急着想要把凤兰嫁出去。

凤兰是黄家湾有名的大美女。十里八乡，很多男孩子都追求她，让袁腊梅为难的是，一般的人，女儿不一定看得上。

一次，邻居给凤兰介绍了一个军人。小伙子身材魁梧，青铜色的脸上镶嵌着一双炯炯有神的眼睛，说起话来声音洪亮，个子有一米八五。这一天，小伙子捧着鲜花，带着礼物，来到家里见凤兰。凤兰一看，穿着军装的小伙子显得那么拘谨，完全没有黎宏伟的幽默风趣，根本不是自己想象的对象。趁妈妈和那军人聊得火热的时候，她悄悄逃走了。

俗话说，世上没有不透风的墙，凤兰未婚先孕的事情，越传越远。而凤兰还在高不成低不就。作为妇联主任，袁腊梅为此很是着急。年轻的新任村支书黄春林，一直对黄凤兰心存好感，袁腊梅知道，凤兰也不反感他。尽管黄春林也听说凤兰生过孩子这件事，他还是对凤兰一往情深。面对凤兰的境况，在袁腊梅的撮合下，黄春林挺身而出，决定娶凤兰为妻。只是那个私生子，没有什么好办法安排。袁腊梅决定，悄悄把他送到海河城，交给黎宏伟夫妇帮忙抚养……于是，就有了黄家湾村支部书记给黎宏伟打电话的一幕。

黄山归来以后，董欣平静了许多。

余琦对她说："孩子，你患盆腔炎导致丧失了生育能力。我想，这个孩子，正是上天给你和黎宏伟送来的礼物，你们应该把这个孩子抱回来养大……这个儿子，以后就是你的亲生儿子，不是很好的一件事情吗？"

董欣觉得妈妈说得在理，频频点头答应。

黎宏伟也向董欣表达了自己的想法："村支书在电话里说，他喜欢黄凤兰，他提出，我们帮忙把孩子领走，他就可以马上和黄凤兰登记结婚了。我希望，把孩子抱回来哺养。"

就在这一天，黎宏伟和董欣做出了一个秘密的决定：把孩子抱回来，作为亲生儿子哺养。

去黄家湾的道路是熟悉的，而这一次去黄家湾，黎宏伟的心情格外复杂。他想象着那个小生命的模样，他要把他接回家，作为自己和董欣的儿子精心抚养。

黄家湾到了。黎宏伟终于见到了那个将要成为自己儿子的小男孩。孩子已经快 3 岁了，胖乎乎的，长着一双顺风耳，一脸的富贵样，仿佛预示了他的身世不凡。黎宏伟和董欣为孩子取名为黎建国。“希望孩子长大后，成为建设祖国的栋梁。”

来到黎家，小建国一睁开眼睛，就开始找妈妈。他经常会问“妈妈到哪里去了，我想妈妈了”，可怜的孩子，他说的妈妈，就是天天带他睡觉的阿姨。每当这个时候，董欣都会赶紧抱起伤心失落的孩子，柔声道：“乖，妈妈在这里，你有什么事情，告诉妈妈好不好？我是你的妈妈。”

每天晚上，她冲好牛奶，先在手背上试温，确认不会烫着孩子后，再坐下来喂给小建国喝。只要有时间，董欣就给小建国讲童话故事，带着他玩游戏。乖巧的小建国，往往边听童话故事，边圆睁双眼看着董欣，十分可爱。慢慢地，董欣成为小建国真正的妈妈了……

1982年，中国留学研究逐步走热，以公派生为主流的留学生，被派到了当时世界上先进的美、英、日、德、法，还有加拿大、比利时等国家，每年派出的留学生约三千人。

1983年，毕业于海河大学医学系的黎宏伟，获得了美国大学的奖学金，赴美学习。

四年后，在海河大学任教的董欣，也被选送公费留学美国。

六

地球不断地绕着太阳公转，时间稍纵即逝。很快，1987年的中秋节到了。

中秋节，是万家团聚的日子。半个世纪以来，每个中秋节，余琦一家人，都要团聚在一起吃饭、赏月、尝月饼、聊天。

中秋的月亮，特别圆，特别亮。皎洁的明月，镶嵌在银色的天空中。辉映到如茵的草地上，晶莹夺目，如梦如幻……

余家小院，吃完团圆饭，一家人一边赏月观景，一边吃着月饼。

当年的小建国，已经成长为一个五官端正、活泼可爱的少年了。他的个子，比同龄的孩子稍微高点。自打黎宏伟从黄家湾把建国接回来以后，董欣就把这个孩子视为己出。朝夕相处，黎建国完全忘记了黄家湾，更不知道自己的生母黄凤兰，他只知道，董欣，就是自己的妈妈。

董欣对建国的爱，渗透在每一个生活细节之中。小时候，建国喜欢玩枪。董欣就到玩具店里给他买枪，家里面，大大小小的玩具枪，摆满了茶几。有一次在玩具店，建国一眼看中了一个黑色的塑料玩具枪，董欣看了看标价，三块八毛钱，她算了下账，有一点犹豫。而建国却拿着玩具冲锋枪“嘟嘟嘟”地模仿着战士，玩了起来。她咬咬牙，帮孩子把玩具枪买下了，回家的路上，建国告诉董欣：“我长大了要当总司令，指挥千军万马！”董欣高兴地说：“啊，当总司令，好啊，好啊！”只要孩子高兴，董欣觉得，自己做什么都值得。

每天睡觉之前，董欣只要有时间，就给建国讲童话故事。一千零一夜、聪明的一休、葫芦娃、西游记，她都给建国讲过。

余家小院，一家人说说笑笑，气氛温馨和美。

翌日，董欣将要启程赴美国留学了。看着正专心致志吃月饼的黎建国，她有万千不舍。她担心，孩子离开自己久了，这么多年建立起来的感情会淡下来……

这时候，只见建国拿起叉子，先把月饼里面的蛋黄放在旁边，再叉起一块香香甜甜的月饼，细细地品尝。最后用叉子叉住蛋黄，慢慢地吃蛋黄，弄得满嘴的蛋黄粉……

看着建国可爱的样子，余琦和董欣相视而笑。

余琦摸了摸建国的头说：“光顾着吃，你抬头看看天空，月亮好圆哦，吴刚正捧着桂花酒慰问嫦娥呢！”

建国抬起头，看了看月亮，说：“我好想到天上去和小玉兔玩呀……”

此时，董欣在想，明天就要启程，建国怎么办？还没有等董欣开口，余琦说：“把孩子送回来吧，你到国外，安心学习。”

董欣很清楚，孩子交给母亲，肯定是最放心的。但是，母亲年岁已大，身体又不好，小男孩又很调皮。她实在不忍心给母亲添麻烦。她有些左右为难。

余琦看透了女儿的心思：“孩子，考虑问题要从大处着眼，你这次留学机会来之不易，是一个提高自己的好机会，你放心地把建国交给我吧。”

余琦告诉黎建国，妈妈就要离开你到美国了，以后就由外婆来照顾你。

“美国在哪里？妈妈什么时候才能够回来陪我玩？”孩子眼神中，透出了悲伤。董欣说：“圣诞节，妈妈就回来了，你跟外婆在一起等妈妈，好不好？”可怜的建国忍住哭。孩子对母亲的依赖和爱，让人动容，董欣不知道该怎么安慰他才好。

董欣走了。晚上，到了睡觉时间，建国缠着要外婆讲一个故事，余琦说："好，你先洗澡，刷好牙，乖乖躺在床上，外婆给你讲故事。"孩子很快就完成了任务，安静地等着外婆讲故事。

就这样，在董欣不在的日子里，每天晚上，余琦都会给建国讲故事。在余琦的精心抚育下，小建国一天天在长大，而余琦自己却一天天在变老，她的身体也每况愈下……

七

黎宏伟在美国获得了医学博士学位后，留美与朋友合伙经营一家私人诊所。董欣也成为拥有美国生物博士学位的专家，被选留在美国阿尔科生命延续基金会工作。

董欣 36 岁生日即将到来。黎宏伟想在这一天给董欣一个惊喜。

这天上午，黎宏伟登上休士顿开往旧金山的班机……

晚上，旧金山，董欣的单身公寓。她正在专心看书。突然，有人敲门。董欣拿着书，边应边去开门，连声道："来了，来了！"

打开门，黎宏伟出现在门口。董欣一下子呆住了。

她扔下手中的书，尽管是多年的夫妻，但是，爱情的潮水，依然在她内心涌动，她压制住内心的喜悦。

"怎么是你啊！"董欣道。

"祝你生日快乐！"黎宏伟手捧鲜花，声音里饱含满满的激动。

走进房门，黎宏伟像当初向董欣求爱一样，一步一步走近自己深爱的妻子。

"董欣！我爱你……"他拿出当初定情的小方格手帕，董欣几根长长的秀发，保存如初。

董欣十分感动，轻声说："宏伟！"

董欣终于明白，不管岁月如何变迁，不管经历如何曲折，他们的命运仍然紧紧地连在一起，曾经的自己不应该那样对黎宏伟抱有怀疑。这些年的日日夜夜，是黎宏伟支持着自己，一路走到今天……

看到自己曾经热恋过的美丽姑娘，因岁月风尘稍显富态，黎宏伟有些惆怅，他紧紧拥抱着董欣……

董欣喜极而泣。

伤感的离愁别绪平复下来了，董欣说：“你还是和当年一样，那么玉树临风……”

黎宏伟远眺着祖国的方向，深情地说：“今年春节，我们应该争取机会回家，过一个团圆年了。”

董欣说：“是啊，那里可是我们的根啊，为了我们，妈妈带着孩子真的不容易啊！”

八

孑然一身的董霞已经快三十了。楚楚动人的她，身上自然散发着迷人的魅力。然而，因为未婚先孕的过去，不守妇道的口碑一直和她如影随形。两次被强奸的经历，使董霞患上了性爱恐惧症，这个可怜的女人，同时还承受着“烂女人、轻浮女人”的骂名。

成为未婚妈妈以后，能歌善舞的董霞，转行到了海河纺织厂。为了克服如影随形的心理阴影，董霞拼命工作，在工作中忘记烦恼，寻找安慰和快乐。

厂宣传科长的位置是很多人垂涎的。崔小娜曾经是车间的一名通讯员，她的理想就是到厂宣传科当宣传科科长。经过多年的努力，她终于进了厂宣传科。在厂宣传科工作了三年，就在她离厂宣传科科长只有一步之遥的时候，科班出身的董霞，被朱建忠厂长直接任命为厂宣传科科长。

人们议论纷纷，说这个坐直升机的董霞，不就是凭着姿色，绑架了朱厂长吗？崔小娜对这个董霞，更是恨之入骨。

1986年，洪水泛滥，来势凶猛。单身的董霞和女儿董萌萌住在长江边一个低矮的平房里，那是纺织厂的职工宿舍。

这天深夜，董霞被水浪声惊醒，睁开眼一看，水已经到床边了，鞋子、盆子、杯子……能浮起来的都在水上漂着。她大声地呼喊着：“救命啊！救命啊！”她住的房子太偏僻，她的嗓子叫哑了，没人应答。好在家里还有一些为孩子准备的饼干、牛奶。她一边想办法突围，一边靠牛奶、水、饼干维持着。

第一天过去了，没有人来搭救她们。第二天终于有人来敲门了。

门被水中垃圾堵住了。外面的人只好撬开窗子，让董霞从窗子里面先把女儿递出去，自己再搭上一个凳子爬出来。

来救她的是厂长朱建忠一行三人。

朱厂长不放心孤苦伶仃的母女俩，把她们安置在厂里办公楼临时居住，隔三岔五去嘘寒问暖。

董霞感动地说，“朱厂长，没有您，我和女儿，早就困死在那个小房子里了。”

朱厂长的夫人吴莉，看到丈夫对董霞嘘寒问暖，心里非常不满。

她质问自己的老公，叫道：“全场几千名员工，你怎么就天天往那个女人那里跑？”

朱建忠很吃惊，说：“她是我们的职工，关心一下不行吗！”吴莉非常鄙夷地说：“你是关心职工，还是关心女人？她要是长得不漂亮，你还去关心她吗？你天天在她那里待那么长时间，有那么多话说吗？你究竟安的什么心？”

朱建忠说：“你不要小心眼了，我们的关系清清白白，我们的职工，我该关心的还是要关心。”

吴莉愤愤然，说：“那我们就等着瞧吧！”

这天，吴莉在楼道口堵住了董霞：“董霞，你这个不要脸的女人，到处勾引男人。你没结婚，就生了孩子，你以为我们不知道？轻浮的女人，你当年缠着谢胜浩，你现在缠着朱建忠，我跟你拼了！”

董霞太委屈了，抱着孩子冲上楼，关上房门痛哭了起来。董霞本来是一个心直口快、性格开朗的女人，可是，生活对她怎么这么残酷啊。对性爱恐惧不已的人，却被骂为荡妇，到哪里去解释，到哪里去申冤啊。她关上门，越想越伤心。谁叫她也不理，谁也敲不开门。

余琦赶过来了。她隔着门，轻轻地说：“霞儿啊，妈妈知道你，你的苦痛妈妈清楚，你把门打开，听妈妈说好不好？”

听到妈妈的声音，董霞才把门打开。

面对七嘴八舌、议论纷纷的人群，余琦大声道：“谢谢大家关心，我单独跟女儿静一静，谈一谈好不好。”

人们散去了，余琦关上门，董霞一下子扑到妈妈的怀里，失声痛哭。

妈妈说："孩子，想哭你就哭吧，把所有的委屈都哭出来，妈妈最知道你的苦。"

董霞哭了一会，余琦说："孩子，萌萌还这么小，你要坚强一些，不要被流言蜚语打倒。"

这天傍晚，天色已暗。崔小娜一个人在路上闲逛，朱厂长的老婆吴莉迎面走了过来，打招呼道："小崔，下班了？你怎么无精打采的？"

崔小娜一看，朱厂长的老婆，赶紧打起精神："没有啊？我准备到街上去买点东西去。"

吴莉道："嗯，我也准备买东西，那我跟你一起去吧？"

"好啊，好啊！"厂长夫人吴莉说和自己一起逛街，陪自己去买东西，崔小娜当然是满口答应。

两个女人心情放松地一起逛街。吴莉看到自己喜欢的一件黑白格子衬衣，向营业员询价。崔小娜连忙说："姐姐，这件衣服我送给你吧，我正要送一个礼物给姐姐呢。"吴莉连忙说："不行，不行，不好意思要你送东西给我。"崔小娜很不在意地说："别客气，姐姐又不是外人。"崔小娜的大气，让吴莉十分感动。她想了想说："平时，我们对你关照不够，要不然，厂里宣传科科长应该是你啦！"

崔小娜酸溜溜地说："董霞比我优秀哦，她当科长更加合适呀！"

吴莉说："那不一定，你的能力不比她差呀。"

崔小娜又酸溜溜地说："谁不知道，董霞还不是凭她的几分姿色呗。"说到这里，崔小娜想起来了，这是在跟朱厂长老婆说话呀，人人都知道，朱厂长的老婆是不喜欢董霞的啊，跟朱厂长的老婆说董霞的姿色，怕是捅了马蜂窝了。她赶紧转了话题，说："姐姐，姐姐，你快试试这件衣服大小怎么样？"没想到，这时候的吴莉，偏偏不说衣服了，她恨恨地说："这个董霞太张狂了，我们要想办法治一治她。"

面对共同的敌人，两个女人来劲了。崔小娜兴奋地问："那怎么治啊？"吴莉附在她的耳边悄悄地说："就把她缠着我老公的事情捅出去呗。"崔小娜一想，这倒是个好办法。只是，令她意外的是，这个损人的招数，是由朱厂长的老婆自己提出来的。

两个女人一拍即合，崔小娜说："我们写匿名信，到处发，对朱厂长有没有影响啊？"吴莉说："我们写的是董霞缠着我老公，是要把她搞臭啊。

再说呢，朱建忠拈花惹草，也不值得同情，应该好好治一治他。大不了，我和他离婚。”

吴莉这么一点拨，崔小娜突然有醍醐灌顶的感觉，她明白了，要搞倒一个女人，只需要往她头上扣一盆屎就够了。最好的报复，不是毁掉一个人的生命，而是用软刀子杀人，毁掉她的声誉，让她痛不欲生。

密谋了损人的招数，崔小娜没有忘记买下那件黑白格子衬衣送给吴莉。随后说：“姐姐，我先回去打个底稿吧，写好了我们再碰头。”

两个女人说干就干。三天后，崔小娜成功地炮制一个“杨乃武与小白菜”的冤案，诬陷董霞用姿色巴结领导，爬上厂宣传科科长的位置，还有声有色地捏造了一些令人作呕的细节。剧本写好了，只需要发出去，满城造谣。

说干就干，两个女人买了一大摞信封，在上面写上各单位领导的名字，从厂党委的领导，到各车间的领导，还有市委、市政府、市委宣传部、市直各机关领导，只要想得起来的，都写上，匿名信邮寄的范围越广越好，就是要把这个董霞搞臭。

确实，搞臭一个女人最好的办法，就是往她的头上泼脏水。特别是对一个漂亮的女人，泼上脏水，谁都可能认为她就是那么脏。

很快，两个邪恶的女人把那一批罪恶的匿名信发出去了。顿时，全厂上下，全市上下都知道董霞是个“破鞋”，是个公共汽车，什么男人都可以上，男人们甚至互相开玩笑说：“这么漂亮的妞，你怎么不早点去上啊，被别人捷足先登了……”

本来对男女关系有心理恐惧的董霞，反而被污蔑为荡妇，她委屈伤心至极。只好冲进厕所，放声痛哭起来……

董霞走到哪儿，人们都用异样的眼光看着她。她随时都感觉到，别人在小声地议论她。她感觉，即便自己长了一百张嘴，也说不清自己的清白。她无法跟别人解释，越描越黑。越解释，越麻烦。上班的时候，她强打精神。晚上，她只能躲在被子里面痛哭。

九

在杀人的流言蜚语面前，董霞绝望了，感觉日子没有办法过了，想一死了之。余琦是个有大智慧的人，她为女儿分析说：“孩子，越是这样，你越要挺起胸膛，千万不能想到去死。你死了，别人会更觉得你有问题。你也更没有机会洗清自己了。那不是正好中了坏人的计吗？走自己的路，让别人去说，时间会证明一切的。”董霞知道，最困难的时候，只有母亲能够安慰自己，只有母亲可以救自己。

余琦帮伤痕累累的女儿擦干了眼泪，说：“现在这个环境，对你来说太恶劣了，退一步海阔天空，我们回家吧。”

在妈妈的鼓励下，董霞做出了一个大胆的决定——辞职，她要离开那个是非之地。

回到娘家，余琦帮助女儿重新策划人生。能歌善舞的董霞，决定办一个少儿艺术培训班，帮助孩子们学音乐、学舞蹈，她的想法得到了余琦的支持。

在余家小院，余琦腾出了一个房间，董霞的少儿艺术培训班开课了。

一开始，来学习的孩子并不多。董霞把自己的全部储蓄拿出来，买了一架钢琴，给孩子们上音乐课。很多孩子通过艺术培训，才艺水平有了很大的提高。

艺术培训班的口碑，慢慢做出来了。来学习的孩子越来越多。周末的时候，董霞更是忙得不可开交。她还请母亲余琦帮忙，给孩子们上绘画和声乐课。

时间犹如一缕青烟，袅袅而去。情路坎坷的董霞，一直没有结婚。

来自单亲家庭的学员王小宇不合群，常常沉默寡言。自己的孩子萌萌也生在单亲家庭，两个孩子的遭遇相似，董霞对小宇格外关注。

董霞发现，小宇非常敏感，旁人的一个眼神或者一个动作，都可能造成他的不安。董霞像心疼自己的儿子一样，心疼这个孩子。她知道，虽然童年记忆是模糊的，但小小的年纪缺失母爱或者父爱，孩子的心头会留下伤痕。

所以，她总是以最温暖的微笑迎接这个孩子，用心理疏导等方式，帮助他摆脱伤感，用更多的爱，去打开孩子心中的结，帮助他融入集体。

一次，小宇失手弄坏了同学的玩具，被同学惩罚站在凳子上当众羞辱。董霞及时帮助王小宇解围，端水给他擦洗干净，并不断地安慰他。

王小宇的父亲王东明，是市直机关的处级干部。年近半百的他，经历了一次不幸的婚姻后，独自带着儿子过日子。董霞对孩子细致地呵护，王东明看在眼里，记在心里。一连几个晚上，他辗转反侧，董霞的身影在心里挥之不去。他鼓起勇气，请董霞吃饭。一直对异性有戒备心理的董霞，竟答应了他的邀约。

董霞和王东明，都是典型的“50后”，两个同龄人的心，越来越近，终于走到一起了……

海南岛三亚，蓝蓝的天与蓝蓝的海融成一体。低翔的白鸥，掠过蓝蓝的海面，真让人担心它洁白的翅尖被海水蘸蓝了。挺拔俊秀的椰子树，不时在海风中摇曳着碧玉般的树冠。海滩上，玉屑银末般的细沙，金灿灿、亮闪闪，软软地、暖暖地搔着人们的脚板……

董霞和王东明在这里旅行结婚。美丽的浪漫之夜，海南岛的芭蕉树下，董霞和王东明携手漫步。犹如一对年轻的情侣，有些羞涩，又充满着期待，彼此似乎找回了初恋的感觉。

美丽的自然环境，王东明的悉心照顾，温柔体贴，像海风一样轻轻吹散了董霞对性爱的恐惧。她终于第一次心甘情愿地和一个男人——自己的丈夫融合在一起，享受了性爱的幸福。

沉浸在爱情的甜蜜中，他们发誓要白头偕老，共度一生……

在生活中，王东明是个好丈夫，还是一个好爸爸、好儿子。他的母亲已经80多岁了，他掐指一算：就算母亲再活10年，也只有3000多天。陪伴一天少一天，哪一天母亲就没了，就再也没有机会陪伴母亲了。他感觉，随着年龄的增长，母亲的身体变得僵硬了。他坚持每天给母亲按摩，他说，人就是一个由柔软到僵硬的过程，按摩能够把母亲的身体变得柔软起来，如果护理得好，可以延缓母亲衰老的速度。

董霞明白了丈夫的孝心。除了照顾好两个孩子，她也尽可能地陪伴在婆婆身边。每天早上，给婆婆做早餐，晚上陪婆婆聊天。渐渐地，日子过得顺利起来，王东明和董霞，两个经受过生活挫折的人，不打算再要属于他们两人的小孩了。他们最大的愿望，是希望董萌萌和王小宇两个孩子幸福快乐。

新的家庭，董霞如母亲余琦一样，时时处处为孩子着想。每天早上，为孩子们把洗脸水准备好，将牙膏挤在牙刷上，把最好吃的东西留给孩子。每天晚上，孩子们洗完澡，再读一段童话故事书，哄孩子进入梦乡。手头再紧，也要挤出钱给孩子买名牌，工作再忙也不让孩子插手家务。

两个孩子，就是家里的小公主、小王子。对王东明的儿子王小宇，董霞更是宠爱有加。逢年过节，亲朋好友围在一起逗孩子们开心，一会儿让表演个节目，一会让唱首歌。他们就是“小太阳”。

董燕对孩子的溺爱，使余琦十分担心，她提醒董燕说：“孩子，妈妈知道，你二十几岁，就独自带着女儿萌萌生活，不说含辛茹苦，也经历了很多女人没有经历过的酸楚。为了让女儿不受缺乏父爱的影响，你倾注了全部的心血，呵护她成长。不过呢，对孩子不能够溺爱，要严格要求，慢慢地让她懂得生活，学会感恩。我们中国有一句古语：惯子如杀子。溺爱的结果，会让孩子只知道接受爱，而不懂得付出爱。爱孩子，要爱在心里，不要爱在表面。你要注意爱孩子的分寸和方法啊。”

第十二章　多事之秋

泰戈尔说过：“只有经历地狱般的磨炼，才能炼出创造天堂的力量；只有流过血的手指，才能弹出世间的绝唱。”

一

1991年底，董燕的丈夫魏浩当上了市委副书记。他几乎每天晚上都不能回家吃饭，还有，周末总是加班，经常外宿不归。偶尔回家，脾气也变得很大。刚开始，董燕觉得一切都很正常。时间一久，她发现，曾经不修边幅的魏浩，明显变得比以前爱整洁了，每天出门前，都要拿着一把小梳子照着镜子，认真梳头，再仔细地把皮鞋擦得光亮光亮的。更为反常的是，家里电话响起时，他会紧张，接电话的时候，他会刻意回避自己，神神秘秘地小声说话。还有，他过去一直戴着的结婚戒指，突然就不戴了。当董燕想拥抱他的时候，他变得呆若木鸡……

魏浩这些细微的变化，董燕是有感应的。可她太爱魏浩了，她相信他们的爱情，不曾设想魏浩有了外遇。

初春，是万物复苏的季节。这一天，是董燕和魏浩的孩子魏俊勇5岁的生日。这一天，董燕给孩子订了个生日蛋糕，邀好了全家人晚上一起吃饭。下午，她早早地去了幼儿园，把小俊勇接回母亲家，自己再去取生日蛋糕。在外婆家院子里，小俊勇看到小蚂蚁欢快地爬着，它们排着队，驮着材料去筑巢，蝴蝶飞着，还有一只小猫正在觅食，一只小鸟停在了树枝上，发出一声清脆的鸣唱……

春天的雨，说来就来。一会儿，春雷动天，风雨交加。董燕取到蛋糕，在风雨中骑着自行车赶回家。没想到，路上一块大石头把自行车颠翻了，蛋糕摔破了，自己的脸也摔破了，这时候，雨越下越大，她好不容易带着摔破了的蛋糕回到了娘家。一进门，母亲说："魏浩让通讯员来通知我们，他今天不回来了。"孩子的生日，丈夫都不能回家，董燕感到很是失落。

生日聚餐结束，雨停了，月亮躲进一片乌云里，只剩下满天星星。第二天是星期天，董燕和小俊勇和往常一样，要在外婆家住一晚上。忽然，董燕发现孩子换洗的衣服不够用，她连忙往自己家里赶，给孩子取衣服。

走到家门口，董燕听到魏浩和一个女人在对话。

魏浩说："你怎么跑到这里来了？"

女声说："你不是说，今晚你老婆不在家吗？"

魏浩说："嗯，她回娘家了。"

女声说："照片上的女人就是你老婆吧？她长得很漂亮啊。"

魏浩说："哪里有你漂亮啊。"

女声说："我看不一定。你当时追求她的时候，人家也是美若天仙呢。"

魏浩说："现在，她已经是黄脸婆了，只知道柴米油盐，已经没有一点点韵味了。哪一点都比不上你啊，宝贝。"

女人撒娇地说："看你说的。那今天你陪我……"

魏浩说："别闹了，这里不方便，我们还是去你那里吧？今天晚上我还要回来看一个材料，我只能陪你一下…… "

听了他们的对话，董燕心潮起伏，五内俱焚。她万万没想到，自己为了这个家操心劳力，而在丈夫眼里，自己只不过是个黄脸婆，哪一点都比不上别的女人，她几乎晕了过去，她强撑着。轻轻地敲了一下家门。听到敲门声，魏浩以为是物业查水表的，毫无防备地打开了门。

董燕突然出现，两个女人四目相对……

丈夫出轨，多年的感情与婚姻，突然之间露出了狰狞的一面。昔日那个既老实巴交又聪明绝顶的丈夫，变了。曾经的幸福感荡然无存。董燕撕心裂肺，心里的痛，无以言表。两情相悦的时候，魏浩连她平时哪天穿什么衣服，都能一一说出来，她相信他曾经真心爱过自己。现在，她的心，被掏空了。她立刻想到离婚。但她马上意识到，离婚了，孩子是最大的受害者。她悲痛欲绝，丈夫出轨的时候，怎么就不想想孩子，不想想这个家呢？

她恨丈夫的忘恩负义，但是，她又放不下这个家。在心里反复自问，他还值得我爱吗？这个婚姻还有存在的价值吗？每天，她茶饭不思，夜不能寐，反复问自己，我该怎么办？怎么办？

怎么会这样呢？她越想越乱。她忍受着悲愤，佯装镇定，她不想因为这件事，影响了全家人的心情。而自己内心的痛苦无法排解，她甚至想一死了之。

这天，昏昏沉沉的董燕，在迷迷糊糊之中睁开眼，看到已经疾病缠身的母亲站在床边。

余琦一边用手摸着女儿的额头，一边轻言细语道："燕子，我说，怎么几天没看到你，都发烧了。你从来没睡懒觉的习惯，是哪里不舒服？"

董燕不愿意让妈妈担心，说："我感冒了，浑身难受，睡过了头。"

她一边起床穿衣，一边说："没事，一点小感冒，您不用担心。"

余琦焦急地说："生病了，你怎么不告诉妈妈？我马上送你去医院看病！"

董燕说："妈妈，不需要去医院，我吃了药，一会儿就会好的。"

余琦心疼地说："从小，你就是个乖孩子，你毕竟身体不太好，你要懂得照顾自己的身体！"

看着妈妈那慈祥的脸，董燕想到自己的委屈，眼泪禁不住流了出来。董燕本来不想把自己的事情告诉妈妈，但想想自己在水深火热之中煎熬的痛苦，感觉再也无法承受了。她倒在余琦怀里，痛哭起来。把所有的委屈，全部向妈妈倾诉了出来。

知道了这一切，余琦心潮难平。当年，她不同意董燕的婚事。现在，这个男人不幸被她言中，说变就变。

董燕痛苦地跟母亲讲，魏浩已经不爱自己了，他跟别的女人说自己是黄脸婆。想当初，魏浩对自己誓言旦旦，现在说变就变，真是人面兽心啊，这日子没法过了，只有跟他离婚了。看着痛不欲生的女儿，余琦万分心痛，摇头说："孩子啊！早知今日，何必当初呢！当初你既然选择了他，现在还有孩子，你离了婚，孩子怎么办呢？"董燕沉默不语。余琦说："有些男人结婚以后，家庭责任心比女人要差，他觉得日子过得太平淡，没有谈恋爱的时候那样花前月下，于是到外面寻求刺激，也许，这是男人这个物种的特点。关键是你怎么样认识和处理这种情况，如果你跟魏浩离了婚，再碰到一个男人依然在外面拈花惹草，那怎么办呢？"

董燕说："他不光是花心，他最大的问题，就是在那个女人面前挑我的毛病。他觉得我不如她会调情，不像以前那样小鸟依人了，只晓得柴米油盐那些家庭琐事。"丈夫的背叛，使董燕感觉精神支柱垮了，既然魏浩人在曹营心在汉，那自己还有维系这个家庭的必要吗？她不知道在薄情的世界里，自己怎么能够如往常一样深情地活下去。她丧失了与这个变心的男人继续过下去的信心。

余琦劝说女儿："孩子，你先冷静冷静吧。不要一出了问题，就想到离婚。你要想想孩子怎么办？孩子没有了父亲，或者没有了母亲都是不健全的。"

母亲的话，让董燕陷入了沉思。她想，如果离婚，必须要对外宣布魏浩的婚外情。作为市委副书记，这无疑对他的仕途有影响，关键是这种影响会直接祸及儿子的成长。

余琦说："花心的男人埋怨自己的老婆，是为了证明自己的花心有道理，逃避自己的责任。说自己妻子的问题，实际上是为自己出轨找理由。再贤惠的妻子，他都能够找出问题来，简直是鸡蛋里面挑骨头，实在是可恨可气。但是，遇到问题，你要想清楚，你到底要什么？你是要这个家庭，还是要不掺沙子的爱情，如果爱情和婚姻一点沙子不能掺，那就离婚。如果你还要这个家庭，只能装糊涂，只能打掉了牙齿往肚子里吞。"

董燕明白了，要这个家庭，就只能强忍着屈辱和悲痛，把苦水往肚子里咽，维系这表面的一切。然而，这对于一个柔弱的女子来说，实在是太不容易了。

余琦对董燕说，小时候，家里吃东西，妈妈总是让你和弟弟多吃一点，你受伤的时候，妈妈像呵护掌上明珠一样的呵护你，现在，你成家立业了，婚恋家庭的事情，妈妈只能跟你提建议，帮助你渡过这个难关。

安抚过女儿，余琦找来魏浩，语重心长地告诉他，不要在错误的道路上越走越远，若不及时止损，不仅会葬送与董燕经营的婚姻，还会葬送自己的前途。

二

情妇一事，魏浩对董燕是觉得亏欠的，余琦的话，更是一语惊醒梦中人。魏浩的情妇，名叫王剑茹，是个追求时髦的女人。高档化妆品、名牌包包，看上了就渴望得到。和王剑茹打得火热的时候，对她的要求魏浩也是有求必应。包包、车子、房子，一切只要情人开心。

可王剑茹的欲望好像个无底洞，最近甚至染上了赌博的恶习。对魏浩要钱每次都是狮子大开口，魏浩也不想再和王剑茹这样下去，开始慢慢躲着她，然后彻底断绝了来往，回归了家庭。

这天，魏浩正在办公室处理事务，秘书说有人找，一看来人，竟是王剑茹。看到王剑茹，魏浩大吃一惊。他把门关上，问她有什么事情。

一关上门，王剑茹的脸色就变了。

魏浩开口说话："你来干什么？"王剑茹说："找你讨债，讨情债！"

魏浩说："你还来要钱，继续赌博？你这种不健康的生活方式，我是不会助长你的，回去吧。"

王剑茹双眼盯着他，一言不发。

魏浩坐到椅子上说："你再不走，我就叫保安了！"

想想当初，看看现在，王剑茹怒从心中起，恶向胆边生，突然掏出一把寒光闪闪的砍刀。

魏浩根本没有想到，站在他面前的这个女人，已经丧心病狂……

突然，王剑茹冲到魏浩的面前，高举砍刀大喊："你这个负心汉！"

手起刀落，魏浩倒在血泊中。

警车和救护车，几乎同时到达。

警方顺着王剑茹的线往下查，查出魏浩贪污受贿之事实，这边魏浩刚刚在医院接受了治疗办理了出院手续，便马上被送上了法院，接受审判。

魏浩主动供述了受贿的全部事实，退出了部分赃款，和用赃款购买的一辆汽车和一套房产。法院最终判处魏浩有期徒刑 25 年。在庭审最后陈述阶段，魏浩痛哭流涕、悔不当初……

此时，母亲余琦被冷冻了，姐姐董欣远在美国。法庭庭审陪审席上，只有董霞陪着妹妹董燕。董燕紧紧抓住姐姐的双手，哽咽着，她们互相用手帕给对方揩着泪水……

回到家，面对伤心的妹妹，董霞沉吟片刻：

"燕子，妈妈说过，不管遇到什么困难，都要自强不息，自己强大了，困难就会害怕我们。"

董燕重整精神，忘却烦恼，每天如醉如痴地伏案绘画。她牢记母亲余琦的话："居里夫人身患血癌，但她仍然坚持不懈，凭着'成功路上不是用泪水而是用鲜血铸成'的坚韧，创造了举世闻名的奇迹。古今中外名家巨匠，几乎都经过坎坷的洗礼。坎坷不是痛苦的借口，它应该成为快乐的保证。坎坷不是绝望的借口，应该是奋起的动力。坎坷应该和成功在一起。你要走出来，进一步努力，在绘画艺术上做出成绩，只有这样，才能让人刮目相看……"

看书、琢磨、练笔……董燕倾尽心血，追求完美的作品。作画几乎占满了她全部的生活。慢慢地，她的绘画，已经逐步形成了自己独特的表达方式。

"其实，作画的时候，我并未去考虑画作的价值。只是感觉这样的生活很享受，我喜欢。所以我要把这件事情做得最好。"董燕这样阐释着她作画的心态。

短短几年时间，董燕由一个名不见经传的美院毕业生，成长为海河画院的画家。她的代表作《百燕图》，构思新颖，十分具有感染力，白桦树上，落满了千姿百态的燕子，每一只燕子都活灵活现。

董霞问她："为什么这样构图呢？"

董燕说："燕子满枝，代表春天回归。春天是四季中最美的季节，也是美好生活的象征。白桦树长年生长于寒冷的戈壁滩上，在恶劣的环境下依然挺拔，白桦树的精神和意志不正是我们要学习的吗？"

董霞说："燕子和白桦树含意深远。不错，有这样美好的向往，有这样坚强的意志，相信你一定能够实现自己的理想！越是困难，你越要把专业搞上去，大家都会对你刮目相看，妈妈知道了，也会高兴的！"

尾声　真情的呼唤

第十三章　爱的守望

春天到了。和煦的春风吹拂着大地，柳树的枝条舒展开了黄绿嫩叶，在微微的春风中轻柔地拂动。嫩绿的小草，从土地里钻了出来。大地上的每一个角落，充满了生命的活力。

沐浴着春光，在漫长的等待和期盼中，董欣、董霞、董燕、董亮殷殷守望，期盼长眠的母亲再次醒来……

一

傍晚，曲谱架上，展现着一页布满“豆芽菜”的五线琴谱。董欣用妈妈余琦给自己留下的那把小提琴，流畅地演奏着电视剧《渴望》的片头曲《好人一生平安》。“有过多少往事，仿佛就在昨天……如今举杯祝愿，好人一生平安。”“谁能与我同醉，相知年年岁岁……”董欣忘情地演奏着，优美的琴声，犹如蛐蛐，在小河边婉约地轻轻吟唱；犹如月光，在粼粼波光的水面闪烁荡漾；犹如秋水，娓娓诉说着余琦传奇的人生故事，诉说着女儿对妈妈的思念和祝福……

1993年初，人体冷冻使余琦的生命停留在了60岁。

这么多年来，董欣一直固执地认为，是那次意外的火灾，是自己没有尽心尽力，耽误了母亲的治疗。为此，她万分地懊悔。她常常责怪自己，为什么没有一直陪伴在妈妈身边？如果早一天用最先进的技术为妈妈治疗，妈妈可能不至于最终无药可救，不至于冒着风险，通过人体冷冻的方式，延长生命。自责和悔恨，常常让她心如刀绞，她常常扪心自问，我真的有那么忙吗？忙得连母亲的身体都无暇顾及吗？从妈妈被冰冻的那一天开始，她就开始盼望有一天，妈妈能够复活，盼望有机会弥补自己的过失。

2015年，董欣已经59岁了。她一直保存着一张妈妈余琦的全身照。一件修身的中式上衣，一条齐膝的裙子，衬托出她修长的身材。标准的古典瓜子脸，挺直标致的鼻梁，棱角分明的樱唇，双眸如水一样纯净。柔美乌亮的长辫，恰到好处地披落在微削的香肩上。照片里的母亲是那么成熟知性，美丽端庄。

她想，如果妈妈的生命能够重新开启，自己和母亲就是同龄人了。她们既是母女，又是姊妹，多么神奇呀。

在漫长的期盼和守望中，董欣无时无刻不密切关注着肺癌治疗技术的发展。2015年7月的一天，她与往常一样打开手机，查看资讯，突然发现一条消息。美国阿尔尼拉姆生物技术公司宣布他们找到了一种有望治愈癌症的新型药物“ALN-VSP”，首批接受临床试验的十九名晚期肝癌患者，病情都有较大好转。不仅如此，该公司称，假以时日，这种药物甚至有可能治愈一切疾病。阿尔尼拉姆公司称，ALN-VSP通过“唤醒”人体自身的一种很少使用的免疫防御系统，能成功切断肝癌患者体内肿瘤62%的血流量。传统药物在治疗肝癌时，一般使用消除致病蛋白质的方法，而ALN-VSP则通过核糖核酸干扰（RNAi）疗法直接阻止细胞生成致病蛋白质。唤醒人体自身防御机制，从而治愈癌症。这是一个令人振奋的消息。

与此同时，澳大利亚华裔科学家也宣布人类治疗肺癌有了重大的突破。她立即联系了发布消息的科学家，求证可行性。提出以妈妈余琦为病例样本，参与肺癌治疗临床试验。她的想法，得到了对方的支持和认可。

接二连三的好消息，使董欣兴奋不已。她立刻把这个好消息告诉了自己的家人。同时，把自己收集的相关资料发给纽曼博士，请他们考证一下母亲余琦复活与康复的可能性。

二

淅淅沥沥的小雨，把整个世界，都织进了无边无尽的迷蒙和惆怅之中。雨水敲打着病房的窗棂，显得凄凉与清冷。

确诊为“渐冻人症”的董霞，正在海河市人民医院接受治疗。

2016年初，董霞突感手脚无力，吃饭时无法握筷，走路时常无故跌倒。手脚开始萎缩，生活自理出现诸多障碍。开始，医生怀疑是颈椎病导致的症状。没多久，董霞说话有些表达不清。王东明陪她去多家医院检查，确诊为“渐冻人症”。这是一种神经元疾病。这种病使患者大脑、脑干和脊髓中运动神经细胞受到侵袭，肌肉逐渐萎缩和无力，以致瘫痪。身体逐渐变得如同被冻住一样，故称为“渐冻人”。其残忍之处在于：患者最后只有眼球能动，其灵魂是健全的，其肉体却不可抗拒地衰退，直至死亡。

这种病的平均生存期只有三到五年。时间紧迫，医生提醒董霞，想做的事情要抓紧时间做，想要实现的愿望抓紧去实现。生命有限，不知道意外什么时间来临。

病床上，看着老公王东明陀螺般地为自己忙前忙后，董霞怅然若失。此时此刻，她比以往任何时候，都更加需要丈夫的爱和温暖，但是，她却不愿意因为自己而耽误了王东明的后半生。经过深思熟虑，她做出了一个让人意想不到的决定，与丈夫王东明离婚。

董霞的决定，让王东明大吃一惊。他毫不犹豫地回绝道：“在你生命最灿烂的时候，我们相爱了，现在，是你最困难的时候，我更要用爱来唤回你的生命。我坚决不同意离婚！”

董霞说：“现在，我已经不能很好地爱你了，你的身体还很健康，我不愿意耽误你。”

王东明说：“真正的爱，是灵魂的融合，我绝不会在你最困难的时候离开你，让我好好陪伴你吧！”

秋天的早晨，柔情的阳光洒落在医院的林荫道上，董霞独自散步，薄薄的衣衫，似乎抵挡不住飒飒的秋风。正在她感觉凉意阵阵的时候，王东明来到她的身边，他脱下外套，披在她的身上，自己只穿着一件秋衣。秋风依旧吹着，却有一股暖流，涌入董霞的心底，荡起了幸福的涟漪。

王东明知道，怕影响女儿董萌萌的事业，董霞一直向女儿隐瞒着自己的病情。然而，埋在她心底的最大心愿，是去美国，一是和姐姐董欣一起去了解母亲起死回生的可能性，二是去看看自己心爱的女儿董萌萌。而董霞的姐姐董欣，也希望妹妹到美国进一步确诊。

在医院，每天，董霞睁开眼，就会有护士拿着温度计和测压器，量体温、测血压。医生评估，董霞处在发病初期，王东明可以尽快陪她去一趟美国。

这天傍晚。如往常一样，王东明一手拎着刚刚炖好的鸡汤，一手夹着公文包，来到病房。

他把鸡汤放在床头柜上，跟董霞说："先不喝汤，你把眼睛闭上。"

过了一会儿，王东明说："你看，这是什么？"董霞睁开眼睛，丈夫递给她两张去美国的飞机票。

她太高兴了！激动地拥抱着丈夫，送给他一个深情的亲吻。

2016年5月6日，北京时间10点30分，一架波音747大型客机，从上海虹桥国际机场呼啸着腾空飞向蓝天，没入浩瀚的云层之中，向太平洋彼岸飞去。

仰靠在66A座位上的董霞，思绪万千。57岁的她，生命已然快到尽头，面对生死，她难免有时黯然神伤，顾影自怜。这场病，让她彻悟，人生最大的财富是健康的体魄。人这一生，说到底，只有身体是自己的，其他皆为身外之物，过眼云烟。此刻，妈妈余琦的话，回响在她的耳旁，面对困难要有豁达的胸襟，每一次睡去，都是一次死亡，每一次醒来，都迎来崭新的一天。

王东明提醒她，见到了萌萌，想说的话记得及时说出来，你要让她知道，你很爱她。因为有的话，没有及时说出口，有的心情，没有及时让对方知道，或许会留下永远的遗憾！

飞机，终于降落在洛杉矶机场，望眼欲穿的董欣和董萌萌迎了上来。董欣接过王东明手上的行李，董萌萌高兴地挽着董霞："妈妈，坐飞机很累吧？"

董萌萌是个目标感很强的人。在美国取得博士学位以后，她留在美国一所大学工作。入职不久，她就把成为美国大学的终身教授，作为自己的奋斗目标。美国的教授制度，主要分为三种——助理教授、副教授和正教授。在许多美国的大学，副教授和正教授都属于终身教授。终身教授没有被解聘的压力，还享受学校颁发的终身教授津贴。这是美国确保学术自由的一个重要制度保障。要实现终身教授这个目标，需要五到十年的时间。评副教授不算很难，但评教授就很难了，不但要科研成绩很突出，还要在本领域很知名。

从助理教授到终身教授，董萌萌几乎需要付出全部精力。这个期间，她不仅要代课，还要做好科研，写论文，去其他国家或者学校参加学术交流。一旦转成终身教授以后，就会相对轻松些了，只要不犯错误，这个职位就可以干一辈子了。算一算时间，到三四十岁的时候，她才可能在美国成为终身教授。

见到了女儿，董霞特别开心，说道："孩子，妈妈见到你，就没有烦恼了！"

很快，他们就到了萌萌的家。这是一套月租2500美元的单元公寓。一卧，一卫，一厅，一厨加一书房，家具一应俱全。书架上的书，茶几上的书，电话机旁边的书，主卧室里的书，客厅里的书和一本本读书笔记，让人想象出主人的勤奋。每天，董萌萌读书研究到很晚才睡，早上四五点醒过来后，再看一两个小时的书，辛苦程度可想而知。

女儿正在奔目标的路上。董霞高兴之余又心疼不已。她不想让女儿知道不高兴的事情，不能增加孩子的压力。她只想能够好好与女儿在一起叙叙家常。

王东明打开从海河带来的两个又大又重的行李箱，里面全部都是萌萌喜欢的家乡土特产。萌萌高兴得像一个小女孩，蹦蹦跳跳地走进卧室，打开衣柜，拿出刚刚给父母买的衣服，让他们试一试。董霞脱口而出："孩子，你买的衣服，我都喜欢。其实，我只需要看看你就可以了，再好的衣服，妈妈都不需要了。"萌萌不明白母亲话中有话，她撒娇地搂着妈妈："试一下嘛，这是我专门跟您买的。我知道，您一直最喜欢洁白的颜色。"董霞笑了，女儿的孝心，让她欣慰，幸福的笑容洋溢在脸上。

母女俩叙着家常，董欣和王东明在厨房忙碌。

"快吃饭啦，开饭啰！"董欣高兴地喊了一声。看着满满一桌自己爱吃的饭菜，萌萌明白，为了这顿饭，父母一定是用心准备了很久。可怜天下父母心啊。她开心地坐在餐桌边，拿起筷子吃了起来。这时，书房的电话"嘀嘀嘀"地响个不停，萌萌放下筷子接听电话，这一接，就是半个小时。

看着已经冷却的饭菜，董霞问萌萌："孩子，都下班了，还是这么忙吗？"

萌萌笑着说："我正在赶一个课题，这个课题，对我的职称晋升至关重要呢！"

萌萌几乎没有时间和父母多说什么，就回到书房聚精会神做课题了，这一忙，就是一个晚上……

清晨，凉风阵阵。正在与时间赛跑的董霞，思母心切，她不知道，自己的身体，能否让自己等到母亲余琦复活的那一天。

这一天，董欣、黎宏伟、董霞和王东明一起，来到美国得克萨斯州，与纽曼博士一起，探讨母亲余琦复活与康复的可能性。

人体冷冻中心，由几座低调的两层小楼组成，后院有几个白色的仓库，便是这家公司保存自己客户的地方。这里的设备，由专门的员工看管，专业人员持续地对装有液氮的人体冷冻圆桶进行维护。

余琦已经在-196℃液态氮的罐内，冷冻了 23 年。根据科学家的评估，在低温冷冻的状态中，余琦的冷冻状态良好。

纽曼博士表示，迄今为止，人体复活，在世界上还没有先例。尽管就生物冷冻后复活这个问题，科学家已经对老鼠、猪和猴子等动物做了相关实验，它们经过冷冻之后，最终成功复苏。但是人体冷冻复活技术，目前还处于零试验阶段。人体冷冻技术能否真的让余琦女士复活，还需要科学家深入探讨，做出切实可行的方案。

尽管人体复活面临着极大的困难和风险，余琦的孩子们，还是期待"暂时休眠"的母亲，能够早日被唤醒。

董欣说："我们的母亲是因为肺癌无药可救而被冷冻的。这些年来，我一直在寻找肺癌治疗药物，期待着母亲复活。您也知道，现在，美国阿尔尼拉姆生物技术公司在治疗肺癌方面有了重大的突破。"

董霞急切地说："有了治疗肺癌的药物，现在，就只等把母亲唤醒了！"

纽曼博士非常理解两姐妹期待母亲早日复活的心情。他们耐心地与她们一起分析、探讨对余琦实施人体唤醒术的风险及成功的可能性。并表示，只要有成功的可能，就要尝试，但是，尝试，就面临着成功和失败两种可能。纽曼说道："如果在人体冷冻的基础上，我们的人体唤醒术取得成功，那将是对人类生命延长科学的极大贡献。但是，如果人体解冻了，又不能唤醒她，会出现冷冻失灵、人体腐烂的结局。除了有一定的经济损失以外，更为重要的是，将直接影响到人体冷冻项目的名声，会打击人们在生物医药方面运用新技术研究的信心，以及人类探索抗衰老方式的信心。最终给你们带来更大的痛苦，在这个方面，你们要有思想准备。当然，不管成功与否，任何尝试，都会帮助人类在人体冷冻方面积累经验。"

纽曼博士说道："我很理解你们焦急的心情。不过，这件事需要慎重，需要反复研究，反复论证，不能够轻易鲁莽地动手。当今世界，把一个人冷冻起来，已经不是那么难的事情了，其中的理论我们已经探讨过了。只要是温度适宜，完整地冷冻一个人是没有问题的。但是，现在要把一个人从冷冻的状态下唤醒过来，还要保持存活，还要唤醒她失去了的记忆，让她重归生活，这一切，都是前人没有做过的事情，确实需要反复论证，需要做好详细的方案。”

董欣说：“我知道这件事情的难度和冒险性，但是，还是恳请您为此费心！”

纽曼博士表示道：“冷冻后复活的成功概率究竟有多大，我没法给你们一个定数。但我认为，我们肯定是有成功希望的。只要有希望，我们就应该尝试。”

被两姐妹热爱母亲、期待母亲早日复活的真情所感动，纽曼博士答应带领专家组，制定对余琦实施人体唤醒工程的方案。他说，这项缜密的工程，需要与相关专家共同探讨、谨慎论证和仔细策划。

接下来，趁妹妹来到美国，董欣带着董霞求医问药，找寻治愈“渐冻人症”的良方。

而董霞心里明白，治疗“渐冻人症”的良方，全球难寻。她不奢求这种绝症能够治愈。她只希望，自己能够坚持到母亲复活的那一天。她不想因为自己的病，给女儿董萌萌增加负担。她只希望，抓紧有限的时间，在美国再静静地陪女儿几天。

然而，对董霞的病情一无所知的董萌萌，每天依然是忙忙碌碌。这天早晨，她吃完了王东明精心准备的早餐，对董霞说：“妈，我今天有个重要的学术会议，晚上吃饭就不用等我了。”

董霞茫然地愣了一下，却马上勉强地面带笑意，点了点头，说：“早点回家，我们等着你回来。”

晚上，董霞一直苦苦地等待女儿回家，王东明劝她早点休息，可女儿没有回来，她无论如何睡不着。

已经凌晨了，董萌萌才踏入家门，说：“妈，我回来了。”“怎么这么晚才回来呀？”董霞弱弱地问。

“妈，这不算晚呀，才凌晨一点多，我每天都是这样，到图书馆查阅资料，时间不够用啊。妈，我又不是小孩子了，您不用担心了，您也很累了，您早点休息，我去睡了啊，晚安！”董萌萌脱下外套，进盥洗室了。

董霞欲言又止。过了一会，她把吞进去的话改为一声嘱咐："孩子，快睡吧，记得喝点水。"

这一觉，董萌萌睡到了翌日中午。董霞在她的门前徘徊，犹豫着要不要叫她起床吃饭，正在纠结中，董萌萌开门出来了，董霞连声说道："萌萌，刚要叫你起床，你就起来了，快吃午饭吧。"

餐桌上，终于有了一刻的团聚。董霞感觉，应该可以跟女儿慢慢聊聊了，可以对着女儿，把一肚子的话，慢慢说出来了。

没有想到，董萌萌是个不折不扣的学术狂，她竟然完全沉浸在学术研究之中了。她一边吃饭，一边还在翻阅着资料。在学术问题上，她的洞见之深，往往令人惊叹。在餐桌上，她却忽略了生命中最应该珍惜的时光，听母亲倾诉，与母亲说话聊天。

董霞理解女儿，她不是无视妈妈的存在，而是她研究的问题还没有找到答案。她有些幽怨地低声说："萌萌，你总是那么忙，也要注意休息呀。"

萌萌抬起头，说："谢谢妈妈！我把这几天忙完了，就好好陪您。"看着女儿的黑眼圈，董霞不忍心耽误她的时间，吃完饭，就自己回到卧室休息了。

接下来的几天，董萌萌每天都是十分繁忙。下了班，一般要去图书馆忙，难得回家吃一次饭。即便回家了，也在书房忙。

每天，董霞都盼望着董萌萌早点回家。希望女儿在家，一边吃着他们精心准备的饭菜，一边慢慢地聊着天，或者，有时间，母女俩一起出去逛逛街，一边逛，一边聊。

弥足珍贵的半个月时间过去了，马上就要返程了。董霞的满腹话儿，却始终没有机会对女儿讲出来。不过，看到女儿努力工作，不断进取，她也就心满意足了。她反复叮嘱萌萌："孩子，不要老是把自己的工作和学习安排得这么紧张，这样下去，你的身体会吃不消的。"

萌萌连连回答："妈妈，知道了，知道了，放心吧！"可是，少不更事的她，竟然问都没有问妈妈的身体怎么样。她也完全不知道，自己的妈妈，已经身患绝症了。

三

深秋的傍晚，董燕在工作室里，正聚精会神地画一幅题为《生命与爱》

的画。一个母亲，怀抱着一个孩子，手指着空中飞翔的燕群，正在讲述着生命与爱、生命与自由的故事。天空中，燕妈妈带着小燕子，自由自在地向它们的理想王国飞去……

忽然，一个中年男声轻轻地从她背后传来："这画画得不错，你为什么这样构图呢？"

原来，董燕画画太投入了，根本没有察觉这位一直站在背后、久久观察她画画的中年男人。她回头一看，这位温文尔雅的中年男人，正是她刚刚结识的收藏家李建辉。

董燕舒了一口气，说："喔，李先生好！这画中的孩子，代表生命的开始。母亲，则代表着人世间最伟大最无私的爱。画中的燕子，代表春天。春天，是四季中最美的季节，象征着美好生活。因为爱，才有了生命，有了生命，就有爱，生命与爱不可分割……"

董燕的画作，具有自己独特的表达形式，充满情感，蕴藏深意。观来令人心胸开阔，心旷神怡。

"这画如何卖？"李建辉喜欢收藏一些有潜质画家的作品。他愿意出3000元的价格，收购《生命与爱》这幅作品。

有人愿意出钱买自己的作品，董燕很激动，她为自己的作品有人认同、情感有人共鸣而高兴。她的脸上流露出孩子般纯真的笑容。

随后，这位李先生又购买了董燕的几幅作品，还介绍了一些收藏者一起来收藏董燕的作品。作品获得肯定，激发了董燕的创作热情。有什么事比被人认可更令人开心的呢？绘画，使她获得充实，冲淡了魏浩入狱带给她的不安。她盼望母亲早点醒来，向她报告自己这么多年的绘画成绩……

四

董家三姐妹挂念着沉睡中的母亲，最小的儿子董亮同样时刻将对母亲的思念放在心间，并一直为治疗母亲的疾病努力着。时间还要回到余琦冷冻两年后，1995年的一个夜晚……

夜深人静，外科医生董亮独坐书房。看着一沓沓厚厚的医学书。母亲余琦被冷冻的情景，久久挥之不去。

虽在医院工作，看惯了生死。而董亮记得，自己看到母亲诊断结果的瞬间，感觉天都塌了。当时，母亲求救的眼神，一直存留在他的灵魂深处。或许，因为儿子是医生，母亲总是感觉，自己还有一根救命稻草。然而，绝症面前，当医生的儿子却无力挽救自己的母亲。终于，无药可救的母亲被推进了人体冷冻库。那一刻开始，追到天边救母亲，就成为董亮的神圣使命。

董亮坚信，母亲的躯体被暂时凝固了，而她的灵魂还活着。终有一天，她还能回来。追随母亲的灵魂，他开始反省外科医生的初心，开始痛恨那种不考虑提高患者的生存质量，仅仅为了经济利益，给病人实施手术的人。

春风轻拂，微雨蒙蒙。绿色的树叶被冲洗得干干净净，五颜六色的花，在晨曦中尽显风采。

漫步雨中，雨落发间，董亮浑然不知。他的心绪很乱。尽管给病人实施外科手术，已经成为他的生存技能。但是，他想放下手术刀，离开医院。去探究治疗癌症的科学方法。一旦母亲醒来，他要通过自己的研究，帮助母亲战胜癌症，重获生命。他还希望帮助更多的人战胜癌症这个不治之症，重获新生。

经过痛苦的抉择，董亮决定孤注一掷，放弃公职，继续求学深造，专注抗癌研究。他下定决心，迎着风，淋着雨，纵然有千难万险，他也要往前走，不回头。

下午 6 点，一家人围坐在一桌子美味旁边，丈母娘在厨房忙乎着做最后一道菜。董亮还在书房看书。身为部队首长的岳父，有些不高兴地说：“董亮啊，怎么吃饭都不积极呢？我们的晚餐，不仅仅是吃，更多的是聊，不要磨磨蹭蹭的嘛！”

终于开饭了，一家人一边夹着饭菜送进嘴里，一边天南地北地聊着天，想到什么就说什么。

一餐饭，持续了一个多小时。董亮不像以前那样狼吞虎咽，吃了一点点，就安然静坐下来。妻子李燕红问他：“你哪里不舒服了吗？”董亮默默地摇摇头。老岳父严肃地说：“有什么事情，说出来听听。”

董亮欲言又止。正在这时，董亮和李燕红的儿子，要爸爸给他讲一个笑话。董亮讲道：“深夜，一群老鼠发现一块蛋糕，可是它们谁也不敢吃，因为大家都没有吃过，最后，它们只是围着这块蛋糕转圈子。一只吃过蛋糕的老鼠，来到这群老鼠的面前，问：‘你们怎么不吃呢？’不敢吃蛋糕的老鼠，只是摇头而不说话。吃过蛋糕的老鼠说：‘既然大家都不吃，那我就不客气了。’说完，一口咬住了蛋糕。只听‘啪’的一声，鼠夹响了，这只吃过蛋糕的老鼠被紧紧地夹住了。”

董亮摸了摸儿子的头：“宝贝，知道了吗？贪吃没有好下场。”大家都笑了。李燕红笑声如铃，老岳父笑声如钟，丈母娘也忍不住了，“扑哧”地笑出声来。大家笑了一会儿，李燕红说：“行了行了，接着吃饭，接着吃饭！”她看看董亮，努努嘴，示意他有话就讲。董亮想了想，终于和家人摊牌，说出了他决定辞职离开部队医院，继续深造。他要出国留学，去探究治疗癌症的科学方法，实现人类最终战胜恶性肿瘤愿望。

董亮话音未落，岳父母都认为他的想法脱离实际，甚至感觉他疯了。

老岳父在家一向专制。只见他脸色发青，眉头紧皱，嘴巴里蹦出来两个字：“作死！”发怒道：“战胜恶性肿瘤？这是你能够做得到的事情吗？”

丈母娘苦口婆心地劝说：“孩子，你挽救母亲生命的心情，我很理解。战胜恶性肿瘤，这是全人类的难题，你就不要为难自己了。你要好好想想，这件事情，你办不办得到？你已经是孩子的父亲了，你做任何决定，都要为这个家庭着想啊！孩子，再好好考虑一下吧？”

李燕红说：“爸，妈，婆婆的情况，始终是董亮心里面的痛啊！”

丈母娘说：“这些，我都非常理解，董亮是个好孩子，是个孝子，我坚决支持他在不辞职的前提下，寻找救治母亲的方法。你们要想一想，董亮现在辞去稳定的工作去拼，是不是切合实际？”

董亮：“妈，如果想都不敢想，哪会有攻克难关的动力呀！”

丈母娘说：“孩子，在单位，你已经是青年业务骨干，工作稳定，收入不错，前途一片光明。生活上，一家人在一起团团圆圆，幸福美满，比上不足，比下有余啊，你不要为了达不到的目标折腾自己了。”

晚餐不欢而散。岳父放出狠话，如果董亮辞职，就让自己的女儿跟他离婚。

深夜，董亮和李燕红相拥而睡。救母心切，去意已决的董亮，紧紧地抱着妻子，仿佛怕她跑掉。

他轻声细语，向爱妻倾诉心里话：“我母亲被冷冻以后，她的病，一直使我郁结于心。我一直非常遗憾，我擅长的外科手术，并不能挽救母亲的生命。我必须去探索治疗癌症的最佳方式，通过科学的求证，找到战胜癌症的办法。这件事，我已经酝酿多时，请你相信我、理解我和支持我。”他的言语中，饱含着爱和信任。

李燕红是一个聪明的妻子，她说道：“我理解你，也支持你！你的母亲，就是我的母亲，你的梦想，就是我的梦想。哪怕你这个决定需要我们付出巨大的代价，我也愿意和你一起去冒这个险。”

董亮紧紧地搂住妻子，激动地说：“有你的支持，不管前面道路多么曲折，我都有信心坚持下去！”

百花盛开，万物复苏。1996 年春天，董亮怀着热爱母亲、尊重生命、战胜癌症、浇灌人类生命健康之树的梦想，考入中科院生物物理所深造。2000 年 6 月，董亮获得中科院生物物理博士学位。也是这一年，董亮进入美国国家健康与环境效应研究所，进行 Arsenic 的致癌和抗癌分子机制的研究。

2003 年，董亮进入美国北卡大学医学院生命科学与农业学院，研究基因调控与人类重大疾病，继续深入探析人类抗癌之谜。

董亮的身边，一直收藏着自己上初中的时候，妈妈鼓励自己好好学习的一封信——

亲爱的儿子：

你好！

首先，你能进入海河中学初中部学习，说明你是一个优秀的学生，我为你感到自豪。

孩子，你是我一生中最重要、最爱的人，我会尽一切所能为你创造一个舒适、安全的学习生活环境，会尽一切所能保护你健康成长，会倾注所有心血在你身上，任何时候都不要怀疑我对你的爱。

初中是一个从儿童进入青少年的重要阶段，是塑造人生价值观的重要时刻。学习是你现在的主要任务。要尽力，但不要给自己太大压力，妈妈相信你是一个有上进心的人，你的努力妈妈都看在眼里。

孩子，要学会感恩，你应该要感谢身边的人，感谢那些教导过、帮助过、支持过你的人。

相信你，一定会成为一个对社会有用的人！

最后，祝你学习进步！健康快乐！

爱你的妈妈

6 月 7 日

几十年来，董亮没有忘记母亲的教导，他要通过不懈努力，成为一个真正对社会有用的人。

在美国，董亮守住清静，耐住寂寞。把所有的时间与精力都投入到攻克癌症之中。他专心致志，潜心研究，常常进入忘我的境界……

2008 年 10 月，一个礼拜天的早上，董亮的妻子李燕红准备出门购物。她把准备好的早餐放在桌子上，对董亮说："我出去买东西，早餐准备好了，你记得吃哦！"正在聚精会神做研究的董亮，头也不抬地"嗯"了一声。

中午，妻子回来一看，早餐原封不动地还在桌子上放着。她问董亮："你吃了早餐没有？"

董亮头也没抬地说："吃了！"原来，董亮忙于工作，完全不记得吃饭。

李燕红看着没动过的早餐不高兴地责怪自己的丈夫："你再忙，也不能忘记吃饭啊！到底是什么发现，让你连饭都忘记吃了？"

"……到底是什么发现，让你连饭都忘记吃了？"妻子的这几句话，吸引了董亮的注意力，他突然从桌子旁站起来，捏着妻子的手，大声说："确实有个新的发现！癌症有救了！我母亲有救了！"

李燕红兴奋地问："真的?！是什么发现？"

董亮说："一种新的抗癌技术！这种抗癌技术被称为'CAR-T'疗法，全称是'嵌合抗原受体 T 细胞免疫疗法'。"

妻子李燕红高兴地拍手道："太好了！太好了！"她好奇地问董亮："你能告诉我什么是'CAR-T'吗？这项技术为何能治疗癌症？"

董亮耐心地回答妻子："要明白这项技术，首先要弄明白什么是癌症。其实，人只要活得足够久，就有一定的概率会产生基因突变，也就是正常的细胞获得无限增殖的能力，也就称之为癌症。但我们人体还有免疫力，而免疫系统有很多组成成分，其中最典型的一个成分叫 T 细胞。

"CAR-T，其实就是把病人血液中的 T 细胞拿出来做基因工程改造。改造好的 T 细胞，相当于在外面细胞膜上装了一个 GPS 定位，它能够准确地定位肿瘤细胞，一旦 T 细胞和肿瘤细胞结合，也就是定位以后，CAR-T 细胞就被激活，激活的 T 细胞可以释放炮弹，把肿瘤细胞消灭。

"另外一方面，T 细胞里边有一个技术装置，只要肿瘤细胞和 T 细胞结合，T 细胞就可以不断地自我增殖，直到把肿瘤细胞彻底干掉。"

董亮继续给妻子解释：“CAR-T 技术的发明，是人类的福音。但 CAR-T 技术进一步成熟，需要科学家针对患者个体的情况和不同类型的病症进行发展，以实现药物的靶向疗效。只有这样，我母亲和更多的癌症患者才能够从中真正受益。”

李燕红：“难怪你每天废寝忘食的，原来是在钻研 CAR-T 技术！”

董亮：“是呀！CAR-T 疗法面临技术挑战，如何把治疗过程自动化和流程化，统一标准，减少成本，需要建立一个系统，需要更多的科学家、药厂、生物技术公司和风险投资人一起来做这个事情。”

2009 年 10 月，美国北卡大学高薪聘请董亮为终身教授，然而，物质、金钱、地位并没有能羁绊住董亮的爱国之心、救母之情。他毅然放弃了美国的优厚待遇，从美国北卡大学回国。

2014 年董亮联合 CAR-T 疗法发明者以及海内外高校及科研机构的免疫学专家、临床医学专家、细胞生物学专家创建了海河生物科技有限公司。这是一家集 CAR-T 免疫细胞药品研发、中试和申报于一体的制药企业。企业的目标，就是基于 CAR-T 治疗技术，创新开发系列差异化产品，对患者进行个性化药品定制，做全球 CAR-T 疗法领先企业，决胜癌症。2015 年，董亮的团队开始 CAR-T 临床试验。

董亮知道姐姐董欣也关注着国际上对于肺癌的攻克情况，但他希望，用自己的研制的药就母亲，这是他的目标，为此他不畏艰难万险走到了这里。他要在唤醒母亲的那一瞬间，用自己的能力挽救母亲的生命。当然，董亮需要自己有十足的把握……

2015 年，患急性淋巴细胞白血病的 18 岁英国女孩罗曼，辗转世界多国治疗，经历骨髓移植后再次复发。绝望之际，她的家人向董亮团队求治。董亮团队为罗曼精心制备了 CAR-T，医务人员将 CAR-T 输入她体内，满怀期待的等待着结果。

2018 年年末，对罗曼的复查结果显示，她体内的白血病细胞已经消失，体内的 CAR-T 细胞持续存在。这标志着罗曼的白血病获得临床治愈。

终于，董亮当年的孤注一掷有了回报，这么多年的付出有了他期待的结果。更重要的事，他一直以来期待的事——用自己的研究成果拯救自己的母亲，终于能够实现……

第十四章　死而复生

弹指一挥间，2019 年到了。1993 年初，罹患肺癌的余琦，因无药可救被实施人体冷冻。掐指一算，1993 年到 2019 年，余琦已经整整沉睡了 26 年。26 年长眠，26 年等待，26 年追随。余琦的孩子们想方设法，追到天边，也要把母亲救回来……

一

在纽曼博士的主持下，耗时多年，一套完整的人体唤醒复活方案出台了。接下来，便是照单实施了。

纽曼博士告诉董欣道："按照这个实施方案，第一步，解冻余琦的肉体；第二步，促其肉体逐步恢复功能，同时注入治疗药物；第三步，修复她的大脑细胞；第四步，使她的灵魂回归肉体；第五步，赋予她灵魂的活力，帮助她逐步恢复记忆。以上每一步，都需要科学规范，步步相连，环环相扣，谨慎操作。如果稍有闪失，一步错误，都可能前功尽弃。"

董欣问道："在这五个步骤当中，哪一点是最重要的?"

纽曼博士说："我已经说过了。每一步都很重要。一步错误，步步皆错。在操作上，我们必须十分谨慎，需要按照最高标准去执行。即使这样，还不敢保证百分之百的成功，这个操作，风险确实很大。因为，迄今为止，在人体复活方面，我们还没有借鉴的经验，全靠摸索。甚至还要看运气。"

董欣说："我们相信，您带领专家组制定的方案，一定是完善的，科学的。相信操作能够成功。"

纽曼博士说："谢谢您的肯定。不过我们还要考虑另外一种情况。当人体复活以后，她的灵魂还在沉睡，并不能马上唤醒她的记忆。实际上，沉睡了26年，再去延续一个人所有的记忆，是很困难的。这需要时间，有一个逐步恢复的过程，或许，过去有些事情甚至全部的事情，她永远都记不起来了。”

董欣追问：“那么，我母亲的身体唤醒以后，如何帮助她恢复记忆的链条？如何帮助她连接过去和现在乃至将来的事情？”

纽曼博士说：“关键是身体内温度的控制，还有基本的药物治疗，以及营养的保证，健康的管理，促进她细胞的恢复。在此基础上，更重要的是，需要亲情的呼唤和家庭的温暖……”

历经人体冷冻26年的余琦，能否被唤醒？唤醒以后，她的身体能不能康复？她的记忆能不能恢复？她的精神能不能适应现实的社会？这一切，都是必须考虑的问题，也是令人担忧的问题。纽曼博士说，复活工程最困难的问题，也是核心问题，就是冰冻了26年的身体，能否完整复活，被损伤的细胞可否完整修复。

二

2019年初春，一个晴朗的上午。美国得克萨斯州人体冷冻中心，阳光柔和地洒在大地上，小鸟轻盈地飞翔，蓝色的天空，白云朵朵，一切都是那么生机勃勃。

一项比人体冷冻工程更加伟大的工程，人体复活工程，就要在这里开始实施了。

这是一场人类历史上具有里程碑意义的工程。这是一项生物科学和医学等多个学科相结合的精密创新工程。生物专家和医学专家做好了充分的准备。他们将紧密配合，无缝对接，将当年60岁的余琦从冰冻设备中接出来，缓缓复温，介入治疗，然后唤醒、复活……

上午9点，在纽曼博士的主持下，专家组按照周密策划的复活程序，启动了人体复活工程。

历经26年的冷冻，余琦将渐渐复活……

上午10点，余琦的身体，从冰冻容器里缓缓推出，进入了早已准备好的预热通道。经过一周时间的封闭式预热，余琦的生命复活进入了关键程序。

从深度冰冻，到逐步升温，再到身体逐步恢复，需要一个个程序渐进推进。生物工作者和医务工作者紧张地按照既定方案，一个流程一个流程地向前推进……

按照实施方案，余琦的身体慢慢复温到可以采集血液之时，董亮团队在第一时间对余琦实施了 CAR-T 疗法。

恰当的时机，医学专家采集了余琦的血液，在实验室分离出 T 淋巴细胞，然后应用基因工程技术，将之变身为能识别并杀灭肿瘤的 CAR-T 细胞，再输回余琦体内。在第一时间迅速用药，是为了保证余琦免受肺癌的威胁。

余琦的身体从冷冻当中缓缓复原，需要相当长的时间。在这个过程中，输回她体内的 CAR-T 细胞仿佛一个个带着 GPS 导航的杀手。杀灭肿瘤后，CAR-T 细胞会进入休眠状态，一旦发现新的目标，便会被再次激活并发动攻击，保证余琦的身体在被唤醒的过程中不被肿瘤细胞所侵犯。

董欣、董霞和董燕，在隔离间通过视频，紧张地跟踪察看妈妈复活的每一个程序。

经过 30 多个日日夜夜，余琦的身体开始初步有了弹性……

董欣和弟弟妹妹们静静地等待，等待他们的妈妈慢慢复活……

三

按照治疗方案，董亮团队有序地运用 CAR-T 疗法配合其他治愈癌症的新型药物为余琦治疗，有效地抑制了余琦体内的癌细胞……

用药，检测，每天重复运行。董亮祈祷妈妈一切顺利，早日复生。

余琦身体的各个器官循着健康的轨道慢慢苏醒，逐步修复。她的灵魂似乎也正在缓慢地渐渐复活……

大家期待着余琦的身体完全正常运作，期待着她灵肉一体，回归生活。

两个月以后，余琦又接受了一次全身扫描。当天下午，医生拿着刚刚出来的检验报告冲进病房，高兴地说："太神奇了！好消息，报告出来了，病人的器官开始运作了。真是令人难以置信！"

专家说，余琦的肌体恢复活力，是个奇迹。这一套"唤醒"操作程序，将为更多的冷冻人"醒过来"提供借鉴。

接下来，余琦身体的各个器官逐步修复，运作。专家分析，26 年冷冻，余琦身体里的癌细胞也渐渐丧失了活力。第一时间给药，会较为有效地抑制癌细胞……

又过了20天，浑身插满管子的余琦，被推进了一个洁净的唤醒室……

董欣、董燕和董亮全身消毒后，被允许进入唤醒室探望。他们看到，母亲一如以前，正在静静地休息。只是脸色比以前显得更加苍白，躯体显得更加干瘦。她美丽的五官和花白的头发，一如从前。

这个时候，室内要求保持肃静，任何人不能用手去触摸母亲。但是，董欣的内心却翻滚着万千波浪。她在心里千万遍呼喊："亲爱的妈妈，您睁开眼睛，快点醒来，看看您的孩子们吧。"然而，此时的余琦，身体机能还需要慢慢恢复，她只能用慢慢苏醒的灵魂，去感应孩子们久别相逢、一诉衷肠的热望。

又过了一周，余琦的眼睛依然紧闭，依然如熟睡一般。而她的身体，开始进一步恢复柔软。专家说，这时候，可以尝试用爱的语言去唤醒她，促使她的灵魂回归本体了。

董欣给妈妈播放音乐："好一朵美丽的茉莉花……"董亮和董燕也不断地轻轻呼唤："妈妈，妈妈……"

然而，躺在病床上的余琦，却没有任何反应，表情与她冷冻时睡过去的情景，一模一样。

20世纪30年代，余琦在希里达女子学校学习时，曾经在自己的笔记本中写道："自立于世，我们不仅需要体魄的健全，更需要灵魂的闪亮……"经过26年的人体冷冻，她的肉体正在被唤醒，而她的灵魂将在何时被激活、再闪亮？

时间一天天地流逝。又过了一周，看着长眠的余琦，董欣着急地问纽曼博士："纽曼博士，按照您设计的五个步骤，您预计，唤醒知觉这一步什么时候会实施到位？"纽曼博士说："按照我们的目标，当肉体复活初步实现以后，就应该推进灵魂的回归和记忆的唤醒了。我曾经告诉过您，迄今为止，在实施人体复活这个系统工程方面，我们还没有借鉴的经验，是否能够操作到位，还是有风险的。这一点，我们在讨论方案的时候已经提到，而且，在人体复活同意书上，已经说明了这些风险，您也已经签字同意了。"

听了纽曼博士的话，董欣担心地问："万一，母亲一直这样处在睡眠状态，怎么办？"

纽曼博士说：“所以，我们需要更加谨慎地按照最高标准去执行操作，想方设法唤醒她。当然，这需要时间，需要在体温控制、营养供给、药物配比等方面的措施恰到好处，使她的细胞得到很好的营养和修复。万一，我们仅仅只是唤醒了她的肉体，没有激活她的灵魂。那活过来的，只能是一个如行尸走肉的植物人了，您知道，那也不是我希望看到的。不过，您不要着急，我们再给她一些时间，好吗？”

董欣说：“好，我明白，这件事情我们不能着急，只有耐心地等待奇迹出现！”

纽曼博士提示董欣说：“您好好想一想，如果您母亲的灵魂正在苏醒之中，26年前或者更加久远的事情，哪些，是她记忆最深刻的事情？她最想看到的是什么？怎样才能以最美好的记忆唤醒她？您要知道，唤醒一个人的灵魂，恢复一个人的记忆，这是世界上最难的事情……”

按照纽曼博士的提示，董欣想到了妈妈给自己织的那件大红色的毛衣。她想，在妈妈即将苏醒的瞬间，那件大红色毛衣，可否唤醒她的记忆呢？

那件大红色的毛衣，是董欣在中学上台演奏小提琴时，妈妈专门为她织的。记得“六一”马上就要到了，董欣要参加学校的汇报演出，表演的节目是小提琴独奏《茉莉花》，当年，“乐器中的王后”小提琴，在海河城是稀罕之物，是具有高难度演奏技巧的独奏乐器。汇报演出在市里的大礼堂进行，规模盛大，挑选演出服装十分重要。如何少花钱又选择一件合适的能够吸引人的演出服？余琦一方面辅导孩子练习曲子，另一方面为孩子穿什么演出服犯愁。

余琦知道，颜色对吸引观众注意力有很大作用。董欣肤色比较亮，她对色彩的适应范围比较宽，穿粉色、黄色、红色会显得活泼、亮丽。余琦上街挑选了大红色的毛线，决定给女儿织一件红色的毛衣上台演出。董欣放学回家，看见桌子上的毛线针，妈妈正在捋毛线团，董欣问：“妈妈，您准备给我织毛衣吗？”余琦说：“红色在舞台才显得亮丽好看，妈妈来给你织一件红毛衣上台演出好吗？”董欣摇头道：“妈妈，织一件毛衣必须一针一针地织，多辛苦啊！还有一个星期就要演出了，来得及吗？”余琦没有停下手，她说：“为了你能够演出好效果，妈妈加班加点赶快把这件毛衣织起来。”

夜深人静，堂屋的灯还亮着。董欣小心翼翼地打开房门，悄悄地把头伸出去，原来，妈妈还在一针一针地织毛衣。听到动静，余琦放下编织的毛衣，走向房间。董欣迅速钻进被窝，盖上被子，装睡。妈妈轻轻地走进来，帮每一个孩子盖好被子，再在每一个孩子的额头上亲了一下，然后轻轻关上门，又接着织毛衣了。

第二天一大早，余琦还是照常为孩子们准备好早饭，安排他们去上学。董欣发现了妈妈深紫色的黑眼圈，不禁抱住妈妈，对她说："我爱您，妈妈!"

令人期待而又兴奋的演出开始了。董欣身着妈妈熬夜织好的、有着漂亮小翻领的大红毛衣，走上舞台，表演小提琴独奏《茉莉花》。

只见她握弓、运弓，顿时，音色优美的小提琴发出千变万化的声音，犹如茉莉花开，洁白如玉。音乐创造的美丽意境，让人仿佛走在茉莉花丛中，感受扑鼻而来的淡淡茉莉花香。台下的余琦，沉醉在小提琴优美动听的旋律之中。清新的琴音如歌唱，似倾诉，细腻生动地表达了女儿对妈妈无怨无悔地付出的感恩和对生命的无限热爱。透过琴音，茉莉花的香味渗透了她的灵魂，小河流水般的旋律，伴随着她的灵魂，奔向远方。

演出结束，董欣身着闪亮的红毛衣走下舞台，与妈妈热烈地拥抱着，摸着妈妈有些粗糙已经皲裂的手指头，她明白了默默付出，才是爱的真谛。

"慈母手中线，游子身上衣。"妈妈编织的毛衣，一针一线都是爱。随着社会的发展，纯手工的毛衣已经很少见了，而董欣始终用心地保存着妈妈亲手编织的那件大红的毛衣。从她 19 岁、29 岁、39 岁、49 岁，到 59 岁……一直保存了 40 多年。

其间，她经历了从少女到青年，从青年到中年。这中间，她搬了无数次的家，无论走到哪里，她都会把这件毛衣放在最重要的地方，因为那是妈妈的化身，妈妈的爱。

余琦 50 岁生日的时候，董欣陪着妈妈挑选一个生日礼物。偌大的商场里面，商品琳琅满目。是给妈妈买衣服？买裤子？还是买包包？

在众多的商品中，羊毛柜里天蓝色的毛衣引起了董欣的注意，她请营业员拿过来，与妈妈一起细细地品味，蓝色代表着纯洁，代表着女儿对妈妈的爱。

大红色的毛衣和天蓝色的毛衣，成了董欣和妈妈传递母女之爱，传递温暖的载体。

董欣希望刚刚复活的妈妈，一睁开眼睛，就能看到自己最熟悉的人和物。希望那件大红色的毛衣和天蓝色的毛衣，能够唤醒妈妈对往事的回忆。

董亮送给妈妈的，是自己带领团队研究的70多个基于CAR-T疗法创新研制的药品。他要告诉母亲，自己的创新成果，将帮助人类与恶性肿瘤对抗。他要告诉母亲，在医疗科学不断发展的现在，儿子完全能够帮助自己的母亲轻松活到一百岁。

董燕和妈妈灵魂沟通的载体，就是那幅松树图。松树图，是妈妈的灵魂支柱。董燕画的松树图作品，继承了妈妈的衣钵。她把妈妈画的那幅松树图和自己画的松树图制作成为浓缩版，一起带在身边，她相信，这是自己和妈妈之间的灵魂暗号。她相信，妈妈看了这幅松树图，一定能够恢复母女之间关于爱的记忆。

董欣还把妈妈熟悉的一些物品，运到美国的家中，精心复制了一个和妈妈生前居住的房间非常相似的房间。她将妈妈的衣物摆设还原，等待妈妈醒来……

又一个星期过去了。董欣把大红毛衣和天蓝色的毛衣拿到余琦的床头，深情地说："妈妈，我是董欣，这是您给我织的红毛衣，这是我给您买的毛衣，您还记得吗？"

说完，她和弟弟妹妹一起，等待着妈妈的反应。"妈妈，我是董欣，这是您给我织的红毛衣，这是我给您买的毛衣，您还记得吗？"

良久，余琦开始轻微地转动眼珠。

妈妈的眼睛动了！妈妈的眼睛动了！大家欣喜若狂。

时隔二十多年，亲人们都改变了模样，余琦还能辨认出她的孩子吗？

董欣把那件大红色的毛衣和天蓝色的毛衣拿在手上，颤声地呼喊："妈妈……妈妈……"

女儿的声音，似乎触动了她的神经。终于，余琦慢慢睁开了眼睛，尽管房间里的亮度已经调试好了，那是初见光亮的人，最舒适的微光。而余琦的目光，还是显得有些呆滞，毕竟，她已经26年没有睁开眼睛了……

董欣异常激动，轻唤道："妈妈，我是董欣，我们都来了！"她拿出大红色的毛衣和天蓝色的毛衣，激发妈妈对往事的回忆……

余琦若有所思，貌似灵魂正在苏醒。

"女儿好不好？"医生问。

没想到，余琦居然轻轻地动了动嘴唇，好像是要开口说：“好！”然而，这个字，她却没能说出来。

但是，余琦已经有知觉，对外界世界有感应了。

董燕展开松树图，余琦静静地看了一会儿，慢慢地，泪水挂在眼角，小女儿董燕激动地哭了。母亲似乎对那幅画有所触动，但还是没有即刻认出自己的女儿来。

尽管余琦的记忆还没有完全恢复，但是，她已经对外界的事物有所感知。专家认为，她的身体和灵魂，经过二十多年的分离，终于合二为一了。灵魂已经回归，记忆则逐步恢复，这标志着，余琦已经成功地起死回生了。

日日夜夜的守护和期待，余琦终于回归人间。亲人们欢呼雀跃，激动不已。

匆匆 26 年，余琦睡了一个很长很长的觉，睡得很沉很沉，休息得很好很好，这一觉，消除了她所有的疲惫和烦恼……

一觉醒来，时光流逝了 26 年。她茫然地看着自己唯一的儿子董亮，似乎想去摸一摸，而她的四肢，还不是很灵活。刚刚睁开眼睛，她还不能够完全分辨眼前的几个人，是自己的几个孩子。她也没有回忆起毛衣的故事。她更不知道，此时，她的二女儿董霞，身患“渐冻人症”，手脚开始萎缩，正在住院治疗。

然而，知觉的唤醒，灵魂的回归，标志着她重新回到了人间。

回到了人间，余琦对世界的认知定格在了 26 年前。现在，她的实际年龄只有 60 岁，而她生命的实际长度，却已经有 86 岁了。

纽曼博士告诉董欣：“肉体的复活，灵魂的回归，只是整个人体复活工程的一个阶段性成果。如果灵魂回归了，而她从前的故事和情爱都归于零，灵魂不能链接从前的记忆，那她就只能是形体上的余琦，而不是完全意义上的余琦。总之，哪怕复活了肉体，也唤醒了她的灵魂，而没有恢复她的记忆，就好比电脑被清盘了一样，她的生命，一切都要重新开始，包括她前生所拥有的文化知识、人际关系，全部被删除了。实际上，她完全变成了另外一个人，她需要重新认识世界上的人和事，当然，这种状态与植物人，还是有所区别……”

董欣说：“纽曼博士，我明白了，人体复活的意义在于，实现一个人肉体和灵魂的完全复苏，记忆的完整唤醒。当我的母亲被唤醒以后，需要对她记忆数据库的资料，进行恢复和挖掘，使她可以识别生前的所有人和事，完全回归生活。”

纽曼博士说：“您说得很对，应该说，人体复活，首先需要复活人的身体。但是，这一步实现以后，核心是要复活人的灵魂和记忆。肉体是灵魂和记忆的载体，如果肉体恢复了活力，却唤醒不了她的记忆。人体复活的意义，就会大打折扣。”

董欣说：“您的意思是说，如果复活的这个人，只是实现了形体上的回归，可能给了亲人们心理安慰。但是，如果她前生的生活数据被删除，她自己就丧失了延续生活的意义。”

纽曼博士说：“对，如果她变得不认识你们了，那你们也就难以向母亲表达孝敬了，她也难以通过这件事感受亲情的温暖，甚至可以说，如果你们之间的感情得不到延续，你们千方百计挽救母亲的意义，也会受到影响。”

董欣说：“可不可以这么理解，拯救灵魂，恢复记忆，就相当于恢复一个人灵魂的数据库？”

纽曼博士说：“对。除此之外，还有一点，需要提醒您关注，一旦她恢复记忆，回归社会，还要帮助她适应现代生活。”

董欣说：“往灵魂数据库里面增加现代生活内容？”

纽曼博士说：“非常正确，您母亲离开社会已经 26 年，新时代的很多新东西她不了解，现在的社会环境她不习惯。很多事情，她可能要从零开始。因此，帮助她顺利回归生活的一个重要内容，就是帮助她了解人类的新技术和新的生活方式。这就更需要家人的关爱和帮助了。”

纽曼博士的话，将董欣引入了沉思，经过精心的调理和深情的呼唤，母亲终于慢慢开始有了知觉。但是，怎么样才能够让死而复生的母亲恢复记忆？怎么样让母亲适应重新来过的人生？她向纽曼博士提出，在美国调养一段时间，妈妈的体能基本恢复以后，尽早让妈妈回国，回到她熟悉的海河城，回到她熟悉的余家小院，这样更加有利于妈妈回归社会，回归生活……

四

余家小院，如余琦离开时一样，她的房间，依然如 26 年前一样布置，熟悉的柜子、床铺，连被褥、枕巾都没有改变。董欣明白，帮助母亲恢复记忆，需要为她营造熟悉的环境。

一切物品都是余琦熟悉的，甚至，连那个用挂锁锁住的、余琦自己存放自己物品的书桌，还如往常一样，静静地等候着它的主人归来。书桌上，摆放着余琦中学时期的毕业照。余琦端详着每一个同学，这些人，她都记不清了，其实，很多人，她再也见不着了。

余琦昔日的老同事、老朋友严涛，现在和余琦隔壁的邻居李湘梅已经是一家人了。年过80的老两口过来串门，看望死而复生的余琦。然而，余琦见到老两口，好像是见到了陌生人一样，尽管，她已经会很客气地打招呼。但是，她对这两个与自己的生命曾经有过密切交集的人，似乎完全没印象了。

老邻居李湘梅拉着她的手："大姐，您回来了，我是湘梅啊，您有没有记起来我是谁啊？"余琦一脸茫然，无论如何记不起来眼前的这位老太太是谁。也难怪，当年的湘梅，年近60岁，现在的湘梅，已是80多岁的老人了，她和她的第二任丈夫、余琦的老同事严涛，是在余琦被冷冻后的第十个年头结婚的。说起来，他们的婚姻还是余琦间接介绍的。当年，在余琦家里，严涛认识了李湘梅。后来，他们两个人的老伴儿都先后去世了，他们自然而然就成了一家。在这两个长寿老人面前，60多岁的余琦就显得很年轻了。余琦还是老模样，湘梅自然对她很熟悉。让李湘梅着急的是，无论自己怎么跟余琦解释，她就是记不起来自己是谁。

接连几天，湘梅和严涛都在想方设法唤起余琦的回忆，湘梅拿出自己年轻时的照片，让她辨认，问道："这是谁？"余琦摇了摇头，想不起来。严涛记得，那一年，自己给余家送过一些米。他想，提起当年送米的往事，也许，余琦会记起过去的事情，会记起自己这位老同事来，但还是无济于事。湘梅想了想，又把当年自己的画作拿出来和她交流，然而，还是没有效果。

当年的那个"包打听"的老头已经去世了，不知道他如果仍活在世上，会怎么评说余琦死而复生这件事。总之，除了家里的几个孩子，余琦似乎正在慢慢地与他们熟悉起来，其他的人，哪怕是曾经跟她共过患难、走过艰难岁月的人，她都完全记不起来了。也难怪，他们现在都老了，容貌大变了。

严涛发现，余琦已经忘记了以前的事情，她好像只活在自己的世界里，似乎成了另外一个人，而不是原来那个余琦。

善于学习的严涛明白，这是人体冷冻损伤了她的脑细胞，连接他们情感的链条中断了。有些人有些事，她可能需要时间恢复记忆。而有些人有些事，她可能永远都记不起来了。

董欣记得，纽曼博士说过，一个人的复活，不仅是肉体的复活，更重要的是灵魂的复活、精神的复活和记忆的复活。现在，尽管母亲的身体已经获得了新生，但她的记忆却一直难以恢复。万一，母亲从此活在自己的世界里，怎么办？董欣甚至感觉一筹莫展，她陷入了深深的迷茫和痛苦之中……

恢复记忆，需要营养细胞。在定时服药的前提下，董亮综合营养学、运动学、康复学等多种学科知识，为母亲制定了“健康处方表”，科学规范地安排母亲的饮食起居，定时将母亲的体温、血压、心率、营养状况等身体数据上传到云端，进入健康管理大数据平台，用科学模型予以计算分析，定期评估她的身体达标和细胞修复情况。并根据她的身体动态值，随时调整“健康处方表”，保证母亲的身体按照既定的目标康复。

通过观察，董欣发现，尽管母亲的记忆难以恢复，但是，她对自己的几个孩子，还是有感觉的。跟自己和弟弟妹妹们在一起的时候，母亲总是显得那么的自然，好像自然地在延续以前一家人在一起的相处模式，只是，她还没有记起来，这几个人到底是谁……

董欣又想，余家小院，留下了母亲太多的回忆，或许，时间久一点，慢慢地提醒她，她会慢慢地与自己的孩子相认。或许，她熟悉的画室，会更好地唤起她的记忆……

于是，董欣陪着母亲，重新认识余家小院的一草一木。重新审视她用了一生的祖传旧家具，睡了一生的老式木床。她还把母亲穿过的、打了很多补丁的内衣，还有她箱底收藏着的那一件崭新的灯芯绒外衣，都找了出来，陪母亲仔仔细细看了一遍。她提醒母亲，这一件崭新的灯芯绒外衣，您一直留着，准备等到出席重要场合再穿，结果，一直等到病重，您都没有碰到需要穿这件衣服的场合。她问母亲，对这件事情还有没有印象？说到这里，余琦好像若有所思……

接下来，董欣陪着母亲，走向余家小阁楼上的画室。在自己的画室，余琦慢慢踱步，反复观察……仿佛那里的一支笔，一个画台，都触动了她的记忆。

突然，她看到了画台上的那个绣花荷包。那正是当年余维新参军的时候，余琦送给他的。当年，余琦的母亲余太太还专门往里面放了一些盘缠钱。

董欣赶紧拿着那个绣花荷包对余琦说："妈，这是一个叫余维新的爷爷来看您的时候带过来的。他说，这是当年您送给他的。"绣花荷包上，那朵精致的并蒂莲盛开如初。

初恋刻骨铭心。余琦喃喃自语："余维新，余维新……"前世的情缘再现，她的记忆仿佛正在被点亮。

原来，当年余琦嘱咐的话："妈妈让你把这个钱包贴身拿好，千万不要弄丢了！"余维新一直记在心里。他曾经答应她："下次见面的时候，你会看到它和现在一样完好"

早些年，他们见过一面。当时，余维新忘记把这个绣花荷包还给余琦了。他们在省城一别，已经过去半个多世纪了。但是，余维新一直没有忘记当年的余琦妹妹。退休之后，他专门到海河城寻找余琦。不料，余琦病重在美国被冷冻了。他遗憾地把绣花荷包交给董欣，让她好好保管。令人扼腕叹息的是，就在半年前，余维新先生已经病逝了。在生命的路途上，余琦与她钟情的哥哥再一次擦肩而过。

睹物思人，历经半个多世纪，跨越前生后世，这满载深情厚谊的绣花荷包，唤醒了余琦的记忆。终于，她记起来了，过去的情、过去的爱、过去的事慢慢地涌上她的心头……

余琦记起来了，她告诉女儿董欣："我记起来了，这里，是我画画的地方，还有那个余维新……"

"妈妈记起来了，妈妈记起来了！"董欣兴奋不已。她发动弟弟妹妹把过去那些记忆深刻的情感旧物，翻箱倒柜找出来，想方设法，引导母亲回忆过去，一件事一件事地影响她，唤醒她失去了的记忆，把她的灵魂牵引到和往事连接的轨道上。

董亮专门穿上了当年的绿军装，模仿当年回家探亲的情景。站在余琦面前，敬了一个标准的军礼，说："妈妈，我回来了！"顿时，余琦终于认出了自己唯一的儿子，她激动地抱着董亮，叫道："我的儿子！"

董欣再次拿出大红色的毛衣和天蓝色的毛衣，激发妈妈对往事的回忆，这一次，余琦记起了两件毛衣的故事，认出了自己的大女儿董欣，她脱口而出："你是董欣！这件毛衣。是我为你织的。"

董燕刚刚展开那幅松树图，余琦马上认出了松树图和自己的小女儿董燕。

一家人喜极而泣。

经过半年时间的健康管理和亲情的呼唤，余琦的细胞恢复初步显现效果，记忆也慢慢恢复起来。终于，孩子们期待的母亲，正在回归生活……

随着记忆的闸门被打开，余琦开始与孩子们一起，回忆往事。有些事情，她记得非常清楚，甚至有的时候，她还会主动与大家一起回顾过去的精彩生活片段。

有一天，一家人在一起聊天。余琦突然问到了老街上那位有名的"包打听"王新全老人。董霞是王新全老人的邻居，她给母亲讲述了王新全老人的故事。

董霞告诉母亲说："十多年前，王老已经去世了。他走的时候大概 70 多岁。那天清晨，他一如既往的锻炼身体，可能动作有点猛。锻炼结束，他一屁股坐在地上。他几次尝试站起来，却都失败了。邻居发现他坐在地上不能动，急忙把他送到医院。到医院两天，却不见他的儿女露面。那时候，老人已经有些糊涂了，几次把管床医生错当成自己的儿子。有一次，管床医生跟王老聊天。小伙子问：'大爷，您儿子忙什么呢？也不见露面。'老头说：'孩子们忙，还有一家人得养，我就不添麻烦了。'

"晚上，王老悄悄走出医院，坐在走廊上吹风。陪在他身边的，只有那只叫黄黄的狗狗。狗狗每天都会听他讲孩子小时候的故事，听他讲一辈子的辛酸苦辣。

"在医院住了几天，王老的女儿终于打电话来了，准备回家看看父亲，而老人的儿子，因为与父亲有一点隔阂，一直不愿意露面。听说女儿要回来了，王老一高兴，病也好了，办了出院回到家。

"女儿和 8 岁的外孙女一进屋，王老就问这问那，仿佛有问不完的话题。接着，王老的女儿开始张罗做饭，她也难得为父亲烧一次饭。闻到香味，黄黄蹲在旁边等着吃肉。

"一会儿，王老的女儿端上一大桌香喷喷的饭菜。王老兴奋地对外孙女

喊：‘小宝贝，可以洗手吃饭了！’

“面对丰盛的菜肴，刚刚出院，平时就非常喜欢喝点酒的王老自斟自饮喝了几杯。

“王老女儿的婆家，就在海河附近的一个镇上，她平时回家都是当天一个来回。这一次，王老莫名其妙希望女儿在家住一晚，可是，女儿第二天还有重要事情要处理，晚上还是急急忙忙带着女儿回婆家去了。

“第二天早上，可怜的王老刚刚起床，就一个踉跄摔倒在床边。狗狗急了，跑到邻居家叫个不停，我们这些左邻右舍感觉是老人出事了，大家急忙赶了过去。

“我们过去的时候已经来不及了，老人已经带着对儿女的思念与不舍，还有对狗狗的无限眷恋，去世了。王老走了，狗狗一直在身边拱他，想把他叫起来，但是老人再也没有醒过来。狗狗伤心地发出悲痛的呜咽声，双眼满是泪水……”

董霞说到这里，董燕愤愤不平地说道：“老人有儿有女。他的儿子就住在附近，而陪老人走过最后时光的，怎么只有一只小狗？”

董霞接着往下讲：“安葬了老人，狗狗黄黄就一直在坟茔前陪着老人，一刻也不肯离开。街坊邻居接连三天给狗狗送些吃食，但是狗狗一口也没有吃，也没有喝水，三天后，狗狗死在了老人的坟前。唉，一只狗狗用一生陪伴着老人，王老死后，它三天不吃不喝随老人而去，让多少人汗颜，更让不孝的儿女良心难安啊。”

听完王新全老人的故事，想到自己的孩子追到天边，也要把自己从死亡线上抢救回来，余琦感慨万千。她感觉到，与王新全老人相比，自己有这样一群充满爱心、懂得孝道的孩子真是幸运。

回归生活，余琦感受到自己起死回生的神奇，她甚至觉得，自己的经历，有如幻觉一般，难以置信。有一次，她竟用自己的右手掐了掐自己的左手背，确认自己是否确实活在现实之中……

五

这是余琦起死回生后的一天。

清晨，伴着“沙沙”的雨声，窗台上的水仙花，开出了嫩绿的新花，几只小虫，正攀爬在沾着露水的月季花瓣上。余琦从睡梦中醒来，早春清新的气息，甜滋滋的晨雾沁入她的肺腑，开怀拥抱着又一个全新的早晨，她感觉，生命又迎来了崭新的一天。

阁楼上，偌大的书房，那个标准的绘画台静卧其中。儿子董亮和小女儿董燕摆上宣纸和笔墨。余琦开始挥毫作画。

只见她握着画笔，眺望着远方的景色，凝思了一会儿，忽然收回目光，似乎得到了灵感。接着，神情专注地在画纸上挥毫泼墨。她以自己的生命传奇为题，在绘制一幅名为《灵魂之旅》的画。

几十年的灵魂旅行，汹涌的思绪，瞬间化成了纸上的传奇。我们从哪里来？我们又到哪里去？循着灵魂引领，沿着前生后世记忆中的景象，她指尖的笔触，缓缓地在宣纸上盛开。她由浅入深，细腻地勾画出深藏灵魂的海市蜃楼：天边飘浮着白云，重峦叠嶂的群峰脚下，是茫茫大海。潺潺山泉，沐浴着翠绿的山体，涤荡着尘世的污垢。几只展翅的大雁，正在引领她走向通往灵魂世界的大门。海岸边，高耸的红杉树下，绿草茵茵……

她将手中的画笔，蘸上各种颜色，游走在画笔与宣纸之间，时而轻笔细描，时而浓墨涂抹。一会儿，她将一滴滴五颜六色的彩墨，自然地滴洒在宣纸上，颜料慢慢地向四周扩散……路边白色的护栏内，瞬间开满了一朵朵美丽的小花，花瓣有深有浅、层层叠叠……

“山遥水远遗墨间，彼岸花开意连连。灵魂之旅向深处，生命与爱在人间。”余琦行笔走墨，挥洒自如地为画题诗。

一幅含义深远的画作《灵魂之旅》完成了。重生的余琦，以多彩的画笔描绘着自己的传奇人生。

忽然，自己死之将至、无药可医的情景展现在她的眼前，脑海里，很多往事奔涌而来……

她记起来了，上一世的自己，曾经病入膏肓。没有想到，阴差阳错，这一世的自己，竟然真的能够起死回生……

她与孩子们回忆起自己“死亡”的经历：“我因肺癌而面临死亡，医生说我只能存活一个月左右。这时候，我的意识开始在生和死、人间和天堂之间，在这个空间和另一个空间之间游离。为了挽救我的生命，你们把我送到美国接受治疗，最终确认回天无术。

“那时候，我认识到的东西，是超乎我们这个三维世界所能想象的。我清晰地感觉，我的大限还未到来。我可以幸运地选择回归人间，重塑生命。我意识到，如果我选择生命，身体将会在未来复原。那时，癌症便会从我的身体里离开，身体就会恢复健康。

“那时候，我时而置身于另一个场景。仿佛有一个漂亮而巨大的金色宫殿，阳光透过窗外的树梢，洒满了整个宫殿。

“宫殿里外有很多人，忙进忙出。宫殿上空有飞翔的鸟，地上有摇着尾巴的小狗。一瞬间，我感觉自己会飞。我直接飞了起来。我飞呀飞，飞到高处俯瞰这个美好的宫殿，和它周围漂亮的景色。

“天很蓝，有山、有水、有花、有树……沐浴着阳光，我欣赏着漫山遍野五颜六色的小花。我与众多的生灵为伴，心中充满爱意。同时，我感觉我的存在无比重要，我感知，我深深影响到身边的每一个生命，我不能离去……

“虽然我一直昏迷，但是我的灵魂十分鲜活，她游历于尘世上空，在现实世界和另外一个未知的世界之间进进出出……异常敏锐地察觉发生的事情……”

董欣他们频频点头，验证母亲说的确有其事。

余琦接着说：“虽然，我的双眼一直闭着，没有睁开，但我依然可以看到房间里的每一个人，同时又体验着另一场景的空间，二者一直并存。

“在此之前，我还知道，我们乘飞机赶往美国。董欣和黎宏伟焦急地赶到飞机场迎接我们。

“去美国的路上，我感觉董霞、董亮和董燕都很紧张。整个过程，就像生命接力赛一样，一环扣一环。直到美国的专家开始查看我的身体……

“我听到，董欣跟黎宏伟在我病房外的通道上对话。他们在安排自己的儿子，我的宝贝外孙黎建国赶来看我。当时的谈话内容我都记得。”

大家吃惊地频频点头，这件事情也得到证实。

余琦回忆道：“在医院宁静的环境里，我感觉，我被你们，还有很多生命体包围，包括我已过世的母亲，还有你们的父亲。还有其他的一些人，虽然我不认识，但是我知道，大家都非常爱我，保护我，都在想办法挽救我。整个过程，使我感受到了巨大的爱，这种爱，超越了我在凡世间的体会。

“我感受到自己被深深地爱着，好像无论我在哪里，都被爱着。我不用做任何事去证明自己，就能得到这爱。我感知到生命是何等的美好。只要我们内心充满爱，我们就被爱深深地包围着。满怀着爱的孩子们，即使在我没有察觉的时候，总是围绕在我的周围。当我选择一定要回来的时候，我的意识达到了最高层次。

“我决定，一定要熬过去，经受这次生命的考验。如果我走了，你们这群孩子，甚至会随我而去，我感觉，我来到人世间的使命还没有完成……”

大家感动，噙住眼泪……

余琦追忆着，说：“我的灵魂越是向另外一个世界游历，我越能够感知到超乎我之前感知范围的对话和行动。我看到，董欣接到我弥留的消息，紧张地与黎宏伟商量。

“随后，我听到了他们两个人跟专家的对话，提出在我还有气息之时，把我的躯体冷冻保存起来，向未来穿越，有条件的时候，再战胜不治之症。专家答应了女儿的请求，尽管我已经气息奄奄，但我完全同意实施人体冷冻的方案，我准备，为了科学，试一试。

“那一天，医生在说，我已处于弥留状态。我的所有器官将要停止运作，医护人员以点滴为我注射混合药物。这时，我的意识是处于游离状态的。虽然我戴着氧气，身上插满营养供应液和各种药物的管子，已经陷入昏迷，却能感知到身边所发生的一切。

“弥留之际，我甚至十分清晰地知道，为什么我会得癌症，你们每一个人，在我的生命中，扮演了什么样的角色。

“我感觉，我超越了我自己，到了另一次元的空间，在那个地方，我感受到巨大的爱，我完全被爱包围着，你们对我，是那样的恋恋不舍。

“这次的体验，让我感觉生命的每一瞬间，都有可能出现奇迹。这一切，使我领悟到一切皆有可能，任何新的情况，都绝对有可能出现。

“我感觉，生命原本很奇妙，我们到人世间来，并不是仅仅受苦的，而更多是为了爱。其实，我们每个人都是深深地被爱包围着的，同时，我们每个人，也在尽全力地付出爱。

“穿越时空，我对生命与爱，有了全新的看法，因为我对生命与灵魂有了超常的体验，远超常人所能想象。我为自己获得再生的机会深感幸运，我体会到，人间才是真正的天堂，爱才是生命的无价之宝。”

余琦还告诉大家，实施冷冻时，自己灵魂又游历回到了那个魂游过的美丽宫殿。这次，灵魂从山顶，飘到了宫殿的金顶上，最后飘了进去……

宫殿里，有一个巨大的台子，用红绸布蒙着，她想飘过去摸一摸。她飘啊飘，可是总是摸不到。

她感觉累了，不知不觉，就在这个美丽的宫殿，这个巨大的台子上睡着了。这一觉，一直睡到现在，这一睡，就睡了 26 年。一觉醒来，就迎来了崭新的一天。她说，生命，是由时间构成的。而时间，是由无穷多的当下累积而成，珍惜生命，就要珍惜爱，珍惜当下每一个瞬间，珍惜每分每秒。

余琦的“死亡”经历太美好了，充满传奇……

生命原本很奇妙，人离开的时候并不可怕，哪怕躯体暂停运转甚至消亡，我们的灵魂，还可以鲜活的存在。“死亡”的人，只要在弥留之际下决心舍弃现有的一切，便可以快乐地飞到天堂。而痛苦的是活在当下的人，是“将死之人”的亲属朋友，以及所有爱她的人。活着的人，因为深深地爱，所以感受到了巨大的失去和痛苦，这便是生命与爱的神奇力量。

六

从美国回到海河以后，董霞的病情不断发展，走路、穿衣、拿碗筷都不如从前那么自如了。50 多岁的她，在痛苦绝望之时，天天在内心深处呼唤着母亲。有时候，她甚至不顾一切，大声呼喊着：“妈妈，妈妈……”

妈妈两个字，是世界上最动听最温暖的话语。

人在最痛苦的时候，在最需要安慰的时候，在受到惊吓的时候，首先想到的是母亲，都会本能地喊出：“妈呀！”这是因为从十月怀胎开始，母亲的心跳节律，已牢牢印在了儿女的心坎里，母亲的精心呵护，已经在儿女的潜意识里留下了不可磨灭的印痕。

人在病中，更加依恋母亲。在战胜疾病过程中，董霞给母亲余琦写了一封信，这封信，是这样写的：

亲爱的妈妈：

您好！

我被确诊为绝症，已经快有一年了。尽管我困于病床，我的灵魂，却始终如一地在追随着您，全然没有被这肉体的皮囊所囚禁。我之所以能够坚持到今天，就是在等待您醒来后与您相见。

亲爱的妈妈，这辈子，我得到了您无私的爱。小时候，您温暖的怀抱保障了我的温饱。每回我被人欺负了，您都会像旋风一样冲到我的面前保护我。长大以后，您教育我如何做人，在我受到误解，在我生不如死的时候，您让我战胜了困难，帮助我渡过了人生的不顺。离别的这20多年，您的身影始终印刻在我内心深处……

小时候，在我眼里，母亲是我的全部。可我那时候并不懂得母爱的伟大。经历了风风雨雨，特别是我自己当了母亲之后，我才明白，母爱是世界上最无私的爱。在这个世界上，最爱我们，对我们最好的人，只有父母。

亲爱的妈妈，我现在最想做的事情，就是像20多年前那样，傍晚夕阳西下时，陪您在河堤边漫步，时而抬起头来，看看路边的树叶，时而品一品千姿百态、种类繁多的花草，享受每一个崭新的、美好的一天。

谢谢您！我亲爱的母亲！

永远爱您的女儿董霞

董霞的这封信，是余琦复活以后，记忆完全恢复了，董欣才交给母亲的。这封信，使历经磨难的余琦，肝肠寸断，痛不欲生……

这是一个不平凡的夜晚，风驰电掣，天昏地暗。身患“渐冻人症”的董霞患重感冒，高烧40度，四肢无力……

随着病情的恶化，她因大脑缺氧深度昏迷。医生认为，引起昏迷的原因，除了高烧，还可能与渐冻症有关。因为渐冻症本身就可能导致患者出现发烧晕倒、呼吸困难等症状。渐冻症已经使董霞的腿部开始萎缩了，她常常感到四肢无力，活动受限。

ICU病房，董霞身上，插满了各种医用管道，靠呼吸机维持生命。

昏迷之中的董霞，梦见自己的魂魄分分合合，灵魂正在艰难地寻找着肉体，二者却常常擦肩而过。在梦里，她的灵魂飘游到天边，与母亲余琦的灵魂相遇，董霞喃喃呼唤：“妈妈，妈妈，您快回来……”

病床边的余琦，听到女儿梦中的呼唤。轻轻回应：“孩子，妈妈回来了，妈妈在这里。”母亲亲切而熟悉的声音，穿透了董霞的灵魂。

她神思恍惚地睁开眼睛，看到刚刚复活的母亲，不敢相信自己的眼睛，她脱口喊道："妈妈，妈妈！您真的回来了？"余琦轻轻地抚摸着二女儿的额头，感慨万千："孩子，是我，我回来了……"

伤心欲绝的余琦紧紧地抱住了女儿。很是神奇，董霞安静下来了，她闭上了眼睛，静静地依偎在母亲的怀抱里。或许，因为母亲身上有她特别熟悉的味道，当一个人痛苦的时候自然而然地就会呼唤妈妈，妈妈回来了，那种可依靠的安全感就自然而然地回归了。

董霞生病的年龄，正好与余琦当年被冷冻的年龄相仿。眼见二女儿将不可逆转地，渐渐被"冻"死，余琦心如刀绞……

然而，有了余琦死而复生的经历，董欣对妹妹最终战胜疾病始终充满信心。她隐隐感知，在爱的包围下，在妹妹身上，也将会出现生命的奇迹。

"妈……"只见董霞的女儿董萌萌，泪眼蒙眬地扑倒在董霞的床头。前所未有的负疚感，久久缠绕在她的心头。她痛恨自己的自私和无知。从参加高考以来，自己常常感觉妈妈很啰唆，感觉自己在忙大事，不愿意多花时间听妈妈唠叨，与父母见面的次数变得越来越少。她扪心自问，自己真的有那么忙吗？那些忽视父母的理由，真的很充分吗？

余琦轻抚着萌萌的头："孩子，我们一起多陪陪妈妈吧。你陪着她，她会很高兴的。"萌萌点点头，说道："外婆，以前我太不懂事了，我太后悔了，现在，我要弥补对妈妈的亏欠，我要学会爱大家，不能光爱自己。"

七

余家小院，经历生死的余琦和孩子们一起，为如何挽救董霞，绞尽了脑汁……

董萌萌查阅了人体冷冻材料，她提出，一旦自己的妈妈董霞无药可救，就用人体冷冻技术，把将要被"冻"死的母亲冷冻起来，待渐冻症治疗有方了，再唤醒母亲。她说，现在，人体冷冻已经在中国兴起了。2017 年 5 月 8 日，中国首例冷冻人，山东 49 岁的展文莲因肺癌在济南去世，随后接受了山东济南银丰生命科学研究院实施的人体"冷冻"手术，成为第一个在中国被低温保存的人，这也是首例在中国本土冷冻并等待复活的"病人"。萌萌不想失去母亲，她希望母亲在渐冻症不可逆转的时候，在中国本土接受人体冷冻手术，将来有一天能够像外婆那样复活与康复。

正所谓："山重水复疑无路，柳暗花明又一村。"

在全家人为董霞的病一筹莫展之时，董欣为妹妹寻到了一种源于美国的渐冻症治疗新药。美国专家研究表明，渐冻症，即肌萎缩侧索硬化症（ALS）的基本病理：是一种名为 TIA1 的蛋白突变，影响了蛋白的相变行为，造成控制肌肉的神经元死亡，进而导致 ALS。研究人员根据这一发现研制的新药，对渐冻症有显著的治疗效果，能够控制住病情，使之不再恶化。万幸的是，这款新药，使董霞的病情得到了有效的控制。她的生命体征逐步稳定下来。

与此同时，董欣还请教民间老中医，设计了一套健康管理的方法，以期缓解妹妹的苦痛。董欣认为，对患有渐冻症的妹妹进行配合的身体调整，是很有必要的。与正常人相比，虽然"渐冻人"的身体内同样有血液循环，但是他们的生命循环条件和状态却不健全，好像身体已经进入了冬天。就像低温下，小草会黄，树木会枯一样，逐渐被冻住的"渐冻人"会慢慢萎缩。

董欣说："健康管理的办法，打个比方就是帮助妹妹的身体升温、回暖、化冻。"

董萌萌急迫地问道："姨妈，您准备用什么方法为妈妈的身体升温、回暖、化冻呢?"

董欣说："首先改变饮食，注重科学的营养摄入，每天安排你妈妈吃高热量的牛肉、海虾等；第二，用复方当归液为她全身进行穴位注射，起到疏通经络的作用；第三，用 10 根艾条熏全身，给身体加温祛寒；第四，有时候在她的颈部、背部、臀部做一下走罐。"

董萌萌追问："为什么是这样的四个步骤呢?"

董欣说："进食了大量的高能量食物，配合艾熏、穴位注射，可加速全身的循环，避免气血郁结体内，代谢被全方位激活，就能使病人'冻住'的身体，开始'融化'。"

只要有一点希望，就要尝试。按照这个配方，董欣给董霞进行了三个月的健康管理后，董霞身体慢慢开始冒汗。一开始，出的汗全是冰凉的，先是颈子冒汗，后来是全身冒汗，每次做完调理，她都会出一身冷汗，身体冰凉刺骨。坚持调理了两个月，她出的汗，就不再冰凉了。

做了几个疗程，正在一点点丧失行动力的董霞，感到身体舒服了，神志越来越清醒，脚渐渐地好了起来，走路正常了，思维渐渐恢复……

看到董霞的变化，余琦对董欣与民间老中医一起设计健康管理的方案很是满意……

八

余琦复活了。

余家小院，她喜欢的蝴蝶兰、郁金香、水仙花都绽开了笑容，欢迎着它们的主人。堂屋里。一个6岁左右的小男孩，正在玩耍。他光着头、圆脸蛋、大眼睛，这不是董亮的大儿子董大双吗？还是那个老样子，一点都没有变。余琦张开手臂，重孙董晶晶扑到了她怀里。董亮告诉晶晶："叫太奶奶，太奶奶。"

余琦一乐，喔，自己是太奶奶了！再抬头一看，晶晶的爸爸，董亮的儿子董大双正向她微笑。双目对视，董大双猛地扑到余琦的怀里，和晶晶、余琦抱在一起，叫了一声："奶奶！"

喔，余琦恍然大悟。当年的董大双已经长大了，成婚了。当年的小孙子，已经当爸爸了！

董大双高兴地把自己的妻子牵过来，告诉奶奶："这是您的孙媳妇呢！她叫李小兰。"

余琦面前的李小兰，弯弯的柳眉下，配着一双清澈明亮的瞳孔，长长的睫毛微微地颤动着，白皙无瑕的皮肤，透出淡淡粉红，薄薄的双唇，如玫瑰花瓣娇艳欲滴。一袭粉紫色的短披肩小外套，衬托出她绝佳的身材，再搭配一条嫩黄色天鹅绒齐膝裙，一双黑色的高筒靴，漆黑的头发，自然起伏地搭在肩上。

她腼腆地叫了一声："奶奶好！"

"哎！"余琦甜甜地应着，四世同堂，太幸福了！

董大双还告诉奶奶："这一段时间，弟弟董小双部队有任务，他先问奶奶好，过几天，就再赶回来看奶奶。"

余琦高兴地说："好好，过几天回来，过几天回来……"重孙子董晶晶，一下子跟余琦熟悉了起来。26年，余琦睡了个长觉，一觉醒来，孩子们都长大了。儿孙绕膝，她的脸上洋溢着幸福的笑容……

余琦醒了，人类已经进入信息化社会。人们的生活方式发生了翻天覆地的变化。大街上的人都拿着手机，玩着手机。

董欣说："妈妈，现在我们足不出户就可以在互联网上购物，您喜欢什么衣服，我马上可以帮您买下来！"

"哦……"余琦还没有弄清楚这是怎么一回事。

董欣说："妈，我给您买两件衣服试一下吧！"说完，董欣陪妈妈在网上选择衣服，加入购物车、下单、付款。

过了两天，衣服送过来了。余琦一穿，正合适。

董欣陪妈妈上街看看海河的变化。出门之前，她先用手机网约了专车。过了一会儿，专车就到了。坐上专车，几分钟就到达商场了。下车后，董欣又掏出了手机，用手机付款结账。

董欣告诉妈妈："现在，基本上不需要现金交易了，只带一部手机，就能解决所有问题。"

余琦感叹道："生活完全变了！"

董燕请妈妈参加土家族的"摔碗节"。大家先喝一碗酒，然后，把碗摔到地上，摔得越响越好，摔得越多越好，越摔越"发"。哎哟！现场真热闹，大家喝完了酒，尽情地唱。尽管不在一个房间，通过微信群，大家坐在自己的席位上，也可以看到主会场上的情况。大家把现场的情景通过微信群，发到朋友圈，不在现场的朋友，也可以通过手机，参与进来。

余琦觉得微信这玩意儿真好。人们互相不见面，表达意思很快很清楚。她记得，二十多年前，大年初一要起大早床拜年，到别人家里先敲门，然后作个揖，坐下来聊天。这家聊完了再去下一家，一天也只能跑个两三家。现在好了，手指一动，过年的时候，把祝福发在微信群里，发个贺年卡，就跟一群朋友拜年了。留言还可以长期保留。这是余琦以前没有想到的。

董亮帮妈妈买了一个华为的智能手机，还给妈妈注册了一个账号，余琦也进了群。在群里，余琦可以看到很多的社会新动态、新思想。几个健在的老朋友知道余琦复活了，也学着用微信跟她聊天。这下子，余琦每天忙坏了！早上起来看微信，晚上睡觉前还在看微信。她想听听过去的歌，董燕帮她搜索了一下，过去的歌，一下子就调出来了。她还打开微信里面的 K 歌程序，让妈妈试试。余琦想试唱京剧，这音乐就伴上了。余琦觉得，互联网生活真是太美妙了！

……

清明时节，农村的田野，散发着油菜花的芳香，遍地的小野花，还有郁郁葱葱的新芽，显示出勃勃生机。一条小路直接通往余家的祖坟。这是余琦重生后的第一个清明节，董欣和董亮带着董大双和董小双陪余琦回老家余河店祭祖。

余河店乡间田野的水土，依然是那么丰美。余家原来的老屋已经没有了，村子全部搬迁到了新的宅基地上，过去的土砖瓦房全部被新建的、小三层民居取而代之。

面对历经生死的余琦，董小双说："奶奶，我可以向您提一个问题吗？是我一直希望弄明白的问题。"

余琦说："可以呀，什么问题，说给奶奶听听。"

董小双问："奶奶，人死了以后，灵魂是否真的可以升天啊？"

余琦摸了摸他的头："孩子，这个问题奶奶也说不清楚，但是，在生命垂危的时候，我好像看见了圣光，感觉很安心，很舒服。后来，在圣光的指引下，沿着时空隧道穿越，我又回到你们中间了……"

董小双又问："奶奶，您是怎么找回以前的回忆的呢？"

"你们是我生命中重要的人。在我重新转世、开始新的人生的过程中，是你们对我深深的爱，还有我对你们深深的爱，牵引我的灵魂前行，使我重新找回了以前的记忆。"

这时候，董大双忍不住插话，他提了一个新的问题：

"奶奶，那灵魂到底是什么呢？"

"据说啊，灵魂是人的大脑特定神经细胞的活动，它能主宰人类的知觉与活动。你们还在妈妈肚子里的时候，灵魂就进入了你的大脑。你出生的时候，灵魂和肉体就牢牢地结合为一体了。"

"那什么叫死而复生呢？"董大双又问。

"死而复生，就是从死亡时灵魂出壳，到重生时灵魂与肉体重新融合的过程。死而复生，完成了一次灵魂之旅，形成了灵魂从生到死、从死到生的一次完整的穿越循环。"

"那怎么样的灵魂才有意义呢？"董大双穷追不舍。

余琦说："为自己和他人造福，灵魂才能度过有益的一生，灵魂回归时就会感到欣慰和安宁。如果极端利己，甚至祸害他人，就会虚度一生，最终灵魂得不到安宁。”

看到孩子们缠着母亲没完没了地问，董亮说：“孩子们，不要再问那么多为什么了，让奶奶休息一下嘛。”

董欣接着大家的话题说：“生存，是所有物种的本能。一个人来到世界上，首先要活下来。活下来了，就要活得有价值，我觉得，我们的妈妈，是活得有价值的。”

余琦说：“懂得爱，活得才有价值。尽管生命的长度一定，但爱与灵魂却能穿越时空，历久弥新。”

董大双说：“一般的人，活一辈子，奶奶却活了两辈子。”

余琦说：“不管是活一辈子还是两辈子，关键是活出生命的质量，而不在于生命的长短。”

董欣说：“关键是，妈妈的两辈子都活得有价值，有质量。”

董亮说：“妈妈，上辈子，您是为了让别人生活得更美好而活着，现在，我们希望您开始爱自己，关注自己的身体和自己的内心。希望您这辈子比上辈子活得更加开心！”

漫步在乡间小道上，余琦领略着乡村的新变化。老一辈的人所剩无几了，同辈也在衰老，第三代却有一批精英，着装时髦，开着名牌汽车回来了。他们是新农村的新一代了。

沧海桑田，余琦感慨万千……

第十五章　灵魂不息

远飞的燕子，总有再回的时候。杨柳枯了，总有再青的时候。

2019年底，大雪纷飞。在董燕的渴盼下，年过半百的魏浩即将刑满释放。

一

董燕精心布置着刚刚装修好的新家，迎接丈夫归来。客厅里，布艺沙发，透明的玻璃茶几，董燕自己精心绘制的荷花图，作为电视背景墙。书房里，墨香扑鼻。卧室里，淡黄色的窗帘，宽大的沙发床上，一对戏水鸳鸯枕头，正在静静地等待着它的男主人归来。

董燕美美地为丈夫归来设计了一个欢迎流程：先让他看看装饰一新的家，再让他喝一碗他最爱的牛肉汤，接下来，让他好好洗个澡。他在监狱里肯定憋得厉害，晚上，他想要几次，就陪他几次。第二天，再陪他去买新衣服，一起去外面吃上档次的饭，想着，想着，她的脸上露出了开心的微笑……

在董燕的期盼下，魏浩终于回来了。在家里，曾经的市委副书记竟无所适从，眼神躲闪，回避与人对视。董燕期待已久的牵手、拥抱、接吻等情感交流，完全得不到他的响应。

白天，魏浩画地为牢，把自己封闭在孤独的自我世界里，不出家门。晚上，他躲着妻子，甚至想念监狱的生活。最初，董燕探监的时候，他还有过与她亲热的冲动。岁月漫长，他开始习惯自己解决生理需求。回到家，他对董燕已经没什么欲望了。董燕越优秀，越是待他好，他越是感觉焦虑，甚至恐惧。董燕以为自己的不离不弃会感动他，会唤醒他的温情，没想到，喊他的名字，他表情淡漠，听而不应。温柔的询问，激烈的追问都无济于事。面对逃避一切的丈夫，她茫然不知所措，有时甚至歇斯底里……

她没有想到，多年的坚守，等来的，只是一个灵魂已经严重变形的躯体。她陷入深深的痛苦之中。

天寒地冻，人打个哈欠都要结冰。面对不解风情的“哑巴”丈夫，董燕的心，也到了冰点。无论她怎么安慰与温暖，他的反应都是冰冷的。魏浩人回来了，但灵魂出窍的他，犹如行尸走肉，董燕感觉，现在，他们人在一起，灵魂，却越离越远。

拯救肉体回归的魏浩，需要拯救他的灵魂。

……

春节临近，严冬格外冷酷。

雪，飘飘洒洒地下着。树上是雪，马路上也是雪，房顶上的雪，连成一片，房檐上结了厚厚的冰棍。路上稀有的几个行人，有的把手放进口袋，有的把手笼在袖子里，小孩子冻得不停地打哆嗦。

余琦穿着厚棉袄，戴着风雪帽，脚踩冰雪“嘎吱、嘎吱”响，来到了董燕和魏浩的家。

丈母娘突然来访，魏浩僵化的脸上显现出一丝惊奇。他深褐色的眼眸，仿佛在向余琦诉说着岁月的沧桑。

魏浩案发前，余琦患重病被冷冻。而丈母娘复活的过程，他全然不知。面对余琦，他的目光依然是痴滞的。余琦叫了一声：“孩子，回来了？”魏浩连连后退，没有语言，但是以手势让丈母娘入座。看到行为刻板，与以前判若两人的魏浩，余琦感慨万千。她一手接过女儿递过来的茶杯，一边将木板凳挪近魏浩：“孩子，我们好好聊聊好吗？”

余琦给魏浩讲了一个出自日本的经典小故事《幸福的黄手帕》：有一位犯人，出狱之前，和妻子打了个电话，说，如果妻子愿意继续和他生活，就在门口的树枝上挂一根黄丝带。第二天，他出狱坐公交车回家。快到家时，他十分紧张，当公交车路过家门口时，他看见门口的树上挂满了黄丝带。此时无声胜有声，回到家，男人激动地拥抱着自己的妻子。

余琦说：“孩子，燕子等你等了 20 多年，你回家的那一天，她为你精心熬制的牛肉汤，就是迎接你的黄丝带呀，这么多年，她对你心不变，情不改，难道你就没有一点感受吗？你的心，真的被石化了吗？”余琦的话，深深触及了魏浩的灵魂，他终于慢慢理解妻子的深情厚谊，开口与丈母娘聊起自己那一段非常的生活……

那一年，他被带入了铁网高墙里。那里独门独院，房间所有物品，全部进行了软包处理。一进门，钱包、钥匙、皮带、眼镜、鞋带全部上交。房间内，24 小时摄像头监控。上厕所都有人监控。吃饭不能用筷子，只能在房间用泡沫饭盒吃。

他说，自己进去没有几天，就崩溃了。问什么答什么，全部招供……随后，自己从犯罪嫌疑人确认为罪犯，从“双规”到被判决入狱。

在监狱里，他经常坐在监区院子的石凳上，目测狱墙离外面世界的距离。这段距离，只不过几十米，而这几十米，他走了 20 多年。这 20 多年，改变了他的人生观和价值观。他也为这 20 多年没有尽到丈夫的责任而内疚。

余琦说：“孩子，真实存在的牢笼，是可触可控的。而真正可怕的是内心的枷锁，如果我们被灵魂的高墙困住，走不出灵魂的围墙，人生将会永远黯然无光。希望你尽快走出灵魂的围墙。”

为了唤醒养鸭能手魏浩的美好记忆。余琦把当年董燕送给魏浩的那幅《湖中放鸭人》展示出来，问魏浩：“你还记得这幅画吗?”

魏浩默默地点了点头。面对妻子几十年前的作品，他再一次仔细地欣赏着，努力地回忆着。画面上的情景清晰地映在他的眼前：绿树成荫，蔚然深秀，不假修剪的树干下，簇拥着茂盛的野草，夹杂着些许野花。一条崎岖的小路，延伸入花草树丛中，远处的楼房高低错落，时隐时现。天空中白云朵朵，白云下面是一片宁静宽广的大湖，湖面波涛微微，粼粼发光。一群小鸭子在宽广的水面上游来游去，时而探下头追逐湖底下的食物，一个年轻的小伙子划着小船，陪着小鸭子自由自在地在湖中荡着双桨……

品味着妻子笔下自己年轻时的画像，那难以忘怀的图画，让人记忆犹新的故事，深深地触动了魏浩的灵魂。当年，董燕把自己画进画里，这么多年，无论世事如何变迁，妻子始终把自己放在心中，魏浩的心，慢慢被暖化了……

为了使丈夫尽快地回归生活，董燕专门上街买了几只鸭子，让魏浩喂养，唤起他对过往美好生活的回忆……

一个周末的下午，余琦又一次来到他们的家。魏浩处理饲料，喂鸭子，打扫庭院，忙得不亦乐乎，像变了一个人似的。见到余琦，他主动与她打招呼，两个人自然地聊了起来。

互相寒暄了几句以后。余琦问魏浩："孩子，你知不知道你的根在哪里？"

魏浩想了想说："我的根，就是这个家。"

余琦点头道："是啊！家才是幸福的港湾。努力地工作，是为了幸福的生活。以前，你的心太大，所以，找不到落地的根。"

魏浩大彻大悟说："妈，您几十年前的话，我还记得，大丈夫一屋不扫，何以扫天下？没有您和董燕，我就魂无归处了。现在，只有延续不变的爱，人生才能重新来过，生命才有意义。"

余琦说："我们都是死而复生的人。人生既然重新来过，我们就要活在感恩的世界里，为别人的幸福而幸福，为别人的快乐而快乐。"

两位"死而复生"的人，来自灵魂深处的对话，句句打在董燕的心上。

她轻轻地给自己的妈妈和丈夫的杯子里加了些白开水。

看着依然美丽、更加智慧的妻子，魏浩的内心充满了感动。他轻轻地站起来，走到董燕的身边，牵起她的手，放在自己胸前，说："以前，是我不小心把你弄丢了，这一次，我绝不放手，下半辈子，我要好好爱护你。"

入夜，卧室柔和的灯光，淡黄色的窗帘，辉映着衣柜门上美丽的荷花，还有墙上，那张董燕和魏浩当年的结婚照，显得爱意浓浓。在宁静温馨的二人世界，魏浩解衣上床，他伸出臂膀，激情满怀拥抱着自己的妻子。他们一边聊着过去和未来，一边等待夜幕的降临。

董燕说："以前，你有踢被子的习惯，你母亲说，你从小身体就不好，稍微着凉，就会发烧感冒，所以，在你身边，我总是不能睡得太沉。"

没有言语，只有爱抚。魏浩轻轻地抚摸着妻子的肌肤。心想：这样好的女人，我怎么不知道珍惜。想到这里，一股幸福的暖流掠过他的心房。

他微笑着问她："你还记得我们以前的事吗？"

没有等董燕回答，他突然吻了妻子一下，堵住了她的嘴，接着，他狂热地吻着她，抚在她小腹上的手，动作越来越大，激起阵阵令人战栗的波澜。魏浩与董燕这对分别20多年的夫妻终于水乳交融，实现了灵魂与肉体的和谐统一……

二

明月出天山，苍茫云海间。海河近郊，峰峦叠嶂，郁郁苍苍，绿树红花，鱼翔浅底，如诗如画。

一条装点得古色古香的文化街，坐落在秀丽景色之中。文化街的右前方，一个醒目的路牌标志——浩燕书画院，格外引人注目。

在书画院大堂里，经过灵魂洗礼的魏浩，焕然一新。只见他头发梳得锃亮，身着唐装。正在忙碌地指挥店员挂画及收藏的作品。在他的指导下，店员们小心翼翼地先将画卷用薄皮纸包裹好，外边再包裹一层报纸，再套在塑料袋中并系住袋口，随后将画卷包好后，有次序地平摆在抽屉里或画橱内，并在每层抽屉上贴上签条，在签条上注明内容、存放日期及修复日期，最后还要加上樟脑和防潮剂。

魏浩忙进忙出。不断地提醒挂画的店员，不要将画挂在生锈的钉子上及有污迹的墙壁上，也不要挂在阳光直射和风向对流的地方。

在布局典雅的画室里，爱情滋润下的董燕，显得格外神清气爽，美丽动人。她正在专心写生。

“小姨!”一声清脆的童音打破了寂静。

余琦带着孙子董大双和曾孙董晶晶来参加书画院启动仪式了。简短的仪式过后，余琦首先开笔，挥毫写下“人生如歌”四字榜书，随后，书画家们纷纷挥毫泼墨。他们或书写名言警句；或写意梅花，凌霜傲雪；或泼墨碧荷，出淤泥而不染；或展牡丹富贵，吉祥如意。书法家们篆隶楷行，每一幅书画作品，都是诗的憧憬、生活的描绘、灵魂的写照。

当生命重新来过，余琦会以怎样的状态迎接这一辈子的崭新生活？董燕分主题绘制的组画《生命重新来过》，反映了母亲回归人间的生活状态。

第一个版块是“爱的呼唤”。组画的第一张《呼唤》：孩子们围坐在病床旁，轻轻地呼唤母亲回归人间。第二张《复活》：余琦复活回归人间，孩子们喜极而泣。第三张《回归》：余琦回到自己的家，祖传的床和椅子，还有当年搁在桌子上的照片，一切如旧，墙上挂着余琦收藏多年的绘画作品。

第二个版块是“崭新的生活”。第一张《学会爱自己》：上半生，余琦每天奔波在家庭和工作之间，迷失了自我，经历了生命的暂停和复活，她深深感到拥有的可贵。感觉过去的烦恼、纠结、得失和苦闷是那样微不足道。生离死别，使她顿悟生命有限，顿悟当下每一秒钟都是重要的。她明白了，学会爱自己，珍惜每一天，过好每一天，才是生活的本来味道。画面上，余琦发型时尚，枣红色的毛衣配着黑色的长裙，坐在窗前静静地阅读。第二张《发微信》：余琦拿着手机，正在编发微信，重获新生后，她学会使用新的通信设备与人沟通，释放生活压力，寻找生命的快乐。第三张《拉丁舞》：余琦以舒展的舞姿，诉说着对生活的热爱，展示着她回归生活的精彩。

第三个版块是“最美生活”。第一张《野炊》：海滩上，万里无云，小餐桌上摆满了食物和饮料，四世同堂的一家人席地而坐，一起野炊，其乐融融。第二张《踏青》：在孙子董大双的陪伴下，余琦漫步在郁郁葱葱的山间小路上。第三张《天伦之乐》：余琦在教重孙子董晶晶学习《三字经》《弟子规》。

第四个版块“自带光芒”里的简介写着：人们总在追寻人生的意义。再一次来到世上，余琦的灵魂得到了升华，原本平凡的灵魂，闪耀出享受生命更要尊重生命的光芒。既要珍惜陪我们走过一段又一段路程的爱人、亲人、朋友，还要尊重弱势的人、陌生的人……

第一张《乐活当下》：健康管理座谈会上，余琦与同龄人分享自己的人生感悟。自然的躯体的存亡，不能限量生命的长度和质量，爱和灵魂能够穿越时空，快乐是健康的源泉，健康是快乐的保证，爱与快乐取决于精神的感受和灵魂的选择。第二张《特别的爱》：残疾儿童形体的缺失，是他们抹不去的痛，而他们心灵深处的最大需要，是人格上的尊重和爱护。画面上，余琦在孙子董大双的陪同下，到海河残疾儿童福利院捐赠书画、书籍和音乐播放器，希望把文化和艺术引入残疾儿童的生命当中，从“灵魂”上帮助他们康复。第三张《平等的生命》：大自然是孕育人类生长的母亲。尊重和珍爱大自然是人类的责任。画面上，余琦正为被踩踏而弯了腰的小草、花朵，培土浇水。花草的生命柔弱，但是无辜。它们不是没有感知的空壳，它们也是有灵魂的，它们平平淡淡，但它们需要被尊重地活着。而人类往往因为它们的脆弱和微小，随意剥夺它们生的权利。自然界，不管是自恃重要的人类，还是弱小的动植物，生命都是平等的，我们应该以最柔情的爱，善待每一个生命。

三

欣赏了姨奶奶董燕的组画，看着太奶奶余琦书写的“人生如歌”四个字，小晶晶天真地问魏浩：“姨爷爷，姨爷爷，人生是什么？”

魏浩笑了笑，没有直接回答孩子提出来的问题。他让董大双和晶晶从摆满不同型号的毛笔的陈列架的这头走到那头，每人挑选一支自己认为最好的毛笔。不许走回头路，只准选择一次。

董大双和晶晶，认真细致地挑选自己认为最好的毛笔。从毛笔陈列架这一端，走到陈列架的另一端，魏浩问：“你们挑到了自己最满意的毛笔了吗？”

“可以让我们再选择一次吗？”晶晶请求道，“刚开始时，我就发现了一个很好的毛笔，但我还想找一个更好的。当我走到尽头时，才发现第一次看到的那个就是最好的。”董大双接着说：“我和他恰好相反。我开始就选择了一个我认为最好的，可是，后来我又发现了更好的。所以，我有点后悔。”

“让我们再选择一次吧！”他们不约而同地请求。魏浩笑了笑，语重心长地说：“孩子们，每个人只有一次选择的机会，这就是人生。人生，就是一次无法重复的选择。”

面对无法回头的人生，我们只能做三件事：郑重地选择，争取不留下遗憾；如果遗憾了，就理智地面对，然后争取改变；假若也不能改变，就勇敢地接受，不要后悔，继续朝前走……

第十六章　吹沙落金

雪花，小小地、轻轻地、静静地在初春的天空中飘落。春的温暖，正在悄悄地回归人间。不知不觉，2020 年的春节即将来临。

一

尽管董欣找寻的新药和董亮研究的健康管理方式，在一定程度上控制住了董霞的病情，但面对难以治愈的绝症，医生的嘱咐，常常在董霞的耳边响起：你要与时间赛跑，把要办的事情尽早办好。她悄悄地告诉王东明，自己有一个心愿，希望在有生之年，看到女儿董萌萌结婚……

思来想去，董霞决定趁自己症状得到控制的情况下，给自己的女儿董萌萌写一封信，请丈夫王东明交给她……

母女连心。几天后，身在美国的董萌萌，收到了养父王东明转寄给自己的一封信。那是母亲董霞写给自己的。萌萌忐忑不安地与同在美国工作的男朋友屈刚一起，打开了妈妈的信。

信的前面，王东明附了短短的几行字："孩子，你母亲花了一周的时间，给你写了这封信。认真看看吧，你要坚强点……"

萌萌忐忑不安地把信打开：

萌萌，我亲爱的女儿：

服用了新药和实行健康管理以后，我的病情得到了控制。但是，我患的这种病，毕竟是难以治愈的绝症。不知道哪一天，我就可能离你而去。孩子，自从你出生以来，我都不忍心让你难过，不忍心让你承受任何挫折，这次也一样。我不愿意你因为我而伤心，我不想你为我而哭泣。

人生一世，草木一春。生命就是一次旅行。旅行途中，你成为我的女儿，我成为你的母亲，这是难得的缘分。有了你以后，我们的母女之情，就渗透在我们相处的每一个美好的瞬间，你从出生到18岁，一直生活在我的身边。小的时候，你是一个乖乖女，娇小玲珑，温顺漂亮，就像一个小宠物一样，什么事情都要妈妈给你做主。

妈妈把你当作心肝宝贝。冬天，我怕你冻着，里三层外三层地跟你加衣服。晚上，怕你蹬被子，一遍又一遍地起来给你把尿、盖被子。夏天，我怕你热着，整个晚上，我都在用扇子为你驱赶蚊子。每天睡觉前，我都会亲吻你的额头。这个习惯，是你的外婆延续下来的。有了你以后，我以这种方式，来表达拥有你的幸福，表达我对你深深的爱。

慢慢地，你长大了。那一年，你考上了大学，在陪你去大学报到的飞机上，我突然感到，我的女儿长大了，从小陪伴我左右的乖乖女，插上翅膀起飞了。我既高兴又失落。高兴的是，我家有女初长成，女儿将立业成家。失落的是，女儿长大了，离我越来越远了。但是，不管你在哪里，不管你记不记得妈妈，妈妈永远都牵挂着你。我也相信，以后，不管你多么有出息，你都不会忘记父母的。

尽管，我们是血肉相连的母女，但是，终有一天，我们还是要分离的。我们能够做的，就是珍惜每一天，珍惜我们在一起的每一个瞬间。

外婆曾经告诉我们，每一次睡去，都是一次死亡，每一次醒来，都迎来崭新的一天。在我的心目中，每一个明天，都将是美好的一天。

我一直以为，生活还有好多个明天，我一直以为，我还有许多时间，可以好好爱你，好好爱大家。突然之间，明天和未来，甚至还没开始，就有可能要结束了。

孩子，生命是脆弱的，死亡的来临，往往让人猝不及防。我们从来就没有做好离开的准备，但是，疾病和死亡随时可能到来，随时可能粉碎我们所有的梦想！

人生是一个过程，是一次灵魂的旅行。我们要珍惜旅行途中最重要的旅伴。

孩子，在我的人生旅程可能就要结束的时候，我最放心不下的就是你。如果等不到你结婚，我就离你而去，我会万分遗憾的。

孩子，对女人来说，结婚是一辈子的赌注，也是人生的一次蜕变。除了一架钢琴，我没有太多的嫁妆送给你。但作为母亲，除了祝福，我还有很多东西应该教给你，毕竟，你还那么年轻。我把一些叮嘱的话写在这封信里，希望对你有用。

我认为，男人可以没有钱，但需要有爱心，有耐心，有希望，有目标。一个既有雄心大志、又脚踏实地的人，一定会发挥自己的一技之长，一定会为自己的远大目标不懈努力。这样的人，才会成功，才会担负起家庭的责任。

孩子，亲情和家庭的温馨，是靠人去经营的。经营家庭的温馨，就是要珍惜与亲人相处的每一个瞬间。你要明白，婚后的生活，不会像我们想象的那样，全部都是那么甜蜜。生活中，你一定会面对很多你从来没有面对的问题。我要提醒你的是，在婚姻生活中，不管有多少误解和难堪，你都要善于运用爱的表达，要对家人充满宽容和关爱。

亲爱的女儿，除了祝福你外，我还想对你提两点希冀：

一是，希望你成为一个贤淑的妻子和儿媳妇，一个幸福的妈妈。二是，希望你多多陪伴重获新生的外婆，同时照顾好你的爸爸和弟弟。

亲爱的女儿，我很幸运我来过这个世界，很高兴有你这个乖女儿。离开你，我非常不舍，非常难过。我写这封信，并不是因为我对生活失去了希望，相反，我对生活充满期待。生命是一份礼物，曾经拥有这份厚重的礼物，我已经心满意足了。

孩子，希望早一天看到你成为幸福的新娘！让我再一次拥抱你！

爱你的妈妈　董霞

母亲的信，触碰了董萌萌内心深处最柔软之处，蛰伏在她灵魂深处的、对母亲的负疚感爆发了出来，她扑倒在男朋友屈刚怀里，泣不成声……

萌萌的男朋友屈刚，海河人。一米八的身材，英俊的脸庞棱角分明，斜飞入鬓的眉毛，高挺的鼻梁，白皙的皮肤，乌黑亮泽的头发，因为定型水的作用而显得层次分明。敞开的黑色呢子大衣，露出里面剪裁合身的白色衬衫，白衬衣领口上系着的一条彩色花纹领带，十分引人注目。屈刚深情地拥抱着自己的女朋友，安慰着她。

外婆重获新生，而母亲又身患绝症，董萌萌伤心不已，说：“自从我妈得了这种不治之症，我常常夜不能寐，觉得自己对不起她，害怕她哪一天突然离我而去……”

屈刚说：“你不要过于伤心，伯母的心愿，就是希望在有生之年看到你成为新娘。来，我们好好商量一下回家结婚的事好吗？”

董萌萌连连点头说：“嗯！”

经过一段时间的恋爱，两个年轻人的感情已经成熟了。

屈刚接着说：“我觉得，为了让伯母高兴一些。我们今年过年回国，就把婚礼办了怎么样？”

董萌萌凝视着屈刚说：“马上就结婚？你是因为爱我，还是仅仅为了讨我妈妈高兴？”

屈刚说：“傻瓜。当然首先是因为爱你。因为爱你，才会为伯母的愿望着想，才会爱你所爱的一切人。”

董萌萌感动地亲吻了一下屈刚说：“我想，这一次回去，就留在国内了，我要好好陪伴母亲和外婆，你会支持我吗？”

屈刚说：“留在国内？为了从助理教授上升为终身教授，你付出了这么大的代价，现在选择留在国内，岂不是前功尽弃了？”

董萌萌说：“我想好了，留在国内。在事业上，我们可能会有更好的发展，还能够抓紧时间，好好陪伴母亲和外婆，尽可能地减少以后的悔恨，你能够理解我吗？”

萌萌的孝心和决心，深深感动了屈刚。他坚决地回答：“我完全同意你的意见，因为，减少悔恨的办法，只有抓住平时点点滴滴的机会，尽心尽孝。你决定留在国内，我也决定与你一起回国，陪伴我们的亲人们。”

董萌萌激动地拥抱着自己的恋人：“真的？你太好了！”她再一次确认，“你真的想好了没有？你不会后悔吧？”

屈刚说：“想好了，我决不会后悔！”

屈刚补充道：“我们的根在中国，我愿意和你一起回国陪伴亲人，在海河成家立业。”

董萌萌说：“生命真的很脆弱，活着就是一个向着死亡前进的过程。万一妈妈无药可医，我想运用人体冷冻技术来保存她！”

屈刚连连点头说："嗯，回头我们要好好地和伯母商量一下人体冷冻的事情。"

董萌萌说："以前，我常常会觉得妈妈唠叨。总是认为我们有代沟，对妈妈的话满不在乎。现在，我太后悔了，我觉得太对不起她了！"

屈刚说："是啊！我们一直仗着自己是父母的心头肉，习惯了父母无条件地为我们的付出，确实是又自私又无知啊！"

董萌萌说："父母辛辛苦苦生养我们，其实也不图什么，只图我们贴心和牵挂。而我们恰恰忽略了他们的感受。我真是希望时光能够倒流，好好花时间陪伴陪伴父母。"

屈刚说："是啊，以前，我们考虑自己太多，确实忽略了父母的感受。"

经过深思熟虑，董萌萌和屈刚双双决定，回国结婚，留在家中尽孝。

春节前夕，飘落的雪花，薄薄地覆盖着余家小院瓦当的缝隙。堂屋里，刚刚回国的董萌萌和屈刚，向余琦、董霞和王东明报告了回国结婚、留在国内尽孝的计划。董霞拉着萌萌的手，幸福地说："孩子，我的女儿，我很高兴你回来陪伴我们，可是，妈妈知道，你的工作很忙，事业要紧，你还是留在国外吧！"萌萌动情地说："妈妈，以前我不懂事，不明白妈妈的心思，现在我明白了，我们回来，既可以陪伴亲人，还可以创业，报效祖国。希望您能够理解我，给我尽孝的机会。"

余琦为萌萌成长而欣慰，她像抚摸一只乖小狗一样，爱怜地抚摸着萌萌的头说："孩子，你懂事了，幡然醒悟了，我为你高兴……"

这时候，王东明走过来，叹了口气，感慨万分，说道："我曾计划与你妈妈共游名山胜景的。她突然病重，我们的计划一下子难以实施。看来，人生真的没有后悔药啊。现在，你回国了，要出嫁了，这给你妈妈带来了最大的安慰。再过些日子，你就是幸福的新娘了，我们应该为你高兴。"

萌萌含着眼泪，点点头。

余琦流泪了，她拉着萌萌的手，说道："孩子，我们为你祝福，你要把握好人生最重要的选择。"

董霞的脸上，露出了幸福的笑容。

二

雪花，飘飘洒洒，一夜未歇。早上，房屋都变成了晶莹剔透的雪屋，雪水沿着瓦沟慢慢流动。

已是腊月，人们开始忙过年了。大街上，人山人海，每个人手里都提着沉甸甸的年货，脸上露出幸福的笑容。超市里，商品琳琅满目。

董欣带着董燕、黎宏伟和王东明购物。黎宏伟环顾了一下，说："我们家的购物阵容，真是庞大啊！"

董燕说："既要办年货，又要筹备萌萌的婚礼。我们当然需要一支庞大的队伍才行啊！"

王东明说："你们放心挑选吧，我和宏伟负责买单，负责搬运，保证完成任务！"

董欣说："妈妈回来了，今年的团年饭，就是迎接妈妈回家，为萌萌举办一个有意义的婚礼，还要给董霞加油。总之，这个春节非同寻常，特别有意义，办得好不好，就看大家的了。"

董燕说："我们一起努力，加油！耶……"

超市，人流如潮，摩肩接踵。董欣他们边挑选商品，边费力地往前走着，好长时间也挪不了几步。

董欣挑选了一个手工编织的巨大中国结，赶紧请妹妹董燕过来看："你看这个中国结，顶部是经绳做成的圆拱。中部聚叠着的是像老式衣襟上琵琶状的布纽扣，两边各自向外膨胀开来，像大喜之日唢呐手的腮帮。下部是长长的缀丝，如马尾，又似灯笼的垂穗，象征着喜庆和吉祥。把这个挂在婚礼现场怎么样？"

董燕说："太棒了！中国结，包含着浓郁中国情，还代表新人永结同心。"

黎宏伟和王东明也齐声叫好。

在琳琅满目的干果区，董欣和董燕挑选了一些水果糖，还有花生、腰果、南瓜子等干果。黎宏伟和王东明则在酒水区挑选了一些喜欢的啤酒、葡萄酒和白酒，准备大家一起干几杯。最后，大家一起挑选了香菇、木耳、鱿鱼、猪肉、鱼等，准备做年饭。

忙活了半天，他们提着大包小包的年货，放回后备厢，高高兴兴地驾车回家。

到家了。不料，司机黎宏伟停好车，急急忙忙地下车搬东西的时候，竟一脚踏空，导致左脚踝骨扭伤。在门口等候多时的余琦，赶紧上前察看，惊叫道："孩子，怎么啦，小心一点呀！"董欣赶紧上去，扶住一瘸一拐的丈夫。

董欣和黎宏伟已经是六十出头的人了。余琦记起来了，当年，他们在黄家湾知青点相知相恋，相伴相守这么多年。现在，他们从国外回到自己身边，投资海河，创建了海河欣宏国际未来生物城。想到这些，余琦不禁感慨万千。

再过一会儿，余琦一手带大的爱孙黎建国，就要从德国回来见外婆了。余琦期待着，想象着，算起来，建国已经30多岁了，现在，他长成什么样了。她迫不及待地要去机场接孙子。

黎宏伟说："妈，您在家好好休息，我负责去把他接回来，好吗？"

余琦说："你这脚，能行吗？"

黎宏伟说："没事，小问题。"

余琦说："好，好，你快去快回啊！"

机场大厅出口处。人头攒动。大厅里，回响着广播员亲切甜润的声音："由德国飞往海河的3221次航班已正点安全着陆，接机的朋友请到3号出口等候……"

3号出口，黎宏伟翘首以盼。一会儿，他看到了儿子熟悉的身影。拖着行李箱走在人流中的黎建国，显得鹤立鸡群。父子目光相遇，双方都情不自禁地挥手致意。

黎建国拉着拖箱，迎着黎宏伟小跑而来，兴奋地喊着："爸爸！"

黎宏伟一高兴，左脚一软失去重心，差点摔倒。黎建国一个箭步上前，扶住黎宏伟，疑惑地问："爸，您的脚怎么了？"黎宏伟莞尔一笑，说："还好，受了一点小伤。"黎建国心疼道："啊，怎么没有告诉我？"他蹲下身去察看父亲的脚伤，声音有些变调，关心地说："爸，还疼吗？"

黎宏伟说："没关系，没关系，小事情。"

黎建国一手拖行李箱，一手搀扶着跛行的黎宏伟，父子俩说笑着往家里赶。

走进家门，拥抱重获新生的外婆，黎建国喜极而泣。

余琦与建国的感情格外深，她激动地端详着自己一手带大的外孙：一米八的个头，深棕色的头发，俊俏清秀的脸庞上镶嵌着一双清澈明亮的眼睛，挺直的鼻梁，白皙光滑的皮肤，一袭修身的深色风衣，阳光而帅气。

她高兴地连声说："我的建国长大了，我的建国长大了！"

在国外，建国为外婆准备了一份特殊的、最富有情意的礼物。这是一个精致而又独特的DIY制品，富有弹性的果冻蜡造型与椭圆形玻璃容器相互映衬，晶莹剔透，容器圆圆的底部由紫蓝色彩沙与鲜艳的红沙装饰，再铺上一层漂亮的五颜六色的小彩石，构成了梦幻般的七彩世界。一支淡红色的蜡烛，矗立在水晶般透明的容器正中。容器上布满了一圈圈波纹，十分美丽。

建国推开电子开关，蜡烛一下子亮了，所有人都被这个特殊的礼物吸引住了。建国解释说，变幻莫测的七彩世界，象征外婆不平凡的人生，这支淡红色的蜡烛，象征外婆不息的灵魂。蜡烛燃烧了自己，却照亮了别人，外婆历经生死的考验，她非凡的灵魂如同蜡烛的光芒，穿越时空，永远激励着我们。听了建国的解释，大家一起鼓掌叫好……

吃完饭，黎建国来到书房，随意翻看着书架上的书籍。他还记得，小时候，大人老逗他："你爸爸妈妈都跑到美国去了，是不是不要你了？"虽然，这都是大人们的一些玩笑话。他记得，那时候自己还年幼无知，也难免胡思乱想："他们是不是真的不要我了？难道我真的不是他们的亲生儿子吗？"

建国回忆着小时候的事情。突然，书架上，一本极有沧桑感的相册，映入他的眼帘。他缓缓打开相册，一页一页地浏览起来，里面有很多自己儿提时，与外婆还有爸爸妈妈一起照的照片。其中，一张很特别的照片引起了他的关注。这是一个中年女人和一个十三岁左右的女孩子的合影。

怎么是黄丽？照片上的女孩和他在德国读书的同学黄丽，长得特别像。他不敢相信自己的眼睛，他仔细地看了又看。没错！这女孩的样貌分明就是他在德国学医时认识的同学、现在已经成为他女朋友的女孩，黄丽。

家里怎么会收藏黄丽的照片？这让建国很奇怪。更让他摸不着头脑的是，照片的背景是90年代的农村。

他把那张照片抽了出来，带着疑惑，带着与照片中女孩的似曾相识之感，建国想去找外婆余琦问个究竟。

祖孙二人相视而坐。

余琦手捂着茶杯，说："这个秘密已经几十年了，也应该让你知道了……"

“这……”

黎建国欲言又止。

余琦突然地说：“孩子，照片上的女人，才是你亲生的母亲！”

黎建国一愣，说：“外婆，我的妈妈是董欣啊，难道我还有一个妈？”

余琦说：“儿子，你确实有两个妈。而且，你还有两个爸爸。”

黎建国瞪大双眼，说：“什么？我……两个妈？两个爸？”

余琦说：“你现在的妈，也就是董欣，她其实是你的养母，你的生母叫黄凤兰，她住在黄家湾。你现在的爸爸，也就是黎宏伟，她其实是你的养父。据说，你的生父，也是黄家湾人。”

余琦的话，让黎建国大吃一惊。

余琦说：“孩子，你该知道自己的身世了……”

一阵沉默，余琦陷入思索中。黎建国如梦方醒，迫不及待地说：“外婆，到底怎么回事，快讲呀！”

余琦抬头，说：“那是一个令人难以忘怀的时代……几十名十八九岁的高中毕业生，响应党的号召离开海河，到黄家湾知青点插队落户，你的养父黎宏伟在那里爱上了你的养母董欣，认识了你的生母黄凤兰，他们三个人成为很好的朋友……后来你的养父黎宏伟和养母董欣考上大学，回海河城工作了。他们结婚后，为了让你的母亲黄凤兰能够摆脱未婚生子的囧境，正常地去嫁人成家，黎宏伟和董欣，把你从黄家湾接到海河城，当作自己的亲生骨肉，抚养成人。”

自己竟然不是黎宏伟和董欣所生！自己与黄丽竟然是同母异父的兄妹！明白了真相，黎建国痛苦地低下了头。

他终于明白，外婆和养父养母都跟自己没有任何血缘关系，而正是他们，无私地把自己抚养成人。如果没有他们当时的决定，没有他们无私的奉献和精心培养，就不会有自己今天的幸福。

既然黎建国已经知道了自己的身世，余琦对黎宏伟和董欣说道：“你们抓紧年前最后几天的时间，带建国到他诞生的地方——黄家湾，去看一看，让他见见自己的生母黄凤兰吧！”

黎宏伟和董欣，带着他们的儿子黎建国，回到了当年他们梦开始的地方……

黄家湾变了。过去的泥土羊肠小道，变成了硬化的水泥路，互联网把黄家湾与外界连接起来了。过去的草房和土瓦墙房，现在变成小洋楼了。90%以上的村民，都住上了新房，自来水、有线电视成为寻常家庭的常规配置。黎宏伟和董欣感慨万千。

天下起了小雨，丝丝点点的雨滴飘洒着，空气湿漉漉的。

长大后第一次到农村的黎建国，左走走，右看看。周围的一切对他来说，是那么陌生而又新奇。

公路一直通到当年的知青点。令黎宏伟和董欣感动的是，那个存留在自己内心深处的知青点，竟然完整地保留着。他们当年使用的工具陈列有序，他们向儿子讲述起过去的青葱岁月。

再往前走，焕然一新的乡村，年味浓浓。乡亲们有的坐着小板凳，围成一圈聊家常；有的围在棋牌桌上玩牌；小孩子们高高兴兴地准备过新年。

走着走着，黎宏伟看到路旁出现了一个熟悉的身影，他慢慢停下了脚步。黎建国陪董欣走在前面，黎建国回头催促黎宏伟跟上来，他顺着黎宏伟的目光看去，竟看到了那天在家里相册中看到的，照片中的那个阿姨。

这时候，一个女孩拿着一个水杯跑了过来，黎建国定睛一看，正是他的同学，他的女朋友黄丽……

时光如水，岁月流逝。这一幕终究还是出现了。

黎建国慢慢走向了黄凤兰，曾经在董欣的心里构思了千万次的场景，没想到在这个时刻，这个地点，以这样一种形式呈现出来。黄凤兰、黎宏伟、董欣都已经不再是当年追梦的少男少女了。

沉默片刻，还是黎宏伟先开了口，他向黄凤兰介绍了黎建国。黄凤兰激动地拥抱着自己的亲生儿子黎建国，难以控制地失声痛哭……

原来，黄凤兰嫁给了村支部书记黄春林以后，生了一个可爱的小女儿，取名黄丽，与立谐音，希望她以后在社会上能够自强自立。

这个美丽的女孩，聪明伶俐，读书用功。是十里八乡有名的一朵花。一晃眼，黄丽到了高考的年龄，意料之中，她考上了北京大学，成了村里为数不多的大学生。

大学里，出类拔萃的黄丽不乏追求者，但她心无旁骛，专心学习。大学毕业，她又考上了德国柏林夏洛蒂医科大学硕士研究生。

在德国，黄丽巧遇同在柏林夏洛蒂医科大学攻读硕士学位的学长黎建国。黄丽和黎建国，同是黄凤兰所生，生活的环境却迥然不同。从小，他们一个在城里长大，一个在农村长大。他们的生活经历不同，但求学经历一样。

黄丽打小知道父母抚养自己不容易。自考上大学起，就没有向父母要过钱，都是靠每年的奖学金，和自己平时打零工的钱生活。而黎建国则不同，经济基础好，他基本上不需要为钱操心，只需要好好学习。

在异国他乡，美丽温柔的黄丽在生活上对建国嘘寒问暖。高大俊朗的黎建国在学习上对黄丽帮助有加。同母异父的两个年轻人，情感逐步产生了微妙的变化。

建国和黄丽，都是第一次与异性交往。虽然互相喜欢，但是谁都不好意思跨出第一步。

秋日的校园，金色的阳光，小鸟轻声鸣唱。绿色的林荫小道上，黎建国和黄丽并肩漫步，其实，对于爱情，他们还没有太多的了解。

黎建国试探着向心爱的女孩表白心迹道："如果有人喜欢你，而你也有一点感觉，你会怎么做呢?"

黄丽一笑，道："如果遇到自己喜欢的人，就让一切随缘吧。"

建国找不出华丽的辞藻，腼腆地说："我、我喜欢你。"他很怕黄丽拒绝自己。

时间好像骤停了，建国紧张地等待女孩的答复。片刻，黄丽低着头说："我也喜欢你!"

建国激动地拉着黄丽的手说："我知道，我们出国求学，是来学谋生本领的。恋爱不是我们的主题。"

黄丽看了一下远方，说："是啊！我们要好好学习，才对得起父母的培养。"

在大学，有人打趣地说，黎建国和黄丽有"夫妻相"。现在，黎建国终于明白了，自己和黄丽为什么有"夫妻相"，因为自己深爱的姑娘，是同一个母亲所生。这个现实，让他一时难以接受。真相，也让黄丽惊呆了，交往了两年多的男朋友，竟然是同母异父的哥哥？让人崩溃的真相，使他们不知道怎么去面对对方了。

自己年轻时的过失，深深伤害了自己的儿女，黄凤兰痛心而又无奈……

三

天放晴了。飘飘洒洒的冬雪，已然过去。久违的太阳，在海河上空冉冉升起。春节的脚步越来越近。

大年三十，余家小院悬挂起火红的对联。上联：万象更新辞旧岁；下联：新颜尽展迎春来；横批：明天会更好。

堂屋，已经被精心布置为婚礼现场，正中央，挂起了手工编织的巨大中国结，象征着喜庆和吉祥。“中国结”，一个博大庄重、充满诗意和想象力的称谓，让每一个中国人魂牵梦绕。以“中国结”为主题点缀的婚礼现场，寓意新人扎根海河，报效祖国；白头偕老，永结同心。

过年，是指从除夕即腊月三十晚上，过渡到新年的第一天。旧的一年过去了，新的一年开始了。人们迎来了一年中最重要的节日——春节。春节，对于中国人来说意味着团圆，是一年中最重要的时刻。

一会儿，董萌萌、屈刚的婚礼和余家的团年夜饭，将在余家小院同步举行……

对于余琦来说，这个春节，是她复活后迎来的第一个春节。在她生命中具有非凡的意义……

在这个崭新的时间节点，她仿佛站在灵魂世界的入口，感觉时间就像雨后的彩虹，一分一秒地缓缓消逝于蔚蓝天际。前生肉身濒临死亡的景象，在她的灵魂深处呈现，她庆幸自己在“生命选择处”迎来了新生。经历了死的苦痛，生的修行。较之前世，她变得更加沉稳、仁慈、豁达。她回归的灵魂，正在指引自己，去拥抱全新的生命和崭新的生活。

上午九点，门外传来轿车的关门声，随后，重孙子董晶晶奶声奶气的叫声传了进来：“太奶奶，太奶奶，快开门，我回来了。”孩子的叫声，将余琦飘然远去的思绪，唤了回来……

她赶紧开门，董欣、董燕和董亮都回来团年了，住在母亲家里的董霞，也一起迎了出来。

下午 5 点 58 分，婚礼正式开始。钢琴曲《梦中的婚礼》缓缓响起，当新郎从新娘父亲王东明手中接过新娘时，深深一鞠躬，代表了千言万语。屈刚挽着董萌萌的手，缓缓走向余琦和董霞，一对新人依偎着母亲和外婆，留下了幸福的倩影。接下来，终于团聚的一家人，留下祈盼了27年的全家福。

冥冥之中，董萌萌感觉，自己的灵魂正在与外婆归来的灵魂，母亲即将远去的灵魂，融为一体。她满怀感恩之心，深情地唱起了她和屈刚为天下的母亲而谱写的歌曲《献给母亲的康乃馨》：

千万朵鲜花开满大地，
最美的花儿是康乃馨。
啊，美丽的“母亲之花”，
永远温暖着我的心。
母亲啊母亲！
白天您带我看世界，
晚上您吻我入梦境。
康乃馨，康乃馨，
朵朵片片寄深情，
片片朵朵献母亲，
母亲的爱，
滋润我的灵魂
浇灌我的生命……

别具一格的婚礼，感动了每一个人，余琦和董霞，更是感动得热泪盈眶……

儿孙绕膝，四世同堂，余琦幸福满满。她拿出果盘请孩子们吃糖果，脸上洋溢着幸福的笑容……

董欣、董燕早已备好了年夜饭的材料，只等下锅了。董欣穿上围裙，笑着说：“今天大家看我露一手！”说着，她撸胳膊挽袖子走进了厨房，董燕跟着姐姐进了厨房。稍事准备，董欣左手颠着炒锅，右手拿着炒勺，噼噼啪啪地炒起来了。

余琦记得，孩子们小时候，年夜饭虽说不像现在这么丰盛，更没有现在这么好的经济条件，不想在家做，就到外面订大餐。但是，每年除夕，年夜饭，都是最温馨、最让人回味的时刻。她还记得，过去，家里没有零食给孩子们吃。丈夫董志峰就弄一点糯米回来，自己把它蒸熟，晒干，变成阴米。然后放在锅里炒，炒成小米泡，再和董志峰一起，把麦芽糖化开，把米泡放在麦芽糖里面拌，拌匀后捏紧，待晾干后，切开，变成一块一块的炒米糖，给孩子们吃。余琦还从乡下老家弄来一些蚕豆，放在锅里炒，炒得炸开了花，香喷喷的。这就是家里给孩子们过年的零食了。那时候，年夜饭里的鱼是不能随便吃的。大年三十晚上，做一条全鱼，叫看菜，一直看到正月十五才能吃。

董欣、董霞俩姊妹下乡当知青那会儿，过年不能回家，写一封信还要走上几里地，到镇上的邮政所发。路途遥远，一封信往往好几天才能寄到。有时遇上糟糕天气，甚至个把月，余琦才能收到女儿们的来信。现在，大家随时随地，都可以用手机发信息，通话了。

厨房里，董欣的身手敏捷，俨然是个训练有素的大厨，董燕打下手，与姐姐配合默契。她们先把鸡汤熬上，再做红烧排骨，然后弄海鲜，炒小菜……

很快，餐桌上摆满了各式各样的美味菜肴：热腾腾的清蒸鲈鱼，酸甜可口的糖醋排骨，红得冒油的咸鸭蛋，红绿相映的胡萝卜炒芹菜，油炸藕夹里又透着一股淡淡的清香，美味的红烧肉，墨鱼炖猪肚、老豆腐烩鸡蛋，青椒炒的腊肉肥而不腻，啤酒鸭煲冒着热气，香味飘逸的鸡汤里漂着笋干、香菇，还有清爽可口的小炒菠菜……诱人的香味，让人馋涎欲滴。

“大家可以就座了吧？”黎建国先扶余琦上座。很快，一家人团团圆圆地在餐桌旁坐定。余琦拿出几十年前董欣他们的父亲董志峰临行时怀抱着的、那张已经泛黄的全家福，反面的几行字依然清晰，依然震撼人心：“我走了，只有离开，才能表达我的真爱！你们千万不要伤心，因为我的灵魂永远伴随着你们。”余琦带领大家，默默地祝福董志峰在另一个世界安详……

接着，董燕对余琦说：“妈妈，我们小时候，您唱着摇篮曲，含辛茹苦地把我们抚养成人，在今天这个特殊的日子里，我建议，我们大家一起唱一首《烛光里的妈妈》献给您，祝您新年快乐，永远幸福！”她又问两个姐姐和弟弟，“我们一起唱，大家说好不好？”

全家人一起响应道：“好！”

董燕带领大家一起唱：“妈妈，我想对您说，话到嘴边又咽下。妈妈我想对您笑，眼里却点点泪花。噢，妈妈，烛光里的妈妈，您的黑发泛起了霜花……妈妈呀，女儿已长大，不愿牵着您的衣襟，走过春秋冬夏。噢，妈妈相信我，女儿自有女儿的报答。”

听着听着，余琦的眼睛湿润了……

孩子们的孝顺和爱，使她感到快乐和幸福。年轻的时候，自己把全部的爱奉献给了孩子们。年老了，是孩子们使自己获得新生，再次拥有了健康的身体，幸福的生活。

这是余琦复活后的全家大团圆。“开饭了！”黎宏伟打开茅台酒，“来，来，来，大家举杯，庆贺母亲重回人间！”

董欣说：“祝妹妹董霞，身体一天天好起来！”

董亮也鼓励道：“祝姐姐董霞，身体一天天好起来！”

董霞说：“谢谢，谢谢！祝萌萌和屈刚幸福！”

大家站起来，齐声说道：“干杯！”

大家落座。余琦首先夹了一块糖醋排骨放在董晶晶的碗里。晶晶好像是饿了，大口大口地吃了起来，吃得满嘴是油，大家乐得哈哈大笑。

大家一边品尝美味的食物，一边相互祝福。董欣提议道：“我们大家先一起，祝福妈妈迎来新的生命！祝福妈妈在新的生命旅程中，健健康康，快快乐乐，万事胜意！”接着，大家纷纷举起杯子，争先恐后地向余琦敬酒，送上祝福，余琦脸上露出了欣慰的笑容……

过了一会，魏浩站起来说：“下面，请海河人民广播电台主持人魏俊勇代表我和他的妈妈董燕，朗诵一段林语堂先生的散文送给妈妈，大家说好不好？”

全家人一起鼓掌：“好，好！”

魏俊勇站了起来，清了清嗓子，字正腔圆地朗诵了起来：“《人生自然的节奏》，林语堂。”

稍事停顿，他接着朗诵：“在我们的生活里，有那么一段时光，在此一段时光之中，我们充满了早秋的精神。这时，翠绿与金黄相混，悲伤与喜悦相杂，希望与回忆相间。在我们的生活里，有一段时光，这时青春的天真成了记忆，夏日茂盛的回音，在空中还隐约可闻。这时看人生，问题不是如何发展，而是如何真正生活；不是如何奋斗操劳，而是如何享受自己拥有的那宝贵的刹那；不是如何去虚掷精力，而是如何储存这股精力以备寒冬之用。这时，感觉到自己已经到达一个地点，已经安定下来，已经找到自己心中向往的东西。这时，感觉到已经有所获得，和以往的堂皇茂盛相比，是可贵而微小，虽微小而毕竟不失为自己的收获，犹如秋日的树林里，虽然没有夏日的茂盛葱茏，但是所具有的却能经时而历久……”

朗诵完了，魏俊勇说道：“外婆，我觉得，这一段话，特别适合送给您，上辈子，您奋斗操劳，这辈子您应该好好享受自己，拥有那宝贵的时光了！”

“好，好，谢谢你，我的好孩子。”余琦高兴地回答，幸福洋溢在她的脸上。

董燕说：“来，我们大家一起祝福妈妈幸福快乐好不好？”

大家一起举杯说：“祝妈妈幸福快乐……”“祝奶奶幸福快乐……”“祝外婆幸福快乐……”“祝太奶奶幸福快乐……”

看着一群孝顺的孩子，余琦的眼眶发红说：“谢谢，谢谢，我的好孩子们，谢谢！”说完，她夹了一块黎建国最爱吃的红烧肉，放在他的碗里，喜滋滋地看着他狼吞虎咽。

董霞的手不能自如地活动。但她记得，母亲喜欢吃老豆腐烩鸡蛋，她费力地帮妈妈舀了一点。余琦连忙说：“孩子，我来帮你，我来帮你。”她帮女儿添了一小碗墨鱼炖猪肚，心疼地说：“孩子啊，你要照顾好自己。”王东明见状，赶紧让董霞不要动，自己帮她夹菜。董欣给家里每一位亲人上了一碗鸡汤。董亮对董霞说：“姐姐，你要多喝点鸡汤，还要稍微吃一点辣椒，可以促进循环。”董萌萌也连忙给妈妈夹了很多菜。

家庭的温暖，使董霞心里一阵阵感动，姐姐千方百计给自己找到了良药，弟弟为自己找到了健康管理的良方，她想，生活在这个温暖的大家庭，自己是多么幸福啊。

晶晶举起盛满可乐的杯子，说：“太奶奶，祝您越长越健康！”余琦也举起杯子说：“好，宝贝，有你这句话，太奶奶一定要越长越健康！太奶奶也祝你在新的一年里，健康成长！”

董大双和董小双一起走到余琦面前说：“奶奶，我们祝您福如东海，寿比南山！”余琦也举起杯子，说：“我也祝你们新年新气象！”

董霞说：“在妈妈的抚育下，我们生活在充满爱的世界里，我感觉很幸福，很满足！谢谢妈妈！我敬您一杯！”

董萌萌和屈刚端起酒杯，对董霞说："妈妈，我们俩敬您一杯，祝您早日康复！"

黎建国说："来！我们一起祝外婆这辈子比上辈子活得更加开心！祝董霞姨妈早日康复！"

全家人积极响应着道："祝外婆这辈子比上辈子活得更加开心！祝董霞早日康复！干杯！……"

"大家坐下来，我有几句话跟你们讲。"余琦招了招手，让大家坐下来，随后，她慢慢地说道，"孩子们，你们不顾一切，想方设法使我获得了新生，迎来了崭新的生活。迎来了无数个崭新的一天，我感到十分幸福。"

董大双问："奶奶，幸福是什么？"

余琦看着大家，说："孩子们，幸福全在于心，心中有爱，世界上的一枝花、一滴水，都可能成为幸福的源泉。我想啊，世界上，并不是所有的人都像我这么幸运，这么幸福。我想，我回归生活的价值，就是延续我们共同的经历，延续我们共同感知的亲情、友情和爱情，找回灵魂的归宿。现在，我别无所求，只希望以崭新的生命，为社会，为家庭奉献我的爱，发出我的光和热。愿世界充满爱，愿人人都生活得幸福美好！"

余琦的讲话，迎来了大家热烈的掌声。她接着说："我想，我们都是凡人。年老的人终究会为年轻人让路的。"她起身，逐个摸着黎建国、董萌萌、王小宇、董大双、董小双、魏俊勇，最后，她抱起她的小重孙董晶晶笑着道："我总有一天会离去，世界和未来，终究是属于你们的……"

除夕的大街上，流光溢彩，千姿百态的礼花，在节日的夜空中绽放，有的像银蛇狂舞，有的像孔雀开屏，还有的像绽放的花朵。朵朵礼花提醒人们，新的一年即将到来。

过了一会儿，时钟指向十二点，外面的爆竹声此起彼伏。新的一年开始了，余琦给每个孩子发压岁钱。孩子们高兴地追逐嬉闹，浓浓的年味儿洋溢在每一个人的心中。

董晶晶双手捧着一个气球，使劲吹，腮帮子一会儿鼓起来，一会儿瘪下去。他的眼睛睁得滚圆，像要裂开似的。气球吹好了，他调皮地将气球向自己的父亲董大双丢去，眼看着，气球就要着地了，就在这千钧一发的时刻，董大双机灵地向右边一弯腰，一伸腿，气球就被他给控制住了。董晶晶和董大双手脚轻快地玩着，气球忽左忽右，忽上忽下，飞去飞来。随着气球上下左右地飞舞，家里的气氛更加欢快起来，大家畅所欲言，各自讲述着自己在这一年中的喜怒哀乐。

年幼无知的董晶晶，眼睛始终随着气球灵活地转动着。余琦看着自己的重孙子，满心欢喜。她想，前生，他们擦肩而过，今世，新的一代给自己带来了新的希望……

四

大年初一，海河新区。草儿绿了，枝条发芽了，处处洋溢着节日的气氛。

这一天，董亮和李燕红为妈妈余琦和全家人，安排了一个特别的活动——参观他们刚刚建成的海河国际生物产业基地。在那里，他们将发布一个振奋人心的消息。不过，董亮神秘地告诉大家："现在，暂时保密，等一会，大家就知道了。"

说着，董亮和李燕红带着全家人，来到他们的项目所在地。这是一个国际化的生物基地。主体实验楼围绕着明亮宽敞的办公楼群和整齐有致的宿舍楼及职工食堂。偌大的院子内，嫩绿的树芽，五颜六色的花卉，在春风中醒来。喷泉里，腾出的云雾状水球，和着舒缓优美的乐曲声，将人带进了如梦如幻的童话世界，点燃了人们对生活的热爱之情。

海河国际生物产业基地，吸引了一大批国际生物医药产业人才，成立了一个专门的 CAR-T 技术和基因治疗研究中心。董亮告诉母亲，基因治疗的运用，将进一步改变人类生活。

这个听起来特别神奇的"基因治疗"是什么？能治什么病？大家十分好奇。

董亮大声说："大家注意啦，首先请大哥黎宏伟给大家发布新闻！"

全家人安静了下来。黎宏伟给大家介绍说："基因治疗的基本原理，是用转基因技术将目的基因导入患者受体细胞，通过基因重组，对 DNA 分子进行纠正修复，从而达到治疗疾病的目的。基因治疗为患有罕见疾病和一些致命遗传疾病的患者带来希望。主要治疗那些对人类健康威胁严重的疾病，包括：遗传病、恶性肿瘤、心血管疾病、感染性疾病等。特别令人高兴的是，美国加州大学圣地亚哥分校医学院的一支国际研究小组通过基因疗法，证明降低 SOD1 蛋白的表达，可以有效阻止 ALS 小鼠模型的疾病进展，并防止有症状的小鼠疾病发作。这项研究表明，基因治疗‘渐冻人症’已经取得了革命性突破。”

听到“渐冻人症”研究有了新突破这个好消息，董萌萌高兴得跳了起来：“真的吗？基因治疗渐冻人症？太好了，太好了！”她赶快搂住董霞说，“妈妈，妈妈，您听到了吗？有希望了！有希望了！您有救了，您有救了！您来做第一个应用基因治疗渐冻人症的人，好吗？”董霞高兴地伸出两个手指头，表示同意。

听到这个振奋人心的好消息，余琦和全家人沉浸在兴奋之中……

萌萌搂了一下新婚丈夫屈刚说：“妈妈有救了，妈妈有救了！我们两个人回来，就到海河国际生物产业基地工作，好吗？”

屈刚高兴地说：“好啊，好啊！在这里工作肯定前途无量，就是不知道董事长需不需要我们呢？”

董亮拍了拍屈刚肩膀，首先表态说：“欢迎，欢迎！我们太需要你们这样的人才了。”董亮高兴地对李燕红说：“走，我们带大家进去看一看，看了以后，再看看我们家的新姑爷，看不看得中，愿不愿意来！”董亮说完了，李燕红朝董萌萌做了个鬼脸。

大家跟着董亮和李燕红，沿着小马路向西，就来到了实验楼。

这是一座别具一格的四层建筑。“U”字造型，美观大方，每间实验室都能最大限度地采光。从东门进入楼门厅，正面是一个接待台，地面平整光滑。

董亮和李燕红陪大家逐一参观 CAR-T 技术和基因治疗研究中心的各个部门。接待台有两位严格的检查员，负责登记和帮助大家严格消毒。董亮陪余琦和董霞进入隔离房，让萌萌一起帮余琦和董霞换鞋，穿隔离服，戴手套。一下子，大家俨然成了一个个全副武装的“精灵”。

这群“精灵”穿越宽敞整洁的楼道，步入实验室的过道。实验室要求高度无菌操作，到了这里，就再不能越雷池一步了，大家只能隔着玻璃墙参观。

只见同样全副武装的工作人员，正在紧张地忙碌着。菌种培养室第一道门关着，里面还有第二道门、第三道门，那里耸立着几个高大的钢罐，工作人员正在精心观测。

董亮告诉妈妈，这是一个最核心的部门，所有程序都是全智能化的。余琦感慨，现在的生产线，不一样了。这么大的生产基地，工作人员并不是很多。董亮接着说，现在都是智能化的，机器人可以帮我们解决很多问题，我们只需要把程序编排好就行了。

这时候，董欣给宣布道："大家注意啦，下面，请董亮给大家发布新闻!"

董亮清了清嗓子，兴奋地说："大姐是要我把公司这些年发展情况给大家汇报汇报……"

萌萌急不可耐地说："舅舅快点说嘛，您就不要卖关子了嘛!"

董亮想了想，告诉大家："经过几年的探索，我们海河国际生物公司建立了完整的 CAR-T 技术转化医学研发平台，致力于国际最前沿技术"CAR-T 细胞免疫治疗技术"的研究。同时，我们在 CAR 基因工程载体生产、慢病毒生产、CAR-T 制备、临床应用等方面，已经有了完整的工艺和流程，并自主研发了多项 CAR-T 免疫细胞治疗技术，同时还积极推进着下一代 CAR-T 技术研发。

"通过 CAR-T 技术，我们不仅在血液肿瘤治疗领域获得巨大成果，攻克了肺癌和艾滋病，同时还在探索对实体肿瘤的治疗。另外，我们也在尝试用脐带血来源的 T 细胞制备通用型 CAR-T 治疗药物，不断降低 CAR-T 的生产成本，降低患者治疗的成本和负担。希望在不远的将来，绝大多数人都能够用得起我们创新的抗癌药。"

萌萌："舅舅，人类最终能战胜恶性肿瘤吗?"

董亮清了清嗓子，继续说道："我相信，未来五年内，大多数血液类肿瘤可以攻克；未来十年内大部分肿瘤可以被人类攻克。最终，癌症将成为一个慢性病。

"我们的目标，是让海河的 CAR-T 技术在全球竞争的赛道上有一席之地，这样，我们就能够造福更多患者，帮助人类与恶性肿瘤做对抗。"

听了儿子的介绍，余琦感慨万千。她感叹人体冷冻技术的神奇，感叹 CAR-T 技术的给人类带来的福音，感叹"基因治疗"的高深，感慨自己的幸运，感谢孩子们感天动地的孝心。她一边观看，一边与孩子们谈心，她问儿子董亮："生物经过几亿年的进化，仍然逃脱不了生老病死的自然规律。如果 CAR-T 技术攻破了癌症，'基因治疗'彻底根除慢性病，人的寿命一定会显著延长吧？”

董亮说：“是啊！尽管生命脆弱，死亡好像离我们不远。但是，有这么多延缓衰老、抗击绝症的办法，人类肯定可以通过不断创新的医疗技术，不断提高的健康管理水平，维护健康，延缓衰老。”

董欣信心满满地说：“何止是延缓衰老。将来，CAR-T技术、基因治疗和智能技术将使一部分人获得更长的生命，甚至永生。将来人类的不平等，可能主要体现在生命存活的时间不平等上。”

董大双对黎建国说：“你说，人类真的会不死吗？如果人们不再死亡，世界将变成什么样子？”

黎建国想了想，说：“移居外星呗！根据目前的人口密度来看，一千年后，地球肯定是容不下人类的。人类缓解拥挤的办法，可能是在太空建立空间站，或者移居外星生活。”

董大双笑呵呵地对黎建国说：“到时候，我们一起移居外星生活啊！”

董燕说：“AI智能技术，可能会使未来的人类生活发生颠覆性的变化。物质资源的丰富，人类将不再需要为生活而奔波，而是要多多行善，实现灵魂的净化和不灭。”

董欣对大家说：“尽管有生就有死，这是自然规律；尽管我们从出生开始，就站在朝向死亡的履带上，向死而生；尽管生命是有限的——我们还是要尽可能地运用科学，延缓衰老，延长生命，使我们的生命更有质量，生活更有意义。”

五

一夜梦幻，一夜过往。天边渐渐泛起光亮。淅淅沥沥的春雨，柔和吹拂的春风，将余琦昨夜的梦，搅和在现实的蒙蒙细雨中，一会儿模糊，一会儿又渐渐清晰起来……

清晨起床，她轻轻地推开窗户，晨曦中，带露的花草树木，生机勃勃，郁郁葱葱，她由衷地感慨：每一次睡眠都是一次死亡，而每一次醒来就是全新的生命。感慨之余，她整理了一下波澜起伏的思绪，执起画笔，趁着莹莹晨光，开始画写自己的前生后世，畅述关于生命与爱的怀想……

一会儿，偌大的宣纸上，一幅耐人寻味的画面展开：遥远的天际线下，群山起伏，层层披绿。浅浅的曙光里，山顶处有一个复古式的凉亭，回廊边，一个倩丽的身影，正在凭栏远望……一群小鸟从远方飞来，飞在最前面的小鸟，若隐若现，浅浅淡淡，而飞在后面的小鸟，清晰地舞动着飞翔的翅膀……

不知什么时候，余琦的几个孩子围了过来，一起欣赏着妈妈的作品。董欣说："妈，您这画面中间，还有一片留白。是万语千言，尽在不言中，还是万千思绪，无法画写呢？"

余琦微笑着看了看女儿，没有正面作答。片刻，她再次拿起画笔，完善基本成形的画面。只见她凝神屏气，手中的笔尖，缭绕着时光行走的袅袅云烟。此时的余琦，好似坐在时光的最深处，任流年滑过指尖，努力地将那些年，那些人，还有那些事，描绘为深远的画……

董燕细细地品味着画面的每一个细节，禁不住鼓掌说："妈，您画的天空，是雨后清亮的天空，清爽而又灵动。您画在纸上的画，正是我心中的景。"

董亮抢着发言，他说："我不懂画，可是我可以感觉到，妈妈的画作，画面上每一种景物都活灵活现。小鸟在飞，云蒸霞蔚，群山挺拔，鸟语花香……我的思绪跟随着灵动的画面波澜起伏，画面上的人和物，走进我的心里了！"

董燕问余琦："妈妈，您准备如何为这幅画命名呢？"

余琦顺手拿起桌面上的两张稿纸，来回答小女儿的问题，她对孩子们说："我昨天晚上写了一首散文诗，名为'爱比生命更久长'，我为这幅画也取名'爱比生命更久长'好不好？"

孩子们一起鼓掌，赞同地说："好，好！"

董燕接过稿纸打开，轻轻地读了起来：

"挥动笔尖，天空一道彩虹呈祥。泼下浓墨，天边呈现朵朵云裳。我揣着孤寂的心，放飞灵魂的翅膀，穿过大河，越过高山，跨过海洋，迎着太阳……

"落寞惆怅落病痛，荒寂沙漠不彷徨。

"生命的渡口，血脉相连的亲情，犹如一盏不灭的明灯，把我的生命照亮。

"生命轮回，人间万象，我的肉体在沉睡，亲情的小鸟在飞翔。宁静的世界，唯有爱的深情呼唤，在我的灵魂深处久久回响。

“亲情的甘露在流淌，觉醒的生命在歌唱。骨肉亲情血浓于水，爱比生命更久长……”

流淌的诗，绘就的画，寄托着余琦对生命和亲情的深深眷恋。

董燕读完了。一时间，屋子里鸦雀无声。大家久久沉浸在母亲诗画的意境中……

片刻，董霞最先打破沉默：“妈妈的散文诗写得太好了！我感觉，穿越生死，妈妈的生命与天地间某种神圣的力量融合，她的灵魂获得了前所未有的能量，所以，妈妈的散文诗字字打动人心。”

董亮接着说：“妈妈的诗画真是太棒了！让我这个不懂得诗画的人也受到了深深的感染。现在，我明白了，尽管生命的长度一定，但爱与灵魂能够穿越时空。珍惜亲情，过好当下的每一天，才是最好的生活方式和最好的生活态度。”

经受着生死考验的董霞，似乎对母亲余琦有更加深刻的理解，她说：“妈妈的生命暂停26年，她就修行了26年。因为生命暂停，她的灵魂更加宁静，因为宁静，她对爱的理解，比常人更加深刻。所以，妈妈的画，处处展现着生命与爱，妈妈的诗画，是独一无二的。”

董欣饱含深情地说：“经历了穿越时空的旅行，妈妈比常人更懂得天地之浩渺，平凡生活之珍贵。洞悉了生命的真谛，妈妈更懂得生命与爱的价值。”

听孩子们谈感想，余琦静静地笑了。与此同时，她的眼眶里荡漾着幸福的泪水，随后，晶莹剔透的泪水，静静地从她的眼角滑落了下来……

这世上，最令人感动的，是无价的亲情和纯洁的爱……

名家评论

现实主义与科技浪漫的完美结合

戴　欢

《追到天边救母亲》整体上而言，是一部家族小说。小说以主人公余琦为主线，用一个家族的衍生生活，大跨度地展示了中国近代、现代、当代各时期的特征，具有史诗般的宏伟效果。

在家族小说这个系列里，《追到天边救母亲》的创新之处主要体现在社会现实主义和科技浪漫主义的结合。所谓科技浪漫主义，就是我们通常所说的科幻小说。科幻小说通常具有架空性，不直接指涉当下具体现实，“幻”就体现在这一点上。《追到天边救母亲》将社会现实与科幻因素融合起来，具有独特的亦真亦幻的艺术效果。《红楼梦》开篇场景将对仙灵世界的描述与现实世界接驳，产生了一种阔大的艺术想象空间，具有一定程度的玄幻意味，《追到天边救母亲》承接了这一传统，在当代汉语长篇小说上，作出了自己新的发展。

既不同于科幻小说设定于比较遥远的未来，也不同于通常玄幻设定于古代和多维异度空间，《追到天边救母亲》把不会太久就会突破的未来科技，运用到当下现实。这种科幻，更多是为了深化人物性格，加强主题张力，展示科技对当代现实中的人的完善作用，以及促进人的幸福感，不是为了去展示关于未来科技发展的想象力，所以我们可以称之为“实幻小说”。

小说全篇以爱为中心主题，以不同的情作具体的展现，包括自我个性的性情，男女之间的爱情，父母子女之间的亲情，朋友同志之间的友情等等。故事以主人公余琦的亲情作为纽带和基础，昭示了爱之博大，体现为书中各个人物身上的宽容与坚韧，这些品格对社会的和谐稳定，具有潜移默化的正能量传递作用。四种情感，相互缠绕，彼此激荡，产生的一系列矛盾冲突，推动情节波澜壮阔地展开，激动人心，扣人心弦。小说更展现了主人公余琦大爱的心灵美，在她宽容与坚韧的感染下，家族兴旺发达。

家庭是社会的细胞，余琦家族的曲折以及最终获得幸福团圆，不可不谓是小康社会建设道路上人民获得幸福感的一种文学体现。

总之，《追到天边救母亲》是一部相当优秀而有独创性的家族小说。

（作者系《中国文艺家》执行主编、著名翻译家）

生生不息爱无边

林可行

时光如逝江上月，生命如歌风入松。当我们翻开程小萍的《追到天边救母亲》这部反映传承了千年文脉的旧式书香家族的小说，不得不惊叹于主人公们在向当代文化精英身份转变过程中所经历的苦难，以及表现出来的坚韧顽强的品质。作为一名从事文学事业40年的文学人，我既没有听过有人这样写小说，也从来没有看过思想、主题、情节、结构如此复杂的故事。

小说成书的内容如此之丰富，三代主人公的人生际遇、感情历程跨度如此之大，以及他们所表现出来的富有时代特征的精神面貌和人文情怀，使我以为不应把本书仅仅解读成为一部家族史的故事，而应视为一部反映生命与爱的精英小说。

岁月沧桑千山重，人生挚爱万古流。往者不可追，来者犹可惜，大美人生是一次爱的旅行。程小萍博士用她的如椽大笔，为我们描绘了科技、文明这幅时代的新画卷。书写和奏响了人性、伦理、道德这支生生不息的生命交响曲。

作为一位学者和资深的新闻工作者，程小萍她专业独到的敏感目光，以及富有文化深度的积极思考和对事物发展的预见性，为这部热爱生活、热爱生命、关注人类生命科技发展的小说，留下了一个色彩明亮的尾声。

爱是生命的阳光，无私是生命的品质。当我们放下这本书掩卷思考，一定能感悟到情感丰富执着的人生，是健康的人生！是大美的生命！

2018年10月15日于武昌

（作者系穿越小说《幻象大限》作者）

诗化的小说爱的颂歌

代诗圆

《追到天边救母亲》讲述的，是一个世纪的风雨激荡，一个大家庭的荣辱起伏。

场景在祖国南方长江流域的几座城市展开，最终落笔于一个港口城市。故事里的人物在其间历尽悲欢离合，折射出一个家族的群像。小说用动人的笔触写尽四代人之间的恩怨情仇，更体现出了大时代下的个人命运的沉浮动荡。

《追到天边救母亲》其缠绵的柔情，如小提琴上演奏着的名曲，使读者的灵魂为之沉醉；如一部诗化小说、爱的颂歌，既让人感情激荡，又给人哲理的启迪。

《追到天边救母亲》用纯美的笔调讲述了一个现实与科幻交融的家族变迁故事。同时，它也是一部喻世、警世、醒世的爱之书。小说以语言艺术的形象，展示了两种力量的缠斗：一类是纯洁的爱，一类是肉体的欲；前者多关于女人，后者多关于男人。女性“家族”，怀抱着爱，却不断地遭受欲的打击，但依然无悔。余琦是她们的精神上的引领者。女性“家族”中不断汇入的男人，往往成了被欲望驱使的动物，只重视现实之利，屈从肉体的欲望。《追到天边救母亲》好似一部展现“女”“男”两大“家族”相爱相杀的启示录。男女双方，面对种种情景，作出抉择，或遭受溃败、或振起重生。

《追到天边救母亲》以近一个世纪的历史长河的跋涉跨度，显影了二十世纪社会变动的路径。这是一部动人心魄的家族史，由家族里各个个体爱恨的交织、社会现实力量的消长和爱之深情的呼唤相互呼应而成，写得荡气回肠、血脉充盈。小说中的四代人，在各个历史时期，为了种种理想的追求，经历了艰难困苦，献出了爱情、鲜血甚至生命，但仍然忍辱负重，体现了信仰之爱的自我献身精神。

在欲望横冲的经济时代，作者坚持宣扬爱的纯洁，她期望用自己的文学语言，为人们提供信仰上的支撑，给迷惘中的人们指引希望。

这部小说是一部浓缩了的中国现当代心灵史，其中所写的人物，形象清新优美，小说的总体结构从现实向未来延伸和交叉，具有相当强的结构创新性。

（作者系剑桥大学艺术人类学访问学者）

孜孜追寻的文学梦（代后记）

我的文学梦，始于我的芳华年代。那是20世纪70年代，大家都想做个文学青年，认为只有当个作家，才叫有出息。18岁左右，当知青的我，开始追寻我的文学梦。我开始用业余时间进行文学创作，写话剧，写散文，写诗歌。作品也被当时的《湖北日报》《长江文艺》等报刊发表。从事宣传工作的父亲鼓励我说，你要把文章练好，参加相关比赛。因为热爱，因为小小的成就，我多次被推荐参加省、地、县组织的文学创作培训班、研讨班。尤其是一次科幻作品创作培训，给我留下了深刻的印象。于是，文学，在我的心中埋下了种子，当作家，成为我的人生理想。

阴差阳错，我的第一份工作，被安排在云梦县科委计量所担任理化分析技术员。后来，我被点选到县广播站做播音员。再后来，我从工作岗位考入华中科技大学新闻传播学院，学习新闻专业。毕业后，就一直在广播电视行业从事新闻工作。一晃40多年过去了，尽管新闻写作已经成为我的职业习惯。但我难忘初心，总希望埋在心底的文学梦，有一天能够开花结果。

一、关于小说《追到天边救母亲》的创作背景

2005年，作为职业记者，我的长篇散文《此情悠悠到永远》由人民出版社出版。这是一本献给我母亲的书，一本记录和描写母爱的书。

尽管，母爱是生物遗传的本能，但人类的母爱，甚于其他动物，高于生活中的其他情爱，母爱是最值得赞颂的伟大感情。母亲活着的时候，我们往往毫不在意地肆意挥霍母爱。直到我的母亲去世以后，我才幡然猛醒，母亲的离开，是我最大的失去。从此以后，母爱不会再来。从那时候开始，“子欲养而亲不待”的痛苦，就在我的心头留下了一道伤口。这道难以愈合的伤口，有时隐隐作痛，有时阵阵刺痛，时间愈久，愈是痛得厉害。我终于明白，依恋母亲，思念母亲，是一个人永远无法摆脱的情结。我常常情

在心中，话在嘴边，不吐不快。于是，我以一泻千里的情思，为母亲写了《此情悠悠到永远》那本书。我感觉，那本书，不是写出来的，完全是内心情感的泣诉。

2005年5月，武汉市作家协会为我的长篇散文《此情悠悠到永远》，主办了首发式和研讨会。当时的武汉市文联党组书记程元生、武汉市广电局副局长黄长清、武汉市作协主席和著名作家董宏猷、武汉市作协副主席王新民、武汉市作协秘书长张炳绍、武汉市作协散文创作委员会副主任胡榴明等领导和专家参会。大家认为，长篇散文《此情悠悠到永远》非常深刻地抒发了人世间的亲情、友情、爱情。特别是将母子情、母子爱写得催人泪下，引人共鸣，达到了一定的艺术境界。具有一定的社会意义和价值，并希望我能在此基础上，再构思，再创作，再提升。

武汉市作协主席、著名作家董宏猷指出："《此情悠悠到永远》的问世，暗示和代表了一种国际潮流和趋势。比如，欧美的一些文学工作者，都流行收集个人家史，留下资料。本书讲述一个女性的一生，是怎样走过来的，她对社会的贡献是怎么样的，涉及很多历史的、社会的资料。"他说："好题材不要放过。这本书有再创作的价值。可以不仅仅从个人家庭的层面切入，不仅仅从一个母亲的角度来展开，不仅仅写一个母亲逝去以后，女儿一泻千里的悲痛情绪。而要从社会的角度，把涉及的问题展开来，讲述人性的故事，反映时代的变迁。这样会更加厚重一些。"他说："也许，作者的这一步，是无意识地迈出的，但是，迈出去了，就展现出了作品的意义和价值，就留下了足音。因此，这本书还可以其他的形式出现。再创作的书，不仅是献给她自己的母亲，而是要把它献给天下所有人的母亲。再创作不是简单的重复，而是更高层次的升华。让大家读了以后有更加强烈的共鸣。"

由于一直处在繁忙的新闻工作岗位上，一直没有时间了却对这本书再创作的心愿。直到2011年，我才开始着手对这个题材进行再构思，再提升。于是，就有了现在的这部长篇小说《追到天边救母亲》。

二、关于小说《追到天边救母亲》的表达方式

重新思考的过程中，我发现，如果继续以纪实性的散文表达的方式，从写我自己的母亲，变为写天下人的母亲，在内容的扩展和表达形式上都

有很大的局限。这时候，深藏心底的文学梦想又开始萌芽了。我决定，尝试以小说的形式，为天下人的母亲写书。因为，文学可以大胆虚构，而新闻和纪实性的散文，必须讲求真实，不允许有文学的想象和夸张，记者没有超越现实的自由，不能描写自己所没有的经历。而文学，则是一个独立的艺术世界，有很大的想象与夸张的空间。判断一部小说是否真实，衡量尺度是艺术真实而非客观真实。

当然，在小说的创作过程中，几十年新闻写作的表达习惯，可能在小说写作中有比较明显的痕迹。正如我本人在《此情悠悠到永远》的作品首发式和研讨会上，对我自己的作品所认识的那样："在人物和故事的描写上，应该可以再展开一些，应该有些过渡。但我在写作的时候，习惯迫不及待地说事实。这与我做了多年的记者有关。记者就是这个习惯，所有的报道都必须用事实说话。新闻记者接触一个事物的时候，首先是尽可能详细地抓住真实的材料，确定的事实。只有把材料抓实了，才能将自己的倾向融入事实当中……一个职业记者，转换成一个作家，需要在表达方式上进行转换。"尽管在《追到天边救母亲》这部小说中，我尝试着大胆虚构，尽可能地运用文学的多样化表达，不受制于事实的局限，大胆追求艺术的真实。但从小说的角度来看，《追到天边救母亲》在表达方式上，可能还应该放得更开一些。当然，对小说选题和角度的新闻性发现，新闻报道的倒金字塔结构运用，对小说众多人物形象的把握，对作品艺术真实的依据性考量，都应该是我长期从事新闻工作给这次创作带来的帮助。

三、关于小说《追到天边救母亲》的内容设计

2005 年 5 月 14 日，《长江日报》刊发了长报记者张年军的文章《如果你打开这本书——读程小萍〈此情悠悠到永远〉一文》。他在文中写道："她撩开天堂窗帘的一角，她看见母亲在浓雾弥漫中滴落的泪眼，她嗅到母亲温馨而沉重的气息，她听见母亲美丽的呼唤，或许是长久呻吟……然后开始回望，将悠悠情感诉诸笔端，让它变成一本书、一座连接过去与现在乃至于未来的心桥。"

他还写道："当我聚焦的时候，我不得不佩服作者营造哀情氛围的高超技巧。譬如开篇就让慈爱的母亲仙逝，然后使过往的故事失落在母亲悠悠远行的、被生命的花香笼罩着的小路中。于是她才得以在那逶迤曲折的小

路上伫望，伫望故乡袅袅的炊烟，伫望母亲倾洒的阳光，伫望母亲深厚的喘息……我相信，慈爱的母亲，一定能够在程小萍所设置的涅槃中重获新生。我也相信，站在通往天堂的桥上，程小萍会仰望着曾经被她撩开的窗帘的一角说：'妈妈，如果我打开这本书，就一定能看见您吗?'但愿每一个读者都听到了'妈妈'的回答。"

在这里，张年军先生假设慈爱的母亲涅槃重生。与其说这种假设给了我启发和灵感，不如说这种假设引发了我对生命与爱、生命与灵魂以及生命价值的深层次的思考。当我了解到现代冷冻技术将实现生命向未来穿越，让罹患重症的病人起死回生成为可能的时候，一个大胆的构思产生了，慈爱的母亲身体被冷冻24年后涅槃重生，母亲的灵魂回归本体，生命得以延续。生命生生不息，母爱悠悠永恒，这个生命得以重新来过的母亲形象，是千万个母亲形象的集合体，幻想母亲起死回生，是千万个儿女的共同心愿。于是，在长篇小说《追到天边救母亲》的内容设计上，我塑造了一个母亲形象的代表——余琦，并设计了冷冻复活这样的情节。借助现代与未来科技描写主人公前生后世灵魂穿越的故事，展现四代人之间的恩怨情仇和个人命运的动荡沉浮。让旧闻成为新闻，历史成为现实。同时反映母爱的伟大，生命与亲情的珍贵。

讲述人性化的故事，反映人性的基本属性，彰显生命的价值，是新闻与文学相通的地方。因此，在人物形象的塑造和故事描写中，我以艺术虚构的方式将理想的生命世界具象化、现实化，表达对于美好人性的呼唤。从人性的角度来阐述生命与爱。通过人物所表现出来的富有时代特征的精神面貌和人文情怀，突显珍惜生命、热爱生活、母爱无边的思想主题。通过普通人的灵魂之旅，展现人性的光辉。小说的人性书写，虽有现实人生的依据，但其故事情节完全是想象和虚构的。

四、关于小说《追到天边救母亲》的创作过程

从2011年到现在的10多年的业余时间里，我调动自己全部的人生经历和知识储备，倾注全部的心血，不遗余力地探索和创作。有时候，对于这部小说的创作，我深感困惑，这样的情节设计合理吗？这样的表达像不像小说？有时候，我对自己的写作非常不满意，常常全盘推翻，从头再来。有时候，遇到一个瓶颈，感觉无从下手，十分沮丧，十分痛苦。有时候，

严重的干眼症困扰着我。但是，我是一个不轻言放弃的人。我把写完这本书，作为自己的人生使命。生命有涯，时不我待。我常常给自己打气，坚持就是胜利。无论如何，我先要把它写出来，只有先写成一本书，才能汲取大家的意见，再修改，再完善，再提升。如果写不成一本书，是优是劣，无从谈起。于是，我写了改，改了写，终于捏成了一本书，写成了我的第一部长篇小说。尽管已经成书，但是我总觉得还有很多的不满意，还有很多需要完善提升的地方，我诚恳地等待着大家的批评。

程小萍

2019 年 7 月 7 日 星期日于深圳福田